タイガーズ・カース・シリーズ#1

白い虎の月

TIGER'S CURSE

COLLEEN HOUCK TRANSLATION BY MIHO MATSUYAMA

コリーン・ハウック

松山美保＝訳

ヴィレッジブックス

TIGER'S CURSE
BY COLLEEN HOUCK
COPYRIGHT©2011 by Colleen Houck
Japanese translation rights arranged with Trident Media Group, LLC
through Owls Agency Inc.

イラストレーション
天羽間ソラノ

ブックデザイン
鈴木成一デザイン室

大切な二人のリンダへ
わたしに書く意欲をあたえてくれたリンダと
一緒に楽しいときを過ごしてくれたリンダ、
二人の親友へ心をこめて

ケルシー・ヘイズ
高校を卒業したばかりの17歳。
両親は三年前交通事故で他界。
学費のためにサーカスで
アルバイトをすることに

レン
サーカスで飼われている、
青い瞳のホワイトタイガー

アニク・カダム
レンを買い戻しに来たインドの老紳士

ディレン・ラジャラム
300年前、
呪いをかけられた
ムジュラーイン帝国の王子

フェット
密林の奥に暮らす呪術師

イェスバイ
ディレンの婚約者

キーシャン・ラジャラム
ディレンの弟。
兄と同じく呪いをかけられた

ローケーシュ
ムジュラーイン帝国の隣国
ブリーナムの支配者

虎

～ウィリアム・ブレイク

虎よ！　虎よ！　燃え立つがごとく
闇夜の森で光り輝く
いかなる不滅の手、いや、まなざしが
そのおそろしき均整を作りえたのか

いかに離れた海や空の彼方で
その瞳の炎は燃えていたのか
作り手はいかなる翼で舞いあがり
いかなる手でその炎をつかもうとしたのか

いかなる腕と御業《みわざ》が
おまえの心の臓をより合わせたのか
そして、それが鼓動をはじめたとき
いかなるおそろしい手が、足ができたのか

いかなる鉄槌《てっつい》や鎖で
いかなるかまどでその脳は熱せられたのか
いかなる鉄床とおそろしい力が
そのおおいなる恐怖をとらえたのか

星が槍《やり》のごとく降り注ぎ
その涙で天空を濡らしたとき
作り手は出来ばえにほほえんだのか
子羊を作った者がおまえを作ったというのか

虎よ！　虎よ！　燃え立つがごとく
闇夜の森に光り輝く
いかなる不滅の手、いや、まなざしが
そのおそろしき均整をあえて作らんとした

白い虎の月

タイガーズ・カース・シリーズ #1

プロローグ

捕らわれた王子は、両手をしばられていた。

鞭《むち》打たれた体は汚れていたが、インドの王家の血を受け継ぐ者らしく、堂々と背筋を伸ばして立っている。

王子を拘束したのは、ローケーシュという男だった。

豪華な彫刻のほどこされた金色の玉座に、ふんぞりかえっている。

白い柱がまるで警備兵のように広間を囲んでいる。ジャングルからの風もぴたりと止んでいた。ローケーシュの指にはめられた宝石が、玉座の側面をたたくコツ、コツという規則正しい音だけが響いている。

ローケーシュは目を細め、勝ち誇った軽蔑《けいべつ》のまなざしで王子を見おろした。

王子は正確には〝ムジュラーイン帝国の王子ならびに大摂政〟という位にある。だが本人はいまだ自分のことを〝父上の息子〟と考えていた。

帝国の王子を、ブリーナムというちっぽけな隣国の支配者であるローケーシュが誘拐するなど、ありえないことだった。だが、それ以上に衝撃だったのは、ローケーシュの隣に、その娘で王子の婚約者イェスバイと、王子の弟キーシャンがいたことだ。

王子は三人を見据《す》えていたが、毅然《きぜん》と見かえしてくるのはローケーシュだけだった。

王子は体の底から怒りが湧いてくるのを感じた。けれどシャツの下の素肌に触れている石のお守り《アミュレット》は冷たいままだ。

捕らわれた王子が最初に口を開いた。裏切られた怒りが声に出ないよう努めながら。

「もうすぐわたしの義理の父となるあなたが、なぜわたしをこんな目に……あわせるのだ？」

ローケーシュは平然と笑みを浮かべた。

「親愛なる王子、殿下はわたしの望みの物を持っておいでだ」

「あなたの望みがなんであろうと、こんなことをして許されるわけがない。両国はこれから同盟を結ぶのであろう？　わたしのものなら何だって好きなように使えたのに。ただ、たずねてくれさえすれば。なのに、なぜこんなことを？」

ローケーシュはあごをさすった。目がぎらりと光る。

「計画は変更です。キーシャンが——殿下の弟君がわが娘イェスバイを嫁に欲しがっているようなんでね。わたしがその望みに沿うよう手を貸せば、弟君は見返りを約束しなさった」

王子はイェスバイに注意を向けた。

イェスバイは赤面し、頭《こうべ》をたれて慎ましく従順な態度を見せている。

王子とイェスバイとの結婚は、両国間に平和な時代の到来を約束するはずだった。王子はここ四カ月ほど、帝国の辺境で軍事活動の監督をしていたため、国の守りは弟キーシャンに任せていた。

どうやらキーシャンが守っていたのは国だけではなかったらしい……。

王子は堂々と歩みよると、ローケーシュを正面から見据えて大声で言った。

「わたしたち全員をだましたのだな。毒ヘビのようなやつめ。ひっそりとカゴにかくれて攻撃するときをうかがっていたのだろう」

王子は弟と婚約者にも鋭い視線を投げた。

「おまえたちのおこないがこの毒ヘビを野放しにしてしまったのだぞ！　わたしたちは咬《か》まれ、すでにやつの毒が全身に回って、あちこちがおかしくなりはじめている」

ローケーシュは蔑《さげす》むような笑い声をあげた。

「殿下がそのデイモン・アミュレットを手放すというなら、命だけは取らずにおきましょう」

「命だけは、だと？　花嫁との交換ではないのか？」

「あいにく殿下はもう、わが娘の婚約者ではありません。わたしの言いかたが曖昧でしたな。弟君のキーシャンがイェスバイを娶《めと》ることになるのですよ」

王子は口をきっと結んだ。

「わたしを殺せば、父の軍隊がおまえを滅ぼすぞ」

ローケーシュは声を立てて笑った。

「いや、キーシャンの新しい家族を滅ぼすようなことはなさるまい。わたしたちはただ、殿下は不慮の事故で命を落とされたと伝え、殿下の大事なお父上をなぐさめるまで」

ローケーシュはぽつぽつ生えた短いあごひげをなでると、思っていることをはっきり口にした。

「たとえ殿下の命をいただかなくとも、わたしは両国を支配下に治める」そこで笑みを浮かべた。「抵抗なさるなら、力ずくでアミュレットを奪うまでのこと」

キーシャンがローケーシュに抗議した。

「約束をしたはずです。兄上を渡したのは、あなたが決して殺さないと言ったからだ！　アミュレットさえ手に入ればいいと言ったではないか！」

ローケーシュはヘビのすばやさでキーシャンの手首をつかんだ。

「まだわかっていないようだな。わたしは欲しい物はすべて手に入れる。きみがもし、兄君の代わりに死ぬというなら、喜んでそうさせてやるぞ」

キーシャンは何も言えなかった。

ローケーシュは続けた。

「いやか？　よし、わかった。では約束を修正する。こちらの望みに応じない限り、兄君の命はない。それに、きみも自身のアミュレットを渡さなければ、娘との結婚はない。言っておくが約束を守るかどうかはわたし次第で、イェスバイをわたしの選ぶほかの相手に嫁がせることもできる。年配の君主《スルタン》に嫁がせれば、娘の頭を冷やしてくれるだろう。もし、きみがずっとイェスバイのそばにいたいのなら、おとなしくわたしに従うことだ」

ローケーシュはグリッと音がするほどキーシャンの手首を強く握りしめた。

キーシャンは指を曲げてゆっくりと手首を回してから、イスに深く座り直した。シャツの下にかくれている彫刻のほどこされたアミュレットに手を触れ、黙って兄と目を合わせた。二人のあいだに暗黙のメッセージが伝わった。

兄弟間の問題はあとで解決すればいい。ローケーシュのおこないはわが国への宣戦布告以外のなにものでもない。今は帝国の窮地を救うことのほうが二人にとって重要だった。

頭に血がのぼったローケーシュは、こめかみをピクピクふるわせ、黒いヘビのような目の奥に執念をみなぎらせている。王子の顔をじっと見つめ、弱点を見極めようとしている。やがて、我慢の限界まで怒りをつのらせると、玉座から飛びあがった。

「もういい！」

ローケーシュは柄《つか》に宝石のついた豪華な短剣を服から出し、汚れにまみれた王子の白い服の袖を乱暴に引っぱりあげた。

手首をしばるロープがよじれ、王子が痛みにうめく。

だが、ローケーシュはかまわず、王子の腕に短剣の刃を押し当て、引いた。

切り口から血があふれ出し、刃を伝って床にしたたり落ちる。

ローケーシュは首にかけていた木の護符《タリスマン》を引ったくると、王子の腕の下に置いた。切り口からしたたった血がタリスマンに落ち、刻まれた記号が火のように赤く輝くと、神秘的な白い光がまたたきはじめた。

光は手さぐりするように王子に向かい、その胸に入りこむと、じわじわと全身に染みわたっていく。

経験したことのない痛みに強靭《きょうじん》な王子も悲鳴をあげた。体がにわかに湿疹《しっしん》で真っ赤に腫《は》れあがり、王子は床に倒れた。

起きあがろうとするが、ひんやりした白い床を力なく引っかくことしかできない。

王子はイェスバイと弟がローケーシュに飛びかかるのを見つめていた。二人ともローケーシュに乱暴に跳ねかえされ、イェスバイは倒れた拍子に高座で頭を強く打った。

弟はイェスバイのぐったりした体から命が失われていくのを見つめている。

やがて王子は、自身の体を包む痛み以外は何も感じなくなった。

1

わたしは崖っぷちにいた。

といっても、オレゴン州の短期アルバイト紹介所の列に並んでいるだけだけど、気分はまさに崖っぷちだった。

子ども時代は終わった。高校生活も終わった。人生はいいもので楽しいことばかり、なんていう幻想も、とっくに過ぎ去った。

目の前にはぼんやりとした未来が迫っている。大学、学費のための夏休みのアルバイト、それに、これからのたぶんひとりぼっちの人生。

順番待ちの列は少しずつしか進まない。夏のバイト先をなんとか見つけるため、わたしは何時間にも思えるあいだ待ち続けた。

ようやく順番がめぐってきたカウンターの向こうでは、疲れてうんざりした女性斡旋《あっせん》員が電話で話しながら手招きした。

指示されるまま席に座る。

電話が終わったところで申しこみ用紙を手渡すと、斡旋員は機械的に面接を始めた。

「お名前は?」

「ケルシーです。ケルシー・ヘイズ」

「年齢は？」

「十七歳で、もうすぐ十八になります」

斡旋員は用紙に受付スタンプを押した。

「高校は出ていますか？」

「はい。二週間前に卒業したばかりです。秋にチェメケタ・コミュニティ・カレッジに入学する予定です」

「ご両親のお名前は？」

「父がジョシュアで母がマディソンですけど、後見人はマイケル・ニールソンと奥さんのセアラです」

「後見人？」

やっぱり来た。うちの事情を説明するのは、いつものことながら億劫《おっくう》だ。

「はい。両親は……亡くなりました。自動車事故で。三年前、わたしが高校に入った年に」

斡旋員は書類に身をかがめると、長いあいだ何か書いている。いったい何をそんなに書くことがあるんだろう。

「ヘイズさん、動物は好き？」

「はい。えっと……あの……餌やりとかですよね？」

いくらなんでも、今の受け答えはひどすぎる。これじゃ、どこも雇ってくれない。咳払いして言い直した。

「もちろん、動物は大好きです！」

斡旋員は聞いている風もなく、一枚の求人票を差し出した。

募集
二週間限定の臨時従業員
仕事内容：チケット販売、動物の餌やり、興行後の清掃
注：虎と犬を二十四時間管理する必要上、宿泊および食事つき

それは〈マウリッツォ・サーカス〉という家族経営のサーカス団の仕事だった。地元のフェア会場にやってくるらしい。

そういえば、スーパーで割引券をもらった。それでニールソン家の子どもたち――六歳のレベッカと四歳のサミュエルをサーカスに連れていこうかってセアラとマイクに提案するつもりだったんだ。たまには二人にも夫婦水入らずの時間を過ごしてほしいし。でも、結局割引券をなくして、それっきり忘れていた。

サーカスか……。

あれこれ思い出しているうちに、斡旋員がしびれを切らした。

「ヘイズさん……この仕事、やってみる気はあるの？」

「虎だなんておもしろそうですね。ゾウもいるのかしら。でもゾウの便《べん》の片付けまではちょっとかんべんかな」

自分のダジャレにクスッと笑ってみせる。でも、斡旋員はにこりともしない。

どうやらほかの選択肢はないらしい。「やります」と返事をすると、斡旋員から住所入りのカードを渡され、午前六時までに行くよう指示された。

「え？　朝の六時ですか？」

斡旋員はわたしを一瞥《いちべつ》すると、後ろの列に向かって「次のかた！」と声を張りあげた。

決まっちゃった。まさかサーカスでバイトなんて。

セアラに借りたハイブリッド車で家に向かいながら考えた。

サーカスの動物の世話……。でも、ファストフード店でハンバーグを引っくりかえすのにくらべたらサーカスのほうが楽しそう。ただ、ゾウがいないことを祈るのみ。


ニールソン家での暮らしはまあ順調。わたしはかなり自由にさせてもらってるし、セアラとマイクはわたしを尊重してくれる。大人が十七歳に対してできる範囲でってことだけど。もちろん、わたしもセアラとマイクを尊敬している。二人の子どもたちの世話もするし、面倒を起こすことはしない。自分の両親と暮らすのとはわけがちがうけど、それでも四人はわたしの大事な家族だ。

車を傷つけないようにガレージに入れ、家に入った。バッグをイスに置き、グラスに水をつぐ。

キッチンではセアラがボウルに入れたねっとりした生地を木のスプーンで豪快につっついていた。

「また、完全菜食主義者《ヴィーガン》のクッキーなんて作ってるの？　今日ってなんか特別な日？」

「サミーがお友だちにおやつを持っていく番なのよ」

え？　こんなものを持たせる気？

あわてて咳払いして、笑いを引っこめたけれど、セアラは笑ったわね⁉　という顔をした。

「ケルシー、あなたのお母さんは確かにクッキー名人だったかもしれないけど、わたしだってまともなおやつくらい作れるのよ」

「問題はセアラの料理の腕じゃなくて、材料よ」そう言いながら、ビンを持ちあげた。「バター代わりのナッツバター、プロテインパウダー。再生紙が入ってないのが不思議なくらいよ。子どもはチョコレートチップが好きなのに」

「キャロブで代用すればいいでしょ？」

「キャロブはチョコじゃないよ。茶色いチョークみたいな味がするし。ねえ、まともなクッキーを作るつもりなら――」

「はいはい、チョコチップか、本物のピーナッツバターって言いたいんでしょ？　どっちも体に毒よ、ケルシー」セアラは溜め息まじりに言った。

「でも、そのほうがおいしいのに」

　セアラが指についた、まずそうな生地をなめるのを見ながら言った。

「それより、バイトが見つかったよ。サーカスで掃除と動物の餌やりをするんだって。カウンティフェアの会場に来るサーカスの」

「よかったじゃない！　いい経験になりそうね！　どんな動物の世話をするの？」

「犬が多いみたい。それと、虎が一頭。でも、危険なことはしなくていいはず。プロの調教師がいるから。だけど、仕事はいつも早朝スタートだから、明日から二週間はサーカスで寝泊まりすることになりそう」

「大丈夫かしら……」セアラはちょっと黙って考えこんでいる。「まあ、何かあれば、電話一本ですぐに駆けつけられるしね。あ、悪いけど、オーブンから再生紙風芽キャベツのキャセロールを出してくれる？」

　わたしがテーブルの真ん中に妙な匂いのするキャセロールを置くと、セアラは入れ替わりにクッキーを並べた天板をオーブンに放りこみ、「ごはんよ」と子どもたちを呼んだ。

　そのときちょうどマイクが帰ってきて、「ただいま」とセアラの頰《ほお》にキスした。

「ん？　なんの匂い？」マイクが疑わしげにたずねる。

「芽キャベツのキャセロール……らしいよ」わたしは答えた。

「それと、サミーのお友だちにクッキーを焼いてるの」セアラは誇らしげだ。「一番上手に焼けたのをあなたに取っておくわね」

　マイクがわたしと顔を見合わせたのをセアラは見逃さず、ふきんでマイクの腿《もも》を軽くたたいた。

「もうっ！　あなたとケルシーがそういう態度に出るなら、今晩の後片付けは二人にやってもらうわよ」

「ごめんごめん、そう怒るなよ」

　マイクはセアラにキスをして、しっかり抱きしめた。皿洗いをなんとか免除してもらおうという作戦だ。

　キッチンからそっと出るとき、セアラがクスクス笑っているのが聞こえた。いつも仲が良くてうらやましい。いつかわたしも、あんなふうにだれかと暮らせたらいいな。

　どうやらマイクの作戦は成功したらしく、夕食が終わると後片付けの代わりに子どもたちを寝かしつけに行った。一人で皿洗いをするのはいつものこと。片付けが済んだらわたしも早く寝よう。

そっと階段をのぼり、自分の部屋に行った。こぢんまりしていて居心地がいい。シンプルなベッドに鏡つきのドレッサー、パソコンと勉強机、クローゼット、服と本、三つ編みにした髪を結ぶカゴいっぱいの色とりどりのリボン、それに祖母のキルト。

キルトはわたしが幼いころ、祖母が作ってくれたものだ。わたしはまだかなり小さかったけど、祖母がいつも同じ金属の指ぬきをつけて、端切れを上手に縫い合わせていたのをおぼえている。今ではすっかり色褪《いろあ》せ、角がほつれてしまっている。蝶《ちょう》の模様をなぞりながら、その指ぬきを祖母の裁縫箱からこっそり持ち出した夜のことを思い出していた。今でも、寝るときはこのキルトを放さない。

パジャマに着替え、三つ編みをほどいて髪をブラシでとかす。母がよくおしゃべりしながら髪をとかしてくれたことが、ふいによみがえった。

暖かい上掛けにもぐりこみ、目覚ましを……四時三十分にセットする。それにしても、そんなに朝早くから虎の世話っていったい何するんだろう？　なんだかあわただしい二週間になりそうだ。どうやって切り抜けよう。もっとも、わたしの人生はすでに充分あわただしいけど……。

ああ、もう、お腹がグウグウ鳴ってる。

サイドテーブルに置いてある二枚の写真に目をやった。一枚は新年のお祝いに撮った家族三人の写真で、両親とわたしが写っている。十二歳のときだ。その日は長い茶色の髪をカールさせていたのに、写真ではくずれてのびてしまっている。ヘアスプレーなんか絶対使いたくないって言いはったせいだ。

写真のなかのわたしは、銀色の歯列矯正器をきらりと光らせ、ニッと笑っている。おかげで歯並びはよくなったけど、あのころは器具をつけるのがいやでたまらなかった。

写真立てのガラスに手を触れ、自分の青白い顔を親指で軽くなでた。小さい頃からほっそりした体型や、日に焼けた肌や、ブロンドの髪や、青い瞳にずっと憧れていたけど、父親ゆずりの茶色い瞳と母親ゆずりのちょっとぽっちゃりした体型はいまだに変わらない。

もう一枚は両親の結婚式のスナップ写真。大きな噴水を背に、まだ若い父と母が幸せそうに笑顔で見つめ合っている。わたしもいつか結婚したい。だれかにこんなふうに見つめられたい。

ベッドでうつぶせになり、枕に頬を押し当てる。母のクッキーのことを考えながら眠りについた。

その夜、夢を見た。

何かに追いかけられてジャングルのなかを走っていた……。振り向くと、大きな虎が駆けてくる。それなのに、夢のなかのわたしは声をあげて笑っていた。わたしは走る速度を上げた。後ろから、わたしの心臓の鼓動に合わせて地面を打つ虎のおだやかな足音が聞こえた。

2

四時三十分、目覚ましの音にたたき起こされた。今日もいい天気になりそうだけど、暑すぎる心配はない。

オレゴンでは暑くて困ることはない。昔、州知事が「オレゴンはつねに温暖でなければならない」とかいう法律を制定したんじゃないかって思うほどだ。

夜が明けようとしていた。太陽はまだ山の上に顔を出していない。空はすでに白みはじめ、東の地平線の雲がピンク色の綿菓子みたいだ。夜のうちに霧雨が降ったらしく、濡れた草と松の混ざり合った匂いがする。

シャワーの蛇口をひねり、浴室に湯気が立ちこめるのを待って入った。背中で熱いお湯を受けとめ、眠っている体を目覚めさせる。

サーカスの仕事って何を着ていけばいいんだろう?

とりあえず半袖のTシャツとブルージーンズを身に付け、スニーカーをはいた。タオルで髪を乾かし、後ろでひとまとめにして手早く編みこんで、青いリボンで結ぶ。最後にリップグロスをぬった。急いで荷造りをする。くつろげる物が少しあればいい。バイトはたったの二週間だし、必要ならいつでも家に取りに戻れる。クローゼットから三着選び、次に引き出しをあけて、丸めて色別にきっちり並べた靴下のなかから二、三組つかむ。

選んだ物を愛用のバックパックに押しこみ、ペンと鉛筆、本を数冊、日記帳、化粧ポーチ、財布と家族の写真を入れた。最後にキルトを丸めて一番上に詰め、ファスナーをしめる。

バックパックを肩にかけて五時半に階下におりると、セアラとマイクはもう起きて朝食を食べていた。ふたりは毎朝とんでもない時間に起きてランニングに行く。この時刻にすでに走り終わって朝食を食べているなんて。ちょっと健康的すぎない？

「おはよう」

「やあ、おはよう。今日から新しいバイトか……」と、マイク。

「うん、二週間チケットを売ったり、虎のそばをうろうろしたりしてくるね。なかなかイケてるでしょ？」

マイクはクスクス笑った。

「ああ、そりゃじつにイケてるバイトだ。公共事業なんかよりよっぽどおもしろそうだな。フェア会場なら通り道だ。乗っていくか？」

「うん、乗せてって」

一日おきに必ず電話するとセアラに約束し、まずいグラノーラ・バーをつかんでかぶりつく。グラス半杯の豆乳でなんとか胃に流しこむと、マイクと外へ出た。

フェア会場につくと、近日開催のイベントを告知する大きな青い看板が通りに出ていた。しゃれた横断幕にはこう書かれている。

ポーク郡《カウンティ》　フェア会場

ようこそマウリッツォ・サーカスへ
主役は、マウリッツォの軽業師たちと、おなじみディレン！

今日から二週間ここでバイトか……。ふうっと溜め息をつき、砂利道を歩いて本部らしき建物に向かう。中央棟はまるで大型飛行機の格納庫みたいだ。壁のペンキはところどころ剝《は》がれかけているし、窓はひどく汚れている。大きなアメリカ国旗が弱い風にあおられるたびに、付属の鎖が旗ざおにコンッ、コンッとぶつかっていた。

フェア会場は古い建物ばかりで、小さい駐車場が一カ所あった。未舗装の通路がそれぞれの施設のあいだと、会場の周囲をぐるっと巡っている。白いテントが立ち並ぶわきに、長い平台型トラックが二台停まっていた。

あちこちにサーカスのポスターが貼られていた。アクロバット演技のポスターもあれば、棒や球を操る曲芸師の写真もある。

ポスターを見る限り、ゾウはいないみたい。よかった。まあ、ゾウがいれば、匂いでとっくに気づいてるはず。

一枚のポスターが風にはためいている。めくれた端をつかんで、柱に押さえつけた。ホワイトタイガーの写真だった。

虎って、これのことか……。

今日からよろしく――写真に向かって心のなかであいさつした。あなたがうら若い乙女を餌にしたがらないでくれると、助かるんだけど。

中央棟に入った。真ん中に円形のステージがつくられていた。観客用の色褪せた赤いベンチが壁際に何段も積まれている。

すみのほうで数人がしゃべっていた。そのそばで責任者らしき長身の男の人が、クリップボードを手に何やら書き留めながら、箱の検査をしている。わたしは黒いゴムマット敷きの床を突っ切って、まっすぐにその人のところに行き、あいさつした。

「二週間のアルバイトで来ました。ケルシーです」

男の人は口をもぐもぐさせながら、こっちをじろりと見て、床にペッとつばを吐いた。嚙みタバコだ。

「ああ、バイトの子か。裏に回ってくれ。そこのドアを出て左に行くと、黒と銀のトレーラーハウスが停まってるから」

「はい、わかりました」

目の前でつばを吐かれてちょっとびくっとしたけど、なんとか笑顔を向けると、教えられたトレーラーハウスに行ってドアをノックした。

「ちょっと待ってくれ」

なかから男のどなり声がした。

おとなしく待つ気でいたのに、すごいいきおいでドアがあき、わたしは思わず飛びのいた。目の前にはガウン姿の男の人がそびえ立ち、飛びのいたわたしを見て声をあげて笑っている。

百七十センチのわたしが小さく見えるほど背が高く、丸々とした太鼓腹。頭をおおう黒い縮れ毛は、生え際がほんの少し後退している。

わたしの目線に気づいたのか、相手はニヤリとして頭に手をやり、黒髪を元の位置に戻した。

なんだ、かつらだったんだ……。

ワックスで先端を尖らせた黒い口ひげが、上唇のわきからピンと張り出している。あごにも四角い付けひげを貼りつけていた。

「わしの見た目に怖がらんでもいいぞ」

「怖がってるわけじゃありません。ただ、急にうかがったので……起こしてしまったのなら、すみません……」

思わずうつむいた。顔が熱い。

「ハハハハ、驚きは若さのもとだ。おおいに結構」と、豪快に笑う。

つられて笑ってしまった。

青い目のまわりの深いしわ、日に焼けた肌、笑顔に白い歯。仕事場でも冗談を言っては自分で大笑いするタイプ……。この人のもとで働くんだ。

男はイタリアなまりのきつい、芝居がかったよく通る声でたずねた。

「ところでお嬢さん、お名前は?」

「あ、あの、ケルシーです。二週間ここで働くことになりました」

男は身をかがめ、大きな手でわたしの手をすっぽり包み、熱心に上下に振った。

「おお、すばらしい!　グラッツェ!　こいつは幸先がいいぞ!〈マウリッツォ・サーカス〉へようこそ!　うちは今、少々人手不足でね。この街にいるあいだ手伝ってくれる人を求めていたんだ。お嬢さんなら申し分ない!　では、さっそく始めよう」

男は、ちょうど通りかかった十四歳くらいのかわいいブロンドの少女を捕まえた。

「キャスリーン、こちらのお嬢さんをマットのところに連れていって、助手が来たと伝えてくれ。『今日はおまえに預けるから仕事を教えてくれ』ってな」それからわたしに向き直った。「ケルシー、では、ごきげんよう。わが〈マウリッツォ・サーカス〉での仕事をぜひ楽しんでくださいよ！」

「ありがとうございます。よろしくお願いします」

男はわたしにウィンクすると、おおげさに身を翻《ひるがえ》し、トレーラーハウスのなかに戻った。なんて陽気な人なんだろう。このバイト先、いいところかもしれない。

キャスリーンは笑顔でわたしの先に立ち、建物の裏手を回ってサーカスの宿舎に案内してくれた。

「ようこそ、ここが大——じゃなかった、小サーカスのテントよ！　じゃ、一緒に来て。よかったら、あたしの寝てるテントで寝たら？　予備の簡易ベッドが二つあるから。あたしのママとおばさんも同じテントよ。あたしたちはサーカスと一緒に旅をしてるの。ママはアクロバットの演技者で、おばさんもそう。うちのテントは居心地バツグンよ。衣装が散らかってるのさえ構わなければね」

キャスリーンのテントに入り、空きベッドに案内してもらった。

テントのなかは広々としていた。わたしはバックパックをベッドの下にしまうと、あたりに目をやった。キャスリーンの言ったとおり、レースや羽根飾りのついたもの、光沢のあるもの、伸縮素材のものなどいろいろな衣装がテントのあちこちにぶらさがっていた。照明つきの鏡が置かれたテーブルもあり、化粧品やヘアブラシ、ピン、カーラーがごちゃごちゃとテーブルを埋め尽くしている。

つぎに、マットのところへ連れていかれた。マットはキャスリーンと同じくらいの少年だった。茶色い髪に茶色い目。ちょうどチケット売り場を設置しようとしているところで、ぐらつくスタンドに一人で悪戦苦闘している。

「マット！」

キャスリーンは声をかけ、わたしと二人でスタンドの足をつかんでマットを助けた。

キャスリーンたら、赤くなってる。マットを好きなのかも。

「えっと、こちらはケルシー。二週間ここで働くの。今日はあなたが彼女に仕事を教えてあげて」

「わかった。じゃあね、キャス」マットは屈託のない笑顔を見せた。

「またね」キャスリーンはほほえむと、走って行ってしまった。

「今日はきみがぼくの相棒ってことだね？　よろしく。ぼくはチケットとみやげ物売り場の担当で、ゴミ集めと商品の補充もする。基本的に雑用は全部ぼくの仕事だ。ちなみに、ぼくの父さんはこのサーカスの調教師なんだ」

「カッコいい仕事ね」わたしはそう答えてから冗談を言った。「ゴミ集めもカッコいいけどね」

「ハハハ、言えてる！　じゃあ、始めようか」

それから数時間、二人で箱を運んで、売店の商品の補充をし、開場の準備をした。

結構きつい仕事だ。数時間で手足の筋肉が抗議の声をあげて、全面ストライキに入ろうとしている。

そういえば、パパがよく言っていた。「一生懸命働くことで人は地に足をつけていられるんだ」って。ママが「大きな花壇を作りましょうよ」っていうような大計画を思いついたときには必ず口にしていた。パパはすごく辛抱強くて、わたしが余計な仕事をさせられたと文句を言うと、こう言って笑った。「ケルシー、おまえも愛する人ができれば、持ちつ持たれつってことを学ぶさ。そのうち経験するよ」

ま、このサーカスではそんな経験はしないだろうけど……。

すべての準備が整うと、マットに言われてキャスリーンのところに行き、サーカス用の衣装を選んでもらって着替えた。キャスリーンが選んだのは、金色のきらびやかな衣装。ふだんならこんな格好、絶対にしない。

ド派手な衣装にちょっとびっくりしたけど、これもバイト。金ぴかの襟ぐりに勢いよく首を通した。

衣装を着てチケット売り場に行くと、すでに料金表が掲示され、マットが金庫とリングホルダーに束ねたチケットの取り扱いをわたしに教えこもうと待っていた。お弁当までもらってきてくれている。

「そろそろ開場の時間だ。早いとこ食べたほうがいい。サマーキャンプの子どもたちがバス二台で来ることになってるから」

案の定、お昼を食べ終わらないうちに、キャンプの子どもたちが押し寄せた。まるでバッファローの赤ん坊の群れに襲われている気分。接客スマイルは恐怖に引きつった顔に見えたはずだ。だって、どこにも逃げ場がない。子どもたちはぐるりとまわりを囲んで、てんでにわたしの注意を引こうと叫んだ。

と、そこへ引率の大人たちがやってきた。ふう、助かった。

「全員まとめてのお支払いでよろしいですか？」

「いや、各自でチケットを買わせようということになりましてね」教師の一人が答える。

「……わかりました」わたしは作り笑顔でつぶやいた。

チケットを売りはじめると、キャスリーンがすぐ応援にかけつけ、ショーの開演までいてくれた。開演後、しばらく一人で売り場に座っていたけど、もうだれも来そうにない。金庫に鍵をかけ、マットを探しに行った。マットはテントのなかでショーを見ていた。

今朝会ったひげの大男が司会進行をしている。

「あの人はなんていう名前?」小声でマットにたずねた。

「アゴスティーノ・マウリッツォ。このサーカスの経営者だよ。アクロバットの連中は全員彼の身内なんだ」

マウリッツォさんの紹介で、道化師、曲芸師が次々に登場する。いつの間にかわたしはショーを楽しんでいた。やがて、マットがひじをつつき、みやげ物売り場に移動だと言った。休憩時間に風船を売るのだ。

二人で色とりどりの風船をヘリウムタンクでふくらませていく。やがて休憩時間になると、子どもたちが売り場に群がった。

マットが代金を受け取り、わたしがヘリウムガスで風船をふくらませた。赤の風船が一番人気だ。初めてなので二、三個破裂させて、子どもたちを驚かせてしまった。でも、すかさず「あ〜あ!」とおおげさに叫んで冗談に変えていたら、すぐに子どもたちも一緒に「あ〜あ!」と叫んでくれるようになった。

開演の音楽がふたたび場内に流れると、子どもたちは買ったものを握りしめて、急いで席に戻っていった。暗闇で光るおもちゃの剣を買った子たちは楽しそうにつつきあっている。

マットと一緒に観客席に戻ると、調教師が舞台にあらわれた。マットのお父さんだ。犬の演技のあと、道化師が観客を相手に手品を披露した。一人の道化師がバケツを勢いよく空けると、キャンプの子どもたちに大量の紙吹雪がふりかかった。

楽しそう。でもあれ、わたしたちが全部片付けることになるんだろうな。

手品が終わると、マウリッツォさんがふたたび登場した。スリル満点の音楽が流れ、場内の明かりがパッと消える。まるで得体の知れない物に吹き消されたかのようだった。

スポットライトが舞台の中央にいるマウリッツォさんを浮かびあがらせた。

「さあ、みなさん……わがサーカス最大の呼び物の登場です！　インドのジャングルから連れ去られ、ここアメリカにやってきた獰猛《どうもう》な白きハンター。息をひそめて獲物に忍び寄り、仕留めるタイミングをさぐり……一気に跳びつく！　華麗なまでのその動き！」

マウリッツォさんの口上のあいだに、数人の男性スタッフが大きな丸い檻《おり》を運んできた。逆さまにした巨大なボウルのような形で、片側に金網のトンネルが付いている。檻が舞台のなかほどに置かれ、セメントのブロックにはめこまれた金属の輪でしっかり固定された。

マウリッツォさんはとどろくような声で観客を驚かせたり笑わせたりしたあと、高らかに紹介した。

「これからお目にかける虎は世界一危険な猛獣！　調教師にご注目ください。ここに連れてくるのも命がけだったのです……それではお待たせしました、奇跡のホワイトタイガー、ディレン！」

マウリッツォさんはさっと右を向くと、舞台の外に走り出た。スポットライトがテントのすみの垂れ幕を照らす。動物を乗せる古めかしいワゴンをスタッフが二人がかりで引っぱり出してきた。

金に縁《ふち》どられた白い波模様のついた、古風なワゴンだった。黒い車輪も白く縁どりされ、スポークは金色。ワゴンの両側には、先がU字型の黒い金属棒が取り付けられている。

ワゴンの扉からスロープがおろされ、金網のトンネルにつながれる。そうしているあいだにマットのお父さんが檻に入り、スツールを三つ配置すると、自分はそれと向き合うように立った。目の覚めるような金色の衣装を着て、短いムチを振りまわしている。

「虎を放せ！」

扉が開いた。

そばのスタッフが虎をせきたてる。

息をのんで見つめていると、大きなホワイトタイガーがあらわれた。スロープを軽快に駆けおり、金網のトンネルをくぐって、調教師のいる大きな檻に入ってきた。

ムチがピシッと音をたてると、虎はスツールの一つに跳び乗り、次のムチの音を合図に後ろ脚で立ち、前脚で空《くう》をかいた。観客から拍手がわき起こる。

虎はスツールからスツールに跳び移る。調教師はすかさずスツールを動かして距離をどんどん広げていく。最後の跳躍には思わず息をのんだ。あんなに離れたスツールまで跳び移れるの？　そう思いながら見つめていると、調教師にうながされた虎は低く身をかがめてから跳んだ。

ホワイトタイガーの体が何秒か宙に浮いた。

脚は前後にすっと伸びている。

なんて堂々とした動物だろう……。

虎は前脚で目的のスツールに触れると、体重を移して後ろ脚で優雅に着地した。それから小さなスツールの上で大きな体をしなやかに回転させ、調教師と向き合った。

虎の演技にわたしはすっかり魅了されていた。

虎は命令にこたえてひと声吠《ほ》えると、ふたたび後ろ脚で立って前脚で空をかいた。

調教師が大声で新たに命令を出す。すると、今度はスツールから跳びおり、円を描くように檻のなかを駆けまわった。

調教師は虎から目を離さず、ムチを虎のすぐ後ろに打ちつけて、走り続けるようにうながしている。

合図を受けた若いスタッフが、檻のすき間から大きな輪を調教師に渡した。曲芸用のフープだ。

ホワイトタイガーはジャンプしてフープをくぐると、すばやく向きを変えて何度もフープをくぐりぬけた。

最後に見せたのは、虎の口のなかに頭を入れるという技だった。

場内が静まりかえる。

マットは体を強張《こわば》らせている。

虎は信じられないほど口を大きくあけた。鋭い歯がむき出しになる。

わたしは心配で身を乗り出した。

調教師はゆっくりと虎に自分の頭を近づけていく。

虎は二、三度まばたきしただけで、じっとしたまま力強い口をさらに大きくあけた。

調教師は頭を虎の口のなかにそろそろと入れていった。奥のほうまですっぽり入れ、それからまたゆっくりと出していく。頭が虎の口から完全に出て、調教師の体が虎から離れると、観客からどっと歓声がわき起こった。

調教師は何度もお辞儀をした。

ほかのスタッフがあらわれ、檻を動かす手伝いを始めた。

わたしは虎から目が離せなかった。

ホワイトタイガーはスツールに座っていた。しきりに舌なめずりして、妙な匂いをかいだかのように思いきり顔をしかめている。猫が毛玉を吐くときみたいだ。体を一度震わせ、その場にじっとしている。

調教師が両手をあげると、観客はふたたび大きな歓声をあげた。

そしてまたムチが振りおろされ、虎はすばやく金網のトンネルを駆け戻ってスロープをのぼり、ワゴンの檻のなかに戻った。

調教師もカーテンの奥に消えた。

マウリッツォさんが声高に叫んだ。

「われらが英雄ディレンでした！　グラッツェ！　グラッツェ！　本日はマウリッツォ・サーカスにお越しくださいまして、どうもありがとうございました！」

虎を乗せたワゴンが目の前を去っていく。

急に虎の頭をなでてなぐさめたくてたまらなくなった。虎に感情があるかどうかはわからないけど、なぜかあのホワイトタイガーの気持ちが伝わってきた気がしたのだ。なんだかとても憂鬱《ゆううつ》そうだった。

そのとき、やわらかい風があたりを包み、夜に咲くジャスミンと白檀《びゃくだん》の香りがした。その香りは、子どもたちが食べていた熱いバターポップコーンと綿あめの強烈な匂いさえも完全にかき消した。

心臓の鼓動が速くなり、腕にさっと鳥肌が立つ。

けれど、その香りはまたすっと消えていき、わたしはみぞおちのあたりにわけのわからない穴がぽっかりあいたように感じた。

場内に明かりがつき、子どもたちがサーカスのテントから一斉に駆け出していく。

まだ少し頭がぼんやりしていた。ゆっくり立ちあがって向きを変え、虎が去っていった垂れ幕を見つめる。白檀のかすかな残り香が鼻をくすぐり、ざわざわした感情がなかなか消えない。

この気持ちはいったい……？

ショーが終わり、わたしはすっかり混乱していた。

3

　子どもたちが黄色い声をあげてテントの外に飛び出していくと、駐車場に停まっていたバスのエンジンがかかった。

「さてと、ここからが本番だ。準備はいい？」

　マットが立ちあがって伸びをした。

「もちろん。こうなったらなんでも来いよ！」

　すでに腕が筋肉痛だけど。

　マットが座席のゴミを取り除き、わたしはあとから座席を壁際に寄せていった。それが済むと、マットからフロアブラシを渡された。

「会場全体にブラシがけして、道具や備品はすべて箱に入れてもとの場所にしまうんだ。悪いけど、始めててくれる？　ぼくは金庫をマウリッツォさんに渡してくる」

「了解」

　フロアブラシをゆっくり押しながら、プールで何往復も泳ぐようにテントのなかを行ったり来たりして、ゴミを集めていく。

　わたしはいつの間にか、さっきのショーのことを考えていた。犬の芸が一番よかったけど、あの虎にはどこか人を惹《ひ》きつけるところがある。なぜかホワイトタイガーのことが頭から離れない。

　近くで見たら、どんな感じだろう？

　なぜ、白檀の香りがしたの？

　虎のことは何も知らない。以前、『ネイチャー・チャンネル』を見たり、『ナショナル・ジオグラフィック』の記事を読んだりしたくらいだ。これまで興味を持ったこともなかった。

　ブラシがけがほぼ終わるころ、マットが戻ってきて、ゴミの山を袋に入れるのを手伝ってくれた。それからたっぷり一時間かけて備品を箱にしまい、すべてを保管場所に戻した。

　それが済むと、マットが、サーカス団員みんなで夕食をとる時刻まで、二時間ほど休憩していいよと言ってくれた。わたしは少し一人になれる時間が欲しかったので、テントに戻った。

　服を着替え、簡易ベッドに寝転がる。居心地がいい場所に身を落ちつかせたところで、日記を引っぱり出した。ペンを噛みながら、今日ここで出会った人たちのことを思い浮かべる。

〈マウリッツォ・サーカス〉の人たちはみんな、おたがいを家族だと思っている。何度か感心したのは、自分の担当でなくても、だれもがさっと来て手伝ってくれること。それから虎のことも少しだけ日記に書いた。あの虎のことがすごく気になる。ここで動物相手の仕事をして、大学でもその方面の勉強をしようかな？　でも、よく考えたら、生物学は苦手だから専攻しても挫折《ざせつ》しそう……。

　そろそろ夕食の時間だ。大きな建物からおいしそうな匂いがただよってくる。よく働いたからおなかぺこぺこだ。

　ベジタリアンのセアラが作るクッキーとは大ちがいのいい匂い。おばあちゃんが作ってくれた丸パンとグレービーソースみたいな家庭料理の匂いがする。

食堂に入ると、マットが八つの折りたたみ式の長テーブルにイスを並べているところだった。テーブルの一つにはケータリングだろうか、イタリア料理が用意されている。おいしそう。手伝うと言ったら、マットに追い払われた。

「いいよ、ケルシー。初日で大変だったし、ゆっくりくつろいでなよ。ここは僕がやるから」

キャスリーンが手招きしている。

「一緒に座りましょ。マウリッツォさんが来て、夕方の挨拶をするまでは食事を始められないの」

キャスリーンの言ったとおり、わたしたちが席について待っていると、マウリッツォさんが芝居がかった様子でゆうゆうとあらわれた。

「諸君、すばらしい演技だった！　われらの新しい販売員のお嬢さんはとびっきりの仕事ぶりじゃないかね？　さあ、今晩はお祝いだ！　わが家族たちよ、召しあがれ《マンジャーレ》。好きなだけ皿に盛って遠慮なくやってくれ！」

なるほど、マウリッツォさんはショーのときだけじゃなく、つねに団長役なんだ。

キャスリーンに訊いた。

「つまり、今日はみんなよくやったってことよね？」

「そのとおり。さあ、食べましょ！」

キャスリーンと一緒に列に並び、自分用の紙皿を取ると、グリーンサラダ、ほうれん草入りマカロニチーズのトマトソースがけをたっぷりと、パルメザンチキンを盛った。それでお皿がいっぱいになってしまったので、温かいスティックパンは口に放りこみ、ボトル入りの水をつかんで席に着く。デザートに大きなチョコレートチーズケーキがあるのが目に入ったけど、お皿に盛った料理でおなかがいっぱいで残念ながらあきらめた。

夕食後、食堂の静かな場所に移動して、セアラとマイクに電話をかけた。電話を終えると、料理の残りを冷蔵庫にしまっているマットに声をかけた。

「テーブルであなたのお父さんを見かけなかったけど、食事はだいじょうぶなの？」

「さっき持ってったよ。父さんは虎の世話で忙しかったから」

「お父さんは虎の調教を何年くらい？」

あの虎のことが、もっと知りたくなっていた。

「求人の仕事内容に、虎の世話の手伝いも入ってたけど」

マットは料理の残りをなんとか押しこむと、冷蔵庫を閉めた。

「ここ五年ぐらいかな。マウリッツォさんがあの虎をほかのサーカスから買ったんだ。そのサーカスもべつのサーカスから買ったらしいよ。虎の経歴については記録がきちんと残ってないんだ。父さんが言うには、一般的な芸はやるけど、新しいことは何も覚えようとしないって。けど、よかったのは父さんの手をわずらわせないことさ。虎のわりには、とてもおとなしくて従順なんだ」

「じゃあ、わたしは何をすればいいのかな？　本当に餌やりとか？」

「そうだな、餌やりのときは、でっかい歯には注意したほうがいいよ……。ハハハ、冗談、冗談。ただ建物のあいだを行き来して虎の餌を運ぶだけさ。明日父さんのところに行けばいろいろ教えてくれるよ」

「ありがとう」

日没にはまだ一時間くらいあったけど、明日もまた早起きだ。シャワーをあびて歯を磨き、暖かいフランネルのパジャマと部屋ばきになると、急いでベッドに戻って、祖母のキルトにくるまった。持ってきた本を一章も読まないうちにうとうとし、あっという間に深い眠りに落ちた。

翌朝、朝食をすませ、急いで犬舎に行くと、マットそっくりの人が犬と遊んでいた。髪と瞳も同じ茶色だ。

「やあ。ケルシーだね？　今日はわたしの助手をやってくれるんだろう？」

「はい」

マットのお父さんはわたしの手をやさしく握るとほほえんだ。

「アンドルーと呼んでくれ。それかデイビスさんでもいいよ。アンドルーはくだけすぎだと思うならね。まず、わたしたちがやらなくちゃならないのは、この元気のいいワンコたちを連れて近くを散歩することだ」

「それなら簡単そうです」

「どうかな？　やってみればわかるよ」

デイビスさんは笑い声をあげ、五匹分のリードを渡してくれた。いろんな種類がそろっていた。ビーグル、グレイハウンドの血が入った犬、ブルドッグ、グレートデーン、それに黒いトイプードル。みんなてんでに跳びはねるので、リードがぐちゃぐちゃに絡まりあった。デイビスさんにほどくのを手伝ってもらって、ようやく散歩に出かけた。

朝の森の空気が気持ちいい。犬たちはうれしそうに跳ねまわって、あらゆる方向に引っぱられる。カサカサ音を立てて松や落ち葉や土を蹴《け》ちらしながら、いろんな場所の匂いをクンクンかいでいる。

一匹のリードをからまった木からほどいてやりながら、デイビスさんに話しかけた。

「あの、虎のことを訊いてもいいですか？」

「ああ、かまわないよ。なんでも訊いて」

「ディレンはこのサーカスに来る前はどこにいたんですか？」

デイビスさんはあごの無精ひげをこすった。

「ディレンはマウリッツォさんがほかの小さいサーカスから買い受けたんだ。ショーをもっと盛りあげたいからってね。わたしがほかの動物をうまく手なずけていたから、虎だって扱えるだろうと考えたらしい。だが、わたしはその点ではまったくの素人だった。通常、ああいう大型のネコ科動物を調教するには特別の訓練を受ける必要があるんだ」

「じゃあ、どうやって手なずけたんですか？　あんなに」

「マウリッツォさんに、とにかくやってみろって言われてね。しばらくディレンのいたサーカスに滞在して、一緒に旅まわりをしながら、虎の扱い方を教わってなんとか世話のしかたを身につけたんだよ。ただ、ほかの虎やライオンだったら、うまく扱えたかどうかわからない。ディレンだからうまくいってるのかもしれないな」

「そうなんですか……」

「じつは、最初はとても気性の荒いシベリア虎を勧められたんだが、わたしはすぐにその虎は自分たちとは合わないと気づいた。だから、代わりにあのホワイトタイガーを売ってくれと交渉したんだ。あいつのほうが気性がおだやかだったし、わたしの仕事を楽しんでくれそうだったからね。まあ、正直言えば、あいつはわたしにうんざりしているみたいだが」

べつのサーカスからもらわれてきた虎なんだ……。わたしはしばらく黙って歩いた。

またべつの木にからまった犬のリードをほどいてやりながら、デイビスさんにたずねた。

「ショーのときにマウリッツォさんが言ってたけど、ホワイトタイガーってインドの虎なんですね。てっきりシベリアの虎かと思ってました」

「ああ、確かにロシア産だと思っている人が多い。白い毛が雪になじむからね。だが、シベリア虎はもっと体が大きくてオレンジがかっているんだ。あの虎はベンガル虎、あるいはインド虎と呼ばれる虎の白変種なんだ」

デイビスさんは少しのあいだわたしを見てから、たずねた。

「今日、虎の世話の手伝いを頼んでもだいじょうぶかい？　檻は安全錠がかかっているし、わたしがつねにそばについているから」

そう言われた瞬間、虎のショーの最後に漂ってきたジャスミンの香りがふっとよみがえった。甘く、いい香りだった。

犬が一匹、足もとでじゃれついている。歩みを止められたわたしは我に返った。

「はい、やります！」

散歩のあとは、犬舎で餌やりだ。

デイビスさんは緑のホースを使って餌入れに水をたっぷり入れると、肩ごしにこちらを見た。

「虎は今後十年のうちに絶滅するおそれがあるといわれている生き物だ。インドではすでに、虎を殺してはいけないという法律が制定されている。密猟者や村人のせいで数が減ったんだ。虎は普通人間を避けるんだが、インドでは毎年虎に襲われて多くの死者が出ているから、村人が殺処分してしまう場合もあるんだよ」

デイビスさんに手招きされてついていくと、建物の角を曲がった先に大きな二階建てくらいの納屋があった。壁は白く塗られ、青く縁どりされている。

大きなドアをあけてなかに入った。

まぶしい陽光が射しこんでいた。空中を舞う塵《ちり》に光があたっている。高窓が二つあるだけなのに、納屋にたっぷり光が入っていることに驚いた。はるか頭上には、アーチ状の大きな梁《はり》がある。壁はいくつかに仕切られ、干し草のブロックが天井まで積まれていた。デイビスさんのあとについて、昨日のショーで見た古風なワゴンの置かれた場所に近づく。

デイビスさんは大きな水差しを手に取った。

「ケルシー、ディレンを紹介しよう。こっちへ。やることを説明するよ」

檻に近づくと、眠っていた虎が顔をあげ、輝くような青い瞳で不思議そうにわたしを見つめた。

そう、この瞳……。

すごく惹きつけられる。まともに見つめられると、まるで虎に心をさぐられているような気がしてくる。

とつぜん、波のような寂しさに包まれた。ふだんは心の奥底にしまってある孤独があふれ出る。それを必死に抱きとめ、もう一度心の奥の小さな場所に閉じこめると、深く息をのみこんで、視線をそらした。

デイビスさんが檻のわきにあるレバーを引くと、中仕切りのような安全板がおりてきて、檻の扉側がディレンから仕切られた。デイビスさんは扉をあけ、水用の皿に水をたっぷり入れ、ビタミン液を四分の一カップほど足すと、扉をしめて鍵をかけた。今度はレバーを押して檻のなかの安全板を上げた。

「わたしはちょっと事務作業をするから、虎の朝食を運んできてくれ」

デイビスさんは段取りを説明した。

「中央棟の奥に大型冷蔵庫があるから肉を持ってきてほしい。この赤いワゴンを使うといい。冷蔵庫の肉を取り出したら、べつの肉のパックを冷凍庫から冷蔵庫に移して解凍してくれ。肉を運んできたら、今わたしが水をやったのと同じ要領で、ディレンの檻に餌を入れるんだ。まず安全板で仕切るのを忘れずにね。できるかい?」

わたしはワゴンの取っ手をつかんだ。

「はい、だいじょうぶです」

そう肩ごしに答えながら、早くも納屋の出口に向かっていた。肉はすぐに見つかり、数分で戻った。

どうか、安全板が誤作動しませんように。でないとわたしが餌にされてしまう。心のなかで祈りながらレバーを引き、生肉を大きなボウルに入れると、慎重に檻にすべりこませた。そのあいだ、虎から目を離さないように用心したけど、ディレンはただ座ってじっとわたしを見ていた。

「デイビスさん、この虎って雌《メス》ですか、それとも雄《オス》?」

檻のなかで音がした。虎が低くとどろくようにのどを鳴らしている。

振り向いて虎を見た。

「なんでわたしにうなるの?」

デイビスさんが笑い声をあげた。

「きみがやつの機嫌をそこねたからさ。ディレンはとても敏感だからね。きみの質問の答えだけど、そいつは雄だ」

「なるほど」

虎の食事が済むと、ディレンの芸のけいこを見ていくかとデイビスさんに言われた。ふたりで納屋の扉に横木をかけて虎が脱走しないようにすると、はしごをのぼって納屋の上段から見学した。もし、問題が起こったら、窓から這い出て、マウリッツォさんを呼ぶようにとデイビスさんに言われた。

デイビスさんは檻に近づき、扉をあけると、ディレンに外に出ろと呼びかけた。ディレンはデイビスさんをちらっと見ただけで、眠たそうに頭を前脚の上に戻す。

デイビスさんはもう一度呼んだ。

「来い！」

ディレンは大口をあけてあくびをした。おそろしく大きな歯。それから立ちあがって前脚を突き出すように伸びをすると、後ろ脚は片方ずつ伸ばした。大きななりでも、しぐさは眠そうな家猫そっくりだ。ディレンはくるりと向きを変え、軽やかにスロープをおりて、檻から出てきた。

デイビスさんはスツールを配置し、ムチの音をさせながらディレンにスツールに跳び乗れと命令したり、曲芸用のフープを出してきて、跳ぶ練習をさせたりした。

ディレンはすべてを軽々とこなした。動きはしなやかで、力んだところが少しもない。白黒のしま模様の毛の下で躍動する筋肉が見えるようだった。

デイビスさんは二度ほど虎につけ入るすきを与えてしまったが、ディレンは何もしなかった。デイビスさんが顔を鉤爪《かぎづめ》に近づけすぎて、今にも強打されそうになったとき、ディレンは前脚を引っこめた。デイビスさんが尻尾を踏んだときも、ディレンは低くうなっただけでそっと尻尾をはずした。

それがとても不思議で、わたしはますますこの美しい生き物に惹きつけられた。

触れてみたかった。

デイビスさんは風通しの悪い納屋で汗をかきながら、虎をスツールに戻らせると、ほかのスツール三つを近くに配置して、跳び移る練習をさせた。それが済むと、ディレンを檻に戻し、ほうびの乾燥肉を与えてから、もうおりてきてもだいじょうぶだとわたしに合図した。

「ケルシー、そろそろ中央棟に行って、ショーの準備をしているマットを手伝ったほうがいい。今日は地元の施設から高齢者の団体が来ることになっているんだ」

わたしははしごをおりて言った。

「あの、お願いがあるんですけど、ときどきここで日記を書いてもいいですか？　日記に虎の絵を入れたいんです」

「ああ、いいとも。ただ、近づきすぎないようにしなさい」

急いで納屋を出ると、デイビスさんに手を振りながら叫んだ。

「見学させてもらってありがとうございました。すごく興奮しちゃった！」

マットの手伝いに駆け戻る。ちょうど最初のバスが駐車場に入ってきた。昨日とは打って変わって、最初に引率の女性が全員分のチケットをまとめて買ってくれたので、仕事がずいぶん楽だった。観客たちはゆっくりとテントに入り、席に着くとうとうとしはじめる人もいた。

休憩時間になっても、昨日とちがってそれほどすることはなかった。観客の半分はまだ眠りこけていたし、もう半分はトイレの前で列を作り、みやげ物を買いに来る人はほとんどいなかった。

ショーが終わると、マットと一緒に急いで後片付けをした。

その日も数時間一人になれる時間ができた。わたしは自分のベッドに戻り、日記とペンと鉛筆とキルトを引っぱり出すと、納屋に向かった。

重い扉をあけて、照明をつける。

檻に近づいていくと、ディレンは前脚に頭を乗せ、気持ちよさそうに休んでいた。干し草ブロックの段差がちょうどいい背もたれつきのイス代わりになる。そこに座ると、キルトをひざにかけ、日記を開いた。

今日のことを少し書き留めてから、スケッチに取りかかる。

そういえば高校の美術の授業では、モデルデッサンは我ながらいい線いってた。そんなことを考えながら、鉛筆を握って目の前にいるモデルを見る。ディレンはまっすぐにわたしを見つめていた。

その表情はわたしを食べたいというより……話をしたがっているの？

「そんなに見られても、困るんだけど」

笑いながらつぶやいて、スケッチを始めた。

瞳は鮮やかな青。長く伸びたまつ毛は黒く、鼻はピンク。毛はやわらかく、乳白色に黒いしま模様が額《ひたい》と頬から放射状にのびて、尻尾まで続いている。毛でおおわれた短い耳はわたしのほうに傾き、頭はものうげに前脚の上に置かれている。

ディレンはこちらを見つめたまま、尻尾をゆったり床に打ちつけた。

わたしは時間をかけて正確にしま模様を描いた。虎の模様は二頭と同じものがないと、デイビスさんに教わったから。人間の指紋みたいに特有で、それぞれを識別できるものなんだとか。

スケッチをしながら、いつしかわたしは虎に話しかけていた。

「ディレン、これからレンって呼ぶけど、かまわない？　いいよね？　今日はどうだった？　朝食はおいしかった？　ところで、あなたすごくハンサムよね。わたしを餌にしそうな恐ろしい虎だけど……」

しばらく静かにスケッチを続ける。聞こえるのは紙の上を鉛筆が走る音と、レンの規則的な深い息づかいだけ。

「……ねえ、サーカスの虎でいることに満足してる？　あなたにとって刺激的な生活だとはとても思えない。ずっとこんな檻のなかに閉じこめられているんだもの。わたしだったらすごくつらい……」

そこで言葉につまった。通じないとはいえ、そんなこと訊いて悪かったかも。唇を噛みながら、レンの顔のしま模様に陰影をつけていく。

「そうだ、詩は好き？　詩集を持ってきたから、たまに読んであげるね。猫についての詩もあるし、気に入るんじゃないかな」

スケッチから顔をあげるとハッとした。

レンが動いている。上体を起こし、顔をわたしのほうに近づけて、じっと見ている。

ちょっと落ちつかない気分になった。

虎が人間を熱心に見つめるって、あまりいいことじゃない……気がする。

そのとき、デイビスさんが納屋に入ってきた。

よかった。

レンはごろりと寝転がったけど、顔はわたしのほうに向けたまま、あの濃いブルーの瞳で見つめていた。

「やあ、さっそく来てるね」

「はい。あ、一つ質問があるんです。ディレンは寂しくないんですか？　これまで、雌のパートナーをさがしてあげたことは？」

「ないなあ」デイビスさんは大声で笑った。

「こいつは孤独を好む質《たち》でね。前にディレンがいたサーカスの人の話だと、一度、動物園で発情期の雌のホワイトタイガーと一緒にして繁殖させようとしたけど、だめだったらしい。まったく食べなくなったそうだよ。それで動物園から出したそうだ。たぶん、こいつは独身主義なんだよ」

「そうなんだ」

わたしはちらっとレンを見た。独身主義の虎だなんて。

「そうだ、そろそろ戻って、マットの夕食の準備を手伝ってきます」

日記を閉じて持ち物をかき集めた。

中央棟に向かいながら、レンのことを考えた。奥さんも子どももいない独り身なんて寂しくないのだろうか。それに、ここでは狩りをするシカもいない。ずっと囚《とら》われの身だ。

夕食が終わると、デイビスさんを手伝ってまた犬に散歩をさせ、そのあとは早々にベッドに寝転がった。腕を頭の下に組んでテントの天井を見つめる。

レンのことが気になってしかたない。二十分ほど何度も寝返りを打ってから、思い切って、納屋に向かった。

なかに入ると、檻のそばの照明以外はつけずに、キルトを持って昼間座った干し草のブロックに落ちついた。満月のおかげで納屋のなかも意外に明るい。

なんとなく感傷的な気分だったので、『ロミオとジュリエット』のペーパーバックを持ってきていた。

わたしはまたレンに話しかけた。

「レン、しばらくここで本を読みたいんだけど、いい？　ちなみに『ロミオとジュリエット』の話に虎は出てこないけど、今日みたいな月夜のシーンがあるから、レンもバルコニーのジュリエットを見あげるロミオの気持ちで聞いて。そうだ、物語にふさわしい雰囲気づくりをしよう」

満月の夜だったので、照明を消した。二つの高窓から射しこむ月の光だけで、充分本が読める。

レンが尻尾を木製のワゴンの土台に打ちつける音がしている。わたしは横向きに寝転がると、干し草を枕代わりに朗読を始めた。レンの横顔が見え、ぼんやりした光のなかで瞳が輝いている。

しばらく読むと、ちょっと休んだ。

「ロミオみたいな男の人にはきっと出会えないだろうな。たぶん、こんな人、この世にいないのよ。あ、もちろん、あなたはべつよ。あなたはとてもロマンチックな虎だもの。シェイクスピアはきっと、理想の男性像を書いたのね……」

目をちょっと休ませようと、まぶたを閉じた。そのまま、朝まで目を覚まさなかった。


それからというもの、自由時間はずっと納屋で過ごした。レンと過ごすのが楽しかったし、レンもわたしがそばにいることを気に入っているようだった。本を読みはじめると、必ず耳をぴんと立てた。

デイビスさんはわたしが虎の質問ばかりするので閉口していたはずだ。でも、わたしの仕事ぶりを認め、質問に答えてくれた。

毎朝早く起きて、レンと犬の世話をし、午後は納屋に寄り、レンのいる檻のそばに座って日記を書く。夕暮れには、キルトと本を持ってまた納屋に行った。適当な詩を一つ選んで朗読することもあれば、ただレンにその日の出来事を話すこともあった。

わたしの話や詩の内容がわかっているかどうかはわからない。

でも、レンのそばにいるとくつろいだ気分になれた。レンは大事な友だちみたいな感じだった。


サーカスで働きはじめてからあっという間に一週間がたとうとしていた。

わたしはいつものようにマットとショーを見ていた。レンの曲芸の番になったとき、いつもとどこか様子がちがった。

レンはトンネルを足早に駆けぬけて檻に入り、輪を描くように走ったり、何度かそわそわと行ったり来たりしている。そのあいだも、まるで何かを探しているように観客のほうを見続けていた。

その後、ようやく立ちどまったかと思うと、その場で彫像のように固まり、まっすぐにこっちを見た。レンの目がわたしの目をしっかりとらえる。わたしは目をそらせなくなった。何度かムチの音が聞こえたけど、レンはその場を動かない。マットにひじでつつかれて、ようやくわたしは視線をそらした。

「なんだか様子がおかしいな」マットが言った。

「そうよね……いったいどうしたんだろう。ずっとわたしたちのほうを見てる……」

「こんなこと初めてだ。ぼくにもわからないよ」

レンはようやくわたしたちに背を向けると、いつもの演技を始めた。

ショーが終わり、片付けを済ませてからレンの檻を訪ねた。レンは檻のなかを歩きまわっていたけど、わたしに気づくと、座ってその場に伏せ、頭を前脚に乗せた。

「今日はいったいどうしたの？　心配だな。体調が悪いんじゃないといいけど」

レンは静かに座っている。ただ、目でわたしの動きを追っている。

わたしはゆっくりと檻に近づいた。

目の前の虎にどうしようもなく惹きつけられていた。自分のなかにわき起こる、強く危険な衝動をおさえることができない。まるで、実際にぐいぐい引っぱられているようだった。ひょっとすると、おたがいに寂しさを抱えた者同士なんだという思いがあったのかもしれないし、レンが驚くほど美しい生き物だったからかもしれない。

そのときわたしは、わけもなくレンに触れたかった。触れなくてはならない気がしたのだ。危険だと頭ではわかっていた。でも、怖くはなかった。不思議だけど、レンがわたしを傷つけることはないとわかっていた。だから、頭のなかで鳴りひびく非常ベルも無視した。

心臓の鼓動が速くなる。さらに一歩檻に近づくと、体が震えた。少しのあいだその場で立ちどまる。

レンはじっと動かない。ただ、鮮やかな青い瞳で静かにわたしを見続けていた。

檻に向かってゆっくり手をのばし、指先をレンの前脚に近づけていった。指がレンのやわらかい白い毛に触れた。

レンは深く息をついたけど、じっとしている。

勇気が出たわたしは、手のひらでレンの前脚を軽くなで、しま模様の一つを指でなぞった。

ハッと気づいたときには、レンの顔が近づいていた。そして、檻の外に手を引っこめる間もなく、レンがわたしの手をなめた。

うわっ！

わたしはさっと手を引いた。

「びっくりさせないでよ！　指を食いちぎられるかと思った」

そう言いつつも、もう一度ためらいがちに檻の近くに手を差し出すと、レンが檻のすき間からピンクの舌を突き出して、なめようとした。わたしはレンに二、三度手をなめさせてから、流しに行って手についた虎の唾液を洗い流した。

干し草のブロックが積まれたお気に入りの場所に向かいながら言った。

「食べないでくれてありがとう」

レンから、不満そうな軽い鼻息が返ってきた。

「今日は何がいい？　前に約束した猫の詩はどう？」

腰をおろし、詩集を開くと、目的のページを見つけた。
「いい？　読むね」

わたしは猫　　レイラ・アッシャー

エジプトでは、あがめられた
わたしは猫
人間の思いどおりにはならないから
謎めいた存在だと言われる
ネズミを捕まえて遊んでいるだけで
冷酷呼ばわりされる
だが、人間だって動物を捕まえて飼う
公園や動物園で、ぽかんと口をあけてながめるために
動物はみな、娯楽の対象だと思っている
自分たちの奴隷になるべき存在だと
わたしは必要なときしか殺さないが
人間は娯楽や権力や金のために殺す
そして、えらそうな顔をする
そんな人間をなぜ愛さなければならないのか
猫であるわたしの祖先は

誇らしげにジャングルを歩き
人間に飼い慣らされた者はいない
人間は知っているのだろうか
わたしの祖先に命を与えたのと同じ不滅の手が
わたしに命を与えたのだということを
それでも、わたしだけは自由だ
わたしは猫

本を閉じ、レンをぼんやり見つめた。

堂々と威厳に満ちあふれたレンがジャングルを駆けめぐって狩りをする姿を想像する。

急にレンの今の境遇がとてつもなく悲しいものに思えた。

こんなの、いい暮らしであるはずがない。サーカスで芸をする毎日なんて。たとえ良心的な調教師のところにいるとしたって悲しすぎる。虎は、犬や猫のようにだれかのペットになる生物じゃない。大自然のなかで自由に生きるべきだ。

わたしは立ちあがり、レンに歩み寄った。ためらいながら、もう一度手を檻のなかへと伸ばし、前脚をなでた。

すぐにレンが舌を出してその手をなめる。

笑い声が漏れた。ゆっくりと手をレンの頬に這わせ、やわらかい毛をなでる。自信をつけたわたしは、レンの耳の後ろをかいた。

レンののどの奥で深い震動音が聞こえる。

のどを鳴らしている……。

気持ちいいんだ。さらに耳の後ろをかいた。

「気に入った？」

ゆっくり手を引っこめ、レンをしばらく見つめながら、今起こったことをじっくり考えた。

レンは人間みたいに物悲しい表情をしている。虎に心があるなら——いや、絶対あると思う

——レンの心は孤独と悲しみでいっぱいなんだ……。

大きな青い瞳を見つめてささやいた。

「あなたが自由になれたらいいのに」

4

二日後のことだった。納屋に行くと、高級そうな黒いスーツに身を包んだ品のある長身の男性が、レンの檻のそばに立っていた。

白髪は短く刈られ、あごひげや口ひげも念入りに整えられている。黒に近い茶色の瞳に、ワシ鼻、黄みがかった褐色の肌の持ち主だ。なにか静かにひとりごとを言っている。

どう見ても納屋には不釣り合いな紳士だ。

「あの、何かご用ですか？」わたしは訊いた。

男の人ははじかれたように振り向き、わたしを見てほほえんだ。

「これはこれは！　あなたがケルシーさんですな。自己紹介させてください。わたくしはアニク・カダムと申します。お目にかかれて光栄です」

拝むように両手を合わせてお辞儀をする。

まるでひと昔前のどこかの国の貴族みたい……。

「はい、ケルシーですけど……あの、何かご用ですか？」

「ええ、ひとつ頼みがあるのです」

カダムと名乗った紳士はにっこり笑って説明した。

「このりっぱな虎のことについて、サーカスの所有者と話がしたいのですよ」

わたしはとまどった。レンのことで?

「あの、マウリッツォさんなら中央棟の裏の黒いトレーラーハウスにいるはずです。ご案内しましょうか?」

「いや、それにはおよびません。ご親切にありがとう。では、これからうかがってみます」

カダムさんは納屋を出て、後ろ手でそっと引き戸を閉めた。

わたしはレンの様子を見て、無事を確認した。

「あの人、なんの目的で来たのかな? ただの虎好き?」

ちょっとためらってから、手を檻のすき間に差し入れる。自分の大胆さに驚きながら、レンの前脚を軽くなで、それからレンの朝食の準備を始めた。

「あなたみたいにきれいな虎はめったにいないし、芸もみごとだからほめに来たんじゃないかな」

レンは不満そうに鼻を鳴らした。

そのあと、わたしも朝食をとろうと中央棟に向かった。

いつになくざわざわしている。団員たちが集まり、あちこちで何人かずつかたまってしきりにしゃべっている。

わたしはチョコチップマフィンと冷えた牛乳ビンを手に取ると、マットに声をかけて部屋のすみに誘った。

「何かあったの?」マフィンにかぶりつきながら訊いた。

「ぼくもよくわからないんだけど、父さんとマウリッツォさんが今、男の人とこみいった話をしてて、日常業務をいったん止めてここで待つようにって指示があったんだ。だからみんな、何だろうってうわさしてるところさ」

「ふうん、そうなんだ」

マフィンを食べながら、団員たちがあれこれ言い合うのに耳を傾ける。

ほどなく、マウリッツォさんとデイビスさん、それにさっきのカダムという訪問者が入ってきた。

「みんな座ってくれ！」

マウリッツォさんは満面の笑みで言った。

「こちらのカダム氏がわしをこの上なく幸せな男にしてくれた。我らの大切な虎、ディレンを買い取りたいとの申し入れがあった」

息をのむ声が聞こえ、何人かが座ったまま身を乗り出し、たがいにひそひそ話しだした。

「……静かに。わが友よ、黙って最後まで聞いてくれ！　カダム氏は我らの虎をインドに連れ帰り、ランタンボール国立公園という大保護区で暮らさせたいとのことだ。カダム氏から支払われる額で、わがサーカスは二年間、団員みんなを食わしていける！　デイビス君も同意してくれている。ディレンもそこで暮らすほうがまちがいなく幸せだろうとの意見だ」

デイビスさんをちらっと見ると、真面目な顔でうなずいている。

「今回のショーは最終日までおこなうことで合意している。その後、虎はカダム氏と一緒に飛行機でインドに向かい、われわれは次の街に移動する。ディレンが我々と一緒にいるのは今公演の最終日、来週土曜のグランド・フィナーレまでだ！」

マウリッツォさんはそう締めくくると、カダムさんの背中をポンとたたいた。

カダムさんとマウリッツォさんは中央棟から出ていった。

そのとたん、静かに聞いていた団員たちがいっせいにしゃべりはじめた。二年間はギャラが保証されるのだ。みんな興奮して仲間と背中をたたき合って喜んでいる。

そのなかでわたしは食べかけのマフィンを手に、ぼんやりとその場に座っていた。全身が凍りついたかのように動かない。

レンがいなくなる？　インドに帰る？

ようやく気持ちを立て直すと、マットに話しかけた。

「あなたのお父さんはだいじょうぶなの？」

「まあ、犬たちがいるしね。前から父さんはミニチュアホースを扱ってみたいって言ってるんだ。これでサーカスの資金が増えれば、マウリッツォさんに頼んで二頭くらい買ってもらえるだろうから、調教を始められるよ」

マットが立ち去るのをながめながら、わたしは自分に問いかけた。

ケルシー、自分こそだいじょうぶなの？

正直言うと、落ちこんでいた。このサーカスの仕事がどっちみちすぐに終わることはわかってたけど、考えないようにしていた。レンと離れたら、きっと寂しくなる。でも、レンのことを思えばうれしくもある。

自分でも知らないうちに、レンに心を寄せ、感情移入しすぎていた。

レンにとってはいい話にまちがいない。ただ、もうレンの檻の前で話をすることができないと思うと無性に悲しくなった。

その日はなるべく忙しく動きまわり、虎のことは考えないようにした。

マットと一緒に午後いっぱい仕事をし、ようやくレンに会いに行く時間がとれたのは夕食が終わってからだった。

急いでテントに行き、キルトと日記と本をつかむと、納屋へと走った。お気に入りの場所にたどりつき、両足を前に投げ出して座る。

「大ニュースよ。あなたはインドに帰ることになったの！　これで幸せになれるね。ひょっとしたらかわいい雌虎を見つけられるかもしれないし！

ねえ、まだ狩りのやりかたを覚えてる？　あ、保護区だからちゃんと見守ってもらえて、やせ衰えることはないと思うけど」

納屋の奥で物音がしたので、顔を向けるとカダムさんがいた。わたしは少し背を伸ばして座り直した。虎に話しかけているところを見られて、ちょっと照れくさい。

「お邪魔をしてしまったようですな」

カダムさんはそう言うと、虎からわたしに視線を移し、注意深くわたしを観察した。

「あなたはどうやらこの虎に……愛情を持っておられるようですね？」

「……はい。レンと一緒にいるとなごむっていうか、楽しくて」

わたしは素直に答えた。

「それより、カダムさんはあちこちで虎を救出しているんですか？　いいお仕事ですね」

カダムさんは笑った。

「ああ、これは本職ではありません。本当の仕事は資産管理です。わたくしの雇い主がこの虎に興味を持ちましてね。マウリッツォ氏に買い取りを申し入れたのもわたくしの主人です」

カダムさんはスツールを見つけると、わたしの向かいに置いて腰かけた。スツールの上で姿勢よく座っている。長身の年配者としては意外なほどだ。

「あの……インドのかたなんですか?」

「ええ、そうですよ。インドで生まれ育ちました。わたくしが管理する不動産持株会社もインドにあります」

わたしはわらを一本ひろって自分の指に巻きつけた。

インドからわざわざ、サーカスの虎を買いに……。

「その雇い主のかたって、どうしてレンに興味を持ってるんですか?」

カダムさんは目をきらめかせ、虎のほうをちらっと見てからたずねた。

「偉大なるディレン王子の話はご存じですかな?」

「いいえ」

「この虎のディレンという名前は、わたくしの国の言葉では〈強き者〉を意味します」

カダムさんは首をちょっとかしげ、何かを考えているようだった。

「インドでかなり有名な王子も同じ名前でした。その王子にはきわめて興味深い伝説が残っていましてね」

わたしの質問の答えとはちょっとちがうけど……。

「質問をかわすのがお上手なんですね。でも、おもしろい話なら大好きです。そのディレン王子の話、覚えていれば、教えてください」

カダムさんはどこか遠くにじっと目をこらしてから、ほほえんだ。

「覚えていると思いますよ」

そこから口調が変わり、声が落ちついた音楽的な色を帯びる。カダムさんは語りはじめた。

「……昔、インドに力のある王がいました。王には息子が二人おり、兄のほうはディレンと名付けられました。兄弟は最高の教育と軍事訓練を受けました。

母親である王妃は、息子たちに祖国と民への愛を教えました。民が何を必要としているか知ってほしいとの思いから、二人を連れて恵まれない子どもたちのところに行き、一緒に遊ばせもしました。そうした子どもたちと触れ合うことで、兄弟は謙虚さを身につけ、自分たちの恵まれた境遇に感謝するようになりました。

いっぽう父王は息子たちに、王国をいかに統治すべきかを教えました。とりわけディレンは成長すると、勇敢で恐れを知らぬ軍の指揮官になり、思慮深い行政官になりました。

ディレンの弟もひじょうに勇敢でたくましく、また賢い青年でした。兄を愛していましたが、ときおり心に刺すような嫉妬も感じていました。自分がどんなに訓練で成果をおさめても、ディレンが次の王になることは決まっていたからです。嫉妬を抱くのも無理からぬことでした。

ディレンは知的で、人間的な魅力と慎《つつし》みとを兼ね備えた、類《たぐい》まれなる人物でした。立派な為政者で優れた戦士であると同時に名高い詩人でもありました。人々は王の一家を愛し、ディレンが次の王となって、平和で幸せな時代がさらに続くことを楽しみにしていたのです」

わたしはカダムさんの話にすっかり引きこまれていた。

「……それで、二人の兄弟はどうなったんですか？　王の座をかけて戦ったとか？」

カダムさんはスツールの上でわずかに体を動かした。

「ディレンの父、ラジャラム王はディレンと隣国の支配者の娘との結婚を取り決めました。この二つの王国は何世紀も良好な関係を続けてきたにもかかわらず、そのころ国境で小競り合いが頻発《ひんぱつ》するようになっていたのです。

ディレンは結婚の取り決めに喜んで従いました。相手となる娘イェスバイはとても美しく、この結婚で祖国に平和をもたらすことができると思ったからです。二人は正式に婚約しましたが、ディレンは軍の視察のため、すぐにべつの地域に行かねばなりませんでした。ディレンがいないあいだ、弟がイェスバイと一緒に過ごし、いつしか二人は恋仲になりました……」

虎が大きな音で鼻を鳴らし、尻尾を檻の木の床に数回打ちつけた。

わたしは心配になって、レンにちらっと目をやった。

「レン、静かに。カダムさんの話をちゃんと聞いて」

レンは前脚に頭を乗せると、わたしたちをじっと見た。

カダムさんは続けた。

「弟は愛する女性を手に入れるために、兄を裏切りました。邪悪な男と取引し、その男が、帰路についたディレンを捕らえたのです。ディレンは政治犯としてラクダにつながれ、地面を引きずられながら敵国の街中で見せしめにされました。人々はディレンに石や棒きれやゴミやラクダの糞《ふん》を投げつけました。ディレンは拷問を受け、両眼をくりぬかれ、頭髪を剃《そ》られ、最後には全身をバラバラにされて川に投げ捨てられたのです」

「……そんな……ひどい」

カダムさんはわたしの顔をじっと見て、おごそかに続けた。

「祖国の人々が事態を知ると、大きな悲しみが国じゅうを覆いました。ディレンの国の民が遺体の投げ捨てられた川に行き、バラバラになった遺体を引きあげて正式な葬儀をしたという話もあれば、遺体は見つからなかったという話もあります。

愛する息子の死の知らせを聞いた王と王妃は悲嘆に暮れ、深い絶望の淵に陥りました。ほどなく二人は共にこの世を去り、弟は恥ずかしさのあまり逃亡し、イェスバイは自ら命を絶ちました。こうして、ムジュラーイン帝国は泥沼の混乱状態に陥りました。王家の権威が途絶え、軍部が王国を引き継いだものの、最後にはディレンを殺した邪悪な男が王位を奪いました。そこに至るまでには五十年にわたる悲惨な戦争と虐殺が続いたのです……」

カダムさんが口を閉じると、あたりは重たい沈黙に包まれた。

檻のなかでレンの尻尾がこすれる音がし、わたしはハッと我に返った。

「なんて言ったらいいか……」わたしはようやく口を開いた。「それで、その人を愛していたんですか？」

「だれのことをおっしゃっているのかな？」

「ディレンはイェスバイのことを愛していたんですか？」

カダムさんは目をしばたたいた。

「それは……どうですかな。当時は多くの結婚が親の取り決めによるものでしたから。愛情があるかどうかはめったに考慮されませんでした」

「すごく悲しい物語ですね、みんなかわいそう。もちろん、その悪い男はべつだけど。ちょっと血なまぐさかったけど、すばらしいお話でした。インドの悲劇なんですね。シェイクスピアを思い出しちゃった。じゃあ、レンはその王子の名前をとって名付けられたんですか？」

カダムさんは片方の眉をつりあげると、ほほえんだ。

「そのようですな」

「レン、知ってた？　あなたは英雄なのよ！」

レンは両耳をぴんと立て、目をぱちくりさせた。

「お話を聞かせてくださり、ありがとうございました。日記にこのことを必ず書きます」

わたしは元の質問にカダムさんを引き戻しにかかった。

「それで……雇い主さんがどうして虎に興味があるかって質問なんですけど……」

カダムさんは咳払いをし、それとなくわたしを見ながら、時間稼ぎをした。さっきまで雄弁に語っていたのに、決まり悪そうに口ごもり、次の言葉をさがしている。それからようやく答えた。

「わたくしの主人はこのホワイトタイガーと特別な縁《えん》があるのです。つまり、虎が監禁されたこと――いや、言葉がいささかおおげさですな――捕らえられたことに責任を感じているのです。わたくしの主人がのっぴきならない状況に陥り、その結果、この虎は檻に入れられ、売られてしまったのです。ここ数年間ずっとその行方を追ってきました。これでようやく償いをすることができます」

「そうだったんですか。でも、そんなふうに動物のことをずっと気にかけていらっしゃるなんて、すごくやさしいかたなんですね」

カダムさんは返事の代わりにわたしに向かってお辞儀をし、それからためらいがちに、真顔で言った。

「ケルシーさん、こんなことをお願いするのはぶしつけとは存じますが、じつはこの虎のインドへの渡航につきそってくれる人間が必要なのです。わたくしは虎の世話ができませんし、今の予定では目的地まで同行することもできません。デイビス氏にお願いしてみたのですが、サーカスにとどまらなければならないと言われましてね」

カダムさんはスツールで前かがみになった。

「その仕事を、あなたにお願いしたいのです。ご興味はありますかな?」

えっ……インドへのつきそい? わたしが?

どう答えていいかわからず、しばらくカダムさんの手を見つめていた。カダムさんのようなりっぱな紳士なら、手入れの行き届いた細長い指をしているかと思ったのに、その指は太く、強張っている。重労働をしてきた人の手だ。

わたしが黙っていると、カダムさんはさらに身を乗り出した。

「この虎はすでにあなたに慣れているようですし、報酬も充分にお支払いします。デイビス氏が、あなたが適任ではないかと勧めてくれましてね。ここでのアルバイト期間ももうすぐ終わるから、と。あなたがこの仕事を引き受けてくだされば、きっとわたくしの主人も、わたくしより虎の世話に長《た》けた方がつきそってくださることに感謝するでしょう。一週間ほどの旅ですが、あなたには夏のあいだの分をまるまるお支払いするよう指示されています。この仕事をしていただくということは、そのあいだ家を離れ、ほかの働き口を探すのも遅れてしまいますから、当然の補償です」

「……でも、具体的にわたしは何をしたらいいんですか? パスポートが必要だろうし、ほかの書類の手続きもありますよね?」

カダムさんはわたしのほうに顔を近づけた。

「もちろん、渡航の準備はすべてわたくしが手配いたします。予定ではまずムンバイ――俗にいうボンベイに飛びます。到着後、わたくしは仕事で街にとどまりますので、あなたに引き続き車で保護区に送られる虎の同行をお願いします。運転手と檻の積みこみ作業員は雇う予定です。あなたの仕事は虎の世話だけです。餌をやり、虎がくつろげるように気を配ってくださるとありがたい」

「……そのあとは？」

「車での移動は片道十時間から十二時間です。保護区に到着後、数日滞在いただいて、この虎が新しい、これまでとはちがう自由な環境にうまく順応していけそうか確認してください。ジャイプールからの復路の航空券を買っておきますので、保護区から出ている空港行きの観光バスに乗っていただき、そこからムンバイ経由で帰国されれば、復路は少し近道になるでしょう」

「じゃあ、一週間ぐらいの日程なんですか？」

「そうですな。すぐに飛行機で帰国されたいということであれば、それも可能ですし、よろしければ二、三日インド観光を楽しまれることもできます。あなたの移動分はもちろん、それに伴う食事や宿泊など必要な物はすべてこちらで用意しますのでご安心ください」

すごい……インドで観光？　ホテルも食事も？

「それって、すごく……条件のいいお話ですね。このサーカスでの仕事も終わるし、新しいアルバイト先を探さなくちゃいけないんですけど……」

唇を嚙み、どっちとも決めかねて、半分自分につぶやくようにカダムさんに言った。

「インドってすごく遠いですよね。外国に行ったことがないから、インドに行くのはわくわくするし、ちょっと怖い気もします。いつまでにお返事すればいいですか？」

「早くお引き受けいただければ、それだけ早く必要な手続きができます」

「わかりました。養父母に電話で相談して、デイビスさんにも意見を聞いてから早目にお返事します」

カダムさんはうなずき、マウリッツォさんに連絡先を伝えてあるので、結論が出たら知らせてほしいと言った。そして、夕方までサーカスの近辺でレンを出国させるための事務手続きをしているからと付け加えた。

混乱したまま、持ってきた私物をつかんで中央棟に戻った。

インド？　そもそも外国なんて初めて。

もし、だれとも意思疎通ができなかったらどうしよう？　もし、道中にレンに何かあったらどうしたらいい？

たくさんの思いが頭のなかを駆けめぐる。でも、心のどこかでこの話を前向きに考えている自分がいた。

もう少しレンと一緒にいられるし、以前から外国に行ってみたいと思っていた。旅行ができて、しかも報酬がもらえるのだ。カダムさんは何かをたくらむ悪い人にはとても見えない。それどころか、自分の祖父のように信頼できる人に思えた。

デイビスさんに意見を聞こうと探すと、外で犬たちに新しい芸を教えていた。

話をしたら、デイビスさんもカダムさんから同じ話をされ、引き受けたかったが、残念だけど断ったという。

「きみにとってすばらしい経験になると思う。きみは動物の扱いがとてもうまい。特にディレンの扱いはピカイチだ。動物の仕事が初めてとは思えない。将来の職業に生かそうと真剣に思うなら、考えてみるべきだよ。今回の仕事は就職に有利になるだろうし」

デイビスさんに礼を言ってから、セアラとマイクに電話で相談した。二人ともびっくりしていたけど、直接カダムさんに会って、信頼のおける人かどうかを見極め、ちゃんと安全策を講じているのかも確かめたいと言った。

セアラが電話で提案した。

「ちょうどいいわ。そっちであなたの誕生日をお祝いするっていうのはどう？　そうすれば、一緒に過ごせるし、カダムさんにも会えるわ」

この仕事を引き受けてだいじょうぶだろうか。

しばらくあれこれ考えたけど、結局、旅行に行けるというわくわく感が不安を徐々に消し去った。それにインドに行って、レンが保護区に落ちつくのを見届けたい――レンが自由にジャングルを歩く姿をこの目で見たい。

こんな経験はもう二度とできないにちがいない。

レンのいる納屋に戻ると、カダムさんがいた。

一人でレンに向かって静かに話をしていたようだ。

この人もわたしと同じで虎に話しかけるのが好きみたい。

扉を入ったところで、立ちどまった。

「あの、養父母が、カダムさんにお会いしたいと。明日の晩、わたしの誕生日祝いをするんです。そこに同席してくださいませんか？　養父母がケーキとアイスクリームを持って遊びに来てくれるので」

カダムさんは顔をパッと輝かせ、うれしそうな笑顔を浮かべた。

「それはすばらしい！　ぜひともうかがいますよ」

「あんまり期待しないでくださいね。わたしの養父母はベジタリアンなので、豆乳アイスとかグルテンや砂糖の入っていないカップケーキを持ってきそうだから」

そう言って笑った。

カダムさんと話したあと、セアラたちに電話をして細かい予定を決めた。


セアラとマイクと子どもたちは早々にやってきて、ショーを楽しんだ。レンの演技にすっかり魅了されたようだ。そのあと、サーカスの人たちと楽しげにあいさつを交わした。カダムさんは紳士的で人あたりがよく、今回の仕事を成し遂げるにはわたしの助けがどうしても必要なのだとセアラとマイクを説得した。

「つねに連絡が取れるようにいたします。ケルシーさんはいつでもそちらに電話できます」

そのあとデイビスさんも賛成意見を添えてくれた。

「ケルシーなら、カダムさんがおっしゃるとおり、今回の仕事をこなせますよ。今、サーカスでやってくれていることと基本的に変わりませんしね。それに、すごくいい経験になると思います。本当はわたしが行きたいぐらいでしてね」

その夜はみんなが楽しいひとときを過ごした。

サーカスでの誕生日祝いは格別だった。セアラはベジタリアン用じゃない普通のカップケーキと、わたしのお気に入りのブランドのアイスクリームまで持って来てくれた。

世間によくある十八歳の誕生日ではなかったかもしれない。でも、セアラとマイクと子どもたち、そしてサーカス団の新しい友人がいて、本物のアイスクリームを食べられるだけで、わたしは満足だった。

お祝いのあと、セアラとマイクにわきに引っぱられ、インドへの旅行中、必ず連絡を入れるようにと念を押された。二人はわたしの顔を見て、決心が固いことを知り、カダムさんに対しても、わたしが抱いたのと同じ信頼感を持ったらしく、結局インド行きを承諾してくれた。

よかった！

わたしは興奮して二人に抱きつき、それからカダムさんに報告に行った。

カダムさんはこぼれんばかりの笑みで喜んでくれた。

「では、ケルシーさん、すぐに渡航の手続きをいたしましょう。早くても一週間ほどかかりますからな。あなたの出生証明書を保護者のかたからいただいて、虎とあなたの渡航書類を準備しなければなりません。その手配に明朝出かけて、必要な書類がそろいしだい、戻る心づもりでおります」

そのあと、カダムさんはしばらくわたしの手を握ったまま言った。

「決心してくださって本当にありがとう。おかげで恐怖がやわらぎ、明るい見通しも立ちました。これまで苦難と失望ばかりで落胆していたこの老人に、あなたは希望を与えてくれました」

そして、もう一度握った手に力をこめると、わたしの手をなで、準備があるのか足早に去っていった。

わたし、ほんとにインドに行くんだ……。

興奮が静まってから、レンのところに行った。

「これ食べる？　カップケーキ。虎が食べる物じゃないだろうけど、あなたにもわたしの誕生日を祝ってもらおうと思って」

レンはわたしの伸ばした手からカップケーキをそっとくわえて、ひとのみすると、わたしの指についた砂糖をなめた。

「そういえば、カダムさんってば苦難とか失望とか、恐怖がやわらぐとか、希望を与えるなんて言ってたけど、ちょっとおおげさじゃない？　あなたとインドに行くだけなのにね」

わたしはあくびをすると、レンの耳の後ろをかいてやった。レンはわたしの手のひらに顔をすりよせてくる。

「今日はすごい一日だったな。そろそろ寝るね。わたしたち、楽しい旅ができそうだよ」

またあくびが出そうになるのを我慢しながら、レンの水が充分にあることを確かめる。明かりを消して扉を閉め、ベッドのあるテントに向かった。


翌朝、早く起きてレンの様子を見に行った。入口をあけて檻に近づくと、扉があいていて、あろうことかレンの姿がない！

「レン？　どこ？」

背後で音がして振りかえると、レンが檻の外の干し草ブロックの上に横たわっていた。

「どうやって檻から出たの?!　ゆうべ檻の鍵はちゃんとかかってたのに……」

レンは立ちあがり、体を揺すって毛についた干し草をあらかた落とすと、ものうげにこっちに向かって歩いてきた。

そのときようやく、一人きりで檻から出た虎と納屋にいることに気づいた。

まずい……でも、もう外に出る余裕もない。

そうだ、デイビスさんは、決して虎から視線をそらすなと言っていた。

わたしは両手を腰に当ててあごを突き出し、レンに檻に戻るようきびしい声で命令した。

レンはこちらの気持ちを察したのか、わたしの足をわき腹でこするようにして通りすぎた。

どうか何も起きませんように！

レンはゆっくりとスロープまで歩いていき、尻尾を左右に揺らしてわたしを見つめている。そして軽やかに大きく二歩でスロープを駆けあがると、檻のなかに入った。

急いで檻に駆け寄り、扉をしっかり閉める。よかった……うまくいった。それから、落ちついて水と食事をやり、デイビスさんに報告するため、探しに行った。

デイビスさんは虎が檻から出ていたというわたしの話を冷静に受けとめ、わたしが自分のことよりレンの安全を気づかったことに驚いていた。しかも、対応が冷静で適切だったとほめてさえくれた。わたしはデイビスさんに、これからはもっと注意して、檻のかんぬきがつねにきちんとかかっているか確かめるようにしますと伝えた。

でも、これまで檻の施錠をし忘れたことなんて、ただの一度もない。それだけは確かだった。


それからの一週間はあっという間に過ぎ、カダムさんがふたたびあらわれたのはレンの最後のショーの夜だった。わたしのところにやってきて、夕食のあとで話ができますか、とたずねられた。

「はい、もちろん。じゃあ、デザートのときに」

その日の食事の場は、お祝いムードに包まれていた。カダムさんが入ってくるのに気づいたわたしは、筆記用具を持ち、アイスクリームの皿を二つ抱えて、カダムさんの正面に座った。

カダムさんはさっそく、署名が必要なさまざまな書類をわたしの前に並べた。

「まず、トラックで虎をここからポートランド空港に運びます。そこで貨物機に乗り、ニューヨークを経由して大西洋を越え、ムンバイに飛びます。ムンバイに到着したら、二、三日あなたに任せ、わたくしは市内でちょっとした用事を片付けたいと思います。ムンバイ空港にトラックを手配してありますので、わたくしも作業員が虎を貨物機からトラックに移すのを一緒に見届けますよ。その後、トラックの運転手にあなたとディレンを保護区まで送るよう指示してあります。それと、あなたが保護区に数日滞在できるよう手配しました。ご帰国については、あなたの帰る準備ができたところでいつでもムンバイにお戻りになれます。旅費は非常時に備えて十二分な額をご用意しております」

　わたしはカダムさんの説明を正確に書き留めようと、必死にメモを取った。

「デイビスさんが明朝、ディレンをトラックに乗せるのを手伝ってくださるそうです。あなたはご自分の荷造りをなさってください。個人的に持っていかれたい物もおありでしょう。わたくしは今晩ここに泊まりますので、わたくしが乗ってきたレンタカーで家にお帰りになり、必要な物を取っていらしてください。明日の早朝までにお戻りくだされば結構です。何かご質問は？」

「質問なら数えきれないくらいありますけど、とにかく家に帰って荷造りしてきたほうがよさそうですね」

　カダムさんはにっこりほほえむと、車のキーをわたしの手に乗せた。

「ケルシーさん、あらためてお礼を言わせてください。旅をご一緒できるのを楽しみにしております。では、明日お会いしましょう」

「おやすみなさい」

　わたしこそ楽しみだ。

テントに戻って荷物をまとめ、マット、キャスリーン、デイビスさん、マウリッツォさんのところにあいさつに立ち寄った。サーカスで過ごした期間はほんのわずかだったけど、わたしはすっかりみんなのことが好きになっていた。

サーカスの人たちに別れのあいさつをしたあと、レンにもおやすみを言おうと檻に立ち寄った。でも、レンはすでに眠っていたので、そっとしておいた。

駐車場に停まっていたのは一台だけだった。

ピカピカの銀のコンバーチブル。まさか……これ？

もらったキーホルダーを見ると、〈ベントレーGTCコンバーチブル〉と書いてある。

ちょっと待って、冗談でしょ。すごい高級車だ。

カダムさんはわたしにこの車を運転させて平気なの？

おそるおそる車に近づき、キーホルダーの解錠ボタンを押す。車のヘッドライトがわたしをにらむように点滅した。ドアを開けてなめらかな革のシートに体をあずけ、おしゃれな色の縫い目を手でなぞった。ダッシュボードは最新のデザインらしく、カッコいいシルバーメタリックの計器や制御装置が並んでいる。こんな贅沢《ぜいたく》な車、初めて……。

エンジンをかけると、轟音《ごうおん》に思わず飛びあがった。車に疎《うと》いわたしでも、この車が相当速く走ることぐらいわかる。おまけに座席はヒーターつきのマッサージシート。わたしは満足のあまり溜め息をついた。とはいえ、その贅沢を満喫できたのは数分たらずだった。あっという間に家に着いてしまい、フェア会場のすぐそばに住んでいることを呪いたくなった。

マイクはベントレーをガレージに入れるべきだといってゆずらず、そそくさと自分の古いセダンを通りのゴミ箱の隣に停めた。かわいそうなマイクの愛車は、年寄りの家猫みたいに外に追い出され、生まれたての子猫がふかふかの枕にそっと乗せられるみたいに、ベントレーがうやうやしくガレージに入れられた。

マイクときたら、その夜何時間もガレージにこもり、いいなあとつぶやきながらベントレーをなでていた。わたしのほうは、インドに何を持っていこうかあれこれ考えながら、自分の分の洗濯を済ませ、大きなバッグに荷物を詰めこむと、しばらくみんなとゆっくり過ごした。

レベッカとサミーは、二週間のサーカスでの暮らしについてあれこれ聞きたがり、家族みんなが、行ったことのないインドの話で盛りあがった。

ニールソン家はとてもいい人たちだ。みんながわたしを大事にしてくれる。だから、ほんのいっときの別れでもつらい。

法律上は大人でも、わたしはまだ一人で遠出するのが不安だった。わたしはレベッカやサミーと抱き合い、二人の頬にキスをした。マイクはまじめな顔でわたしと握手し、しばらく肩を抱きしめてくれた。セアラもわたしをぎゅっと抱きしめてくれた。

泣きそうになった。セアラも目に涙を浮かべ、いつでも電話できるんだからとなぐさめてくれた。

その夜は、すぐに深い眠りに落ちた。そして、虎を飼っているハンサムなインドの王子様の夢を見た。

5

翌朝、わくわくした気持ちで目を覚ました。なんだか元気に満ちあふれている。シャワーを浴びてさっと朝食を済ませ、バッグをつかんでもう一度セアラに抱きつくと（起きていたのはセアラだけだった）、ガレージに向かった。心地いいベントレーの運転席にすべりこみ、フェア会場へと車を走らせる。駐車場で中型のカーゴトラックの横に車を停めた。カーゴトラックはフロントガラスが分厚く、タイヤもびっくりするほど大きいのに、ドアは小さく、ステップにあがらないと手が届かない。障害物レース用の巨大《モンスター》トラックを思わせた。後ろの平台には、箱型の鉄骨フレームが設置され、鉛色の帆布がかかっている。

　鉄骨フレームからスロープがおり、デイビスさんがレンを檻のなかに誘導しようとしている。

　レンの首には太い首輪が巻かれ、長い鎖がしっかりくくりつけられていた。

その鎖をデイビスさんとマットが二人がかりで握りしめている。

当のレンはいたっておだやかで、見たところ周囲の騒ぎにもまったく動じる様子はない。作業員たちがトラックの準備をするのを辛抱強く待ちながら、こちらをじっと見つめていた。

　ようやくトラックの準備ができると、デイビスさんに命じられたレンは、すばやく輸送用の檻に跳び乗った。

カダムさんはわたしからバッグを受け取ると、肩にかけてたずねた。

「ケルシーさんはわたくしとコンバーチブルで？　それとも運転手と一緒にトラックにお乗りになりますか？」

怪物みたいなカーゴトラックにちらっと目をやり、即断した。

「カダムさんと一緒に行っていいですか？　こんな素敵なコンバーチブルがあるのに、トラックになんて乗れません」

カダムさんは声をあげて笑い、わたしのバッグを車のトランクに入れた。

いよいよ出発だ。わたしはデイビスさんとマットに手を振り、車に乗りこむと、シートベルトを締めた。

車は州間高速自動車道《インターステイト》五号線をトラックについてゆったり走っていく。

風を切る音で話しづらいので、わたしは温かくやわらかい革のシートに頭をあずけ、過ぎていく景色をながめた。

レンを乗せたトラックはあまりスピードを出せない。わたしたちの車の速度は時速九十キロにも満たず、制限速度より十五キロほど遅かった。追い越していく車は少しスピードを落とし、物めずらしそうにこの小さな護送部隊をながめていく。

空港は二〇五号線を三十キロほど行ったところにある。前を走るトラックが空港への道に入り、さらにわき道にそれると、大きな格納庫の裏手で停まった。貨物機が何機か並んでいて、積みこみ作業の真っ最中だ。

カダムさんは作業中の人たちと機材のあいだを縫うように進むと、ある自家用機のそばで車を停めた。機体には〈フライング・タイガー〉という社名が入り、疾走する虎の絵が描かれている。

カダムさんに向かって、飛行機のほうに頭を傾けた。

「フライング・タイガーって……」

「話すと長くなるので、飛行機に乗ってからお話ししましょう」

カダムさんはそう言って、わたしのバッグをトランクから出し、そばに立っている男の人に車のキーを渡した。相手はすぐに車に乗りこむと、駐機場を去っていった。

カダムさんとわたしが見守るなか、体格のいい男たちが電動のパレットジャッキで輸送用の檻を持ちあげ、機内にあつらえた大きな檻のなかにレンをみごとに移した。

レンが無事に飛行機の檻に落ちついたことを確認し、タラップをのぼって飛行機に乗りこんだ。

機内は贅沢な造りだった。モノトーンと光沢のあるシルバーでまとめられた内装がモダンでしゃれた雰囲気をかもしだしている。黒革の座席はすごく座り心地がよさそうで、民間機の客席とは雲泥の差だ。背もたれも百八十度倒せる。

長い黒髪の魅力的な客室乗務員が座席を手で示し、自己紹介した。

「ニリマと申します。ケルシーさん、どうぞこちらに」

話しかたがカダムさんに似ている。

「あなたもインドのかたですか?」

ニリマはうなずき、笑顔で枕をたたいてふくらませると、わたしの頭の後ろに置いた。それから、毛布といろいろな雑誌を持ってきてくれた。

カダムさんは向かいのゆったりした席に座ると、自分は不要だとニリマに手で合図し、枕も毛布も使わずシートベルトだけ締めた。

わたしはこれまで二回しか飛行機に乗ったことがない。二回とも家族とバカンスに出かけたときで、上空を飛んでるあいだはくつろいでいられたけど、離着陸が不安で緊張した。一番苦手なのはエンジン音で、機体が地上を離れるとき、体が座席に強く押しつけられるのも苦手だ。着陸もあまり気分のいいものじゃないけど、もうすぐ飛行機をおりて動きまわれるんだと思うと、がんばろうという気になる。

でも、この飛行機は全然ちがった。

豪華で広々とした機内に、足を伸ばせる革のリクライニングシート。

贅沢な飛行機といい、カッコいいベントレーのコンバーチブルといい、カダムさんの雇い主っていったい何者なんだろう？　インドでも相当裕福で力のある人みたいだ。想像しようとしたけど、まるでイメージが浮かんでこない。

ひょっとしてインドの映画俳優とか？　インドの俳優っていったいどのくらい稼ぐんだろう？　でも、カダムさんは長いあいだその人の下で働いてきたと言っていた。となると、きっとかなりのおじいさんだろう。

謎の雇い主についてあれこれ思いめぐらしているうちに飛行機はいつの間にか速度をあげ、離陸していた。全然気づかなかった。座席があまりにふかふかだから、飛行機の上昇中の圧力も体がクッションに埋もれる程度ですんだのだろうか？　パイロットの腕がよかったのかも。

窓の外を見ると、コロンビア川がどんどん遠ざかり、しまいには雲にすっぽり包まれて陸地は見えなくなった。

一時間半ほどたったころ、わたしはパズル雑誌を隅から隅まで読み、クロスワードはもちろん数独もすべて解き終わり、本を置いてカダムさんを見た。うるさくするつもりは全然ないけど、訊きたいことが山ほどあった。

わざと咳払いすると、カダムさんが雑誌から顔をあげてわたしにほほえんだ。

「あの……〈フライング・タイガー〉のことを訊いてもいいですか？」

カダムさんは雑誌を閉じ、テーブルの上に置いた。

「さて、どこからお話ししましょうか？　わたくしの主人は以前、〈フライング・タイガー航空〉という貨物航空会社を所有し、わたくしが運営を担当しておりました。一九四〇年代および五〇年代には、最大手の大西洋航路チャーター機会社として、世界のほぼすべての大陸にサービスを提供しておりましたよ」

「〈フライング・タイガー〉という名前はどうして？」

カダムさんは座ったまま、わずかに体を動かした。

「ご存じのとおり、わたくしの主人が虎好きなこともありますし、初代パイロットのうち数名が第二次大戦中に〈タイガー〉という愛称の戦闘機に乗っていたことからも来ています。当時は戦闘の際、敵を威嚇《いかく》するため機体にタイガーシャークの目や歯を描いていたのですよ。八〇年代後半にわたくしの主人は会社を売却することにしたのですが、この一機だけは手元において自家用に使っています」

「そのかたの名前はなんておっしゃるんですか？　お会いできる機会はありますか？」

カダムさんの目がきらっと光った。

「ええ、インドに着いたら、本人に会えるでしょう。あなたと話したがっているのはまちがいありませんから」

そう言って飛行機の奥に視線を移すと、またわたしを見て、うながすようにほほえんだ。

「ほかにお訊きになりたいことはありますか？」

「じゃあ、カダムさんは副社長みたいな立場なんですね？」

「ハハハ、それはいい。あえて言うなら、わたくしの主人はとても裕福で、わたくしを信頼して仕事上の取引業務をすべて任せてくれているといったところですかな」

雇い主について話すとき、カダムさんはどこか歯切れが悪いというか、落ちつきをなくすように見えた。でも、飛行機の話は好きらしいので、そっちの話の続きを聞くことにした。

「どんな貨物を運んでいらしたんですか？」

カダムさんは見るからにほっとしたようだった。

「当社は長年にわたって興味深い貨物を数多く運びました。たとえば、水族館の人気者のシャチですとか、自由の女神像のたいまつといった物の運搬です。もっとも、たいていは日常品――缶詰製品や布地、小包――でしたが、じつにさまざまな物品を運んでおりました」

「シャチ？　いったいどうやって飛行機に乗せるんですか？」

「ゆっくり慎重に、一ひれずつですよ、ケルシーさん。一ひれずつです」

カダムさんが真剣な表情をくずさないので、わたしはお腹をかかえて笑い、目にたまった涙をぬぐいながら言った。

「わかりました。カダムさんが会社を動かしていたんですね？」

「はい、多くの時間を〈フライング・タイガー航空〉の発展に注ぎました。じつは航空機に関することが大好きでしてね。今わたくしたちが乗っているのは、マクドネル・ダグラス社のMDイレブンという機種で、大洋を越える旅になくてはならない長距離旅客機です。お気づきのように機内は広々として居心地がよく、エンジンが主翼の下に二基と、尾翼の垂直安定板のところに一基搭載されています。安全確保のため、当機専用のパイロットと地上整備士、そのほかの職員も雇っていますよ」

「そ、それは……たのもしいですね」

よくわからないけど……。

カダムさんは座ったままわずかに身を乗り出し、熱心に語り続けた。

「当機は旧型ですが、高速飛行が可能でしてね」それから指を折って特徴をあげる。「なにしろ主翼と尾翼は改良され、新型エンジンを搭載しているんです。

操縦室も最新設備をそろえています。電子計器盤に二重飛行管理システム、GPS、故障表示システム、それに自動着陸装置も備えてあります。もちろん、機体の側面には元の会社名とロゴをそのまま残しました。ご搭乗されるときにお気づきになられたでしょうけれど……」

専門的な話題に頭を巡らしているあいだ、カダムさんは熱心で雄弁だった。きっとどれもすごいことなんだろうけど、わたしにわかるのは、この飛行機がとにかくすばらしいってことと、エンジンが三基ついてるらしいってことぐらい。

どうやらわたしがチンプンカンプンだと気づいたカダムさんはクスクス笑った。

「ほかの話をしたほうがよさそうですな。わたくしの国に伝わる虎にまつわる神話をお聞かせしましょうか？」

わたしはうなずいた。

足を引き寄せて座席に乗せ、毛布をあごまで引っぱりあげて枕にゆったりもたれる。

カダムさんの声は物語を語るときのものになった。それまでの一語一語はっきり発音する話しかたが消え、なまりが際立ち、言葉は音楽のようにリズミカルでなめらかだ。

「わたくしの国では、虎はジャングルの偉大な護り手と考えられています。虎には大きな力があるとするインドの神話がいくつも残っており、大きな竜と果敢に戦ういっぽうで、つましい農民を助ける存在だとされているのです。尻尾で雨雲を引っぱってきて、貧しい村民のために干ばつを解消するのも、虎に課せられたあまたある務めの一つです」

「インドの人たちはそういう虎の神話をまだ信じているんですか？　わたしもじつは神話には興味があって……」

「ええ、農村地域では特に根強く残っていますよ。虎がのどを鳴らす音は悪夢を止めるという人がいるのはご存じですかな？」

「虎がのどを鳴らすことはあり得ないってデイビスさんが言ってました。大型のネコ科の動物はうなったり吠えたりしても、喜んでのどを鳴らすことはないって。でも、レンは確かにときどきのどを鳴らすんです」

「おっしゃるとおり。現代科学では、虎はのどを鳴らすことはできないと言われています。大型のネコ科動物には震動音を出す種類もありますが、いわゆる家猫がのどを鳴らすのとはちがうんですよ。それでも、インドの神話のなかには虎がのどを鳴らすという言い伝えがありましてね。虎にはたぐいまれな治癒力があると言われていることもあって、つねに狩りの対象となりますし、殺されてばらばらにされ、売られたりもするのです」

　カダムさんはシートにゆったりと背中をあずけた。

「イスラム教ではアラーの神が虎を遣《つか》わし、忠実な信者を守護すると信じられています。ただし、アラーの神が反逆者だと見なした者にもやはり、虎を遣わして罰を与えると言われていますがね」

「そうなんだ。じゃあ、わたしがイスラム教徒だったら、とりあえず虎を見たら逃げます。そのほうが安全だもの。罰せられるのか守ってもらえるのかわからないから」

カダムさんは笑い声をあげた。

「ああ、それは賢い。白状しますが、じつはわたくしも主人と同じように虎がいささか好きになりましてね。それで、虎にまつわる神話についていろいろと調べました……特にインドの虎について……」

そこでふっと声が小さくなり、カダムさんは少しのあいだ物思いにふけった。目が表情を失い、開いた襟元に人差指を伸ばしている。

よく見ると、小さなV字型のペンダントが下がっていた。

カダムさんはようやく我に返り、ペンダントからパッと手を放してひざにおくと、話を続けた。

「虎は力と不死の象徴であり、さまざまな手段で悪を打破すると言われています。生命を与えるものとも、番人とも、守護者とも、庇護者《ひご》とも呼ばれます」

わたしは足を伸ばし、枕に頭を押しつけた。

「乙女を危機から救う騎士道《ナイト》的な虎についての神話はないんですか?」

「そうですな……じつはわたくしの好きな神話のなかに、翼を持つホワイトタイガーが、その虎を愛する王女を残酷な運命から救う話がありますよ。虎は王女を背中に乗せると、共に形ある肉体を捨て、一筋の白い光となって天にのぼり、天の川の星の一つになる。そして、永遠の時を一緒に過ごしながら、空から地上の人々を見守り、庇護するという物語です」

「ステキな話……」

静かな曲のようなカダムさんの声に、わたしはすっかりくつろいでいた。必死に目をあけて耳を傾けようとしても、睡魔がおそってくる。

カダムさんは変わらぬ調子で続けた。

「インド北東部のナガランドでは、虎と人間は兄弟だと信じられているのです。ある神話はこんな風に始まります。

『母なる大地は虎の母でもあり、人間の母でもあった。かつて虎と人間の兄弟は愛し合い、仲良く幸せに暮らしていた。だが、一人の女性をめぐって争いが起こり、兄弟間で激しい戦いが続いたので、母なる大地は堪忍袋の緒を切らし、虎と人間の両方を追い払った。

虎と人間の兄弟は、母なる大地の家を出て、センザンコウの巣穴といわれる地中の奥まった暗い通路から出てきた。地中にいるあいだは、毎日のように取っ組み合いの喧嘩が絶えなかったので、結局、別々に暮らすことにした。

虎は南に向かい、ジャングルで狩りをし、人間は北に向かい、谷で田畑を耕した。離れていれば、どちらも平安だったが、どちらかが相手の縄張りを侵害すると、また争いが始まった。幾多の世代を経てもなお、虎と人間の関係は伝説のままである。人間の子孫がジャングルをそっとしておけば、虎も人間をそっとしておく。それでも、虎は人間の親類であり、虎の目をずっと見ていると、気心の知れた相手だとわかるだろう』……」

意志とは裏腹にわたしのまぶたは閉じかかっていた。

センザンコウの巣穴についてたずねたかったけど、口は動こうともしないし、まぶたもすごく重い。わたしは最後の力をふりしぼって体をわずかに上にずらし、起きていようと目を見開いた。

カダムさんは考えこんだ様子でわたしを見ている。

「ホワイトタイガーはひじょうに特殊な虎で、人間にいやおうなく惹きつけられます。それも自分の信念を強く持っている女性に。その女性はすばらしい精神の持ち主で、善悪を見分ける洞察力に優れ、幾多の困難を乗り越える力を持っている。虎と共に歩むために呼び寄せられ――」

そこでわたしは眠りに落ちた。


目が覚めたとき、向かいの座席は空っぽだった。体を起こしてあたりを見ても、カダムさんはどこにもいない。わたしはシートベルトをはずし、トイレを探しに行った。

ドアを引いてなかに入ると、びっくりするくらい広いトイレだった。よくある旅客機の狭い箱型トイレとは全然ちがう。壁にはめこまれた明かりが、特別なしつらえの部屋をやわらかく照らしている。全体に銅が使われ、クリーム色と赤褐色で飾られている。シンプルな現代風の客室よりわたし好みだ。

それにシャワーもある。ガラスドアをあけてなかをちらっとのぞくと、上品な赤褐色とクリーム色のタイルの組み合わせが美しい模様を描いていた。備えつけのポンプ容器には、シャンプーとコンディショナーとボディソープがいっぱいに入っている。銅製のシャワーヘッドは取りはずしができ、簡単にひねって水を出したり止めたりできる。キッチンの蛇口に似た節水用の作りになっているのは、水をそれほど使えない飛行機ならではなんだろう。きれいなタイルの床には、クリーム色のふかふかのラグが敷かれていた。

わきの壁にはめこまれた上下二段の収納棚には、雪のように白くやわらかそうなタオルが重ねられ、銅製の棒で落ちないようにしてあった。べつの広い仕切りには、カシミアのような肌触りの、光沢のあるやわらかい総裏地つきの部屋着が下がっている。その真下にもべつの小さな仕切りがあり、カシミアのスリッパが置かれていた。

細長い洗面台にも銅製の蛇口がつき、両側に置かれたポンプ容器にはクリーム状の石鹸《せっけん》と、香《かぐわ》しいラベンダーの化粧水が入っていた。

何から何まですごい……。

立ち去りがたい思いにとらわれつつ、自分の席に戻った。カダムさんはもう戻っていて、客室乗務員のニリマがおいしそうな昼食を運んできた。すでにカダムさんとわたしのあいだにはテーブルが置かれ、二人分の食事のしたくが整っている。テーブルには食器を固定するため、わずかなくぼみがあった。ニリマが運んできた皿も、それに合うように作られた浅く丸い溝にしっくり収まった。テーブルのわきにある小さなスイッチで簡単に溝を上げ下げできるようになっているようだ。飲み物用のグラスは少し深い溝に置かれ、茎の短い黄色いバラがたくさん活けてある小さな花ビンが、専用のくぼみに収まっている。

ニリマが料理の皿から保温カバーをはずすと、とたんにおいしそうな魚の匂いがただよった。

「本日のランチはヘイゼルナッツをまぶしたオヒョウのオーブン焼きに、アスパラのソテーとガーリック・マッシュポテト、デザートはレモンタルトです。お飲み物は何になさいますか?」

「レモン入りの水をください」わたしは答えた。

「同じものを」とカダムさんは言った。

昼食を食べながら、カダムさんはオレゴンのことについて次々に質問を投げてきた。どうやら相当の知りたがりらしい。わたしにはほとんどわからないスポーツのことや、まったくわからない政治のこと、それにわたしが得意なオレゴン州の動植物のこと……などなど。たずねられるままに、高校生活や、サーカスでの経験、それに地元のことについて話した。川をのぼるサケの群れや、クリスマスツリー農園、農産物の直売場、あまりによく見かけるため、雑草だとみんなが思っているブラックベリーの茂みの話まで。カダムさんは聞き上手で話がしやすく、一緒にいて楽しい。

ふと、カダムさんはすばらしいおじいさんになるだろうな、という思いが頭をよぎった。わたしはどちらの祖父も知らない。二人ともわたしが生まれる前に亡くなっている。片方の祖母もそうだ。

昼食をすませると、ニリマが戻ってきて皿を片付けた。すべてを優雅に片付けていく。テーブルがしまわれると、そろそろニューヨークに到着しますのでシートベルトをお締めくださいと告げられた。

着陸も離陸のときのようになめらかだった。ほんとうに優れたパイロットなのだろう。ムンバイに向けて燃料を補給しているあいだに、後方にいるレンの様子を見に行った。レンの食事と水が足りていることを確認してから、檻のわきの床に座った。レンが近づいてきて、すぐ横に寝転がった。檻の片側いっぱいに背中を伸ばし、しま模様の毛が檻からはみ出してわたしの足をくすぐる。顔はわたしの手のすぐそばにあった。

体を寄せて格子越しにレンの背中をなでながら、さっきカダムさんに聞いた虎の神話を少し話して聞かせた。レンは尻尾を左右にゆらし、柵のあいだから出したり入れたりしている。

あっという間に時間が過ぎ、再び離陸の準備ができたようだ。カダムさんはすでにシートベルトを締めようとしていた。レンの背中を軽くたたき、急いで自分の席に戻った。

離陸すると、今度は十六時間ほどの長旅になること、日付が一日進むことをカダムさんが教えてくれた。飛行機が一定の高度に達すると、カダムさんに勧められて、ニリマから機内で観られる映画のリストを受け取り、一番長い『風と共に去りぬ』を選んだ。

ニリマがカウンターの奥に移動し、壁のボタンを押すと、カウンターのわきから大きな白いスクリーンがするする出てきた。座席を居心地のいい角度に倒し、しばらくスカーレットとレット・バトラーをながめて時間を過ごした。

ようやく「明日という日があるわ」とスカーレットが最後のセリフを言い、わたしは座席から立ちあがって伸びをした。窓の外は真っ暗だ。まだ午後五時ごろのように感じていたけど、現地時間ではたぶん午後九時ごろだろう。

ニリマがさっとやってきて、スクリーンを元の位置に戻すと、ふたたびテーブルの準備を始めた。

「食事、すごくおいしいです。それにいろいろとお世話してくださってありがとう」

「ありがとう、ニリマ」カダムさんがニリマに目くばせすると、ニリマはちょっと頭を下げて立ち去った。

カダムさんとまた楽しく食事をしているあいだ、インドならではのおもしろいことを聞いたり、いろんな場所の話をしてもらった。そのうちのどこでもいいし、なんでもいいから実際に見に行ったりしたりしてみたい。

昔のインドの武将や強力な要塞、それに侵略者やおそろしい戦いの話なんかも聞かせてもらった。カダムさんは話がうまく、自分の目で見て体験してるような気になった。

夕食は、鶏肉の詰め物マルサラソースに、焼いたズッキーニとサラダ。野菜の多いメニューにちょっと気をよくしていると、デザートになかがとろけるようなフォンダン・ショコラが出てきた。

思わず溜め息をついた。

「どうして体に悪い食べ物って、どれもたまらなくおいしいんだろう」

カダムさんは大声で笑った。

「よかったら半分にして二人で食べましょうか」

「はい！」

わたしは自分のケーキを半分に切ると、カダムさんの分をすくってニリマが用意しておいてくれたきれいな取り皿にのせた。

スプーンについたアツアツのチョコレートソースをなめながら、思った。人生って、やっぱりいいものだ……まあ、少なくとも今日のところは……すごくいい。こんなふうに生きていくことだってできるんだ。


それから二時間ほど、カダムさんと本の話をして過ごした。カダムさんも古典好きだとわかり、ハムレットや、『白鯨』のエイハブ船長、フランケンシュタイン博士、ロビンソン・クルーソー、ジャン・バルジャン、『オセロ』のイアーゴ、『緋文字』のヘスター・プリン、『高慢と偏見』のダーシーの話でおおいに盛りあがった。

カダムさんはそのほかに、インドの『マハーバーラタ』のアルジュナやシャクンタラーといったおもしろい名前の登場人物や、日本の光源氏のことを教えてくれた。

時間がたつとまた眠くなってきた。あくびを嚙み殺しながら、またレンの様子を見に行った。格子のあいだから手を入れてレンの頭をなで、耳の後ろをかいてやる。

カダムさんがそんなわたしを見つめていた。

「その虎が怖くないのですか？　危害を加えられるとは思わないのですね？」

「レンが危害を加えることはできると思います。でも、わたしを傷つけるようなことは絶対しないってわかるんです。うまく説明できないけど、安心できるっていうか、野生動物といるというより、友だちといるような感じです」

カダムさんに驚いた様子はなかった。ただ興味深そうな顔をしている。それから少しのあいだ低い声でニリマに話しかけていた。

ニリマが近づいてきてたずねた。

「そろそろ少しお眠りになってはいかがですか？」

わたしはうなずくと、自分のバッグのある場所をニリマに教わり、それを持って洗面所へ行った。

戻ると、座席のある場所がカーテンで仕切られ、折りたたみ式のベッドが用意されていた。席を立っているあいだに、ニリマが大急ぎで支度をしてくれたらしい。サテンのシーツとふかふかの枕で、寝心地がよさそうだ。すぐわきの壁には、作りつけのライトがはめこまれていた。機内の照明は落とされている。

「必要なときにはいつでもカーテンの向こうにカダムがおりますので、お呼びください」とニリマは言った。

眠る前にさっと檻を見に行く。レンは前脚に頭を乗せ、眠そうな目でわたしを見つめた。

「おやすみ。起きたらインドだね」

疲れきって本を読む元気もなく、すべすべの寝具にもぐりこんだ。すぐに照明を消し、飛行機の低いエンジン音を聞きながら眠りに落ちた。


ベーコンの匂いで目が覚めた。カーテンの端からのぞくと、カダムさんはすでに席に座って新聞を読んでいる。座席のテーブルにはリンゴジュースが置かれていた。新聞越しにこっちを見たカダムさんの髪は少し濡れていて、すでに服もきちんと着替えている。

「ケルシーさん、シャワーを浴びられてはいかがですか？　さっぱりしますよ」

バッグをつかみ、豪華なバスルームに向かった。さっとシャワーを浴び、芳《かんば》しいバラの香りのシャンプーで髪を洗う。洗い終わると厚手のタオルで髪を包み、カシミアのローブに袖を通した。深い溜め息をついて、少しのあいだなめらかな生地の感触を楽しみながら、何を着ようかなと考える。赤いブラウスとジーンズにしよう。髪をとかしてポニーテールにすると、赤いリボンで結んだ。

身支度をととのえて座席に戻り、革のシートに身を沈めた。すぐにニリマが熱々のベーコンと卵とトーストが乗った皿をわたしの前に置いた。

卵とトーストだけを食べ、ベーコンはレンに取っておくことにした。ニリマがベッドをしまい、朝食のテーブルを片付ける。

わたしはプレゼントを持ってさりげなく檻に近づいた。誘うようにベーコンをひと切れ格子のあいだに差し出すと、レンがやってきてベーコンの端をそっとくわえ、わたしの手から引っぱって、ひとのみしてしまった。

「そんなにおいしい？　ちゃんと噛んでよ。ん？　虎って食べるとき噛むんだっけ？　まあ、いいや。とにかく、もう少しゆっくり食べてね。こんなごちそう、そうそうないんだから」

わたしは残りの三切れをひと切れずつ差し出した。レンはすべてひとのみしてから、舌を出して格子越しにわたしの指をなめた。

席に戻り、自分の荷物をまとめてバッグに入れ、頭上のロッカーにしまった。ちょうどしまい終えたとき、カダムさんが近づいてきて窓の外を指さした。

「インドへようこそ」

6

窓から外をのぞくと、海から街のほうへ入っていくところだった。

目の前に広がるのは白い高層ビル群。正直、ムンバイがこれほどの大都市だと思っていなかった。

飛行機は大きな半月型の空港の上空を旋回してから、着陸態勢に入った。

そして二度小さくはずんでから無事に着陸し、滑走路上を進んだ。

シートを回転させ、後ろの檻を見る。レンも無事だ。待ちきれない様子で立っているほかは、特に変わったところはない。急にわくわくしてきた。

飛行機は滑走路を通過し、はずれまで来て停まった。

「おりる準備はできましたかな?」カダムさんがたずねた。

「はい」

バッグを肩にかけ、タラップをおりると、湿った熱い空気に包まれた。曇り空なのが意外だった。汗ばむような蒸し暑さではあるけど、そこそこ耐えられる。

「インドはいつも炎天ってわけじゃないんですね」

「今はちょうど雨季なんですよ。ここでは寒さを感じることはまずありませんが、七月と八月は雨が多いですし、ときどきサイクロンに見舞われます」

カダムさんにバッグを持ってもらい、作業員たちがレンを飛行機からトラックに移すのを見に行った。

サーカスを出発するときとはだいぶちがったやりかただ。二人がかりでレンの首輪に長い鎖をつけ、べつの作業員はトラックの後部にスロープをつないでいる。飛行機から出すところまでは順調だったけど、そのあと一人が鎖を強く引っぱった。レンは怒って吠えたて、その作業員に向かってからかうように前脚でたたくそぶりをした。

これじゃだめだ。

近づくのは危険だとわかっていたものの、勝手に体が動いてしまった。レンの機嫌をよくすることしか頭になかった。

怖がっている作業員に歩み寄り、鎖を受け取ると、下がっていてと合図する。

作業員は作業を免れてほっとしていた。

なだめるようにレンに話しかけながら、背中をなで、一緒にトラックのほうに歩くようなうながした。

レンはさっきとは態度を変え、重い鎖を引きずりながら、わたしの横を仔猫のようにおとなしく歩き出した。そして、スロープの手前で立ちどまり、わたしの足にちょっと体をすりつけてからトラックに跳び乗ると、向きなおってわたしの腕をなめた。

レンの肩をなで、やさしくささやいて落ちつかせると、首輪にゆっくり手を近づけて重い鎖をはずした。

作業員たちは虎がおとなしく従ったことに驚いて、ぽかんとした表情で固まっている。

レンがそれを見て、鼻を鳴らした。水をやるあいだも、わたしの腕に頭をこすりつけなががら、わたしを守る番犬みたいに、作業員たちから視線をそらさない。

作業員たちは早口の現地語で仲間としゃべりはじめた。

わたしが檻に鍵をかけるあいだに、カダムさんが作業員たちに歩み寄り、静かに話しかけた。カダムさんはあまり驚く様子もなく、とにかく作業員たちに何か説明して安心させていた。

それで落ちついたのか、作業員たちは虎に近づかないよう注意を払いながら、ふたたびあちこち動いて手早く鎖などをかき集め、近くの格納庫に飛行機を移動させた。

レンが無事にトラックに収まると、カダムさんからトラックの運転手を紹介された。なかなか好青年ぽいけれど、見るからに若そうだ。わたしより年下に見える。

そのあと、カダムさんからバッグをしまう場所を案内されると、そこにべつのバッグも用意されていた。わたしのために買っておいてくれたという大きな黒いバックパックには、ジッパーで開閉するポケットがいくつもついている。

カダムさんが中身を見せてくれた。背面のジッパー付きポケットにはインドの通貨がぎっしり、べつのポケットにはレンとわたしの旅行書類が収まっている。さらにべつのポケットをあけると、方位磁石とライターが入っていた。袋の部分にはエネルギーバーと地図、それにペットボトル入りの水が入っている。

「あの、カダムさん、どうして方位磁石とライターまで入ってるんですか? ほかにもいろいろ……」

カダムさんはほほえむと、肩をすくめてポケットのジッパーをしめ、バックパックを前の座席に置いた。

「移動中にどんな物が役立つかわかりませんからね。わたくしはただ、ケルシーさんが困ることのないよう万全の準備をしておきたかったのです。ヒンディ語と英語の辞書もあります。運転手にはきちんと指示してありますが、英語を満足に話せるわけではありませんのでね。では、わたくしはここで失礼いたします」

そう言うと、笑顔でわたしの肩をぎゅっとつかんだ。

とたんに不安になった。カダムさんなしで旅を続けるのは、どうにも心もとない。一気に高校生活の初日に舞い戻った気分だ。しかも、その高校が世界で一、二を争う広い国で、みんながちがう言語をしゃべっている……。

ここからは一人よ。そろそろ大人らしく振るまいなさい。そう自分を奮い立たせようとするけど、未知の世界に対する恐怖がじわじわ襲ってきて、胃に穴があきそうだ。

「あの、なんとか予定を変更して、一緒に来てもらうわけにはいきませんか？」

「いえ、残念ですが、ご一緒することはできないのです」

カダムさんはなぐさめるように笑みを浮かべた。

「ケルシーさん、心配はありません。あなたはちゃんと虎の世話がおできになりますし、目的地までの行程についてはわたくしのほうで細かいところまで入念に手配しましたから、だいじょうぶです」

カダムさんは弱々しくほほえむわたしの手を取り、少しのあいだ両手で包んだ。

「本当です。万事うまくいきますよ」

カダムさんはウィンクすると、その場を立ち去った。

わたしはレンにつぶやいた。

「とうとう、あなたとわたしだけになっちゃったね」

早々に出発して旅を終わらせたい様子の青年が、トラックの運転席から声をかけてきた。

「行きますか？」

「ええ、行きましょう」

そうだ、これは遊びじゃない。虎を保護区に連れて行くという仕事なんだ。しっかりやらなきゃ。

トラックに乗りこむと、青年はアクセルを踏み、そこから一度たりとも足を放さなかった。空港を飛び出し、人と車が行き交う道を恐ろしいスピードで縫うように走り抜けていく。わたしはドアと目の前のダッシュボードにしがみついた。

といっても、青年だけが異常な運転をしているわけじゃない。路上にいるだれもが、無数の歩行者でごったがえす街なかで、時速百三十キロで走ってもそれほど速いとは思ってないらしい（わたしの持っている旅行ガイドによれば）。鮮やかな服装でうごめく人々のすぐそばをトラックは飛ぶように走り抜ける。

ほかにも、さまざまな乗り物が通りを埋め尽くしていた。バスや小型自動車、それにドアのない小さな箱型の三輪自動車みたいな乗りもの。これはどうやら地元のタクシーらしい。それに、オートバイや自転車や歩行者もひっきりなしに行き交っている。動物が人や農産物を山積みした荷車を引いているのも目にした。

道路は一応左側通行ってことになっているけど、路上に車線を示すはっきりした目印や白線は見当たらないし、信号や標識もほとんどない。走っている車は方向転換できる場所ならどこででも、ときにはできそうもない場所でさえ、ハンドルをぐいっと切って曲がっていく。車が正面からこちらに向かってきて、衝突寸前で向きを変えて走り去ったこともあった。

運転手の青年は、わたしが恐怖に息をのむたびに声をあげて笑った。

徐々に状況に慣れてくると、車窓を飛ぶように過ぎていく景色に目が行くようになった。市場には物売りたちがひしめき、さまざまな商品を売っている。あやつり人形、宝石、ラグ、みやげ物、香辛料、ナッツ、それにありとあらゆる果物と野菜が、小さな建物の床や手押し車に並べられて売られている。

わたしはすっかり目を奪われていた。

だれもが何かしらの商売をしているようだった。通りにはタロットカードや手相占い、奇抜なタトゥー、ピアスの穴あけ、ヘナ染料のボディペイント店の看板が並ぶ。

車から見ているだけでも、すべてがあわただしくひしめきあい、立錐《りっすい》の余地もないように見えた。

ほんとにインドに来たんだ。

無謀な運転で混雑する市街地を抜けると、やっと幹線道路にたどりついた。

ようやく手の力をゆるめた。地図を出して、目的地までの道をたどろうとしたけれど、標識がないのでどこを走っているのか正確につかめない。それでも、目的地の保護区に通じるべつの幹線道路に曲がるべきところを、運転手がうっかり通過したことには気づいた。

「あ、その道でしょ？　左！」

ところが、運転手は肩をすくめて手を払うしぐさをすると、こっちの意見をあっさり退けた。

わたしは辞書をつかみ、〝左〟という語や〝道がちがう〟という言葉を必死になって調べた。なんとか〝誤った道〟という意味の〝カラービ・ラーハ〟という言葉を見つけたけど、運転手が人差指で前方を差しながら「ここ、速い、道」と言うので、あきらめて運転手のしたいようにさせた。

ここは彼の国だ。道のことはわたしよりよっぽどくわしいだろう。

三時間ほど走ったあと、車はラムコラと呼ばれる小さな町で停まった。といっても、町と呼ぶのもはばかられるほどこぢんまりした場所で、店とガソリンスタンドが一軒ずつと、家が五軒しかない。ここはジャングルとの境界にあたるらしく、ようやく標識を見つけた。

ヤワル野生生物保護区
パクシザーラー、ヤワル
この先４キロ

運転手がトラックからおりて給油を始め、通りの向かいにある店を指さしてわたしに言った。

「食べて、おいしい、料理」

バックパックをつかんで外に出ると、トラックの後部にまわってレンの様子を確かめた。あんな乱暴な運転で大丈夫だっただろうか。

レンは檻のなかで寝そべっていた。近づいていくと、目をあけてあくびをしただけで、起きあがろうともしない。インドの虎はインドの運転にも平気らしい。

店に行き、塗装の剝がれかかったキイキイ音をたてるドアをあけた。来客を告げる小さな鈴が鳴る。

伝統的なインドのサリーを着た女の人が奥からあらわれ、笑顔で言った。

「ナマステ。お食事ですか？　何か召しあがります？」

「よかった、英語を話されるんですね？　あの、お昼を食べたいんです」

「どうぞお座りください。お作りします」

わたしにとっては昼食だけど、きっともう夕食の時刻だ。すでに日が傾いている。女性はイスが二脚ある窓際の小さなテーブルを指し示すと、奥に消えた。長方形の狭い店内にはさまざまな食料品や、近くの野生生物保護区にちなんだみやげ物、それにマッチや工具などの実用品が並んでいる。

インドの音楽が静かに流れていた。

シタールの音色はわかったし、鈴の音も聞きとれる。でも、それ以外はどんな楽器が使われているのかわからなかった。

女性が消えたドアの向こうをちらっと見ると、キッチンから鍋やフライパンを動かす音が聞こえた。どうやら店は大きい建物の手前にあり、壁続きの奥に家族が住んでいるのだろう。

あっという間に女性が戻ってきた。料理を盛ったボウルを四つ、両手に上手に抱えている。その後ろから十歳くらいの女の子が、さらにべつの料理を運んできた。香辛料のきいた独特の匂いが漂ってくる。女の子が言った。

「どうぞお食べください」

女性のほうはまた奥に姿を消し、女の子はわたしが食べているあいだ、店内の商品棚の整理を始めた。

到着して初めてのインドの料理だ。フォークやスプーンを持ってきてくれる気配はなかったので、どの料理も手ですくって食べた。たしか、右手を使うのがインドの慣習だったはず。来るときに飛行機のなかでカダムさんから聞いていた。

バスマティ米とナンとタンドリーチキンはわかったけど、ほかの三つは初めて見る料理だった。わたしは女の子に首をかしげてたずねた。

「英語を話せる?」

女の子はうなずき、近くに来るとしぐさをまじえて「ちょっとだけ」と言った。

わたしは香辛料のきいた野菜がつまった三角のパイを指さした。

「これは何?」

「サモサ」

「じゃあ、これとこれは?」

女の子は一つずつ指をさして教えてくれた。

「ラス・マライ、ベイガン・バルタ」

それから恥ずかしそうに笑みを浮かべると、さっと立ち去って、また棚の整理に戻った。

食べてみると、ラス・マライはヤギのチーズを甘いクリームソースにつけた料理で、ベイガン・バルタはナスにエンドウ豆やタマネギ、トマトが入っている料理だった。

どれもおいしかったけど、量が少し多かった。おなかいっぱいだ。

最後に女性が運んできてくれたマンゴーとヨーグルトとヤギのミルクで作ったシェイクを一口飲み、外の景色を見るともなくながめた。特にたいしたながめじゃない。ガソリンスタンドがあって、男が二人、トラックのそばに立って話をしているだけだ。

一人は白い服装のハンサムな青年で、こっちを向いて話していた。相手の男はこっちに背を向けていて顔はわからないけど、年配で、カダムさんに似ている。どうやら二人は言い合いをしているらしい。見れば見るほど、背を向けている男性がカダムさんだという気がするけど、青年と激しく言い合う様子はカダムさんらしくない。あそこまで怒るカダムさんはちょっと想像できない。それにここにいるはずがない。

なんか妙だな、と思いながら、あいた窓越しに聞こえる切れ切れの言葉を聞き取ろうと耳を傾けた。

年配の男性は「ナヒ・マホダヤ」とくりかえし、青年のほうは「アヴァスヤク」というような言葉を言い続けている。手元のヒンディ語の辞書を急いでめくると、〝ナヒ・マホダヤ〟は簡単に見つかった。〝だめです《ノー、サー》〟とか〝とんでもない〟といった意味だ。

〝アヴァスヤク〟のほうは手間がかかった。正確なつづりがわからない。それでもようやく見つかった。〝必要だ〟とか〝不可欠だ〟という意味で、〝どうしてもそうする必要がある〟とか〝避けて通れない〟というようなことを言ってるらしい。

もっとよく見ようと窓に歩み寄った。そのとき、白い服の青年がふと顔をあげ、こちらに気づいた。青年はとたんに黙り、わたしの視線からすっと隠れてトラックの向こう側にまわった。見ていたことを気づかれてばつが悪かったけど、どうしても好奇心をおさえきれず、迷路みたいな店内の商品棚のあいだを急いでぬけてドアに向かった。

年配の男性がカダムさんかどうか確かめたい。

ゆるんだドアノブをつかみ、ひねって押しあけた。さびついた蝶番《ちょうつがい》がきしんだ音を立てる。未舗装の道路を渡り、トラックのところへ行く。

でもそこにはだれもいなかった。トラックのまわりを一周しながら、後部で立ちどまってなかを見ると、レンが警戒態勢をとって、檻のなかからわたしを見つめていた。さっきの男二人と運転手の姿はどこにもない。運転席をのぞいても、だれもいなかった。

キツネにつままれたような気分だった。

食事代をまだ払っていないことに気づいてあわてて通りを渡って店に戻った。すでに女の子が皿を片付けている。わたしはバックパックから紙幣を何枚か取り出した。

「いくらですか?」

「百ルピー」

お金を換算するときは四十で割ればいいとカダムさんに教わっていたので、女の子の請求金額が二ドル五十セントだと暗算した。小さいころ、よく割り算の即答練習をしてくれた算数好きの父のことを思い出し、自然と顔がほころぶ。二百ルピーを渡すと、女の子はうれしそうに顔を輝かせた。

女の子に料理がおいしかったと礼を言い、バックパックを背負って、音のするドアをあけて外に出た。

そこにあったはずのトラックが消えていた。

7

トラックが消えるってどういうこと？

ガソリンスタンドに向かって駆け出し、道路の左右をずっと先まで確認した。

影も形もない。砂ぼこりも立ってないし、人もいない。何もない。

ひょっとしてあの運転手がわたしのことを忘れたの？　それとも何か取りに行く用事ができて、そのうち戻ってくるとか？　でなければ、トラックが盗まれて、運転手はまだどこか近くにいるのかもしれない。

どれもありそうにない。だけど、そう考えていれば希望を捨てずにいられる——たとえわずかなあいだでも。

給油機の裏にまわると、わたしの黒いバッグが地面に置かれていた。あわてて駆け寄ってひろいあげ、なかを確認した。特に変わった様子はなく、中身は全部きちんとそろっている。

そのとき背後で物音がした。振りかえると道路のわきにレンが座っていた。尻尾をゆらしながら、こちらを見つめている。まるで、だれか家に連れ帰ってくれないかと期待して尻尾を振る図体のデカい捨て犬みたいに。

「嘘でしょ……。カダムさんてば、何が『だいじょうぶです』なのよ。あの運転手はトラックを盗んで、あなたを野放しにしたのね。いったい、どうすればいいの？」

疲労と恐怖と孤独が一気に押しよせてくる。そのとき、母の言葉がとつぜん鮮やかによみがえった。

――悪いことっていうのは、善良な人にも、ときとして起こるものよ。

――幸せになるには、与えられた状況に感謝し、最善を尽くしてみること。

そして、母が一番気に入っていた言葉も頭に浮かんだ。

――人生からレモンをもらったら、それでレモンパイを作ればいいわ。

母はずっと子どもが欲しくて、長いあいだ努力をしたのにうまくいかなかった。ほとんどあきらめていたとき、わたしが生まれた。だから、いつも言っていた。すぐ先の未来だって、どうなるか誰にもわからないって。

前向きに考えよう。

とりあえず、持ってきた服は全部そろってる。旅行書類も無事。お金はバッグにちゃんとある。それがいい材料。

悪い材料のほうは、もちろん、乗り物が消えたうえに、虎が野放し。

そうだ、まずは逃げないようにレンを確保しなきゃ。わたしは店に戻ると、おやつのビーフジャーキーと長いロープを買った。

手に入れた黄色いロープを持って外に出ると、レンはすでに何歩か先にいて、ジャングルに向かっている。

思わずあとを追って走り出した。

本当なら、店に戻って電話を借り、カダムさんに連絡するのが賢明だったと思う。そうすれば、カダムさんがだれか専門の人を派遣して、レンを捕まえてくれたかもしれない。

でも、そのときは物事を冷静に考えられる状況じゃなかった。とにかくレンのことが心配だった。

　レンがわたしに危害を加えるという心配はこれっぽっちもしてなかったけど、もし、ほかの人が虎を見てあわてふためき、凶器で仕留めようとしたら大変だと思った。それに、たとえレンが無事に逃げたとしても、ジャングルで生き延びられる保証はない。レンは狩りをすることに慣れてない。

　まったくバカげてるとわかっていながら、わたしは虎を追いかけていた。

「レン！　戻って！　助けを呼ばなきゃ。ここはあなたが住む予定の保護区じゃないの。ほら、いいものあげるから！」

　ビーフジャーキーをヒラヒラさせてみたけど、レンは歩き続けている。わたしはカダムさんが持たせてくれたバックパックと自分のバッグをもてあましていた。なんとか遅れずについていくことはできても、重い荷物をかかえてレンに追いつくのはとても無理だ。

　レンは速足ではなかったけど、上手にわたしの何歩か前を歩いていた。やがて、あるところでとつぜん駆け出し、ジャングルに飛びこんだ。わたしはバッグを揺らしながらレンを追いかけた。十五分もそうしていると、額からは汗がしたたり、濡れた服が体に張りついて、足は重《おも》石《し》のようになった。

「お願いだから戻って。さっきのところまで引きかえさないと。そろそろ暗くなる」

　レンはわたしの呼びかけを無視して、木々のあいだを縫うように歩いていく。そのくせ、たびたび立ちどまっては、振りかえってわたしを見た。

　やっと捕まえられると思ったところでいつも、足を速めて数歩先に離れ、また追わせる。レンはいつもぎりぎり手の届かないところにいた。

なんだかレンに遊ばれている気分だった。

さらに十五分ほど後を追った。でも相変わらず捕まえられない。ひと休みしよう。町からだいぶ離れてしまったし、日も傾きはじめている。どうしたらいいかまったくわからない。

わたしが追いかけてこないことに気づいたらしく、レンはばつの悪そうな様子でゆっくり戻ってきた。わたしはレンをにらみつけた。

「ふーん。わたしが止まったとたんに戻ってくるってわけ。いったいどういうつもり?」

レンの首輪に黄色いロープをくくりつけると、その場をひとまわりしながら、それぞれの方角を注意深く観察し、自分のいる地点を見極めようとした。

いつのまにかジャングルの奥深くに入りこんでいた……。

ここまで来るのに、木々のあいだをくねくね行き来し、何度も向きを変えている。どこだかさっぱりわからない。

完全に方角を見失っていた。夕暮れが迫り、わずかな光も頭上をおおう暗い木々にさえぎられてしまっている。のどを締めつけられるような恐怖にとらわれ、強い寒気がさざ波のように背中を伝う。そのうちさあっと全身に鳥肌が立った。

落ちつきなくロープを両手に巻きつけ、レンに向かって文句を言った。

「嘘でしょ……。インドのだれも知らないジャングルのなかで、ロープにつながれた虎と一緒に夜を迎えようとしてるなんて!」

レンがそばに来てそっと座った。

周囲のジャングルがわたしに迫ってくる感じがする。ジャングルならではの音が耳を貫き、わたしをねじふせ、まともな判断力をつぶそうとしてくる。

見あげると、雨季特有の黒々とした雲がにわかに増え、黄昏《たそがれ》の空をみるみるのみこんでいく。しびれるような強風が木々のあいだを吹き抜け、硬直したわたしのまわりで渦を巻いた。

少しすると、レンは立ちあがった。強張ったままのわたしの体をやさしく引っぱりながら前に進む。

わたしはしぶしぶついていった。一瞬、ひきつるような笑い声が出た。

ハハハッ！　この状況ってなに？　虎に引っぱられてジャングルを歩いてる。まあ、でも、考えてみれば、わたしが先に立とうとしても意味ないか。今どこにいるのかさっぱりわからないんだから。

レンはわたしを引っぱりながら、暗い道を歩き続けている。

わたしはすでに方角だけでなく、時間の感覚もなくしていた。それでも、一時間か二時間ほど歩いたと思う。あたりはもう真っ暗だ。怖くて、のどがカラカラだった。

カダムさんがペットボトル入りの水を用意してくれていたことを思い出し、バックパックのポケットをあけて手さぐりで水を探した。

そのとき、冷たい金属のような物に触れた。そうだ、懐中電灯があった！　取り出してスイッチを入れると、暗闇に光が射し、ちょっとほっとした。

ところが、ジャングルの光はかえって恐怖をかきたてた。日中も怖くないわけじゃないけど、ちっぽけな懐中電灯ではそう遠くまで光が届かず、真っ暗闇より、よけい怖い。

三日月が姿をあらわし、頭上をおおう鬱蒼《うっそう》とした木々のあいだに月光がちらちら射しこむ。月光を受けたレンの毛がきらめいた。

レンはちらちらゆれる光のなかを歩いている。月が雲に隠れると、前にいるレンの姿はまったく見えなくなった。懐中電灯を向けると、棘《とげ》だらけの下生えがレンの白い毛を引っかくのが見えた。レンは体で下生えを乱暴に押しのけ、わたしのために道を作ってくれていた。

ずいぶん長いこと歩いた。

レンがチークの大木のそばに茂る竹林で止まった。空中に鼻を突き出し、何かの匂いを探っていたかと思うと、ぶらぶら移動しながら草でおおわれた場所にたどりつき、体を横たえた。

「ひょっとして、今晩はここで夜を明かす……わけね」

肩をすくめてバックパックをおろしながらぶつぶつ皮肉を言った。

「へえ、ステキなところ。ほんと、すばらしい選択じゃない？　これでミントの葉でもあれば四つ星をつけるところよ」

まず、レンの首輪からロープをはずす。今となってはレンを逃げないようにつないでおく理由もない。それから、しゃがんでバッグをあけ、長袖のシャツを引っぱり出して腰に巻きつけた。さらに、ペットボトルの水二本とエネルギーバーを三個取り出し、二個分のバーの包みをあけると、そのままレンに差し出した。

レンはわたしの手からまず一個を慎重にくわえると、のみこんだ。

「虎ってエネルギーバーを食べるんだ。ほんとはもっとたんぱく質の豊富な食料が必要なんだろうけど、このあたりでたんぱく質が豊富な物っていったらわたしぐらいでしょ。それは絶対やめといたほうがいいわ。マズくて食べられたもんじゃないから」

今の話をさも本気で考えているといわんばかりに、レンはわたしにふっと顔を向け、二個目のエネルギーバーをペロリとのみこんだ。

わたしは三個目をあけて、もそもそとかじりついた。べつのポケットをあけるとライターがあったので、それで火をおこすことにした。懐中電灯で探してみると、あたりには驚くほどたくさんの薪《たきぎ》になるものがある。

ガールスカウト時代を思い出し、小さな火をおこした。最初の二回はあっけなく風に吹き消されたけど、三度目につけた火はパチパチと心地よい音を立てはじめた。

うまく火がついたことに満足し、大きめの薪をそばに用意してから、たき火の光でバックパックのなかをさぐる。ビニール袋を見つけたので、湾曲した大きな樹皮をひろってきて、小さな木片でビニール袋を内側に張りつけた。間に合わせのボウルだ。それにペットボトルの水を注いでレンのところに運んだ。レンは音を立てて一気に水を飲み干すと、まだビニール袋をなめ続けるので、もう一本分の水を注いでやった。レンはそれもがぶがぶ飲んだ。

たき火に戻ると、気味の悪い遠吠えが聞こえた。

すかさずレンが立ちあがり、勢いよく駆け出して暗闇に姿を消した。低いうなり声、それから怒りのこもった荒々しい咆哮《ほうこう》がとどろく。

心配しながらレンが姿を消した木々のあいだの闇に目を凝らしていると、ほどなく無事に戻ってきた。もう遠吠えも聞こえない。

レンはわき腹をチークの木にこすりつけはじめた。気が済むまでこすりつけてから、べつの木に移動してまた同じことをする。そうやってレンは周辺の木すべてに体をこすりつけた。

「そんなにかゆいの？」

体をこすり続けるレンを放っておいて、服の入ったやわらかいほうのバッグを枕代わりにしようと、たたいてふくらませた。それから長袖のシャツを頭からかぶり、持ってきた祖母のキルトを出す。

汚すのはすごく嫌だったけど、キルトのぬくもりと心地よさがどうしても欲しかった。

横向きに寝転がり、頬の下に手を入れてたき火を見つめていると、知らないうちに大粒の涙が伝い落ちた。

あたりで聞こえる不気味なジャングルの音に耳をすます。あちこちでコンッという物音や、風のうなりや、枝が折れたり何かがはじけたりする音がする。脳裏に、気味の悪い生物が髪に入りこんで、靴下のほうまでおりていくところが浮かび、身震いして起きあがった。キルトを全身に巻きつけ、ミイラみたいにすっぽりくるまったかっこうでもう一度地面に横になる。

さっきよりずっとよくなったものの、今度は背後から動物が忍び寄ってくるところが思い浮かんだ。あお向けになろうとしたとき、レンが隣に身を横たえた。背中をわたしの背中にすりよせ、のどを鳴らしはじめる。

ほっとして涙をぬぐった。レンがのどを鳴らす音に耳を傾けるうちに、周囲の音が気にならなくなった。のどの音は、やがて規則正しい深い息づかいに変わった。わたしはレンの背中にさらに体を寄せると、驚いたことにジャングルのなかでぐっすり寝入ってしまった。


まぶたに明るい日射しを感じて、ゆっくり目をあけた。

すぐには自分がどこにいるのか思い出せない。大きく伸びをしたとたん、背中が固い地面をこすり、痛みに身をすくめた。そうだ、ジャングルで寝たんだ。ここはインドだ。

足にかなりの重さを感じる。見ると、レンが目をかたく閉じて眠っていた。頭と片方の前脚がわたしの足にどっかりともたれかかっている。

「レン、起きて。足がしびれて動けないよ」

レンは身じろぎもしない。

わたしは体を起こすと、レンの体を軽く押した。

「ねえ、レンってば！」

レンは低いうめき声を出しただけ。相変わらず動く気配はない。

「起・き・て！」

足をゆらして、レンを思いきり押した。

ようやくレンは目をあけ、歯をむき出して大きなあくびをすると、わたしの足からゴロリと体を離してまた横になった。

まったく、いい気なものだ。

わたしは立ちあがると、キルトから埃《ほこり》を振り払い、たたんでバッグに押しこんだ。それからたき火の灰を踏みつけ、完全に火が消えていることを確かめた。

「ひとこと言っていい？　わたしはキャンプが苦手なの」

レンに大声で文句を言った。

「だってまずトイレがないでしょ。ジャングルを歩いていて最悪なのが、トイレに行きたくなることよ。虎や男の人なら簡単にできるからいいけど」

でも、文句を言っても始まらない。わたしは急いで必要な準備を済ませ、たき火のまわりのゴミをかき集めてバックパックにしまうと、最後に黄色いロープをひろいあげた。

レンは座ったまま、じっとこっちを見ている。

わたしは自分がレンを連れていく立場だという建前を捨てることに決めた。ロープをバックパックにしまう。ここまできたら、レンにまかせるしかない。ひょっとしたら今ごろカダムさんが異変に気づいて、わたしたちを捜してくれているかもしれないし。

「さあ、レン。準備できたよ。今日はどこへ行くの？」

レンはくるりと向きを変えると、ゆったりした足取りでまたジャングルの奥に向かって歩き出した。木々や下生えのあいだを縫うように進み、岩場や小川を越えていく。急ぐ様子はなく、ときおり立ちどまっては、まるでわたしの疲れを承知しているかのように、休憩まで取ってくれた。

日が昇り、あたりがかなり蒸してきた。長袖のシャツを脱いで腰にしばりつける。

ジャングルは緑にあふれ、ぴりっとした匂いが鼻をついた。オレゴンの森とはずいぶんちがう。大きな落葉樹がまばらに生え、しなやかで優美な枝をつけている。葉の色はわたしが見慣れた常緑樹の深い緑ではなく、黄緑に近い。樹皮は黒に近い灰色で、触れるとざらざらしている。ひびのある場所はすぐに皮が剝がれて、薄層がぽろぽろ落ちた。

ムササビが木から木へと跳び移る。わたしたちはたびたび草を食《は》むシカを驚かせた。虎の匂いに気づいたシカは、飛び跳ねるようにしてあわてて逃げていく。レンはどうするだろうと見守っていたけど、まったく相手にしていなかった。

ほかにもよく見かける木があった。ほどほどの大きさで、やはりもろい樹皮におおわれている。よく見ると、樹皮の割れ目からねばねばした樹脂が幹を伝い落ちていた。一度、靴に入った小石を取り出そうとその木に寄りかかったときは、手についたべとべとを剝がすのに一時間もかかった。

ようやく手から樹脂が取れたころ、背の高い草や、竹の茂る深いやぶのあいだを歩いていると、色鮮やかな鳥の群れがわたしたちに気づいていっせいに羽ばたいた。わたしは驚いてあとずさり、その拍子にまたべつのねばねばした木にぶつかって、二の腕にべったりと樹脂がついた。

レンが小川で立ちどまった。わたしもペットボトルの水を出して一気に飲み干した。バックパックが軽くなるのはうれしいけど、持ってる分がなくなったら、どこで手に入れたらいいかわからない。レンみたいに小川の水を飲む方法もあるけど、それはできるだけ避けたい。わたしの体はレンほどじょうぶにできていない。

岩に腰かけ、エネルギーバーをバックパックから探し出した。半分食べてから、残りの半分ともう一個をレンにあげた。わたしは半分食べれば何カロリー分もやりくりできるけど、レンは絶対足りない。すぐに狩りをしなきゃならなくなる。

カダムさんが用意してくれたバックパックのポケットをあけると、方位磁石があった。確かに役に立ちそうだ。ジーンズのポケットに押しこむ。まだお金はあるし、旅行書類も、予備の水も、救急用品も、虫よけスプレーも、ロウソクも、ポケットナイフもある。

ハッと気づいた。そうだ、携帯電話。

インドに来て、すぐにジャングルに入ったからすっかり頭から消えていたけど、電話が通じるかもしれない。

ところが、いくら探しても携帯電話がなかった。持ってきた携帯電話がなくなっている。磁石や虫よけスプレーはあるのに……。

ひょっとしてカダムさんはわたしがジャングルに迷いこむことを知っていたのだろうか？ふと、トラックが消える前に、すぐわきで青年と口論していたカダムさん似の男の人を思い出し、考えていることがそのまま口に出た。

「わたしをここに迷いこませるのが目的だったとか……？」

レンがゆっくり近づいてきて、座った。

「ちがうよね」

青い瞳を見つめながら言った。

「そんなの無意味よ。ジャングルで迷子にさせるために、わざわざインドまで飛行機に乗せてくるなんてどう考えたって理屈に合わない。きっとカダムさんは、あなたがわたしをここに連れてくる、っていうか、わたしがあなたについていくとは思わなかったんだ。カダムさんは人をだますようなタイプじゃないもの」

レンはまるで気が咎《とが》めているかのように、視線を落とした。

「カダムさんってすごく几帳面でまじめな人だよね」

少し休憩してからレンは再び立ちあがり、少し歩き出したところで振りかえってわたしを待った。

しぶしぶ岩から離れ、レンのあとをついていった。虫よけスプレーを取り出し、手足にたっぷり吹きつけると、ついでにレンにも少しかけてやった。レンはスプレーに顔をしかめ、全身を震わせながら大きなくしゃみをした。

「いったいどこに行くの？　行き先が決まってるみたいな歩きかただけど。わたしとしては文明社会に戻りたいから、町を見つけてくれたら恩に着るな」

その後もレンは先に立ち、レンにだけわかる道を進んでいるようだった。

午前中はそのまま歩き続け、昼さがりになった。

たびたび方位磁石を取り出して確かめると、東に向かっていた。歩いた距離を頭のなかで計算しようとしたとき、レンがやぶのなかに分け入った。ついていくと、やぶの向こう側は小さな空き地だった。

その空き地の真ん中に、ちっぽけな小屋があった。

ああ、よかった！　だれかいるかも。

小屋の屋根は束ねた籐《とう》を何列も並べて葺《ふ》いてあり、てっぺんから毛布のように垂れている。壁は、大きな竹竿《たけざお》を複雑に結わえた糸のような繊維で縛り合わせてできていた。すき間は干し草や粘土でおおってある。

小屋のまわりには、石を積みあげただけの五十センチほどの簡単な石垣が巡らされていた。石垣は青々とした分厚いコケにおおわれている。小屋の正面の壁には薄い石板が張られ、わたしには判読できないさまざまな記号や模様が描かれていた。

出入り口はひどく小さく、普通の背かっこうの人でも身をかがめないと入れそうにない。物干し綱には洗たく物がはためき、小さな菜園が家のわきに作られていた。

小屋に近づき、石垣をまたごうとしたとき、レンが先にわたしの横を跳び越えていった。

「うわっ、おどかさないで。先に音を出すか何かしてよ」

入口に近づき、思い切ってドアをノックしようとしたところで、ちょっとためらい、レンを見た。

「そうだ、出てきた人が驚いたら大変。先にあなたをなんとかしなきゃ」

バックパックから黄色いロープを取り出し、庭の片側に生えている木へと歩いていった。

レンはためらいがちについてきた。

わたしはレンを手招きして、レンがそばまでくると、首輪にロープの先を通し、反対側を木に結びつけた。

レンはいやそうにしている。

「ごめんね。でも、あなたを放しておくわけにいかないの。ここに住んでる人を怖がらせたらマズイでしょ。なるべく早く戻ってくる。約束するから」

レンをそこにおいて、ふたたび小屋に向かって歩き出したとき、背後で控えめな男性の声がした。

「そこまでしなくたっていいだろう」

ゆっくり向き直ると、すぐ後ろに整った顔立ちの青年が立っていた。

まだ若く、二十代前半ぐらいに見える。わたしより頭一つ背が高く、たくましく鍛えあげられた引き締まった体を、ゆったりした白いコットンの服が包んでいる。長袖のシャツは裾を出し、ボタンの留めかたがぞんざいで、褐色のなめらかな厚い胸元が見える。さらりとした布のパンツは足首のあたりで裾を折ってあり、裸足が目立って見えた。つやのある黒い髪は全体に後ろに流れ、うなじのあたりでわずかにカールしている。

そして、何よりわたしを釘付けにしたのは目だった。

レンと同じ深いコバルトブルーの瞳。

青年は手を差し出した。

「やあ、ケルシー。ぼくだ。レンだよ」

8

その青年は両手を広げ、慎重にわたしに近よると、もう一度言った。

「ケルシー、ぼくだ。レンだよ」

怖そうな相手には見えなかったけど、それでも不安で体が強張った。

何がなんだかわからない。無駄とわかっていながらも、とにかく手をあげて、相手が近よってくるのをはばもうとした。

ここに住んでる人？　ん？　ちょっと待って——

「今なんて？」

相手はさらに近くに来て、たくましい胸に手を置くと、ゆっくり話した。

「逃げないでくれ。ぼくはレンだ。虎のレンだよ」

青年は手を裏がえし、レンの首輪と指に巻きつけた黄色いロープを見せた。

どういうこと？

青年の背後に目をやる。

白い虎はどこにもいない。

それに、この人、どうしてわたしの名前を知ってるの？

距離を置こうと数歩さがった。

相手はわたしの行動を見てハッと動きを止めている。

ひざの裏側が石垣にぶつかり、そこで止まると、わたしは何度もまばたきした。何が起こったのか、まったく理解できない。

「レンはどこ？　レンに何かしたの？」

「いや。ぼくがレンだ」

相手がまた近よってくる。

「ちがう。そんなはずない」

もう一歩下がろうとしたとき、あやうく石垣の上にあお向けに倒れそうになった。

一瞬のうちに青年がそばに来て、わたしの腰に手を添えて支えた。

「だいじょうぶかい？」訊き方も礼儀正しい。

「だいじょうぶじゃない！」

それでも、相手はわたしの手をつかんだまま放さない。その手を見つめながら、虎の前脚を想像した。

「ケルシー？」

その声に顔をあげ、相手のきらめく青い瞳を見つめた。

「ぼくはきみの虎だ」

「ちがう……ちがう！　そんなはずない。あり得ない」

「たのむから、家に入ってくれないか？　ここの主は今、外出している。腰をおろしてくつろぐといい。そしたら、すっかり説明するから」

そのおだやかな声は心を落ちつかせる効果があった。

呆然《ぼうぜん》とするあまり、言いかえす元気もなかった。

手を引かれるまま小屋に向かう。青年はわたしがジャングルに駆け戻るんじゃないかと心配らしく、手をぎゅっとつかんで放さなかった。

いつもは知らない男の人についていくことなんて絶対しないけど、その青年にはどこか安心できるところがあった。なぜか、わたしを傷つけることはしないだろうという確信が持てた――サーカスでレンに対して持ったのと同じ確信だ。

青年は頭を下げてドアをくぐり、小屋に入ると、わたしのことも引っぱり入れた。

そこは一部屋だけの住まいだった。片すみに小さなベッドがあり、そのわきの壁に小窓が一つついている。べつの一角にはテーブルがあって、イスが二脚置かれていた。カーテンの奥に小さな浴槽が見える。

キッチンの一角は水のポンプがついた流しと、狭い調理台があるだけで、あとはさまざまな食品の缶詰や香辛料が棚に並んでいた。頭上にはとりどりの乾燥ハーブや生のハーブが天井から紐でつりさがり、部屋を甘い香りで包んでいた。

その青年はわたしにベッドに腰かけるよう身ぶりでうながすと、自分は壁にもたれて立ち、わたしが落ちつくのを静かに待った。

最初のショックから回復してくると、自分の置かれた状況を見極めた。

この人が虎のレン……?

目の前の青年としばらく見つめ合った。

この人は本当のことを言っている、そう感じた。この瞳はまぎれもなくレンだ。

その瞬間、体から恐怖がすーっと消えていった。と同時に、新たな感情――おもに怒り――

がわき起こり、体のなかをみるみる満たした。

あれだけ一緒にいたのに、レンはこの秘密を打ち明けようとしなかった。わざとジャングルのなかに誘いこみ、一人外国の未開の地で道に迷ったとわたしに思わせようとしたんだ……。レンは決してわたしを傷つけないと信じていた。レンは……友だちだし、信頼していた。なのに、どうしてわたしを信頼してくれなかったんだろう？　確かに不思議なことだけど、打ち明けるチャンスはあったはずだ。

疑わしげな顔で目の前にいる人間のレンを見ながら、思わずとがった声が出た。

「それで、あなたはいったい何者？　虎になった人間？　それとも人間に変身した虎？　ひょっとしてオオカミ人間みたいなもの？　あなたに噛まれたら、わたしも虎になるとか？」

レンは顔に困惑の表情を浮かべて首を傾げただけで、すぐには返事をしなかった。虎のときと同じ濃いブルーの瞳でわたしを見つめている。相手をとまどわせる瞳。

「あの……もう少しわたしから離れてくれると助かるんだけど」

レンは息をつき、そっと部屋のすみに移動すると、イスに腰かけ、そのままイスの前脚を浮かせて壁に寄りかかった。

「ケルシー、きみの質問には全部答えるから、少し辛抱してぼくに説明する時間をくれないか」

「わかった……」

レンが考えをまとめているあいだ、わたしはその容姿をとくと観察した。この人が本当にあの白い虎なの？

だいたい、瞳をのぞけば虎らしいところもあんまりない。厚い唇に角ばったあご、筋の通った上品な鼻。わたしがこれまでに会っただれとも似ていない。はっきりこうとは言えないけど、この人にはどこか人とちがう、洗練されたところがある。自信、力、高潔さといったものがにじみでている。

裸足で服装だってパッとしないけど、それでも力のある人物だとわかる。もしも、見た目が多少悪かったとしても——実際はとびきりハンサムだけど——たぶん惹きつけられていただろう。

ひょっとしたらレンの虎の部分がわたしを惹きつけるのかもしれない。サーカスで出会って以来、虎はわたしにとってつねに威厳に満ちた存在だし、心惹かれる対象だから。

目の前にいるレンは虎のときと同じくらい美しい男性だった。

虎のレンは信用しているけど、はたして人間のレンは信用できる？

こわれそうなベッドのはしに座ったまま、怪訝《けげん》な顔でわたしはレンを観察した。

レンはわたしにじろじろ見られても辛抱強く耐えている。おもしろがってすらいるようだった。こっちの心はお見通しだといわんばかりだ。

わたしのほうが我慢できずに口を開いた。

「話して」

レンはつやのある黒い髪をかきあげ、ハッとするほど魅力的なしぐさで髪をくしゃくしゃにした。

それから、急に手をひざに落とし、濃いまつげの下から思案げにこっちを見た。

「どこから始めたらいいだろう？　話さなければいけないことがありすぎて、何から話していいのかわからない」

その声はおだやかで、品があり、温かい。流暢《りゅうちょう》な英語にはほんの少しなまりがある。女性の心をくすぐるような甘い声。わたしは舞いあがりそうな気持ちを振り払い、こちらを食い入るように見つめる深いブルーの瞳を見かえした。

この人とのあいだには確かなつながりみたいなものを感じる。ただ、それは単にわたしが相手に引きつけられているせいなのか、それともほかに理由があるのかわからない。

目の前のレンにわたしは動揺していた。目をそらして必死に気持ちをしずめようとしたけど、うまくいかなくて、しまいには手をひねってみたり、そわそわと竹製の床を足でつついたりしながら、自分の足元をひたすら見続けた。

レンの顔に視線を戻すと、小さくほほえみ、片方のまゆをつりあげている。

わたしは咳払いした。

「ごめんなさい。何か言った?」

「じっと座って話を聞くのがそんなに大変かい?」

「いいえ。ただ、緊張しちゃって」

「虎のときは、全然平気だっただろう?」

「だって見た目がちがうでしょ。今のあなたは虎じゃない。同じように接しろって言われても無理よ」

「ケルシー、肩の力を抜いて。きみに危害を加えるようなことはしない」

「わかった。じっとしてる。これでいい?」

レンは笑った。

まったく、笑い声まで魅力的だ。

「ぼくは長時間じっとしている技を、必要に迫られて身につけた。虎は長時間身動きせずに伏せていなければならないからね。忍耐力が必要だ。きみもこの説明を聞くにはある程度忍耐力がいる」

　レンはがっちりした両肩を広げ、手を伸ばしてフックにかかっているエプロンの紐を引っぱると、無意識に指に巻きつけながら言った。

「じつはかなり急いで説明しなくてはならない。ぼくが人間の姿になれるのは一日のうちのほんのわずかなあいだなんだ。正確に言うと、二十四時間のうち二十四分だけだ。つまり、すぐにまた虎の姿に戻ってしまう。だから、きみとこうして話せる時間を大事にしたい。ぼくにこの時間をくれるね？」

　二十四分だけ……。わたしは深呼吸した。

「もちろん。あなたの話が聞きたい。続けて」

「サーカスにいるときにカダムが話したディレン王子の話をおぼえている？」

「うん、おぼえてる。え？　待って、それじゃあ――」

「あの話はだいたい合っている。ぼくはカダムが話したディレンで、ムジュラーイン帝国の王子だった。弟のキーシャンと婚約者がぼくを裏切ったのも事実だ。ただ、結末がちがう。ぼくは殺されてはいない。多くの人は殺されたと信じこまされてきたが、実際にはぼくと弟は呪いをかけられ、虎になってしまったんだ。カダムは何百年もずっとぼくらの秘密を忠実に守ってくれている。きみをここまで連れてきてしまったことでカダムを責めないでほしい。すべてぼくの責任だ。ケルシー、ぼくは……きみが必要なんだ」

　口のなかが急に乾く。

気づくとわたしは前のめりになっていた。お尻がかろうじてベッドのはしに引っかかっているだけで、あやうくストンと落ちそうになる。あわてて咳払いして、ベッドに深く座り直した。

「それで、わたしが必要って、どういうこと？」

「カダムもぼくも、この呪いを解けるのはきみだけだと信じている。理由はわからないが、すでにぼくを囚われの身から解放してくれた」

「解放したのはわたしじゃない。カダムさんがあなたの自由を買ったのよ」

「ちがう。カダムが僕の自由を買えたのは、きみがあらわれたからだ。囚われの身になってからはずっと、人間の姿になることも、自由を手に入れることもできなかった。特別な何か、いやだれかがあらわれるまでは。その特別なだれかが、きみだ——」

レンは相変わらずエプロンの紐を指にぐるぐる巻きつけていた。いったん指からほどいてまた巻きはじめる。

わたしは黙ってそれを見つめた。

確かに、サーカスにいる虎のレンが自由になれたらとは思ったけど、わたしが……呪いを……解く？

レンは窓のほうを向いていた。見た目は冷静でおだやかだけど、その奥に隠された悲しみにわたしは気づいた。窓から日が射しこみ、カーテンがそよ風にわずかにゆれている。カーテンが作り出す光と影がレンの顔の上で躍《おど》っていた。

「わかった。それで、わたしに何をしてほしいの？　どうすればいいの？」

レンはこっちに向き直った。

「ぼくがこの小屋にきみを連れてきたのには理由がある。ここの住人はまじない師で、僧侶でもあり、きみの役割を説明できる人物だ。ただし、きみを見つけてここに連れてくるまでは、それ以上のことは教えられないと言われた。きみがなぜ〈選ばれし者〉なのか、じつはぼくにもわからない。それと、まじない師はきみとぼくにしか話せないと言いはっている。だからカダムは同行しなかったんだ」

レンは身を乗り出した。

「せめて、まじない師が戻ってきて、二人で話を聞くまで、ぼくとここにいてくれないか？ そのあとインドを発って家に帰るというなら、カダムが万事手配してくれる」

わたしは床を見つめた。

「ディレン——」

「レンでいいよ、虎のときはそう呼んでいただろ？」

急に恥ずかしくなる。

「でも、レン。あなたの話には圧倒されっぱなしで、なんて言っていいかわからない」

整ったレンの顔にさまざまな感情があらわれて消えた。

こんなステキな男の人の——いや、虎の頼みを断ることなんてできる？

大きく息を吐く。

「わかった。ここでそのまじない師っていう人を待つことにするわ。ただし、わたしは今、暑くて汗まみれだし、お腹はペコペコだし、疲れてるし、ゆっくりお風呂に入りたいし、正直あなたを信用できるかどうかもわからない。あと、これ以上ジャングルで夜を明かすのも無理」

レンはほっとした様子で溜め息をつき、わたしに笑顔を向けた。

その笑顔はわたしを金色に輝く幸福の光で包んだ。雨雲の間からとつぜん太陽の光が射しこんだみたい。このまま目を閉じて、暖かい光を浴びていたくなる。

「ありがとう。インドに着いてからここまで、気づまりで不安な思いをさせて本当にすまなかった。きみをジャングルに誘いこむことについては、カダムに反対されたんだ。それなら、単刀直入に真実を話すべきだってね。しかし、ぼくはきみが一緒に来てくれるかどうか確信が持てなかった。だから、もう少し一緒に過ごしてぼくのことを信用してくれるようになったら、自分なりのやりかたで本当の姿を明かそうと考えた。だからトラックのそばでカダムと言い合いしていたんだ」

「あれ、あなただったのね！　だったら、あのとき正直に話してくれればよかったのに。カダムさんの言うとおりよ。そうすれば、わざわざジャングルをハイキングしなくたって、車でここに来られたのに」

「いや。どのみちぼくらはジャングルを抜けてこなければならなかった。車では保護区のこんな奥までは入ってこられない。ここの住人はそういう環境を好むんだ」

「それでもやっぱり話してほしかったな」

腕を組んでぶつぶつ言った。

レンはエプロンの紐をねじっている。

「外で寝るのもそう悪くないよ。星をながめられるし、暑い一日を過ごした毛を涼しい風が吹き流してくれる。草のいい香りもするし、それに」

そこでわたしと視線を合わせた。

「きみの髪のいい香りもする」

顔が熱くなる……。

「そ、そう。気に……入ってくれる人がいてよかったわ」

「ああ、ぼくは気に入った」レンは得意げに笑みを浮かべて言った。

そのとき、ジャングルのなかで人間のレンと寄りそうところがパッと頭に浮かんだ。わたしはひざの上に頭を乗せているレンの髪をなでている。あわてて目の前の問題に意識を集中した。

「レン、あなた、話をそらそうとしてるわ。わたしはだまされてここに連れてこられたことがいやなの。サーカスにいるときにカダムさんから話してほしかった」

レンは首を振った。

「たとえ、話したとしても、こんな途方もないことを信じてくれるとは思えなかったんだ。だから、保護区への旅行をでっちあげた。ここに来てくれさえすれば、ぼくが人間に姿を変えてすべてを打ち明けることができると考えたんだ」

「たぶん、あなたの言うとおりね。もし、サーカスにいるときにあなたが人間の姿になっていたら、怖がってここに来なかったと思う」

「なぜ来てくれたんだ？」

「もっと一緒にいたかったからよ……あなた、っていうか虎のレンと。レンに会えなくなると思うと寂しくて……まあ、レンはあなたなんだけど」

顔がいよいよ熱い。

レンはかすかに笑った。

「ぼくもだ。きみに会えなくなるのはいやだった」

わたしはシャツの裾を両手でぎゅっとねじった。

レンは言った。

「ケルシー、だまして本当に申し訳ない。ほかに方法があれば――」

顔を上げた。レンのうなだれる姿が虎のレンの姿と重なり、それまでの目の前のレンに対するいらだちやぎこちなさがすーっと消えていった。

この人を信じて手を差しのべるべきだと直感でわかった。虎のレンとのあいだに感じた強いつながりを、目の前にいる青年にも感じる。それも、深く、はっきりと。こみいった境遇にいるレンを気の毒に思った。

「虎に戻るのはいつ？」

「もうすぐだ」

「痛みがあるの？」

「前ほどじゃない」

「虎に戻ってもわたしの話がわかる？　話しかけてもかまわない？」

「ああ。きみの言うことは聞こえるし、理解できる」

わたしは深呼吸した。

「わかった。まじない師が戻ってくるまで、ここにいる。まだ訊きたいことは山ほどあるけど」

「ぼくもできるだけ答えようと思っている。ただ、明日またぼくがきみと話せるようになるまで待ってほしい。今晩はここに泊まれるよ。まじない師は夕方ごろ戻ってくる」

「レン？」

「なんだい?」

「わたしはジャングルも怖いし、この状況も怖い」

レンはエプロンの紐から手を放すと、わたしの目をじっと見た。

「わかっている」

「レン……」

「なんだい?」

虎のレンに感じていた安心感がよみがえってくる。

とたんにレンの表情がやわらぎ、やさしい目になった。レンは口元に心からの笑みを浮かべて言った。

「どこにも……行かないで」

最初のインドの言葉はわからなかったけど、レンの笑顔にわたしも自然と笑顔を返していた。

「アサンバーヴァ、もちろん、どこにも行かない」

そのとき、レンの顔に翳《かげ》がさした。こぶしをにぎりしめ、口を固く結んでいる。

レンの体が震えはじめた。イスが前に倒れ、くずれるように床に手足をつく。あわてて立ってレンのほうに手を伸ばしたとき、目の前でレンの体が変化した。わたしのよく知っている虎の姿に戻っていく。

虎は体をぶるっと震わせると、差し出したわたしの手に頭をこすりつけた。

9

わたしはベッドのはしに腰かけ、さっきの話を思いかえしていた。

目の前にいるのは虎だ。人間じゃない。本当は何もかもわたしの想像だったのかもしれない。そうであってほしいと思いさえした。

これって全部現実なの？　あの毛皮の下に本当に人間がいるんだろうか？

ひょっとしたらジャングルにいるせいで幻覚を起こしているの？

虎のレンは床に寝そべり、前脚に頭を乗せていた。吸いこまれそうな青い瞳でわたしをじっと見続けている。

その瞳を見た瞬間わかった。やっぱりすべて現実だ。

わたしは、レンの呪いを解く手伝いをする運命らしい。

さっきの話では、まじない師は夕方まで戻らないらしいから、まだ時間がある。このベッドで寝たら気持ちよさそうだ。ちょっと昼寝させてもらおうかな……でも、ひと晩体を洗っていない。

まずお風呂を借りることに決め、浴槽を見に行った。バケツで水をくむ昔風のお風呂だ。

さっそく重労働に取りかかった。ポンプでバケツに水をくみ、それを浴槽にざあっとあける。そのくりかえし。実際にやってみると、テレビで観るよりずっと大変だった。バケツを三回浴槽にあけただけで、腕が抜けるかと思った。でも、お風呂に入ったときの気持ちよさを自分に言い聞かせ、痛みをおしてやり続けた。浴槽に水が半分ほどたまったころ、さすがに腕がへばって力が出なくなったので、これで充分と自分を納得させた。

スニーカーを蹴るようにして脱ぎ、シャツのボタンをはずしにかかる。上から順番にはずしてなかほどまで来たとき、とつぜん一人じゃないことを思い出した。あわててシャツの前をかきあわせ、くるりと向きを変えると、レンがこっちを見ていた。

見た目は虎だけど、中身は人間なのよね……。

「まったく……ネズミみたいにおとなしくしてるつもりだろうけど、残念でした。お風呂からあがるまで外で待ってて」

手を振りあげて、追いはらうしぐさをした。

「ほら、行って……見張りでもしてて」

ドアをあけると、レンはのそのそと外に出ていった。急いで服を脱ぎ、生ぬるい水に飛びこむ。まじない師の自家製らしいハーブ石鹸で体のよごれをこすり落とし、髪を洗い流したあと、しばらく浴槽のなかに身を横たえ、考えた。

わたしはいったいどんな事態に巻きこまれたんだろう？　どうしてカダムさんは何も教えてくれなかったの？　レンとカダムさんはわたしに何を期待しているんだろう？　それに、いったいいつまでこのジャングルに閉じこめられるの？

疑問が頭のなかをぐるぐるめぐり、筋の通った考えを次々に押しやっていく。なぜ、どうして、という思いがあちこちで頭をもたげ、激しく渦を巻いて何がなんだかわからなくなった。

考えるのをあきらめて浴槽から出ると、体をふいて服を身につけ、ドアをあけた。レンは背中をドアに押しつけて横になっていた。

「もう入っていいよ」

足を組んでベッドに座り、ほつれた髪をブラシでとかす。

「このジャングルから出たら、カダムさんにひとこと言うつもりよ。言っておくけど、あなたもまだ無罪放免ってわけじゃないからね。訊きたいことは山ほどあるんだから、覚悟しといてよ」

髪を三つ編みにし、緑のリボンでしばる。それから、両腕を頭の後ろで組んで寝転がり、竹編みの天井を見つめた。レンは枕元のマットレスの上に頭を乗せ、虎の顔に申し訳なさそうな表情を浮かべてわたしを見た。

レンの頭に手を伸ばす。人間だと思うとなんだか気恥ずかしくて、最初は手の動きがちょっとぎこちなかったけど、レンが体を寄せてきたので、照れくさい気持ちはすぐに薄らいだ。

「だいじょうぶ。怒ってるんじゃないから。ただ、あなたたちにもう少しわたしを信用してほしかっただけ」

レンはわたしの手をなめると、床に寝転がった。わたしはベッドの上で横向きになり、レンをながめた。

いつの間にかぐっすり寝入ってしまったらしく、目を覚ますと小屋のなかが暗くなっていた。ただ、キッチンにあるランタンがやわらかい明かりを発している。テーブルには老人が座っていた。

あの人がきっとまじない師だ。

体を起こし、眠い目をこすった。かなり長いあいだ眠っていたことに自分でも驚いた。まじない師はテーブルにいろいろなハーブを並べ、せっせと葉を摘んでいる。わたしがベッドから立ちあがると、手招きした。

「こんにちは、お嬢さん。長いこと眠っておったな。とても疲れとる。とっても、とっても疲れとる」

テーブルのほうに歩いていくと、レンもあとをついてきた。あくびをして、背中を弓なりに曲げ、片脚ずつ伸びをしてから、わたしの足元に座る。

「あの、ベッドとお風呂を借りました」

「そんなことは気にせんでいい。腹はすいてるかね？　お食べ、おいしいから」

老人は食べるジェスチャーをした。

「うまいぞ」

そう言って席を立つと、薪《まき》ストーブの上で煮立ってる鍋からハーブの匂いのするシチューをボウルによそい、温めた薄いパンも持ってテーブルに戻ってきた。ボールをわたしのほうに押しやってから、満足そうにうなずいて腰をおろし、また葉摘みの作業に戻る。

訊きたいことはたくさんある。でも、老人の放つ空気に呑まれていた。

それに、シチューがすごくおいしそうだった。一日半エネルギーバーしか食べてこなかったから、なおのこと食欲をそそられる。

老人が口を開いた。

「あんた、名前は？」

「ケルシーです」わたしはシチューを食べながらもごもご答えた。

「カ、カ、カールシー。いい名だ。力強い」

「あの、食事をありがとうございます。おいしいです」

老人はぶつぶつ返事をして、面倒くさそうに手を振った。

今度はわたしがたずねた。

「お名前を訊いてもいいですか?」

「わしの名前は、その……えらく長いもんでな。フェットと呼んどくれ」

フェットはしわの寄った褐色の肌の小柄な老人だった。後頭部に白髪交じりの硬い髪が冠《かんむり》のように生えている。てかてかにはげた部分はランタンの明かりが反射してきらめいていた。

粗く織られた、くすんだ緑の布を体に巻きつけ、サンダルをはいている。布はやせこけた腕にも巻きつけられ、ごつごつしたひざ頭から下の脚はむき出しだ。サロンのような布が一方の肩におおざっぱに掛けられている。薄っぺらい服がやせた体から落ちずにいるのが不思議だ。

「フェットさん、とつぜん押しかけてしまってすみません。あの、レンに連れてこられて……つまり――」

「ああ、レン。あんたの虎。フェットはあんたが来た理由を知っとる。アニクにあんたとレンが来ると言われて、今日、スキ湖に行ってきた。準備をしにな」

さらにシチューを口に運んでいると、フェットがコップに水を入れて持ってきてくれた。

「アニク? カダムさんのことですか? カダムさんがわたしたちが来ることを知らせたんですか?」

「そう、そう。カダムがフェットに知らせた」

老人はハーブをわきに押しのけ、テーブルのすみに場所を作ると、小さい鳥カゴを持ちあげた。なかに、とても美しい赤い小鳥がいる。

「スキ湖には鳥がたんとおるが、これはまれにみるすばらしい鳥じゃな」

フェットは鳥カゴのほうに顔を近づけ、鳥に向かって舌を鳴らすと、カゴのそばで指揮するように指を振った。鼻歌を歌いながら、鳥に向かって母国語で陽気に話しかけている。それからわたしのほうに注意を向けた。

「フェットは捕まえるのに一日かかった。美しい歌声の鳥じゃ」

「歌うんですか？」

「いやいや、それはわからん。一生鳴かない鳥もいる。特別な娘になら鳴く。カールシーは特別かのう……」

フェットはとっておきの冗談だといわんばかりに、大声で笑った。

「フェットさん、この鳥はなんていうんですか？」

「ドゥルガーのヒナじゃ」

シチューの最後のひとさじを口に運んで訊いた。

「ドゥルガーって？」

「ああ、ドゥルガーはとても美しい女神だな。フェットは――」言いながら自分のことを指さす。「みずから僕《しもべ》として仕えとる。鳥が歌うのはドゥルガーと特別な娘に対してだけじゃ」

フェットは再び葉を手に取り、作業を続けた。

「女神の僕ってことは、フェットさんはドゥルガーの祭司なんですか？」

「祭司はほかの民を教え導く。フェットは一人でいる。一人で仕えとる」

「一人でいるのが好きなんですか？」

「一人なら理性でものを見たり聞いたりできる。集団に加わると意見が多すぎていかん」

確かにそうだ。いいところをついてる。

わたしも一人でいるのは全然苦じゃない。ただ、ずっとひとりぼっちだと寂しくなるのがつらいけど……。

「本当にきれいな鳥ですね」

フェットはうなずくと静かに作業を続けた。

呪いの話はなかなか始まらない。どうやら今はこの人と同じ時間を過ごすしかないみたい。

「それ、お手伝いしましょうか？」

フェットは満面の笑みを浮かべると、歯が何本か抜け落ちた歯ぐきを見せてニッと笑った。深く刻まれた茶色いしわのなかに両目が埋もれてしまいそうだ。

「手伝いたいって？　じゃあカールシー、フェットを見て、同じようにやっとくれ」

フェットはハーブの茎《くき》を押さえると、指を引きおろしながら、葉を一枚残らず剝ぎ取った。

わたしはローズマリーの類らしい小さな葉のハーブをひと束渡され、香りのいい緑の葉を剝ぎ取ると、テーブルに山を作った。しばらく二人でなごやかに作業を続けた。

フェットはハーブの収穫で生計を立てているらしい。これまでに集めたさまざまなハーブを順番に見せてもらい、名前と用途を教えてもらった。天井から下がっていた乾燥ハーブも、時間をかけて一つずつ説明してもらった。なかには知っている名前もあったけど、ほとんどは聞いたことのないものだ。

フェットはハーブのことをいろいろ教えてくれた。アルジュナという樹皮をすりつぶしたエキスには、血のめぐりや消化を助ける力があり、ウコンは呼吸器系の働きを助け、ニームの葉も消化を助けるらしい。

そのほかにも、甘辛い香りのゴッ・コーラは体力をつけ、寿命を延ばすらしいし、ブラーミという葉は脳の働きをよくし、シャタバリの根は女性の体質改善に効果があると説明された。なんだか専門的な話だった。

フェットは小さな脚立にのぼって、天井から乾燥ハーブをいくつかおろし、空いた場所に生のハーブをつりさげると、すり鉢とすりこぎを出してきた。わたしはハーブを細かくちぎってすりおろすやりかたを教わり、いろんなハーブをすりおろした。

あるビンをフェットがあけると、なかに硬い黄金色の樹脂のかたまりが入っていた。その匂いをかいで、思わず声を張りあげた。

「あ、この匂い覚えてる。ジャングルの木から垂れ出ているネバネバした液体ですよね？」

「そのとおり。オリバナムという名前じゃ。ボスヴェリアの木から抽出される。乳香と呼ばれとるな」

「乳香？　ずっとなんだろうって思ってたんです」

フェットは小さいかたまりを一つ取り出すと、わたしに差し出した。

「ほれ、食べてごらん」

「食べるって、これをですか？　香水だと思ってたけど」

「試してごらん」

フェットが一つ口に入れたので、わたしもそれにならった。

ピリッとする香りが鼻をつき、嚙むと甘くやさしい味がする。ねばついたガムのような嚙み心地だ。フェットがわずかに残った歯でもぐもぐ嚙んでから、口をあけてニッと笑った。

「おいしいじゃろ。さあ、長く息を吸って」

「長く息を吸う?」

フェットが先に思いきり息を吸ってみせてくれたので、わたしも同じようにやった。すると、フェットがわたしの背中をパンッとたたいた。乳香が歯にぺったりくっついていなければ、吐き出してるところだ。

「ほれ、胃もよし、息もきれい、心配無用」

そう言うと、乳香の入った小ビンをくれた。

「持っとるといい。値打ちがある」

礼を言って、小ビンを自分のバックパックにしまうと、またすり鉢とすりこぎを手にした。

しばらくして、フェットが話を始めた。

「カールシー、おまえさんは遠くから来たのか?」

「あ、はい。かなり遠いところから来ました」

わたしはアメリカのオレゴンで虎のレンと出会ったことや、カダムさんとインドまでやってきたことを話した。それから、トラックが途中で消えて、ジャングルのなかをずっと歩いてきたことを話し、フェットの家を見つけたところで締めくくった。

フェットはうなずきながら熱心に耳を傾けていた。

「で、あんたの虎はずっと虎だったわけじゃない。それはまちがいないな?」

わたしはレンを見た。

「はい。まちがいありません」

「この虎を助けたいと?」

「ええ。助けたいと思っています。だまされたことには腹が立ったけど、そうするしかなかったっていう事情は理解できるし……」

　わたしは肩をすくめた。

「とにかく自由にしてあげたいんです」

　そのとき、赤いヒナ鳥がとつぜん美しい歌声をひびかせ、しばらく鳴き続けた。

　フェットは目を閉じ、清らかな恍惚《こうこつ》の表情で耳を傾けながら、鳥のさえずりに合わせて小さくハミングしている。鳥が鳴きやむと、目をあけ、満面の笑みでわたしを見た。

「フェットにはドゥルガーの歌がわかるぞ！　カールシーは極めて特別な娘じゃ！　いや、うれしや、うれしや！」

　フェットはうなずきながら上機嫌で立ちあがり、ハーブやビンをそそくさと片付けはじめた。

「さあ、ひと休みしなさい。明日の日の出が大事じゃ。フェットは夜のあいだ祈らんといかん。あんたは眠ること。明日、横断の旅が始まる。なかなか手ごわい旅になるぞ。虎と連れ立つカールシーに明け方フェットが手を貸す。そうすればドゥルガーの秘密を明かせる。さあ、ひと眠りするといい」

「たっぷり昼寝をしたばかりだから、まだ眠くないんです。一緒に起きててもいいですか？　まだ訊きたいこともあるし」

「だめだめ。フェットは祈りに行く。思いがけない祝福を授かったから、ドゥルガーに感謝の祈りを捧げないと。あんたは眠るんじゃ。フェットがお茶を調合するから、それでカールシーは気分がしずまり、よく眠れる」

　どうやら、従うしかなさそうだ。

フェットはハーブの葉をいくつかカップに入れ、そこに熱い湯を注いだ。一分ほど待って、そのカップを渡され、飲むように言われた。クローブをちょっと混ぜたペパーミントのような香りがする。

少しずつ飲みながら香りを楽しんだ。フェットはわたしをベッドに追い立て、レンも一緒に行くよううながした。それからランタンの明かりを弱め、肩かけバッグを背負ってわたしにほほえむと、小屋を出て後ろ手でそっとドアをしめた。

言われたとおりベッドに横になる。ほんとに眠れるのかなと思ったけど、そのうちうとうとしはじめ、夢も見ない、安らかな眠りに落ちた。

翌朝早く、パンパンパンと元気よく手をたたく音に起こされた。

「おはよう、カールシー。それに宿命を背負うレン。フェットは二人が眠っているあいだも祈っとった。そしたら、ドゥルガーが奇跡を起こされた。ほれ、起きろ！　落ちついたら話してやるぞ」

「わかりました。急いでしたくをします」

わたしはカーテンを引いて服を着替えた。

キッチンではフェットが卵料理を作っていた。床にはすでにレンの分が大皿に盛られて置かれている。わたしはハーブ石鹸で手を洗うと、テーブルについて三つ編みをほどき、波打つ髪を指でとかした。

レンが食べている途中で動きを止め、口にほおばった卵をごくりとのみこんだ。髪をとかすわたしをじっと見つめている。

「ちょっとレン、そんなにじろじろ見ないで卵を食べて。お腹すいてるんでしょ？」

私が髪を後ろでまとめてポニーテールにすると、レンはようやく食事に戻った。フェットがわたしにも料理を運んできてくれた。庭でとれたというちょっと見慣れない葉っぱのサラダに、おいしそうなオムレツだ。皿を置くと、フェットも座った。

「カールシー、わしは今、引き立てを受けておる。ドゥルガーがはっきりわしに呼びかけてくだすった。あんたを助けると言っとるぞ。これまで長い年月、アニク・カダムはレンを癒やす方法をずっと探し求めてきた。わしはアニクに、虎はドゥルガーのお気に入りだと助言したが、レンを癒やすことができる者は一人もおらんかった。アニクはどうすればいいかと訊いた。その夜、フェットは二頭の虎の夢を見た。一頭は月のように青白い色をし、もう一頭は夜のように黒かった。ドゥルガーがわしの耳元でそっと語りかけた。特別な娘だけが呪いを解くことができると。ドゥルガーのお眼鏡にかなう娘のことだとフェットにはわかった。虎のために戦う娘じゃ。わしはアニクに言った。女神の言う〈特別な娘〉があらわれるのを注意して待つんじゃと。娘の特徴は……ひとりぼっちで、茶色い髪と黒い瞳。虎を心から愛し、その娘が口にする言葉は女神が口ずさむメロディのように力がある。虎を助け、ふたたび自由の身にしてやれる娘じゃ。フェットはアニクに言った。ドゥルガーの気に入る娘を見つけて連れてくるようにと」

一気に話すと、フェットは褐色のごつごつした手をテーブルに乗せ、わたしのほうに顔を近づけた。

「カールシー、あんたがドゥルガーに気に入られた〈特別な娘〉じゃとフェットにはわかる」

「え？　気に入られたって？」

「そうじゃ、あんたはドゥルガーのように強く、美しい女戦士じゃ」

「わたしが？　強く美しい女戦士？　まさか、人ちがいでしょう？」

レンが低くのどを鳴らし、フェットは舌を鳴らした。

「いや、ドゥルガーのヒナはあんたに向かってさえずった。あんたがその娘だ。まちがいない！　運命を退けるべきでないぞ。雑草のごとく投げ捨てるなんてことはせんでくれ！　あんたの運命は尊く、貴重な花なのじゃ。辛抱が大切。時を待てば花は開く」

運命だなんて……。

でもここまできたら、もうやるしかないのかもしれない。

「わかりました……。それで、呪いを解くには何をどうしたらいいんですか？」

「カンヘーリーの石窟《せっくつ》寺院へ行けばドゥルガーが手を貸してくれる。鍵を使って部屋に入るんじゃ」

「鍵？　そんなの持ってませんけど……」

「名高いムジュラーイン帝国の印形《いんぎょう》のことじゃ。虎が承知しとる。まず石窟寺院の地下を見つけること。印形が鍵になる。石窟寺院の地下で、ドゥルガーが答えへと導いてくれる。虎を解放するんじゃ」

ふいに体が震え出した。あまりにとてつもない話に、すんなりのみこめない。えっと、わたしはインドの女神の祝福を受けて、石窟寺院の地下で神託を授かり、虎を解放する……？

そんなとんでもないこと、とても受け入れられない。

心のなかで叫び続けた。やっぱりそんなの無理！　ありえない！

なんでこんな奇妙な状況に陥っちゃったんだろう？

そうか、自分から「助ける」って言ったんだった。

フェットはこちらを興味深そうに見つめている。その手がわたしの手に重ねられた。温かく乾いた感触にわたしはすぐに落ちつきを取り戻した。

「カールシー、自分を信じて。あんたは強い娘じゃ。虎が守ってくれる」

レンは竹製の床に座って心配そうな顔でわたしを見ている。

「ええ、レンはわたしのことをつねに気にかけてくれると思います。わたしもレンにかかった呪いを解く手助けをしたい。ただ、ちょっと……あまりの展開に圧倒されてしまって」

フェットはわたしの手をぎゅっと握り、レンは前脚をわたしのひざのほうに伸ばした。

二人から説得されるような目をされて、わたしは恐怖をのみこみ、頭のすみに追いやった。

「わかりました。やります。じゃあこれからどこに行けばいいんですか？　その、なんとかっていう石窟ですか？」

「行き先は虎が知っとる。虎についていきなさい。まず印形を手に入れるんじゃ。急いで出発したほうがいい。その前にフェットが祈りと女神の祝福を授けよう」

フェットはゆうべ二人で摘んだ葉を混ぜたものをつかむと、低い声で何か唱えながら、わたしの頭のまわりでその手を振り、それからわたしの左右の腕をこするようなしぐさをした。次に、小さな葉っぱを一枚取り出し、わたしの目、鼻、口、額に順番に当てていく。

わたしは、棒立ちでフェットの祈りを受けた。

フェットは次にレンのほうを向き、かがんで同じことを同じ順番でおこなった。

レンもじっとして祈りを受けている。

終わるとフェットは立ちあがり、茶色い液体がいっぱいに入った小ビンを持ってきた。葉を摘み取った小枝を取り、小ビンのなかに軽く浸す。それから、わたしの右手を取ってその液体で模様を描きはじめた。

液体は鼻につんとくる匂いがした。フェットが描く渦巻き模様を見て、ヘナ・アートを思い出した。

あっという間に、手にはきれいな模様ができあがっていた。

手を何度も引っくりかえしてながめる。こんなに凝った図柄を描くには何年くらいの修業が必要なんだろう？　模様は右の手のひらから手の甲全体にも及んでいた。

「きれい……これはなんのために？」

「この模様は強力じゃ。何日も消えない」

フェットは葉や小枝を全部集めて、古い鋼鉄製の薪ストーブのなかに放りこむと、少しのあいだそばに立って、その煙を吸いこんだ。それから、わたしのほうに向き直って、まじめな顔でお辞儀をした。

「カールシー、出発のときじゃ」

レンはドアに向かっていく。

フェットにお辞儀を返し、思いあまってぎゅっと抱きついた。

「いろいろお世話になりました。シチューもお風呂もありがとうございます」

フェットはにっこり笑って、わたしの手を強く握った。

わたしは自分のバッグとバックパックをつかむと、小さなドアを抜け、レンのあとについて外に出た。

フェットは笑顔のまま小さな戸口まで来ると、手を振った。

10

「どうやら、ジャングルに逆戻りってことね？」

レンは振り向きもせずに、前をゆっくり歩いている。

うしろをとぼとぼ歩きながら、レンがまた人間に戻ったときに何を質問しようかあれこれ考えた。

二時間は歩いただろうか。小さな湖に着いた。

フェットが話していたスキ湖だろう。確かに鳥がたくさんいる。アヒル、ガン、カワセミ、ツル、シギ……。鳥たちは湖面や浅瀬のあちこちで餌を探していた。大形の鳥も目に入った。ワシやタカのような猛禽《もうきん》類が頭上を旋回している。

わたしたちがあらわれたことに動揺したサギの群れがあわてて翼を翻し、少しだけ飛ぶと、湖の反対側の岸辺にまた落ちついた。小鳥もあちこちで飛びまわっている。緑や黄、灰色、青、体が黒く胸元が赤いものなど色とりどりだけど、フェットのところで見た、ドゥルガーのヒナは一羽も見えない。

水面には木々の影が映っている。

スイレンの葉がまとまって浮かび、カエルにとって格好の休憩場所になっていた。カエルたちはきらきらしたつぶらな目でこっちをじっと見ていたかと思うと、わたしたちが通りすぎるそばから水中にちゃぽんと跳びこんでいく。見ると、岸辺の近くでさらに多くのカエルが、花をつけたほかの水生植物のあいだを泳いだりぴょんぴょん跳んだりしていた。

半ばひとりごとのつもりでレンに話しかけた。

「ここにワニはいる？　アリゲーターとかクロコダイルとか。あれ？　どっちかはアメリカにしかいないワニだっけ……」

レンがわたしの横を歩き出した。危険な爬虫類《はちゅう》がいるからそれを見張るためなのか、それともただわたしのそばにいたいのかはわからなかったけど、念のためレンにそのまま湖の側を歩いてもらった。少しは安心だ。

空気は熱く、ジャングルの木々は熱のせいで力なくうなだれていた。

晴れ渡った空には、光をさえぎる雨季特有の雲ひとつない。

暑い。汗がどんどん噴き出てくる。レンができるだけ涼しい木陰を通って、少しでもしのぎやすくしてくれているのはわかったけど、それでもみじめなほど汗びっしょりだ。

それに湖の縁を一定の調子でゆっくり歩いてくれるレンにただついていくだけだというのに、かかとにマメができはじめている。

バックパックから日焼け止めローションを取り出し、もう一度顔と腕に塗った。

気休めに方位磁石を確認すると、北に向かっていた。

レンが小川で立ちどまって水を飲んだとき、フェットがお弁当を持たせてくれたことを思い出した。

大きな緑の葉の包みをあけると、香辛料のきいた肉と野菜の入った米料理が入っていた。わたしにはちょっと辛すぎたけれど、白い米が辛さを和らげてくれる。

バックパックには同じ物がもう二つあった。二つともレンに放ると、レンはこれ見よがしに飛びあがって空中で受け取り、二つまとめてひとのみした。

さらに四時間ほど歩く。ときどき休みながら歩いているとはいえ、もう限界だ。どこに向かうかもわからないし。

そのときとつぜん視界が開け、ようやくジャングルから細い舗装道路に出た。

平らな道路を歩けると喜んだのもつかの間、足の裏が焼けつくように熱い。たぶん、日射しに熱せられた黒いタールのせいで靴底のゴムが溶けたのだ。

レンは匂いをかぐしぐさをすると、右に曲がり、道路に沿ってどんどん歩いていった。それから一キロも行かないところにメタリックグリーンの真新しいジープが停まっていた。

レンは車のそばで立ちどまると、その場に座った。

わたしは息を切らし、水を出してひとしきりごくごく飲んでから言った。

「それで、これからどうするの？」

レンは、ジープのそばからこっちを見つめている。

「この車？　これに乗れって？　わかったけど、車の持ち主に怒られても知らないよ」

ドアをあけると、運転席に手紙があった。

ケルシーさんへ
どうか許してください。本当は真実をお話ししたかった。
レンの自宅までの行き方を示した地図を置いておきます。そこでお待ちしています。
車のキーはダッシュボードのなかです。くれぐれも左側通行であることをお忘れなく。

約一時間半の道のりです。ご無事で到着されることをお祈りしています。

あなたの友　アニク・カダム

カダムさんの用意した車だ。

手紙にはレンの自宅まで一時間半、と書いてある。そうか、レンには家があるんだ。人間だったんだから当然といえば当然だけど。

地図を助手席に置いてから、後ろのドアをあけて持っていたバッグを二つ放りこみ、運転中に飲むペットボトルの水をもう一本取り出した。レンは車の後部に跳び乗り、脚を伸ばした。とりあえず、これでしばらくはジャングルを歩かなくていい。

運転席に座ってダッシュボードをあけると、なかにキーホルダーがあった。大きいキーには〝Jeep〟と書いてある。

エンジンをかけると、通風口から冷風が勢いよく吹き出した。生きかえった気分だ。

誰も通らない細い道路に出ると、カーナビからかん高い声がした。

「五十キロ先を左折です」

ふと、ハンドルを握る自分の手が目に入った。汗をだいぶかいて、しょっちゅう顔の汗をぬぐっていたのに、フェットが描いた模様はタトゥーのようにくっきり残っている。ラジオのスイッチを入れると、いい感じの音楽を流している局があった。運転しながらずっとその局を聞いていた。

レンは後ろでうとうとしている。

カーナビだけでなく、カダムさんの指示もわかりやすかった。カダムさんが選んでくれた道は車がほとんど通らないので大助かりだった。右側通行の運転を習ったばかりなのに、いきなり左側を運転するのは難しい。たまに来る対向車とすれちがうたびに、緊張してハンドルをガチガチににぎりしめていた。

一時間後、〝未舗装の道に入れ〟と指示があった。名前のないわき道だったけど、ナビに従ってそこで曲がり、深いジャングルへと入っていった。意外にも道路は整備されていて運転しやすかった。

日が暮れはじめるころ、いきなり道が開けて、こうこうと明かりの灯る石畳の道に入った。道はきらめく背の高い噴水をぐるりと回りこんでいる。噴水の縁には花が植えられ、その後方に見たこともないような豪邸があらわれた。

嘘でしょ？　リゾート地に建っていそうな大邸宅だ。

ナビによると目的地はどうやらここらしい。邸宅の前で車を停め、ドアをあける。荘厳な外観に目をうばわれた。

「ここがあなたの家？　すごい豪邸なのね、信じられない」

わたしは二つのバッグをつかむと、石畳のアプローチをゆっくり歩いていった。車が四台入れられるガレージがある。いったいどんな車が停まってるんだろう。

家のまわりには熱帯植物が植えられ、緑豊かな楽園と化していた。プルメリアや極楽鳥花《ストレリチア》、竹、背の高いダイオウヤシ、シダ、バナナの木……とにかくいろいろな植物がある。

家のわきには明かりに照らされた曲線形のプールとジャクジーがあり、プールの光る噴水が、模様や色を変化させながら空中に水煙をまき散らしていた。

三階建ての邸宅は白とクリーム色に塗られ、二階部分にはぐるりと錬鉄《れんてつ》の手すりがついたベランダ、三階にはアーチのあるバルコニー、そして一階にはまばゆいほど明るく、大きな窓があった。

レンはためらうことなく大理石の玄関へ進んでいく。

玄関にはチャイムのようなものがなかった。

レンがわたしを見あげる。

あけろってこと？

りっぱなチーク材のドアノブをひねった。鍵はかかっていなかった。

玄関ドアの外側は、インドらしい派手な色だったけれど、室内は涼しげな色合いに塗られていた。

ジャングルの地面とは大ちがいだ。

広々とした玄関広間に足を踏み入れた。アーチ形の天井に優雅な大理石の床。ゆったりした曲線を描く広い階段には、凝った作りの鉄細工の手すりがついている。部屋はまばゆいシャンデリアの光におおわれ、大きな窓からは周囲のジャングルがぐるりと見渡せた。

ジャングルを歩いてきた泥だらけのスニーカーが恥ずかしくなり、靴を脱いだ。ジャングルを歩いてきた泥だらけのスニーカーより、靴下だけのほうがまだよさそう。

レンについてホールをぬけ、紳士《しんし》が使いそうな風情の書斎に入った。焦げ茶の革のイスとオットマン、それに座り心地のよさそうなカウチが美しいラグの上にしつらえられている。部屋のすみには大きな地球儀が置かれ、壁には本棚がずらりと並んでいた。上の棚にも手が届くようスライドばしごまで設置されている。どっしりした机も置かれ、そこにも革のイスがあった。すみずみまできちんと整えられた部屋はどこかカダムさんを思わせた。

彫刻をほどこした石の暖炉が壁の一つを占めていた。インドで暖炉を使うことがあるとはとても思えなかったけど、飾りとしても充分見栄えがする。金色の花ビンにはクジャクの羽根が何枚もさしてあり、青緑や緑、紫がきわだつ長イスのクッションやラグの色合いと調和していた。世界で一番美しい書斎かもしれない。

さらに奥に向かって進むと、カダムさんの声が聞こえた。

「ケルシーさん、ケルシーさんですか？」

カダムさんに会ったら文句を言うつもりだったのに、気づくと早く会いたくてたまらなかった。

「はい、ケルシーです」

声を頼りに進むと、カダムさんは設備の整ったステンレス製の広いキッチンにいて、そこでせっせと食事の準備をしていた。キッチンの床は黒い大理石、調理台は御影石で、オーブンが二台ある。

「ケルシーさん！」

カダムさんが駆け寄ってきた。

インドに着いてカダムさんと別れたのは二日前だ。

たった二日だけど、ものすごくいろんなことがあったから、長いあいだ会っていなかった家族に再会したような気持ちになった。

「ご無事でよかった。わたくしにひどく腹を立てておられるでしょうね？」

「いろいろありすぎて……怒ってないといえば嘘になるけど」

カダムさんに向かってニッと笑うと、レンのほうを見た。

「カダムさんじゃなくてこの人の責任です。カダムさんは真実を話すべきだとおっしゃってたんでしょう？」

わたしが「この人」と言うのを聞いて、カダムさんはうなずいた。すべてを知っているのだ。

それからカダムさんは申し訳なさそうに顔をしかめた。

「どうかわたくしたちを許してください。あなたを怒らせるつもりはなかったんです。ちょっと待っていてください。食事のしたくをしますから」

カダムさんはせかせかとキッチンに戻ると、奥のドアをあけて香辛料でいっぱいの小部屋に姿を消し、しばらく出てこなかった。ようやく戻ってくると、選んできた香辛料をアイランド型キッチンに置き、今度はべつの小さなドアをあけて、奥行きのある食器室らしき場所に入っていった。なかをのぞくと、しゃれたお皿やカクテルグラスが所せましと棚に並んでいた。銀器のコレクションもある。

カダムさんは上品な磁器のお皿二枚とカクテルグラスを二個テーブルに置いた。

「カダムさん、一つ気になってることがあるんです」

「一つだけですかな？」カダムさんは料理をしながらからかうように言った。

「そうね、とりあえずは一つです。考えてたんですけど、カダムさんは本当にデイビスさんにもこの仕事を頼んだんですか？　つまり、もし、デイビスさんが引き受けて、わたしが断ったらどうしたんだろうと思って」

「確かにデイビスさんに依頼しましたよ。一応、体裁を取り繕うためにね。ただ、マウリッツォ氏に、デイビスさんはサーカスに残られたほうがマウリッツォ氏のためになるのではということも、それとなくお伝えしたんです。実際に、デイビスさんを引きとめてくれたらさらに金額を上乗せすると申し出ました。それと、あなたに断られたらどうするかについてですが、もっといい条件を申し出て、あなたが断れなくなるまで交渉を続けたでしょうね」

「でも、それでもだめだと言ったら、どうしたんですか？　わたしを誘拐してました？」

カダムさんは大笑いした。

「いえいえ。それでも断られたら、あなたに真実をお話ししていたでしょう。それで信じていただければありがたいと」

「それなら……よかった」

「まあ、それでもだめなら、あなたを誘拐していたでしょうね」

カダムさんは自分の冗談にクスクス笑ってから、食事の準備を再開した。

「カダムさん、笑いすぎです」

「いや、つい……ケルシーさん、申し訳ありません」

準備が整うと、カダムさんは料理の皿を手に、キッチンの横の小さなテーブルにわたしを案内した。

出窓の手前に置かれた丸いテーブルに座ると、明かりに照らされたプールが見渡せた。レンはわたしの足元に落ちつく。

食事をとりながら、カダムさんは空港で別れてからわたしに起こった出来事を一から十まで知りたがった。トラックが消えた話をしたときには、運転手にお金を払ってわざと置き去りにさせたのだとカダムさんは正直に打ち明けた。わたしはジャングルで野宿したことも、レンに導かれてまじない師フェットのところに行ったこともすべて語った。

フェットが話した内容について、カダムさんはあれこれたずねた。特に手に描かれたヘナアートに興味を示し、わたしの手を何度も裏がえして、描かれた模様をじっくり観察している。

「やはり、あなたがドゥルガーのお気に入りだったんですね」

カダムさんはそう言うと、ほっとしたようにイスに背中をあずけ、笑みを浮かべた。

「待って、その〈ドゥルガーのお気に入り〉がわたしだってどうしてわかったんですか？　つまり、わたしなら呪いを解けるってわかったのは、どうして？」

「わたくしたちも、フェットがあなたに会ってはっきり認めるまでは、あなたが探し求めていたおかただと確信していたわけではありません。ディレンは捕らわれて以来、ずっと虎のままで、人間に姿を変えることができずにいました。それがどういうわけか、あのサーカスにあなたがやってきて、あなたが口にされた言葉で解放されたのです。ですから、わずかな時間ではありますが、また人間の姿に戻れるようになり、わたくしに連絡してきました。ですから、わたくしたちはあなたこそ呪いを解くべきおかたであり、ずっと探し求めてきたドゥルガーの寵愛《ちょうあい》を受けるおかたではないかと期待したのです」

わたし、サーカスにいるとき、どんなことをレンに言ったんだっけ？　それに、わたしを気に入ったという女神って……。

「そのドゥルガーってどんな女神なんですか？」

カダムさんは立ちあがり、べつの部屋から金の小像を持ってくると、テーブルにそっと置いた。

それは、八本の手を持つ美しいインドの女神像だった。ちょうど弓で矢を放とうとしているところで、一頭の虎にまたがっている。

繊細に彫られた腕に手を触れた。

これがドゥルガー……。

「この女神のこと、教えてもらえますか？」

「もちろんですよ。ヒンドゥー教徒の言葉でドゥルガーは〈無敵の者〉という意味です。ドゥルガーは卓越した戦士であると同時に、インドのほかの多くの神や女神の地母神だと考えられているのです。その手に自由に扱える武器をたくさん持ち、デイモンという名の気高い虎に乗って戦いに挑みます。ひじょうに美しい女神で、長い巻き髪と、戦いの場でさらに輝くつやのある肌の持ち主だと語られてきました。海の色である紺碧《こんぺき》の長衣と、彫刻をほどこした金や、高価な原石や、光り輝く黒真珠などを散りばめた装飾品をつねに身に付けています」

金色の女神像をじっと見つめた。

「女神が持っている武器はなんですか？」

「ドゥルガーの描きかたはインドでもいくつかあって、それぞれ手の数や武器の配置が微妙にちがっているのです。この像ですと、三叉《みつまた》の矛《ほこ》に弓矢、剣、それにつち矛や棍棒《こんぼう》に似たガダという武器を持っています。あとはカマンダルという水入れやホラ貝、チャクラムという円盤、ヘビもいますし、甲冑《かっちゅう》と盾もありますね。以前に見たドゥルガーの絵にはロープや鈴、ハスの花が描かれていました。ドゥルガーはさまざまな武器を思いのままに扱えるだけでなく、稲妻や雷もあやつることができるのです」

像を手に取り、いろいろな角度からながめた。手が八本あるのが怖い。ドゥルガーと戦うはめになったら、回れ右して逃げるほうがよさそうだ。

カダムさんは続けた。

「ドゥルガーという女神は苦しむ人々を救うために川から生まれ、マヒシャという半人半牛の姿をした悪魔と戦いました。天地を脅かすマヒシャをだれも殺すことができなかったので、ドゥルガーが戦う女神の姿になってマヒシャを打ち負かしたのです。また、その類まれな美しさから〈麗しき女性〉とも呼ばれています」

わたしは像をテーブルに戻しながら、おぼつかなげに言った。

「あの、気を悪くしないでほしいんですけど、わたし、その手の話はあまり本気にできないんです。興味はそそられますけど、あまりに奇妙で現実離れしていて。なんだかインド神話か何かの世界にはまりこんじゃったみたいで」

カダムさんはほほえんだ。

「ケルシーさん、お気になさることはない。少しも気を悪くなどいたしませんよ。わたくしはディレンの呪いを解く方法を探し求めて各地を巡るあいだに、新しい考えや信仰に対して心を開く必要に迫られたんです。わたくしとて、以前はそうしたものに関心を持ったこともありませんでした。現実かそうでないかはその人の心が決めることです」

それから、少しして言った。

「お疲れでしょう。お部屋に案内しますから、今日はもうお休みください」

カダムさんと一緒に階段をのぼる。案内されたのは、広いベッドルームだった。

壁は濃い紫と白で、金の装飾がほどこされている。丸い花ビンに活けられた白いバラとクチナシが部屋全体をほのかないい香りで満たしていた。大きな天蓋付きベッドは壁と同じ濃い紫の枕が重ねられている。床は毛足の長い白い絨毯《じゅうたん》が敷きつめられ、ガラスの扉をあけると、その先には広いベランダがあり、プールと噴水が見おろせた。

「うわ、すごくステキな部屋……」

カダムさんはうなずくと、わたしを部屋に残し、後ろ手でそっとドアをしめた。

靴下を引っぱるようにしてぬぎ、裸足で歩いてビロードの絨毯の感触を楽しんだ。不透明なガラスの扉をあけると、オレゴンの家の一階全体よりも広そうなおしゃれなバスルームがあった。

ここもすごく豪華だ。白い大理石でできた深いジャクジー、サウナとしても使えそうな広いシャワー室。ふかふかの濃い紫のタオルが下がり、ガラスのボトルにはラベンダーと桃の香りのする石鹸と、バスバブルが入っていた。

バスルームの隣はウォークインクローゼットで、なかには着替え用の白いベンチソファと引き出しのついた棚があった。クローゼットの片側には何もなく、反対側に置かれた棚には、まだビニールの包みに入ったままの真新しい服がしまわれている。チェストのなかも服でいっぱいだった。一つの壁全体が靴専用の収納棚になっているけど、ほとんど空っぽだ。ただ一つだけ、新しい靴の箱が置いてあった。

心ゆくまでのんびりシャワーを浴びてから、髪を編みこみ、持ってきたわずかな服をバッグから出してクローゼットとチェストにしまう。化粧品、コンパクト、ヘアブラシ、リボンは大理石の洗面台の上にあるミラーガラス製のトレーに置き、ヘアドライヤーはコードを巻きつけて引き出しにしまった。

パジャマに着替え、ベッドに座ってヘッドボードによりかかった。やっとひと息つける。

気持ちを落ちつかせようと持ってきた詩集を引っぱり出したとき、ベランダ側のガラス戸を叩く音が聞こえた。

男の人が立っていた。青い瞳がちらっと見える。とたんに心臓がドキドキしはじめた。レンだ。虎じゃなくて、インドの王子様のほう。

ベランダに出て近づくと、レンの髪が濡れているのに気づいた。すごくいい匂い。滝と森林が混ざり合ったようなさわやかな香りがする。

改めて見ると、あまりにも整った顔で、ちょっと気おくれを感じる。虎の姿のときは自然と心が通じ合っている気がするのに、人間のレンにはどぎまぎしてしまう。レンに近づくにつれて、心臓の鼓動がますます速くなっていく。

レンはわたしを上から下までじろじろ見ると、顔をしかめた。

「なぜぼくがきみに買った服を着ないんだ？　クローゼットにあっただろう？」

「え、じゃあ、あの服はわたしのために？」

とまどい、とたんに口ごもった。

「そんな……でも……どうしてあなたが……いや、あの、とにかくありがとう。それにステキな部屋を使わせてもらって、ありがとう」

レンはにっこりされ、思わずぼうっとなりかけた。

レンは風にほつれたわたしの髪を捕まえて耳の後ろにかけた。

「部屋の花は気に入った？」

レンに目をうばわれていたわたしは、小さく「うん」と言うのが精いっぱいだった。

レンは満足そうにうなずき、ベランダに置かれたイスのほうを身ぶりで示した。ぼうっとしているとひじをつかまれ、イスに連れていかれた。わたしが腰を落ちつけるのを確かめてから、レンは正面のイスに座り、こう切り出した。

「ケルシー、ぼくにたずねたいことが山ほどあるのはわかっている。まず何から訊きたい?」

レンの鮮やかな青い瞳は暗闇のなかでもなぜかきらめいている。

わたしはようやく我に返ると、おもわず最初に思いついたことをつぶやいた。

「あなたって、ほかのインドの男の人とはちがって見える。その……瞳が……ちがうし、それに……」

あやふやに言葉をつまらせた。

なんでこんなにどぎまぎしてるんだろう?

いまの質問もマヌケに聞こえたかもしれない。

でも、レンは気にしていないようだった。

「父はインド人の家系だけど、母はアジアのほかの国の出身なんだ。異国の王女で、父と結婚し、インドに嫁いだ。それに、ぼくは三百歳を超えているから、そのあたりもちがうのかもしれない」

「三百歳を超えてる! ってことは生まれたのは――」

「一六五七年だ」

……!

虎から人間になっただけじゃない。三百歳を超えている⁉

「どうしてそんなに若く見えるの?」

「わからない。二十一歳のときに呪いをかけられ、それからまったく老いないんだ」

疑問が次々頭に浮かぶ。

「カダムさんはいくつなの? それに、カダムさんの雇い主はいったいどういう役回りなの?

あなたのことを知ってるの？」

レンは笑った。

「ケルシー、ぼくがカダムの雇い主さ」

「あなたが？　裕福な雇い主っていうのはあなただったの？」

「雇い主といっても、そこまでおたがいの関係を明確にしているわけじゃない。ただ、カダムの説明はおおよそのところ当たっている。カダムの年齢にかんしては、さらにこみいっているんだ。実際にはぼくより少し上だ。カダムはかつてぼくの指揮下の兵士で、父の信頼のあつい軍師だった。呪いをかけられたとき、ぼくは真っ先にカダムのところに行った。当初は事情を説明するあいだぐらいは人間になることができたからね。カダムはすぐに必要な段取りをつけ、ぼくの両親と王家の財産をかくすと、それからずっとぼくの後ろ盾になってくれているんだ」

「でも、どうして生きていられるの？　普通ならとっくに死んでいるはずよ」

レンはちょっとためらった。

「それは……デイモン・アミュレットが老いを遅らせているからだ。カダムはそれを首から下げていて、決してはずさない」

ふと、飛行機のなかでの記憶がよみがえった。確かに胸元にペンダントがあった。

イスに座ったまま、ひざを乗りだした。

「デイモンって、確かドゥルガーの虎の名前じゃない？」

さっき聞いたばかりの、カダムさんの話を思い出したのだ。

「ああ、そうだ。ドゥルガーの虎とアミュレットは同じ名前だよ。ただ、両者の関係やアミュレットの由来についてくわしいことはわからない。ぼくが知っているのはただ、ずいぶん前にアミュレットがいくつかに割れてしまったということだけだ。四つに割れて、それぞれが基本元素を表しているとか、四つの風または方位磁石の四方を表しているという人もいるし、五つかそれ以上に割れたという人もいる。ぼくは父が持っていた断片をゆずり受け、弟キーシャンは母からゆずり受けた。

ぼくに虎の呪いをかけた男は、この二つの断片を欲しがっていた。それでキーシャンを裏切ったんだ。アミュレットの断片がもう一度全部合わさったら、どんな力が働くのかだれにもわからない。やつは冷酷な男だ。断片をすべて手に入れてアミュレットの力を確かめるためなら、どんなことだってやりかねない」

レンはちょっと黙ってから、また話を続けた。

「カダムは今もぼくのアミュレットを身に付けている。アミュレットの力のおかげでこれまで守られ、生きながらえてきたとぼくらは信じている。実際には少しずつ老いてはいるが、ありがたいことにその速度がひじょうに遅い。

カダムはもう長いこと、多くのことを犠牲にしてぼくら一族を助けてくれている。本当に信頼できる友人なんだ。とても返せないほどの恩を受けたよ。カダムがいなかったら、ぼくはここまで生きのびられたかどうかわからない」

レンはふとプールのほうに顔を向けてつぶやいた。

「ぼくの両親の世話を最後までしたのもカダムだ。ぼくができないときも父と母を見守ってくれた」

わたしは思わず身を乗り出し、レンの手に手を重ねていた。

ただ両親を思うレンの悲しみが伝わってきた。レンの孤独の痛みがわたしの心をいっぱいにし、わたし自身の孤独の痛みと混じり合う。

レンは手を裏がえし、わたしと手のひらを合わせると、親指でわたしの指をなでながら、黙って外の景色をながめていた。

普通なら、会ったばかりの男の人の手をいきなり握ったりしないし、手をなでられたりしたら、ひどく落ちつかない気分になる。でも、不思議と今、レンと手を触れ合うことで自分も癒やされるのを感じた。両親を失ったレンの悲しみがわたし自身の悲しみと共鳴する。

整ったレンの顔を見ながら思った。レンも今、同じように癒やされているだろうか。刺すような孤独の痛みを知る者同士なのだと、レンに伝わっているだろうか。

以前、高校のカウンセラーに、あなたはまだ両親の死を充分に悲しめていないから、他人との絆を築きにくいのだ、と言われたことがある。確かにわたしは人と深くかかわることにずっと尻ごみしてきた。

おたがいひとりぼっちなんだと気づいた瞬間、レンに深い同情をおぼえたのかもしれない。でも三百年も人とまともに触れ合えず、意思を伝え合うこともできず、目を見てもだれも自分の正体をわかってくれない人生なんて……。

ちょっと恥ずかしいけど、今はこうして手をつないでいたい。

レンは、暖かくものうげな笑みをわたしに向けると、わたしの手にそっと唇をつけてから言った。

「さあ、きみはもう寝ないと。ぼくもそろそろ時間切れだ」

レンに引っぱられて立ちあがる。

レンとこうして話せるのは一日に二十四分だけ。

レンはわたしを部屋のほうに連れていき「おやすみ」と言って、ベランダを去っていった。


翌朝、レンがそろえてくれた新しい服を一つ一つ調べた。意外にも大部分がジーンズとブラウスで、今風の実用的な服が並んでいる。ただ、色がどれもインドらしく明るく鮮やかだ。

クローゼットにあるビニールの包みをあけると、絹のようになめらかな素材の青いインド風のロングドレスが入っていた。

スカートにも身ごろにも、涙の形をした小さな銀色の真珠が散りばめられている。あまりに美しいドレスに、わたしは思わず袖を通していた。

スカートが頭をするりとぬけ、腕をすべって腰のくびれに落ちつくと、ヒップにぴったりなじんだ。そこから床に向かって波状の重いひだがすとんと落ちる。重いのは無数の真珠が裾に集まっているからだ。身ごろのほうは体にぴったり合い、肩先をおおうくらいの短い袖にも真珠がたくさん飾られている。しかも、おへそのすぐ上までの身丈で、腰回りが五センチほど露出していた。ふだんならへそ出しの服なんて絶対着ないけど、このドレスは特別。とにかく最高だった。わたしはインドのお姫様になった気分で鏡の前でくるりと回った。

せっかくステキな服を着ているんだから、髪とメイクにも手をかけなきゃ。

めったに使わないコンパクトを取り出すと、チークをぼかし、濃いアイシャドウと青いアイラインを引いて、マスカラをつけ、最後にピンク系のリップグロスを塗った。ゆうべの三つ編みをほどいて、ウェーブがかった髪を指でとかし、ふんわりと背中に垂らす。

ドレスには薄地の青いスカーフがついていた。着こなしかたがよくわからないので、そのまま肩にかける。ドレスを着るつもりはなかったのに、着てみたらうれしくて、脱ぐ気になれなかった。

裸足ですべるように階段をおりる。朝食を食べにキッチンへ向かった。

カダムさんがすでにいて、鼻歌を歌いながらインドの新聞を読んでいる。顔を上げようとはせずに言った。

「おはようございます、ケルシーさん。カウンターキッチンの上に朝食ができておりますよ」

カダムさんの注意を引こうと、おおげさな動作でカウンターまで行く。朝食のお皿とパパイアジュースの入ったグラスを取ってきてから、これ見よがしにドレスのよれを直し、わざとらしく咳払いして腰をおろした。

「おはようございます、カダムさん」

カダムさんは新聞のわきからわたしをちらっと見ると、ばさっと新聞を下に置いた。

「ケルシーさん！　なんとお美しい！」

「ありがとうございます」わたしは赤くなった。「カダムさんが選んでくださったんですか？とてもステキですね！」

カダムさんは目を輝かせてほほえんだ。

「はい。シャララといわれるインドの服です。ディレンがあなたにもっと服をご用意したいというので、ムンバイにいるあいだに購入しました。何か特別な折に着る服も手に入れてほしいと言われましてね。ディレンからは〝青くて美しい服〟という指示だけでしたので、選んだわたくしの手柄と言いたいところですが、ニリマにちょっと手伝ってもらったんですよ」

「ニリマって、あの、飛行機にいた？　彼女はカダムさんの……つまり、お二人は……？」わたしは照れて、口ごもった。

　カダムさんは笑い声をあげた。

「確かにニリマとわたくしは近い間柄ですが、あなたが想像しておられるような関係ではありません。ニリマはわたくしのやしゃごのひ孫です」

「え？　カダムさんの……なんですって？」

「わたくしの何代もあとの孫です」

「レンからカダムさんは少し年上だって聞いてたんですけど、ご家族がいらっしゃるとはうかがってなかったから……」

　カダムさんは新聞をたたむと、ジュースをひと口飲んだ。

「わたくしはずいぶん前に一度結婚しまして、子どもも数人おりました。その子たちに子どもができ、また次の代がというふうに続いております。わたくしの子孫のなかで、秘密を知っているのはニリマだけです。おおかたの孫たちにとって、わたくしはいつも仕事で出かけている遠縁の裕福なおじさんという存在なのです」

「奥さまは？」

　カダムさんの顔から笑みが消え、考えこむ表情になった。

「わたくしたち夫婦にはひじょうにつらいことでした。わたくしは妻を心から愛しておりましたが、ときが経つにつれて、妻は老いていくのに、わたくしは老いませんでした。アミュレットには思いもよらない形で多大な影響を受けました。妻はわたくしの立場を知っておりましたので、それでも構わないときっぱり申しておりました」

　カダムさんはシャツの下のアミュレットをなで、細い銀の鎖を引っぱり出して、くさび形の緑の石を見せてくれた。石のてっぺんには、何かが描かれていたかすかな輪郭がある。デイモンという虎の顔だろうか。絵文字が縁に沿ってぐるりと彫られているけど、読めるのは一つの語の一部分だけだとカダムさんは言った。

カダムさんはアミュレットをそっとなでた。

「最愛の妻は年老いて重い病にかかり、しだいに衰えていきました。わたくしはアミュレットを首からはずし、頼むから身につけてくれと妻にせがみましたが、妻はわたくしにアミュレットを握らせて首を横に振ると、務めを果たすまでは二度とはずさないようわたくしに誓わせました」

わたしの目から涙が一滴すべり落ちた。

「それでも強引に奥さまに身につけさせて、交替で使うことはできなかったんですか？」

「……いいえ、しませんでした。妻は自然の成り行きにまかせることを望んでおりました。子どもたちも結婚して幸せに暮らしておりましたので、そろそろ来世に進む時期だと感じていたのです。それに自分の死後も、夫が子どもや孫たちをそばで支えてくれると思うことでなぐさめられていたようです」

カダムさんは悲しそうにほほえんだ。

「わたくしは妻をみとり、子どもや孫やひ孫たちも見送りました。ですが、年を追うごとに、家族が病に苦しんだり、死んだりするのを見るのがつらくなっていきました。それに、ディレンの秘密を知る人間が多ければ多いほど、ディレンが危険にさらされる恐れが大きくなります。ですから、わたくしは家族の元を去りました。ときどき、何代も離れた孫たちの様子を見に立ち寄りますが、それも……わたくしにはつらいです」

「再婚はなさらなかったんですか?」

「はい。たまに孫たちのなかから右腕として働いてくれる者を探しますし、どの孫もひじょうによくやってくれます。ディレンも捕らわれるまでは一緒にいて楽しい相手でした。ですから、妻が亡くなってからは、愛する相手を探したことはありません。またさよならを言うのは耐えられそうにありませんから」

「本当になんて言ったらいいか……。レンの言うとおり、カダムさんはレンのために多くのことを犠牲になさったんですね」

「ケルシーさん、わたくしのために悲しむことはありませんよ。今こそ祝いのときです。あなたがわたくしたちの人生にあらわれてくださったのですから。あなたがここに来てくださって、わたくしはこのうえなく幸せですよ」

カダムさんは両手でわたしの手を取ると、軽くたたきながらウィンクした。

わたしは返事に困って、ただほほえみかえした。

カダムさんは立ちあがってお皿を洗いはじめた。

手伝おうと立ちあがったとき、レンが――虎のレンが部屋に入ってきた。口を豪快にあけてあくびをしている。わたしはレンの方を向くと、ふさふさの頭をなでた。

ゆうべの王子姿のレンを思い出し、手つきがちょっとぎこちなくなる。

「レン、おはよう!」つとめて明るい声を出すと、くるりと一回転してレンに服を見せた。

「ステキなドレスをありがとう！　どう?　これを選んでくれるなんて、さすがニリマね」

レンは急に床に座ると、ドレス姿でうれしそうに体をひねるわたしをひとしきり見つめてから、立ちあがって部屋を出ていった。

「レン、どうかしたのかな？」

カダムさんがタオルで手をふきながらこっちを向いた。

「なんですかな？」

「出てっちゃったんです」

「虎でいるときの気分など、だれにもわかりませんよ。腹をすかせているのかもしれませんな。ケルシーさん、ちょっと失礼」

カダムさんはわたしに笑顔を向けると、レンを追っていった。

そのあと、カダムさんとクジャクの羽根が飾られた書斎でくつろいだ。部屋には驚くほどの蔵書があった。カダムさんが集めた本は磨き込まれたマホガニーの棚にきれいに並べられている。わたしは古い地図がたくさん載っているインドについて書かれた本を手に取った。

「カンヘーリーの石窟ってどこですか？　フェットさんはそこに行ってドゥルガーの預言を見つける必要があると言ってました。そうすれば、レンが苦境から脱け出す方法を見つけ出せるって」

カダムさんは本を開いてムンバイの地図を指さした。

「カンヘーリーの石窟は、ムンバイの北部にあるボリバリ国立公園にあります。今はガンジー国立公園と呼ばれていますが。石窟には大昔の玄武岩の洞穴があって、壁に古文書が刻まれています。以前に一度行ったことがありますが、地下通路を見つけることはできませんでした。考古学者たちが何年も前からその石窟を調べているのですが、ドゥルガーの預言はまだ見つかっておりません」

「フェットさんが話していた印形というのは？　鍵にするんだって言ってました。どんなものなんですか？」

「印形は特別な石で、長いあいだわたくしが管理してまいりました。ディレンが相続した財産の多くと一緒に、銀行の金庫に保管してあります。じつを言いますと、これからそれを取りに出かけてこなければなりません。今晩には、持って帰ることができるでしょう。

オレゴンのご両親に電話をかけて、ご無事を知らせてはいかがですか？ そして、一週間ではなく、夏休みのあいだずっとインドに滞在して、わたくしのところでアルバイトをすることになったとおっしゃればよろしいかと」

そうだ、二人に電話をかけなくちゃ。セアラもマイクも今ごろ、わたしが虎に食べられていないか心配してるかもしれない。

「街で石窟への旅に必要な物を二、三そろえてまいります。遅くなりますから、どうかゆっくりくつろいでいらしてください。あなたの分の昼食と夕食はすでに作って冷蔵庫に入れてあります。外で泳がれるのでしたら、日焼け止めのローションを塗ったほうがよろしいですよ。プールのそばの飾り棚に入っています。タオルの横です」

二階の部屋に戻ると、ドレッサーの上にわたしの携帯電話が置かれていた。ジャングルでの茶番が済んでから返してくれるなんて、カダムさんてばほんと親切（まあ、カダムさんは悪くないけど）。

金色のすべすべしたアームチェアに腰かけ、セアラとマイクに電話をかけた。二人にインドの交通事情や食べ物や、人々のことを長々と話し、虎の保護区についてたずねられると、レンはちゃんと面倒を見てもらっているからだいじょうぶ、と言ってさりげなく質問をかわした。

確かにカダムさんの言うとおりだ。二人に帰国を少し延ばす理由を説明するのに、夏のあいだカダムさんのところでアルバイトを紹介されたというのが一番手っ取り早い方法だった。二人を安心させて電話を切ったあと、洗濯室を見つけて、持ってきた服と祖母のキルトを洗った。ジャングルの野宿ですっかり汚れていた。

そのあとは、ほかにやることもないので、屋敷を探索した。

地階は全体が設備の整ったスポーツジムになっていた。ただ、今どきの運動器具はひとつもなく、弾力のある黒いマットが一面に敷かれていた。そこは採光型の部屋で、片側は丘の斜面を削って建てられ、もう片側は床から天井まである大きな窓から日射しがたっぷり入ってくる。ガラスの引き戸をあけると広いテラスに出ることができ、さらにジャングルへとつながっていた。奥の壁は板張りされ、くぼみも出っぱりもない。

ドアのそばにボタンがいくつかあった。一番上のボタンを押すと、羽目板の一部がパカッと開き、特製の仕切りのなかに、斧《おの》や槍や大小さまざまなナイフなど昔の武器がひとそろい並んでいた。もう一度ボタンを押すと、羽目板は閉じた。二番目のボタンを押すと、今度はべつの羽目板の部分が開き、そこには剣が入っていた。近づいてじっくり観察すると、細身のレピアーから重いだんびらまで、じつにたくさんの種類の剣がある。なかの一本は特別にガラスケースに入れられていた。前に映画で観たサムライの刀に似ている。

一階にあがると、手前にホームシアターがあって、最新鋭のメディアシステムと革のリクライニングシートが見えた。キッチンの奥には正式な晩餐《ばんさん》用の部屋があった。床は大理石で、壁の上部には蛇腹《コーニス》がほどこされ、天井にはきらびやかなシャンデリアが飾られている。

昨日最初に入った美しいクジャクの書斎の隣は音楽室で、黒光りするグランドピアノと大きな音響システムが設置されていた。ＣＤが数えきれないほどあった。大部分はインド音楽らしいけど、エルビス・プレスリーのＣＤもある。とても古い、変わった形のギターみたいな楽器が壁にかけてあり、部屋の中央には曲線形の黒革のソファセットが置かれていた。

カダムさんの寝室も一階にあった。あいていたドアからのぞくと、クジャクの書斎によく似ていた。磨かれた木製の家具と本が所せましと並んでいる。

そのほか、美しい絵が二枚飾られ、日当たりのいい読書スペースもあった。三階の階段をのぼりきったところには、心をそそられる屋根裏部屋を見つけた。小さな本棚のセットに、居心地のよさそうな読書用のイスが二脚。そこからは中央にある広い階段が見渡せた。

もう一つ、広い寝室と浴室と収納部屋も見つけた。二階にはわたしの部屋以外に三部屋あった。一つは若い女性向きにバラ色に飾られている。ニリマが来たときに泊まる部屋かもしれない。二つ目は客室のようだったけど、色は男性向きだ。どの部屋にも専用の浴室がついているらしい。

三つ目の部屋に足を踏み入れたとき、窓ガラスの向こうにわたしの部屋とつながっているらしいベランダが見えた。部屋の装飾はほかの部屋にくらべてあっさりしている。家具はピカピカの黒いマホガニー材だけど、ごちゃごちゃした飾りはいっさいない。

ゆうべ、レンはベランダから来た。ということは、ここがレンの部屋なのだろうか？

部屋のすみに机とイスがある。近よると、分厚いクリーム色の便箋と、古風な万年筆とインクのビンが置いてある。一枚目の紙には達筆な字でメモのようなものが書き留めてあった。

ケルシー　ドゥルガー　ヴァラビー
ブミ・ケ・ニチェ　グファ

ラジャキヤ　ムジュラーイン　モハール
サンデシャ　ドゥルガー

わたしの名前以外はよくわからない。

インクのビンの隣に緑の髪リボンがあった。わたしのリボンにやけに似ている。こっそりクローゼットをのぞいてみたけど、何もなかった。服も、箱も、持ち物らしき物は何も見当たらない。

くまなく探索したあと一階におり、書斎の本を借りて、インドの文化と宗教と神話について夕方まで読みふけった。石窟に行く前にインドの神話を勉強しておきたかった。

ひとりで食べるのは寂しいので夕食を我慢して待ったけど、カダムさんは帰ってこないし、レンもずっと姿を見せなかった。

しかたなくひとりで夕食をすませ、二階にあがる。

ベランダで夕日をながめている人がいた。レンだ。

おそるおそる近づき、後ろに立った。

「レン……だよね？」

振り向いたレンは、だまってわたしの格好を見ている。レンの視線がさまよいながらゆっくりゆっくりわたしの体の上を移動していく。見つめられて思わず赤くなった。

レンの顔にどんどん笑みが広がる。

レンは溜め息をつき、深々とインド式のお辞儀をした。

「スンダリ。たった今、この夕日より美しいものはないように感じていたが、それはまちがいだ。夕日を浴びて髪と肌を赤々と輝かせて立っているきみは……言葉に尽くせないほど美しい」

わたしはどぎまぎして、話題を変えようとした。

「スンダリってどういう意味？」

「このうえなく美しいという意味だよ」

また顔を赤くしたわたしを見て、レンは笑った。

そして、わたしの手を取り、自分の腕につかまらせると、ベランダのほうに歩いていった。ちょうどそのとき、夕日が木々の向こうに沈み、だいだい色に染まった空だけがつかの間残った。

今回はイスではなく、スウィングベンチに並んで腰かけた。レンはわたしの手を握ったままだ。

わたしはおずおずと打ち明けた。

「あ、あの……今日、家のなかを探検させてもらったんだけど、かまわなかった？　あなたの部屋ものぞかせてもらっちゃったんだけど」

「かまわないよ。ぼくの部屋が一番つまらなかっただろう？」

「じつは置いてあったメモを見ちゃったんだけど、あれ、あなたが書いたの？」

「メモ？　ああ、あれは、フェットが言っていたことをすぐに思い出せるように、二、三書き留めておいたんだ。ドゥルガーの預言とか、カンヘーリーの石窟とか、ケルシーはドゥルガーのお気に入りとか、その手のことが書いてあるだけだ」

「それと……リボンも見つけたの。あれ、わたしの？」

「ああ、ごめんよ。話そうと思っていたんだ。返したほうがよければ、いつでも持っていって」

「なぜ、わたしのリボンを？」

レンは恥ずかしそうに肩をすくめた。

「記念になるものが欲しかったんだ。ぼくを救ってくれた女《ひと》のしるしとなるものが」

「しるしって、輝く鎧《よろい》姿の騎士に可憐な乙女が渡すハンカチみたいなものってこと？」

「そのとおり」レンはにっこりした。

「だったら、キャスリーンがもう少し大人になるのを待っていられたらよかったのに。あの子はきっと美人になるから」

「キャスリーンって、マウリッツォ・サーカスのかい？」

レンは首を振っている。

「ケルシー、きみこそが〈特別な娘〉だよ。フェットも言っていたじゃないか。もしぼくが自分を救ってくれる娘を選べたとしても、きみを選んだ」

「どうして？」

「理由はいろいろある。ぼくはきみに好感を持った。きみはおもしろいし、声を聞いているのが楽しかった。それに、ぼくが虎の皮をかぶった人間であることを見抜いているように感じた。きみが話すことは、決して聞き逃してはならないことのように感じられた。しかも、きみは頭がいいし、詩が好きだ、それに、とても美しい」

わたしが？　美しい？

冗談でしょ。わたしなんて何をとっても人並みだ。わたしが〈特別な娘〉だなんて、やっぱりピンとこない。だいたい、同じ年の子たちみたいに、流行りの化粧とか、髪形とか、おしゃれだけど着心地の悪い服とかにはまるっきり興味がないし、肌は青白いし、スタイルがいいわけじゃないし。瞳は黒といってもいいほど濃い茶色だ。

チャームポイントといえば笑顔ぐらい？　これには両親がずいぶん代償を払ってくれたし、わたしも代償を払った——なにしろ三年間、歯列矯正器をつけていたんだから。

それでも、「美しい」と言われれば、やっぱりうれしい。

「いいわ、うるわしの王子様、記念のものをどうぞお持ちください」少し芝居がかって言う。そして続けた。「あのね、わたしが髪にリボンをつけるのはママを思い出すからよ。よく、わたしの髪をとかしてリボンを編みこんでくれたの、あれこれおしゃべりしながら」

レンはわかるよ、というようにほほえんだ。

「それなら、ぼくにとっても大事な意味を持つ」

少しして、レンは続けた。

「ケルシー、明日は石窟に行く。日中は観光客が多いから、ドゥルガーの預言を探すのは夕方まで待たなければならない。ジャングルを抜けて敷地にこっそり入り、しばらく歩いて移動することになるから、新しいハイキングシューズをはいてほしい。きみに買った物がクローゼットの箱に入っているから」

「ありがとう。新品のハイキングシューズで暑いインドのジャングルを歩くなんて楽しみ！」

わたしは冗談を言った。

「そんなに悪くはないよ。新しいハイキングシューズのほうがきみのスニーカーより足にいいはずだ」

「でも、気に入ってるスニーカーだし、マメができたときのためにー応持っていくことにするわ」

レンは長い足を前に伸ばし、裸足の足を組みかえた。

「そうか。カダムが石窟行きに必要な物を荷造りしてくれるから、きみのスニーカーを入れる場所をあけておいてもらおう。ぼくは虎の姿に戻ってしまうから、きみにムンバイまで運転してもらわなければならない。インドの道は大変だろう。負担をかけてすまない」

「ほんと、大変なんてもんじゃないわよ。みんな運転が乱暴すぎ。正気の沙汰《さた》とは思えない」

「明日は往来の少ないわき道を通ることもできるから、前回のように街じゅうを通らずにムンバイ郊外のほうに直接向かおう。そんなに車は多くないよ。きみは運転が上手だし」

「あなたはいいわよね。ずっと車の後ろで眠ってればいいんだから」

レンはわたしの頰に指を触れると、わたしの顔をやさしく自分のほうに向けた。

「ラジクマリ、そんなこと言わないで。お礼を言わせてくれ。ここにとどまり、ぼくのために手を貸してくれて本当に感謝している。ぼくにとってどれだけ大きな意味を持つかわからない」

急に真顔で言われてドキドキした。

「う、うん……あの、ラジクマリってどういう意味?」

レンはまばゆい笑顔を見せると、うまく話題を変えた。

「そうだ、印形のことを教えようか」

レンが答えを避けているのがわかったので、話を合わせた。

「うん……どんなものなの?」

「印形は彫刻のほどこされた長方形の石で、指三本分ほどの厚さがある。王が公の場でつねに身につけていた物で、王家の任務の象徴だった。ムジュラーイン帝国の印形には、四つの言葉が側面に一つずつ刻まれている。〝ヴィヴェカ〟〝ジャガラナ〟〝ヴィラ〟〝アヌカンパ〟で、おおまかに訳すと〝英知〟〝警戒〟〝勇気〟〝思いやり〟という意味だ。石窟に行くとき、きみがそれを持っていかなければならない。通路をあける鍵だとフェットが言っていたからね。出発前にカダムがきみのドレッサーの上に置いておいてくれる」

わたしは説明を聞くと立ちあがり、ベランダの手すりの前に立った。

またたきはじめた星がきれい。

ほんとにわたしが〈特別な娘〉でいいんだろうか。ムジュラーイン帝国の王子ディレンのことは何も知らないのに。

レンが隣に立つ。

「あなたがかつてどんな生活を送っていたのか、わたしには想像もできない。わたしの知っている世界とはあまりにもかけ離れていて」

「確かにずいぶんちがっている。ぼくはきみから学ぶことがたくさんある。それでも、きみに教えられることも多少はありそうだ。たとえば、そのショールだけど……ちょっといいかい？」

レンはそう言うと、わたしが肩にかけているショールをはずして差し出した。

「ドゥパッタ・スカーフにはいろいろな着こなしかたがある。一つは今きみがやっていたように両肩にかける方法で、今流行っているのが、片方の肩から垂らして反対側の腕に巻く着かただ。こんなふうに」

そう言いながら、レンは自分の体にショールを巻きつけ、くるりと向きを変えてわたしに見せた。わたしは思わずふきだした。

「どうしてレンが流行りの巻きかたなんて知ってるの？」

「ぼくはいろいろなことを知っているんだ。きみが驚くほど物知りだよ」

レンはショールをはずすと、今度はねじってべつの巻きかたを見せてくれた。

「こうやって髪に巻いてもいい。目上の人に会うときに適している。敬意を表す着こなしだからね」

わたしは深く一礼すると、クスクス笑って言った。

「これはこれは、奥さま、ごていねいに敬意を示してくださってありがとうございます。シルクがとてもお似合いですね」

レンは大笑いして、ほかにもいくつか巻きかたを教えてくれた。そのたびにどんどん変わった着こなしになっていった。

人間のレンと過ごすのも楽しい。もちろん、すごく……魅力的で、ハンサムであることは確かだけど、たとえそうじゃなかったとしても、レンとなら何時間でも一緒に楽しく語り合えそうだ。

レンの腕に震えが走るのがわかった。レンは気持ちを落ちつけると、一歩こっちに寄った。

「だけど、ぼくが気に入っているのは、やっぱりきみがやっていたように両肩にかける着かただ。美しい髪が背中にすべり落ちてとても魅力的だよ」

レンはわたしの両肩を薄い生地のショールで包み、そのままショールを引いてわたしをやさしく引き寄せると、手を伸ばしてわたしの巻き毛を取り、自分の指にからませた。

「今の生活はぼくの知っているものとはずいぶんちがう。あまりに多くのことが変わってしまった」

髪に触れられ、ちょっと緊張した。

「しかし、ずっと、ずっとよくなったこともある」

わたしが黙っていると、レンは髪から手を放し、もう部屋に戻る時刻だと軽く背中をたたいた。

「おやすみ、ケルシー。明日は長い一日になる」

11

翌朝目を覚ますと、ドレッサーの上に美しい石を見つけた。

金色の筋が入ったクリーム色の石に、首から下げられるようすべすべのリボンがつけられている。

きっとこれが、ムジュラーイン帝国の印形だ。

手に取ると、小さいのにずっしりしている。すぐに彫刻文字が目に留まった。レンの言っていた〝英知〟〝警戒〟〝勇気〟〝思いやり〟という意味の言葉だろう。底面にはハスの花が描かれていた。細かいところまでとても精巧に仕あげられている。美しい紋様だ。

レンの言うように、この四つの言葉に忠実な人物だったとすれば、レンのお父さんはきっとすばらしい王だったにちがいない。

レンが年を取って王となった姿を勝手に想像した。レンなら人々をよい方向へ導いていくすばらしい王になりそう。レンには信頼してついていきたいと思わせる何かがある。もちろん女性ならどこまでもついていって、崖まで越えてしまいそうだけど。

カダムさんは三百年以上もレンに仕えている。部下に生涯変わらぬ忠誠心を抱かせ続けているなんてすごい……。

わたしは我に返り、畏敬の念に打たれながら何百年も前の印形をもう一度見た。

それから、カダムさんが用意したバックパックの中身を確かめた。デジタルカメラに使い捨てカメラ、マッチ、携帯サイズのシャベル、懐中電灯、ポケットナイフ、ケミカルライト、紙と模様を写し取るのに使う木炭、食料、水、地図……。そのうちのいくつかは耐水性の高いビニール袋に入れてある。バックパックの重さを確かめると、意外に軽い。

クローゼットをあけ、昨日の青いドレスにもう一度手を触れて、溜め息をついた。今日はお姫様気分は無理。あきらめてジーンズとTシャツを身につけ、新しいハイキングシューズの紐《ひも》を締めると、自分のスニーカーをつかんだ。

首から印形を下げて階下に行くと、カダムさんが朝食にマンゴーを切り分けていた。

「ケルシーさん、おはようございます」カダムさんはそう言うと、わたしの胸元を身ぶりで示した。「印形を見つけられましたね」

「はい。とてもきれいなんですけど、ちょっと重いですね」

わたしはマンゴーを何切れか取って自分の皿に乗せ、自家製だというココアをマグカップに注いだ。

「カダムさんはずっとこれを守っていたんですか？」

「ええ、わたくしにはとても大切な物なのです。その印形は、じつはインドではなく、中国で作られた物で、ディレンの祖父に贈られた品です。そこまで古い印形にはまずお目にかかれないでしょう。寿山石《じゅざんせき》という石でできておりまして、世間ではヒスイの類だと信じられておりますが、そうではありません。中国人はこの石を、高い山中の巣で発見された鮮やかな色の不死鳥の卵だと信じておりました。命がけでその在りかを探し出し、手に入れた男たちは富と名誉を得ていたのです。

かなり裕福な者しか寿山石の彫刻品を手に入れることができませんでしたから、贈り物として受け取るのはディレンの祖父にとって大変な名誉でした。値をつけられないほど貴重な家宝です。この種の石から作られた物を手に入れたり身につけたりすると、幸運を招くと考えられています。その印形はいろいろな意味であなたの旅の役に立つかもしれません」

「レンの家族って本当に特別だったんですね……」

「そのとおりですよ」

カダムさんと席についてヨーグルトとマンゴーの朝食を食べようとしたとき、虎の姿のレンが悠然と部屋に入ってきて、わたしのひざに頭を乗せた。

虎のときは、いつものレンだ。やっぱり気楽に接することができる。

レンの耳をかいてやりながら言った。

「今日は朝食に参加するの？　早く出かけたくてうずうずしてるんでしょ。いよいよ呪いが解けるかもしれないから……」

レンは出かけたそうに、わたしを一心に見つめていたけど、あせるのはいやだったので、マンゴーをあげてなだめた。ひとまずそれであきらめたのか、レンは座ってごちそうを楽しみ、わたしの指についた果汁をなめた。

「やめて！　くすぐったい！」

レンは無視してさらに腕をなめる。

「もう、レン！　ベタベタだよ！　わかった、わかった。行こう」

ほんと、虎のときは猫が甘えているみたい。

腕を洗い、最後にもう一度窓の外をながめてから、ガレージに向かった。すでにレンと一緒に外にいたカダムさんは、わたしのバックパックを受け取って助手席に置くと、運転席のドアをあけてくれた。わたしはジープにさっと乗りこんだ。

「ケルシーさん、どうかお気をつけて。ディレンが用心するとは思いますが、行く先々にはいろいろな危険が待ちかまえています。予想できる事態には対策をとってありますが、おそらくわたくしの予想がおよばない事態にもたくさん出くわすでしょう。くれぐれも用心してください」

「わかりました。なるべく早く戻ってきます」

車の窓をしめ、バックでガレージを出ると、カーナビがふたたび作動し、目的地を告げた。わたしはまたしてもカダムさんに心から感謝した。カダムさんが準備してくれなかったら、レンとわたしは完全に迷子になっていただろう。

とくにこれといった問題もなく、出発して一時間は交通量もかなり少なかった。ムンバイに近づくにつれて道が混みはじめたけれど、そのころにはいつもと逆の左車線を運転するのにも慣れてきていた。四時間ほど走り、未舗装の道のつきあたりで車を停めた。そこから先が国立公園だ。

あたりにはだれもいない。

「ここがわたしたちの入る地点みたいね。地図によると、カンヘーリーの石窟まで歩いて二時間半かかるわけだから……」

腕時計を確認して続ける。

「石窟に観光客がいなくなる夕方までなかに入れないし、ここで二時間ぐらい時間をつぶすしかないわね」

レンが車からひらりと跳びおりた。

わたしは先に立って園内に入り、木陰に向かった。レンが草の上に体を伏せ、隣に座る。最初はレンの体を背もたれ代わりにしていたけど、くつろぐうちに、レンの背中が枕になった。

木々を見あげながら、サーカスの納屋でレンに話しかけていたときみたいに、おしゃべりを始めた。祖母の家に遊びに行っていたこと、両親のこと、家族でよく休暇に出かけていたこと……。

「母はわたしを産んだとき、高齢者施設の看護師だったんだけど、専業主婦になってわたしを育てることにしたの」

話をしながら、小さいころのことをなつかしく思いかえした。

「母のチョコチップクッキーとピーナッツバタークッキーは絶品だった。母は、手作りのクッキーを食べさせることが愛情表現のひとつだって信じてたの。たぶんそれで、わたしはぽっちゃりした子だったのね。

父は裏庭でバーベキューを焼くようなごく普通の父親だった。数学の教師で、わたしも数学が好きだから、その血筋はちょっと受け継いでるかも。家族そろって本を読むのが大好きで、家には居心地のいい小さな図書室があったの。『ドクター・スース』のシリーズがわたしのお気に入りだったな。今でも本を手にしていると、両親がすぐそばにいるみたい……」

レンは動かずにじっとしている。

わたしは、くつろいで話し続けた。

「旅行に行くと、父も母も小さな民宿に泊まるのが好きだった。わたしはたいてい一人で一部屋とってもらってたの。家族でオレゴン州のほとんどをめぐったな。リンゴ農園や古い鉱山、朝食にジャーマンパンケーキを出してくれるバイエルン風の町、それに海や山も。あなたもきっとオレゴン州を好きになるはずよ。あなたみたいに世界じゅうを旅したことはないけど、わたしの故郷より美しい場所なんてほかに思いつかない」

それから、学校の話や、お金に余裕がないからコミュニティ・カレッジにしか行けないけど、本当は大学に行くのが夢であること、それに、両親が交通事故で死んだとき、どれだけ孤独を感じたかということや、養理の家族との暮らしについても語った。

虎のレンには、なんでも話せる。

尻尾が動いているので、レンが起きて耳を傾けているとわかった。とりとめのないわたしの話に飽きて、てっきり居眠りしてるだろうと思っていたからびっくりした。しまいには、わたしのほうが眠くなって声がとぎれとぎれになり、暑さもあってうとうとしてしまった。

やがて、レンが身じろぎし、体を起こすのを感じて目を覚ました。

「もう行く時間？　わかった。案内して」

二時間ほど公園のなかを歩いた。

このまえ迷いこんだヤワル野生生物保護区より、はるかに開放感がある。木々の間隔があいていて、小さな紫の花が丘一面に咲いている。ただ、近づいてみると、暑さでしおれかかっていた。たぶん、モンスーンの雨が降るあいだだけ花を咲かせ、すぐに枯れてしまうのだろう。

チークの木や竹が生え、ほかにも種類のわからない木があった。動物がわたしたちの行く手をさっと横切っていく。ウサギとシカとヤマアラシを目にした。そそり立つ木の枝を見あげると、色とりどりの鳥が数えきれないくらいいる。

密生した木立の下を通ったとき、驚いたような奇妙な鳴き声が聞こえた。見ると、アカゲザルが枝から枝へ飛び移りながら、できるだけ高い場所にのぼろうとしている。アカゲザルは無害だし、怖くはなかった。

ところが、公園の奥に進んでいくと、次々に恐ろしい生物に出くわした。ある木には大きなニシキヘビがぶらさがり、まぶたのない黒い目でじっとこっちを見ていた。また、目の前を、舌の先が割れた胴長の巨大なオオトカゲがシューッと音を立ててすばやく横切ったかと思うと、今度は大きな虫が羽音を立てながらものうげに飛び、あたりのものにぶつかって跳ねかえっては、また飛んでいったりした。

そんなジャングルで、隣に虎がいるのは本当に心強かった。ときおりレンはわたしが怖がりそうなものをすばやく察知して、避けて歩いてくれた。

やっと、カンヘーリーの石窟に隣接するジャングルのはしにたどり着いた。

木々が目に見えて減り、行く手には木のない丘陵地が広がっている。石段が丘の上の入口までのびているけど、石窟はまだだいぶ先で、かろうじて遠くにちらっと見える程度だ。

石段のほうに行こうとしたとき、レンがわたしの前に飛び出し、木のある場所まで戻るようながした。

「もう少し待ったほうがいいの？　わかった」

人目につかないよう、やぶにおおわれた場所に腰をおろし、一時間待った。案の定、観光客が石窟から出てきて石段をのんびり下り、駐車場に歩いていく。さかんにおしゃべりしながら車に乗りこむ声が聞こえる。

つい、ねたましい声が出た。

「あの人たちみたいにここまで車で来られたら楽だったのにね。でも、虎が一緒にいるのを見たら、みんなびっくりするだろうし、国立公園の監視員がまず通してくれないか」

ようやく日が沈み、人の気配がなくなると、レンは慎重にやぶから出てあたりの匂いをかいだ。だいじょうぶだと判断したのだろう、石段のほうに向かう。長い石段をのぼってぺんの入口に着くころには、わたしは息を切らしていた。

わたしは首からさげた印形に手を触れた。これが鍵になるってフェットに言われたけど、いったいどういうことなんだろう。

石窟のなかに入ると、空洞がいくつも並んだ貯蔵庫のような場所があった。形はミツバチの巣に似ている。どの部屋もみんな同じ形で同じ大きさだ。

各部屋の左側に小さなベッドのような石の台があり、奥の壁にくりぬいて作った棚があった。案内板には〈ここは、かつて仏教僧が暮らしていた場所で、紀元三世紀にさかのぼる僧侶の定住地の一つでした〉と書いてある。

インドの女神の預言を、仏教の僧侶の住まいで探すなんて、なんだか変な話だ。そもそもこの旅全体が変といえば変だけど……。

さらに奥に進むと、長い石堀があった。中央の石の井戸からアーチ状の岩によってつながり、さらに先へと続いている。たぶん、山の上までつながっているんだろう。ここの案内板には〈この堀はかつて、当地域に水を運ぶ水路として利用されていました〉とある。

中心となる部屋にたどりついた。壁には精巧な彫刻がほどこされている。思わずそっと手を触れた。刻まれている象形文字のようなものは、古代インドの碑銘《ひめい》か何かだろう。

ところどころ石柱に支えられて天井が残っていた。それが一帯に濃い影を落としている。石柱には像が彫られていた。途中、残った天井がくずれてきそうで、通り抜けながらヒヤヒヤした。

レンは部屋の奥にぽっかりあいた黒い穴のほうに向かっていく。その先はさらに丘の深部へと続いている。

レンのあとについて暗い穴を抜けていく。

立ち止まって暗闇に目を慣らす。外から射しこむ光で、だんだん様子がわかってきた。どうやら砂の床が広がる大きな円形の部屋のようだ。

部屋には出入り口がいくつもあった。わたしたちが通ってきた穴の輪郭はかろうじて見えたけど、奥に伸びるほかの通路までは光が届かない。日が沈んで残光が消えるとたちまち何も見えなくなった。

懐中電灯を取り出し、レンにたずねる。

「ここからどうする?」

レンは一番手前のぼんやり見える出口のほうに歩きだし、暗闇に消えた。レンを追いかけ、かがんで小部屋に入ると、壁じゅうに石棚があった。かつて図書室として使われていたのだろうか。

懐中電灯を頼りに奥へと進んだ。

どこかに〈ドゥルガーの預言はここです!〉っていう大きな案内板でも出ていてくれたらいいのに。

そんなことをぼんやり考えていたとき、肩にだれかの手が触れるのを感じ、思わず飛びのいた。

人間の姿に戻ったレンだった。

「もう！　先に合図か何かしてよ」

「すまない。ここの各部屋を調べて印形と一致する模様を見つけよう。きみは上のほうを調べてくれ。ぼくは下を調べる」

レンはわたしの肩をぎゅっとつかんでそう言うと、すぐにまた虎の姿になった。

人間になったり、虎になったり……こんなのやっぱり慣れそうにない。

最初の部屋に、それらしき模様は見当たらなかった。次々に部屋を移動していく。四つ目の部屋に入ると、あちこちに象形文字が刻まれていたので、はじから注意深く調べた。たっぷり一時間はいたけど、残念ながら収穫はなく、五つ目の部屋も同じだった。

六つ目の部屋には石棚すらなかった。でも、七つ目の部屋でレンが印形と同じ模様を見つけた。入口はほかの部屋よりずっと小さく、なかは細長く、ほかの部屋と似た石棚が二つある。片方の棚の下のほうに、同じ模様の彫刻があった。

虎の目線だから見つけられたのかもしれない。わたし一人で探していたら、たぶん見過ごしていただろう。

レンが低い声でうなり、棚の下に鼻を突き出す。

わたしは身をかがめた。

「やってみる。幸運を祈ってて。虎流の祈りかたでいいから」

印形を首からはずして彫刻模様に重ね、小刻みに動かしながら押しこむと、ぴったりはまった。

これが〝鍵〟なんだろうか。何が起こるというのだろう。

少し待ったけど何も起こらない。

印形をひねってみる。

すると壁の向こうでブンという機械的な音が聞こえた。印形を一回転させたところで引っかかりを感じたとき、小さく風を切る音がして、壁のはしから塵《ちり》が舞い、壁が扉のように動き出した。

低くこもったような轟音がひびいて、壁自体が震え、それからゆっくり後方に開いていく。わたしは印形を棚の下から抜いてまた首に下げると、開いた壁の先に懐中電灯を向けた。べつの壁が見える。

レンがわたしをつついてわきにどかし、開いた壁のなかに入った。怖くてレンにぴったりついていく。くっつきすぎて、二度ほどレンの脚を踏みつけそうになった。

懐中電灯で照らした奥の壁に、金属の燭台《しょくだい》に入ったたいまつが置かれていた。持ってきたマッチを使うと、たちまち火がついた。たいまつの炎は頼りない懐中電灯より、はるかに通路を明るく照らしだした。

そこはらせん階段のてっぺんだった。おそるおそる首を伸ばして下をのぞくと、階段の先に深い闇が見える。

ほかに道はない。

わたしはたいまつを手に階段をおりはじめた。

すると、背後でカチッと音がし、わずかに風を切る音が続いたかと思うと、開いていた壁が閉じてしまった。

「かんべんしてよ！　もう進むしかないってこと？　あとで脱出できるといいけど……」

レンは不安そうなわたしを見あげ、頭を足にこすりつけてくる。わたしはレンの首の後ろをもんでやり、それからまた一緒に階段をおりていった。

レンは階段の外側を歩き、わたしが壁側を歩けるようにしてくれている。ふだん、高いところはちっとも怖くないけど、この謎めいたらせん階段は狭く、手すりもない。さらに行く手は深い闇だ。

わたしはかなりびくびくしていた。レンが危険な外側を歩いてくれるのはとてもありがたかった。

階段を一歩ずつおりていくうちに、たいまつを持つ腕が痛くなってきた。熱い油がレンに垂れないよう注意しながら、持ち手を変える。

埃っぽい階段をようやく下までおりきると、べつの暗い通路が目の前に口をあけていた。そのまま進むと、ほどなく道が二つに分かれる地点に出くわした。

「これじゃ迷路だね。どっちに行く？」

レンは一方の通路に脚を踏み入れ、空気の匂いをかいでいる。もう一方の通路の匂いもかぐと、最初の通路を選んで進んだ。

鼻をひくつかせ、レンのかぎ分けたものを確かめようとしたけど、どちらの通路も硫黄《いおう》のような不快な匂いがするだけだった。窟内には強烈な匂いがたちこめ、角を曲がるごとにますます強くなっていく。

わたしたちは暗い地下の迷路をくねくねと進んだ。たいまつの明かりが壁に揺らめき、気味の悪い影が不吉な円を描くように躍っている。地下の納骨堂みたいな迷路を進んでいくと、たびたび分岐に出くわした。レンはそのたびに立ちどまり、それぞれの匂いをかいでから、自分が正しいと感じるほうを選んでいく。

ある分岐を通りすぎて間もなく、恐ろしい音が通路を震わせた。

金属がこすれるキィーッという音がひびき、先のとがった鉄格子の門がすぐ後ろの地面にガシャンと落ちた。

思わず悲鳴をあげた。どうやらこの大昔の暗い迷路では、あちこちで恐ろしい罠が待ち伏せしているようだ。

レンがすっと横に並び、ぴったり寄りそってくれた。頼れるものが欲しくて、レンの毛に指を突っこみ、ぎゅっとつかんだ。三度、角を曲がったところで、前方からブーンという小さな振動音が聞こえてきた。進むにつれて音が大きくなっていく。

次の角にさしかかったとき、レンが立ちどまって前方を見据えた。毛が逆立ち、わたしの手にもレンの興奮が伝わってくる。立ちどまった理由を確かめようと、たいまつをかかげた。

前方の通路が動いていた。たいまつの明かりに浮かんだものは、あまりにもおぞましかった。

野球のボールほどもある巨大なゴキブリのような虫が、重なり合いながらうごめき、通路を完全にふさいでいる。妙な習性があるのか、目の前の通路を動きまわるだけで外へは出てこない。

虫の絨毯……。

「……ねえ、ほんとにこの道を通らなくちゃだめ?」

レンが角に一歩近づいたので、わたしもしぶしぶ一歩近づいた。

黒光りした外骨格に、六本の毛深い足とピクピク動く触角、それに鋭いハサミのような音を立てて開閉する大あご。黒く分厚い羽を広げ、ブーンと音を立てて向かいの壁に飛んでいくのもいる。トゲトゲした脚で天井に張りついているものもいた。

レンが前に進み出た。ほんとにここを行く気だ。レンが振りかえってわたしを見る。

「わかった……やってみる。それしかないもんね。でも、ほんとに頭がおかしくなっちゃいそう。とにかく一目散に走り抜けるから、あなたを待ってられないけど、いいよね」

覚悟を決めた。二、三歩後ろに下がり、たいまつを握る手に力をこめる。思い切って駆け出した。走るあいだ目をすがめ、口を真一文字に結んで、のどの奥でひたすら叫び続けた。

全速力で通路を突進した。靴の底で、一度に何匹もの虫を踏みつぶしている。何回か体勢をくずしそうになったけれど、脳裏に顔からゴキブリの山に倒れこむ恐ろしい光景がパッと浮かび、あわてて足元に神経を向けた。

梱包《こんぽう》用の大きなエアキャップシートの上を走っているような気分だった。ただし、足で踏むたびに汁の入った巨大な気泡がはじけるシートだ。虫たちはケチャップ容器みたいに破裂して、あちこちに緑の粘液が飛び散った。そうなるとほかの虫も動揺するのか、わたしのまわりに群がるものもいた。

ジーンズやシャツや髪に虫がくっつく。あいている手で顔から払い落としたけど、その手を何度かハサミのようなあごでつつかれた。

ようやく虫の通路を抜けた。抜けると虫はついてこない。

体を思いきり揺すり、とにかく虫を落としにかかる。それでも離れないのを勇気を出して手でつかんで取りのぞいた。一匹はポニーテールの髪をよじのぼっていた。体から虫を払うと、靴裏を壁にこすりつけながらレンを待った。

　レンもおぞましい通路を駆けぬけ、最後に大きくひとっ跳びしてわたしの隣に着地した。激しく体を振っても、まだ何匹か毛にしがみついている。たいまつの取っ手でつついて落としてやった。ハサミで強く締めつけられたのか、レンの耳に血がにじんでいる。わたしは運よく皮膚を傷つけられずに済んだ。

「服を着ていてよかった。皮膚じゃなくて服をはさまれただけで済んだもの。レン、だいじょうぶ？　うわっ、あなたの脚、虫の残骸だらけ。あー、靴をはいててほんとに助かった」

　レンが片方ずつ脚を振ると、肉球のあいだにはさまった虫の死骸が落ちた。それから、最後にもう一度体を揺らすと、一刻も早くそこから遠ざかろうとそれまでの倍の速度で歩いた。

　曲がり角を十ほど過ぎたころ、踏んだ石が地面に沈みこむのを感じ、その場で身を強張らせた。

　次の罠かもしれない。

　両側の壁が震え出し、壁にはめこまれた小さな金属板が後退して、先の鋭くとがった大釘《おおくぎ》があらわれた。

　壁から大釘が飛び出してくるだけでなく、石の管からなめらかな黒い油が流れ出て、地面を覆い始めている。二重の罠だ。

　レンが人間の姿になった。

「大釘の先に毒がついている。匂いでわかるんだ。ケルシー、いいかい、壁から離れて歩くんだ。ぼくらが通るだけのすきまはあるから、くれぐれも釘に触れないように気をつけて」

　大きな釘は長く、鋭い。そのうえ、床は黒い油でぬるぬるだ。

「すべって転んだらどうしよう?」

「ぼくの毛にしっかりつかまって。ぼくは鉤爪を使ってすべらないようにしながら進むから、ゆっくり行こう。今回は急がないほうがいい」

レンは虎に戻り、わたしはバックパックを背負いなおすと、レンの首の後ろをしっかりつかんだ。

レンはまず、右の前脚を試すように油のたまりに入れた。ちょっとすべったけど、鉤爪を出して油の下の地面に深く食いこませている。脚を固定させたところで、左の前足でもしっかり地面をつかんだ。すると今度は右の前脚を思いきり引きあげなくてはならなかった。

かなり骨の折れる、気の遠くなるような歩みだ。大釘はでたらめに並んでいるため、規則的な動きをしていけば安心というわけではない。全神経を大釘に集中しなくてはならなかった。ふくらはぎの高さに飛び出ていたかと思うと、次は首の高さだったり、頭の高さだったり、ウエストの高さだったりする。

釘の数を数えていたけど、五十を過ぎたところでやめた。あまりに長いこと筋肉を強張らせて不自然な動きをしているせいで、全身が震えていた。一秒でも集中力を欠き、一歩でも踏みあやまれば一巻の終わりだ。

レンが時間をかけてくれて助かった。なにしろ、並んで歩く余裕がかろうじてあるかどうかなのだ。釘の先端まで、両側とも二、三センチしかない。用心しながら一歩ずつ地面を踏みしめた。汗が顔を伝い落ちる。なかほどまで来たとき、特にすべりやすい場所に足を踏み入れてしまったらしく、靴がすべってひざがガクンと折れ、体がよろけた。

ヒッという悲鳴が思わず漏れる。ちょうど大釘が胸の高さに突き出ている。ぎりぎりのところで体をひねると、腕の代わりにバックパックに大釘が突き刺さった。レンが身を固くし、わたしが体勢を立て直すのをしんぼう強く待っている。

震える足でなんとかふんばる。大釘に串刺しされなかったのは本当に奇跡だ。

レンが心配そうにクーンと鳴き声をあげた。わたしは安心させようと背中をなでた。

「だいじょうぶ、もうだいじょうぶだから」

運がよかった。わたしは本当についてる。とにかくそう思うしかない。

それからは、さらに時間をかけて歩を進め、震えながらもようやく油と大釘の通路を無事に突破した。

抜け出たとたん、へなへなと地面にへたりこむ。凝り固まった首をさすりながらうめいた。

「大釘に比べたらゴキブリなんてたいしたことないって気がしてきた。今みたいな思いをするくらいなら、虫のトンネルをもう一度経験するほうがマシね」

レンがわたしの腕をなめてきたので、頭をなでてやった。

少し休んでから、先に進んだ。しばらくは何事もなく、気がゆるみかけたとき、またドスンと大きな物音がして、背後を壁でふさがれた。前方にも扉がおりてくる。急いで逃げようとしたけど、間に合わなかった。もちろん、レンは扉がおりてくる前に、すきまから逃げ切れただろうけど、わたしを置いていくようなことはしなかった。

前後をふさがれ、通路に閉じこめられた。

頭上を走るパイプから激しい水流の音がしはじめる。天井の羽目板がとつぜん開き、頭から大量の水を浴びて床にたたきつけられた。持っていたたいまつの火もあっけなく消え、みるみる水がたまっていく。やっと立ちあがったときにはすでに、水がひざまで上がってきていた。

バックパックのジッパーを乱暴にあけて、手さぐりする。長いケミカルライトを見つけ、管を折って振ると、なかの液体が光を放ち出した。

レンの白い毛が黄色く見える。

「レン、泳げる？　先にあなたの頭が水につかっちゃう！」

レンが人間の姿になった。

「虎は泳げるし、人間より長いあいだ息をとめていられる」

水はもう腰のあたりまで上がってきた。レンはすばやくわたしを引っぱると、水が激しく出てくるパイプをやりすごし、前方の扉に移動した。扉にたどりつくころには、足がつかなくなっていた。レンは水にもぐって出口を探している。

やがて、レンが水の上に顔を出した。

「扉に印形と同じ模様がある。さっきのように、印形を差しこんでひねってみてくれ！」

やるしかない。思いきり息を吸って水にもぐった。

扉を探りながら水中で模様をさがす。

あった！　でも、見つけたときには空気が足りず、息が苦しくなっていた。いったん水面に上がろうと足を強く蹴ったけど、バックパックの重みで上がれない。レンが手を伸ばし、バックパックをつかんでわたしを水面に引っぱりあげた。

水から顔を出すと、もう天井に近くなっていた。このままではすぐにおぼれてしまう。わたしは立て続けに息を深く吸った。

「きみならできる。もう一度やってみてくれ」

さらに息を吸い、印形を首からはずして手に持つ。レンがバックパックから手を放すと、わたしはふたたびもぐり、扉の下のほうにおりていった。

こんどは印形を模様の溝に押しこむことができた。ひねってみたけど、今度はどうやっても動かない。

レンが虎の姿でこっちに向かって泳いできた。前足で豪快に水をかき、顔の毛が全部うしろに流れて凶暴そうに見える。白いしま模様の海の怪物みたい。しかめ面で鋭い歯を見せているからよけい怖い。

また息が苦しくなってきたけど、すでに水が天井に達しているだろう。

パニックに陥り、最悪の事態を考えた。

ここがわたしの死に場所になるんだ……。

きっと発見されることもないし、葬式をしてくれる人もいない。おぼれ死ぬっていったいどんな感じなのかな？　きっとあっという間だろう。わたしの遺体はふやけて、レンの虎の遺体のそばで永遠にプカプカ浮いていることになる。あの気味悪いゴキブリが入りこんで、わたしの死骸をつつくだろうか？　レンは長く息がもつだろうから、わたしが死ぬところを見守るわけだ。レンは後悔するのかな？

パニックで頭のなかは悪いことばかりがぐるぐる回る。

水面まで上がっていきたい衝動と必死に戦った。もう水面はないし、空気もない。

あせりと恐怖に駆られ、こぶしで印形をたたいた。

かすかに動いた。もう一度、さらに力を込めてたたく。

水が扉のほうに吸いこまれていく。扉があきはじめたんだ。

印形が扉からポロリとぬけた。必死に手を伸ばし、ぎりぎりのところで印形のリボンをつかむ。その瞬間、水が扉の外にどっと流れ出し、わたしたちも一緒に押し流されていった。

水の勢いとともに次の通路に投げ出された。大量の水が排水溝に流れ落ちていく。水のはけた床は泥だらけだった。わたしはあえぎ、息を吸いこみすぎて咳きこんだ。

助かった。助かったんだ。

レンを見て笑い声を上げ、また咳きこむ。のどを詰まらせながらも、恐怖から逃れたことで、引きつるように笑いが止まらない。

レンは毛がぺったり体に張りついている。それが無性におかしい。

「レンってば……アハハ、ゴホゴホ……まるで、アハハ……おぼれた猫みたい！」

レンはハアハア息をしながらわたしの隣に来ると、犬のように全身をプルプル振って水と泥をまき散らした。わたしまで泥だらけになる。

レンの全身の毛が、濡れた釘のように逆立っている。

咳きこみながら言った。

「ちょっと、ずいぶんじゃない？　まあ、いいか。わたしたち助かったんだね……」

ずぶ濡れの服をしぼって、にぎりしめていた印形のリボンを首にかける。

耐水バッグに入れてあったカメラに水が染みこんでいないか確かめることにした。バックパックを逆さにして、びしょびしょになった中身を一気に床にあけると、泥水が跳ねて飛び散った。見たところ、ふやけた食べ物以外はどれも問題ない。デジタルカメラも使い捨てカメラも損傷がなさそうだ。カダムさんは、水に濡れることを想像していたのだろうか。

「食べるものはダメだけど、それ以外はみんな無事みたい」

休んでいる暇はなさそうだ。全身びしょ濡れで不快だったけど、歩きはじめた。

靴は歩くたびにカポカポいうし、濡れた服が体にまとわりついていらいらする。

「水を浴びてよかったのは、ゴキブリと黒い油を洗い流せたことね」

ケミカルライトの光が消えてしまったので、バックパックから懐中電灯を取り出し、振ってみた。水が入っているような音がしているけど、明かりはついた。

懐中電灯をかざして進む。二、三度左に曲がり、一度右に曲がったところで長い通路に出た。

これまでで一番長そうだ。通路のなかほどまで進んだとき、レンが急に立ちどまり、わたしの前に跳び出した。あわててあとずさる。

「今度の相手は何？　サソリ？」

そのとき、地鳴りのような音が通路を震わせ、立っていた砂地が崩れはじめた。

あわてて後ろに下がるそばから、地面はどんどん崩れ落ち、通路のまんなかに深く大きい裂け目ができる。

揺れはとつぜん止まった。おそるおそる裂け目の縁に這い寄り、下をのぞいた。深い裂け目は、懐中電灯を向けてみても、穴の深さがわからない。

次々にあらわれる罠に頭にきたわたしは、おもわず穴に向かってかん高い声で叫んでいた。

「どこまでやる気なの!?　こっちはインディ・ジョーンズじゃないのよ。言っとくけど、このバッグのなかにムチは入ってないから！」

叫んだところで、裂け目はもとには戻らない。

溜め息をついてレンの方を向き、裂け目にさえぎられた向こう側の通路を指した。

「あっちに行かなくちゃならないんだよね？」

レンも裂け目をのぞきこんだ。それから、縁のそばを行ったり来たりしながら壁を調べ、裂け目の向こう側をじっと見ている。

わたしは壁に背中を預け、どっかり座りこんだ。バックパックからペットボトルの水を出し、ごくごく飲んで目を閉じる。

温かい手がわたしの手に触れて目をあける。人間のレンだ。

「だいじょうぶか？」

「ケガをしたのかって意味なら、答えは〈だいじょうぶ〉。まだ正気を保てる自信はあるかって意味なら、答えは〈いいえ〉かも……」

レンは困惑した顔だ。

「この裂け目を越える方法を見つけなくては」

「わたしはもうお手あげ……」

そう言ってあきらめたように手を振り、また水を飲んだ。

レンは裂け目の縁まで移動すると、向こう側を見つめている。距離を見積もっているようだった。それから虎の姿になって何歩か戻ると、向きを変えて全力で穴に向かって駆け出した。

「嘘。やめて！」

レンは跳びあがり、穴を軽々越えると、向こう側にふわりと着地した。それからまた、同じように穴を跳び越えて戻ってきた。わたしのすぐそばに着地すると、人間の姿に戻る。

「ケルシー、考えがある」

「……わかった、聞く。でも、その計画に引きこまないでほしいの。当ててもいい？ あなたがロープを尻尾に結びつけて裂け目を跳び越えて、ロープの両端をどこかにしっかり固定してから、わたしがロープを伝って渡るんでしょ」

レンは検討するかのように頭をちょっとかしげてから、首を振った。

「いや、きみにそこまでの腕力はないだろう。それに、ロープもないし、ロープを結びつける場所もない」

「そう……。じゃあ、どんな計画？」

レンは私の両手を取った。

「ぼくの考えははるかに簡単だ。その前に、ぼくを信用してくれるかい？」

信用って……。いったい何をさせようとしているの？

「あなたのことは信頼してる。ただ――」

レンの心配そうな青い目がこっちを見つめている。

「わかった。どうすればいい？」

「いいかい、虎の姿なら、この裂け目を簡単に跳び越えられる。だから、きみがやるべきことは穴の縁に立ってぼくを待つことだ。ぼくは虎の姿で助走して速度を上げて跳び越える。ぼくが跳びあがるタイミングにきみもジャンプしてぼくの首にしがみついてほしい。空中で人間の姿に戻ってきみをしっかり捕まえるから、それで一緒に向こう側に着地できる」

「えっ、冗談でしょ？」

レンは疑り深いわたしにかまわず言った。

「とにかくタイミングを合わせることが肝心だ。きみはぼくと同時にジャンプしてくれ。そうしないと、全力で走ってきたぼくがきみにぶつかって、二人とも穴に落ちる」

「本気なの？　本気でわたしにそれをしろと？」

「ああ、本気だ。いいかい、ここに立っていて。ぼくは二、三回練習するから」

「ほかの抜け道とかを探すのは？」

「そんなものはない。これが正しい道だ」

しぶしぶ裂け目の縁に立ち、レンが数回穴を跳び越えるのを見守った。レンが助走をつけてジャンプするリズムを観察しているうちに、レンのやろうとしていることがのみこめてきた。でも、できるわけがない。

「そんな離れ業をわたしにさせようっていうの？　本気で？」

「ああ、本気だ。準備はいい？」

「だめ！　心のなかで遺言を書くからちょっと待って」

「ケルシー、きっとできる」

「……わかった。じゃあ、まわりの様子を頭に入れさせて。この体験を一分一秒に至るまで日記に残せるように確かめておきたいの。もちろん、そんなことしたって無駄だって言われてもしょうがないけど。だって、どうせこれで死んじゃうんだから」

レンはわたしの頬に手を触れ、まっすぐに目を見て言った。

「ケルシー、ぼくを信じて。きみを決して落としはしない」

わたしはうなずき、バックパックの肩ベルトをきつく締めると、緊張気味に裂け目の縁ぎりぎりに移動した。やるしかない……。

レンは虎の姿になり、通路のはしまで走っていった。それから、体勢を低くし、一気に速度をあげて駆けてきた。

大きな動物がわたしに向かって猛烈な勢いで突進してくるのを見て、体じゅうの本能が逃げろと――全力で逆の方向に逃げろと言っている。

大きな虎に激突されることを思えば、背後の裂け目の恐怖のほうがまだマシって気になる。恐怖であやうく目を閉じそうになったけど、ふと、サーカスで難しい芸を優雅にこなしていたレンの姿がよみがえり、ぎりぎりのところで気持ちを立て直した。レンを信じ、二歩助走をつけて空中に思いきり跳びあがる。レンがまさに同じタイミングで勢いよく跳びあがった。手を伸ばしてレンの首に腕をまわす。

レンの毛に必死にしがみつこうとしたとき、腰に手がまわされ、人間の両腕にしっかり捕まえられるのを感じた。レンは分厚い胸にわたしをしっかり引き寄せると、自分が下になるよう空中で回転した。

わたしたちは向こう側の地面にドンッと着地した。

衝撃で息ができない。

思いきり息を吸い、瀕死《ひんし》の肺に空気を送りこむ。ようやく呼吸ができるようになったけれど、体が震えていた。なんとか立ちあがり、レンの様子を確かめる。

二人とも生きている。でも、レンはケガをしていた。着ている白いシャツは汚れて裂け、背中の皮膚はこすれて、何カ所か血も出ている。わたしの下敷きになったからだ。

急いでバックパックから濡れたシャツを取り出し、震える手で傷口をぬぐった。黙ったまま、レンの皮膚に食いこんだ砂利を取り除く。レンも無言のままだ。

ひととおりきれいにしたけど、まだ体が震えている。レンの腰に思いきり抱きついた。レンも両腕でわたしを包みこむと、自分の胸に抱き寄せた。わたしはレンの胸に向かって静かに、でもきっぱりとささやいた。

「よかった。ありがとう。でも、もう二度と……二度とこんなことしないで！」

「次もこんなふうに抱きついてくれるなら、まちがいなくもう一度やるよ」

「だめだってば！　もう絶対だめ」

やっと落ちついてきて、体を離す。

レンのほうは自分の力でやり遂げたことに興奮しているのか、「やったぞ」とか「どうだ」とか「おれは男だ」みたいなことを一人でぶつぶつ言っていた。まったく、男の人っていつの時代に生まれても、みんな同じだ。

でも、ほんとよかった。わたしたち、九死に一生を得たんだ。

バックパックに必要なものが全部そろっているか確認してから、また懐中電灯を取り出した。レンは虎の姿に戻ってわたしの前を歩いていく。

その先の二、三の通路は何事もなく抜けた。

やがて、模様が刻まれた扉に出くわした。

この扉には取っ手もノブもない。印形をはめるような模様もない。

ただ、扉の右上から三分の一ほどのところにわたしの手のへナの模様と似た手形があった。

自分の手のひらと見比べる。扉の手形と手のひらの模様は鏡に映したように左右対称だった。

「フェットが描いてくれた模様と同じよ！」

手のひらを冷たい石の扉につけ、模様同士を合わせる。すると、手にくすぐったいような熱を感じた。

扉から離し、手のひらを見た。模様が真っ赤な光を放っている。でも、不思議と痛みはない。もう一度手を扉に近づけると、熱が強まり、手形模様との距離が縮まるにつれて火花が散り始めた。あいだで小さな雷雨でも起こりそうな感じだ。

そのとき、扉が動くのを感じた。

扉は見えない手に引かれるように内側に開き、わたしたちが通るのを待っている。

先は大きな洞窟《どうくつ》で、石壁に生えたコケがぼんやり光を放っていた。

洞窟の中央に高い石の角柱が立ち、その前に小さな石の標柱がある。標柱の埃を払うと、手形が見えた。

こんどは左右両方の手形だ。右手は扉に描かれていたのと同じ模様で、左手はわたしの右手の甲に描かれている模様と同じだった。

両手を標柱につけてみたけど、何も起こらない。

右手の甲を標柱の左手の手形に合わせて当ててみる。すると、模様がまた赤く輝き出した。さらに手を返し、手のひらを右手の手形に合わせてみると、今度は扉のときよりはっきりした熱を感じた。バチバチッと音を立ててエネルギーが放出し、わたしの手から出た熱が石に吸いこまれていく。

高い石柱のてっぺんで震動音がし、水が流れたり跳ねたりする音がしたかと思うと、上から金色の液体があふれ出した。

金色の液体は四つの側面を伝って流れ落ち、石柱の土台にあるボウル型の水盤にたまっていく。

石に含まれる何かの成分が液体と反応を起こしているらしい。液体が泡立ちながら側面を流れ、石がジュッと音を立てて湯気を出していた。

音が止み、湯気が晴れると、息をのんだ。

石柱の四面すべてに象形文字の彫刻が表れている。さっきまではなかったものだ。

「レン、これよ。ドゥルガーの預言……きっとこれが探し求めていたものだよ……」

デジタルカメラを取り出し、石柱の写真を撮る。念のため、使い捨てカメラでも何枚か撮ってから、紙と木炭をつかみ、石柱と扉の手形に紙を当てて模様を写し取った。カダムさんが象形文字や模様の意味をすっかり解読できるように、すべてを記録していかなくては。

石柱のまわりを歩きながら、意味のわかりそうな部分がないか調べていたとき、レンの吠え声が聞こえた。

見ると、前脚を慎重に上げたりおろしたりしている。

金色の液体が水盤からちょろちょろ流れ出て、石の床に広がり、すき間というすき間をふさぎはじめていた。足元を見ると、すき間にたまった液体に触れた靴紐から、蒸気が出ている。触れたら溶けてしまう。きっと酸だ。

二人であわてて近くにあった砂場に跳びのいた。

その瞬間、新たな地響きが地下通路全体を震わせた。高い天井から岩が落ちはじめ、石の床に当たって粉々にくだけ散る。

レンに押されて壁際に下がると、身をかがめて頭をかばった。

震動はどんどん激しくなり、耳をつんざくほどの鋭い音と共に、石柱が二つに割れた。風を切って床に倒れ、砕けていくつかの大きなかけらになる。

割れた水盤のあいだから、金色の酸が泡立ちながらどんどん流れ出し、床全体に広がっていく。

液体に触れた石やほかのものがゆっくりと壊れはじめた。

金色の酸はわたしたちのほうにもじわじわ迫ってくる。

もう逃げ場がない。出入り口はすでにふさがれている。完全に閉じこめられたんだ。

せっかく〈預言〉を見つけたのに。ここで死んでしまうのだろうか。

そのときレンが立ちあがり、空気の匂いをかいだ。少し場所を移動し、後ろ脚で立って、前脚で必死に壁を引っかきはじめる。

近づいていくと、レンが壁に穴をあけていた。

穴の向こうに星がまたたいている。

わたしもレンを手伝って必死で壁を掘り、岩を剝《は》がす。

ようやくレンがすり抜けられるほどの穴ができた。先にレンが外に出る。わたしはバックパックを外に投げ、体をくねらせながらなんとか穴を抜け出て、外の地面に転がった。

外に出た瞬間、雷のようなすさまじい音とともに、わたしたちがさっきまでいた場所に巨大な石のかたまりが落ちてきて、穴をふさいだ。

震動が落ちつき、完全に止まると、暗いジャングルは静寂に包まれた。

空中に飛ばされた細かい塵がゆっくり舞いおり、わたしたちにそっとかかった。

12

慎重に体を起こすと、腕についた塵を払い、懐中電灯を探した。

そのとき、うしろから肩をつかまれ、くるりと向きを変えられた。

人間の姿のレンが、心配そうにわたしを見つめる。

「ケルシー、だいじょうぶか。ケガはない？」

「うん、なんとか、だいじょうぶ。ねえ、わたしたち、やり遂げたんだよね？　やったんだよね……。でも、とにかく家に帰りたい」

「ああ」レンはうなずいた。「まずは車に戻ろう。いいか、ぼくから離れずに歩くんだ。夕方ぼくらがジャングルに入ったときに寝ていた動物が目をさまし、今ごろ狩りをしているはずだ。用心しないと」

レンはわたしの肩をぎゅっとつかむと、ふたたび虎の姿になり、森へと向かった。

わたしたちが脱出した場所は、石窟の裏側らしかった。石窟より一キロほど後方の傾斜のきつい丘のふもとだ。レンについて丘をぐるっとまわり、何時間も前にのぼった石段に向かう。

ジャングルのなかを歩くのは、夜のほうが気分がよかった。暗いから、こっちをじっと見ているはずの恐ろしい生物がわたしの目には見えない。

一時間半がたつころには、動物たちが見つめていようがいまいがどうでもよくなっていた。

わたしはへとへとで、かろうじて目をあけ、足を動かしている状態だった。

「まだ着かない？」

疲れて、溜め息をつきながらレンにたずねる。

レンは答える代わりに低くうなり、とつぜん立ちどまった。低い体勢で暗闇に目を凝らしている。

レンが人間の姿になり、ジャングルにじっと目を向けたまま、小声で言った。「何かがぼくらを追ってきている。ぼくが走れと言ったら、あっちの方角へ行くんだ。振りかえらずに……」

え？

「走れ！」

レンはわたしの左側を指さすと、虎の姿で暗いジャングルの奥に跳びこんだ。

すぐに猛々しい威嚇のうなり声が木々を震わせた。

まずい……。わたしは疲れた体をふるい立たせて、駆け出した。

もう自分がどこにいるのかも、どこに向かっているのかもわからない。でも、とにかくレンの指さした方向に足を動かし続けた。

しばらくすると息が切れてしまい、しかたなく速度を落とした。

暗闇に耳をすます。

猫が——大型の猫どうしが戦っているようなうなり声がしている。けっこう離れているはずなのに、はっきり聞こえる。ほかの動物たちはしんとしていた。どうやら聞き耳を立てているらしい。

激しいうなり声と咆哮がジャングルにひびきわたる。

レンは何かと戦っているんだ。

相手が二頭以上いるようにも聞こえるけど、だいじょうぶだろうか。わたしに走れと言ったのは、あの戦いから遠ざけるためだったらしい。

さらに進んでからまた耳をすまし、レンの声を聞き分けようとする。

そのとき、とつぜん、あたりがしんと静まりかえった。

コウモリが月光を浴びながら頭上を舞い、思わず何歩かあとずさった。

やぶのなかで葉が激しくこすれる音がして、暗闇から黄色い目が二つ、こっちを見据えている。

「レン？」

何かがやぶのなかからあらわれ、低い体勢でわたしを見つめた。

レンじゃない。

黒いヒョウだ。

わたしを値踏みしているのか、じろじろこっちを見ている。

足がすくんで動けない。もし動けたとしても、逃げようとすればたちまち跳びかかられるだろう。

立ったままできるだけ背筋を伸ばし、自分を大きく見せて相手にあきらめさせようとした。

一分ほどにらみ合う。次の瞬間、相手が跳びかかってきた。それまで体勢を低くし、尻尾を揺らしていた黒ヒョウが、一瞬で迫ってくる。

鋭い鉤爪が月光にきらめいた。鉤爪と大きく牙をむいた口が近づいてくるのを、スローモーションのように感じた。

わたし……死ぬの？

ようやく悲鳴が口から出る。両手で頭をかばい、鉤爪と牙がわたしののどをかき切るのを想像する――

そのとき、咆哮と共に、顔に風を感じた。

でも、何も起こっていない。そっと目をあけ、あたりを見まわして黒ヒョウを探した。

何があったの？　どうしてわたしを仕留めそこねたんだろう？

そのとき、白と黒のきらめきが木々のあいだを移動するのが見えた。

レンだ！　レンがヒョウに空中で体当たりし、攻撃をそらしたんだ。

黒ヒョウはうなりながらしばらくレンのまわりを回り、レンもうなりかえして、ヒョウの顔を攻撃している。さすがに自分の倍の体格を持つ相手に立ち向かう勇気はないらしく、黒ヒョウはひと声うなると、急いで走り去った。

レンの白と黒の体が木々のあいだからこっちにやってくる。動きがどこかぎこちない。

背中じゅうに引っかき傷があって血が出ていた。右前脚は痛めたのか引きずっている。もしかして、骨折しているのだろうか。

少しのあいだレンは人間の姿に戻ると、わたしの足元にくずれるように座りこみ、激しくあえいだ。白いシャツに少し血がついている。

「ケガはないか？」

レンがやさしくたずねる。

ケガをしているのは自分なのに……レンのそばにひざまずくと、思わず首に抱きついた。

「わたしはだいじょうぶ。助けてくれてありがとう。それより足を痛めたの？　レンこそだいじょうぶ？」

レンは弱々しくほほえむと、また白い虎の姿になった。自分の脚をひとなめし、あたりの匂いをかいでから歩きだす。今は立ちどまらないほうがいいのかもしれない。

「わかった。とにかくついていく」

それから一時間ほど歩いて、ようやくジープのところにたどりついた。

二人とも疲れ果てていた。水をたくさん飲み、後部座席を倒してなかに乗りこむ。

今は運転なんてとても無理。わたしはレンの背に腕をもたせかけたまま、すぐに深い眠りに落ちた。


太陽があっという間に昇り、車内がじわじわ暑くなってきていた。目をさますと全身汗まみれだった。体は汚れているし、あちこちがずきずき痛む。頭痛もする。

レンもへとへとなんだろう。まだまどろんでいる。でも、体の傷はそうひどくはなさそうだ。というより、驚くほど癒えている。

体を起こしながら、うめいた。

「ヒョウと戦ったのはあなたなのに、わたしも体じゅうがずきずきする。とにかくシャワーとふかふかのベッドに早くたどりつきたいわ。さあ、戻ろう」

車を出す前に、バックパックのなかを確かめた。木炭で模様を写し取った紙とカメラはちゃんとある。

ジープを走らせ、わたしたちは朝の混雑した道路に出た。

レンの家に戻ると、カダムさんがドアから走り出てきた。次々に質問を投げてくるけど、わたしはゾンビみたいな顔で「シャワー……寝かせて……ください……」と言うのが精いっぱいだった。

バックパックを渡すと、なんとか二階にあがり、汚れた服を全部脱いでシャワーに入る。ぬるま湯に背中を打たせ、節々の痛みを癒やし、こびりついた汗と泥をすっかり洗い流した。立ったまま眠ってしまいそうだった。気力をふりしぼって髪を洗い、やっとのことで浴室から出て、パジャマを着てベッドに倒れこんだ。

目をさますと、テーブルにはふたつきのトレーがあった。時計を見る。寝てから十二時間以上たっていた。朝帰ってきたのに、もう真夜中だ。

そういえばお腹がペコペコだ。用意しておいてくれたカダムさんの気配りに感謝した。トレーのふたをあけると、ふわふわのクレープが何枚も重ねられ、うすく切ったバナナとイチゴと、ブルーベリーが添えられている。わきにはイチゴのシロップと、ボウルに入ったヨーグルト、ココアの入ったマグがあった。わたしはクレープにかじりつくと、ペロリと平らげてから、マグを片手にバルコニーに出た。

真夜中で外は肌寒い。いつものキルトで体を包み、居心地のいいデッキチェアの上で体を丸めてココアを飲んだ。風で髪が顔にかかり、手で払いのけようとしたとき、ハッとした。あまりに疲れていたせいで、シャワーのあと髪をとかすのを忘れていた。部屋からブラシを取ってきて、デッキチェアに座り直した。

わたしの髪はシャワーのあとちゃんととかさないとばさばさになってしまう。

すでにすっかり乾いていた。からまったりもつれたりして、うまくブラシが通らない。そのとき、ベランダのはしのガラス戸があいて、レンが出てきた。不意を突かれ、あわてて髪で顔を隠す。こんな姿見られたくない。

レンは相変わらず裸足だったけど、カーキ色のパンツに、薄いブルーのボタンダウンシャツを着ていた。瞳にぴったりのブルーのシャツがよく似合っている。片やわたしはネル生地のパジャマに、鳥の巣みたいな髪。

レンが向かいに座った。

「よく眠れた？」

「あ、うん。あなたは？」

レンはまぶしいほどさわやかな笑顔でにっこりすると、軽くうなずいた。「どうかした？」

顔にゆかいそうな表情を浮かべ、からまった髪に手こずるわたしを見つめている。

「ううん、どうもしない。すべて順調よ」

レンの注意を髪からそらしたい。

「それより、背中と腕のぐあいはどう？　ケガしてたでしょ」

「ああ、なんともないよ。気づかってくれてありがとう」

「よかった……。そういえば、どうしていつもの白い服じゃないの？　ジャンプしたときに破れたから？」

「いや、ちがうものを着たかっただけだよ。じつを言うと、虎の姿になってから人間に戻ると、いつも白い服なんだ。今だって虎の姿になって、また人間の姿に戻れば、この服は白いシャツに変わる」

「破れて血がついたまま？」

「いや。姿を変えるたびに、きれいできちんとした状態になっている」

「すごい。それって便利ね。もし、姿を変えるたびに裸だったら大変だけど」

言ってからすぐに、唇を嚙んだ。

裸だなんて、わたしったら何言ってるんだろう。顔が真っ赤になっているのがわかる。失言を取りつくろうように髪の毛を顔の前に引き寄せ、もつれた部分を引っぱった。

「ああ、便利だよ」レンは笑っている。

ブラシで髪の毛を引っぱり、ごまかした。

「あ、そうだ、もう一つ訊きたいことがあったの」

わたしがそう言うと、レンは立ちあがってわたしの手からブラシを取った。

「な……何するの？」

「いいから、楽にして。ぴりぴりしすぎだ」

レンは背後に移動すると、わたしの髪をゆっくりとかしはじめた。

男の人に髪をとかしてもらうなんて。

最初は緊張したけど、髪に触れるレンの手がとても温かくて、気持ちが癒やされていく。そのうちすっかり安心して、気づかないうちに目を閉じ、頭を後ろにそらしていた。

しばらくしたら、耳元で声がした。

「訊きたいことってなんだったんだい？」

あまりに声が近くて、思わず飛びあがった。

「え……？」

「訊きたいことがあるって言っただろ?」

「ああ、うん、その……気持ちいい」

ひょっとして、今の言葉、口に出した?

「それは訊きたいことじゃないだろ」

レンはやさしく笑った。やっぱり、口に出しちゃったんだ。

「ひょっとして、ぼくが虎の姿に変わることについて?」

「そうよ、思い出した。一日に何度か虎になったり人間になったりしてるでしょ。それって何度もできるの?」

「ああ、姿を変えることは何度でもできるんだ。一日二十四時間のうち二十四分しか人間に戻れないけどね」

そうだった。レンが人間でいられるのは毎日わずかなあいだなんだ。

石窟で見つけたものがレンの呪いを解く手がかりになってくれるといいけど……。

レンは、あいかわらずわたしの髪をときほぐしている。

「スンダリ、ほかに訊きたいことは?」

「あ、うん。地下通路を歩いていたときのことだけど、何かの匂いをたどってたでしょ? でも、わたしにはいやな硫黄の匂いしかしなかった。あなたがたどっていたのも硫黄の匂いだったの?」

「いや、ぼくがたどっていたのはハスの花の匂いだ。ドゥルガーの好きな花で、印形にも描かれている。だから、正しい方向だと思ったんだ」

レンは髪をとかし終えると、ブラシを置いて、わたしの肩を軽くマッサージしはじめた。とたんに緊張が戻ったけど、レンの手の温かさが気持ちいいし、マッサージもすごく心地いい。

次第に力がぬけてぼうっとしてくる。

気づくと夜の静けさに心も体もゆったりひたっていた。レンといるとなんだかほっとできる。

「ハスの花の……匂い？　あのいやな匂いのする地下通路でそれをかぎわけたの？」

レンは指先でわたしの鼻に触れた。

「虎の嗅覚さ。ぼくはいろんな匂いをかぎわけられる」

レンはわたしの肩をつかんで言った。

「さあ、服を着替えて下においで。見せたいものがある」

レンはわたしの前に移動すると、手を差し出した。

手を重ねると、腕に電気が走ったみたいにビビッと震えた。レンはにっこりすると、わたしの手にキスした。

「いま、あなたも感じた？」

「もちろん」レンがウィンクする。

でもレンの〝もちろん〟は、わたしと同じ話をしているのか疑問に思わせるところがあった。

着がえを済ませ、クジャクの書斎に行った。さまざまな学術書を何冊も積みあげた大きなテーブルにカダムさんが身をかがめている。レンは虎の姿で、カダムさんのそばにあるオットマンの上にいた。

何を調べているんだろうと、本の山をわきにのけてのぞきこむ。

カダムさんは疲れて充血した目をこすっていた。

「ひょっとして、わたしたちが帰ってきてからずっと調べていたんですか？」

「ええ、そうですよ。すり写したほうの象形文字はすでに解読いたしました。今やっているのは、石柱の写真に写っているほうです」

カダムさんは一枚の紙を書物のあいだから探し出し、わたしが読めるようにこっちに近づけた。カダムさんが解読した文章のひとつだった。

レンが〝見せたいもの〟と言っていたのはこれらしい。

ドゥルガーの　褒美を　求めよ
四つの　贈りものと　五つの　生贄《いけにえ》
一つの　変質で
獣は　人間に　なる

「この〈四つの贈りもの〉と〈五つの生贄〉って……」

「そうですね、まだよくわかりません。ただ、あなたがたの探求の旅はまだ終わっていないということを意味しているように思います。呪いを解くには、ほかにも成し遂げなければならない試練がありそうです」

カダムさんは続けた。

「今ちょうど石柱の一つの面の解読が終わったところなのですが、それによると、またべつの場所に行って、ある物、つまりドゥルガーに捧げる〈贈りもの〉を手に入れなければならないようです。

〈四つの贈りもの〉とありますから、わたくしの予想では、柱の四面それぞれにちがう贈りもののことが書かれているのではないかと思われます。どうやらお二人の旅はまだ始まったばかりのようです」

「それで、一つめの面にはなんて書いてあったんですか？」

カダムさんがわたしのほうに近づけた紙には、お手本のように整った手書き文字がぎっしり並んでいた。

身を守るため、ドゥルガーの寺院へ行き
女神のご加護を受けよ
西に向かい、キシュキンダーを探せ
サルがその地を支配している
ガダでハヌマーンの王国に入り
そこにくくりつけられた枝を探せ
上では危険な棘が手を伸ばし
下では目くらましの危険が待っている
妨害、誘惑、愛する者たち――
さらに、不快な底流にひそむ罠
不気味な妖怪が行く手に立ちはだかり

監視者たちが歩みをはばむ
ひとたび追われだしたら用心せよ
でないとやつらの腐敗を取りこむことになる
だが、ヘビが禁断の果実を見つけ
インドの空腹が満たされれば
すべて偽りだと証明できる
女神に従う者たちが皆、命を落とさないように

探すのは〈キシュキンダー〉と〈枝〉？

「あの、ここにあるハヌマーンとか、キシュキンダーってなんですか？」

カダムさんにたずねた。

「ハヌマーンというのはサルの神のことです。その王国、つまりサル王国をインドの言葉でキシュキンダーというのです。キシュキンダーがあった場所についてはかなり議論が分かれていましてね、現在はハンピの遺跡、もしくはその近辺にあったという説が最も有力なようです。ちょうどそのことを調べていたのですよ……」

テーブルに積んである本のなかから、詳細な地図が載った一冊を手に取り、目次でハンピを探してページをめくった。ハンピはインドの南西部に位置していた。

「じゃあ、キシュキンダーに行って、サルの神さまと渡り合い、何かの枝を見つけなきゃならないってことですか？」

カダムさんはちょっと申し訳なさそうな顔をしている。

「そして最終的には、〈禁断の果実〉を見つけることだとわたくしは思います」

「禁断の果実？　アダムとイヴの話に出てくるみたいな？」

カダムさんは考えこんでいる。

「いえ、そうではありません。〈果実〉とは神話に〈褒美〉としてよく登場するもので、生命の象徴です。人間は食料を必要とし、その土地で採れた果実を食べて生きています。ですから、世界各地で、その土地ならではのやりかたで果実の収穫を祝っていますよね」

「ああ、そういえばアメリカでは感謝祭に収穫を祝って、豊穣の角《コーヌコピア》を飾るから……それみたいなものですね。インドではなにか果実についての有名な物語や神話とかがあるんですか？」

「そうですね、ザクロは多くのインドの文化にとって大切な果実ですし、かつてのペルシア人やローマ人にとっても大事なものでした。もう少しくわしく調べてみる必要がありますが、今思いつく範囲ではほかにありません。さてと……」

カダムさんはにっこりすると、また身をかがめて解読作業に戻った。

わたしもインドの文化や歴史についてもっと知っておいたほうがいいかもしれない。本を数冊選び、座り心地のいいイスに移動して読むことにした。

レンがオットマンからすっとおりて、わたしの足元で——正確には足の上で体を丸めた。レンのぬくもりが心地いい。カダムさんは机に向かって解読を続けている。

なんだか両親の書斎にいる気分だった。レンとカダムさんのそばでこうしてくつろいでいるのが自然なことに感じられる。もっとも、この二人は〝自然ではない〟存在だけど。

手を伸ばしてレンの耳の後ろをかくと、レンは満足げにのどを鳴らした。わたしはいるべきところにいるかのように幸せで満ち足りていた。ようやく物思いを振り払い、ハヌマーンについて書かれた章を見つけて読みはじめた。

　ハヌマーンはヒンドゥー教の神で、忠誠と怪力の権化である。ラーマ王子に仕え、ランカ（現スリランカとされる）におもむいて、ラーマ王子の妃シーターを見つけた。

なじみのない名前が次々出てくる……でも、少しでも覚えたい。

　ハヌマーンはシーター妃がランカの王ラーヴァナに捕らわれていることを知る。それをきっかけにラーマとラーヴァナのあいだで大規模な戦いがくり広げられた。そのさなか、ラーマの弟が負傷したため、それを癒やす薬草を探しにハヌマーンはヒマラヤ山脈に行ったが、どの薬草か見分けられなかったため、山を丸ごと運んで帰ってきた。

山を丸ごと！　わたしたちはそんなことしないで済むといいけど……。

　ハヌマーンは不死で無敵の体を持つ半人半猿。ほかのどのサルよりも俊足で、動きがすばやく、力がある。風の神の息子として今日なお多くのヒンドゥー教徒にあがめられ、賛歌が歌われ、毎年誕生日が祝われている。

「要するに、強いサル人間で、山を動かし、たたえる歌があるってことか……」

うとうとしながらつぶやいた。

ぬくもりと疲れを感じて本を置く。さっきまでたっぷり寝ていたというのに、レンを足先に乗せたまま、また眠ってしまった。

翌日の大半は、カダムさんがひと眠りできるように、そっとしておいた。カダムさんは朝までずっと起きて解読作業に没頭していたようだ。

午後おそく、テラスにいると、カダムさんがやってきて、一緒に腰をおろした。

「ケルシーさん、もう疲れは取れましたか？」

わたしがにっこり笑ってうなずくと、カダムさんは神妙な顔で口を開いた。

「じつは、心配なのです。呪いを解くためには、まだ旅を続けなければならないとわかりました。それがあなたにとって重荷にならなければいいのですが」

「重荷だなんて。友だちなんですからゴキブリを踏みつぶすぐらい、我慢できます」

冗談めかして言うと、カダムさんは笑みを浮かべてから、またすっと真面目な表情になった。

「ですが、もし重圧を感じておられるようなら……わたくしはただ……あなたを危険にさらしたくないのです。あなたはわたくしにとって、とても大事なかたですので」

カダムさんは、わたしを心配してくれている。

確かに、重圧を感じなかったわけじゃない。ゆうべ「旅がまだ始まったばかり」と聞いてから、わたしなりにずっと考えていた。石窟で起きたようなことがこの先もあるとしたら、果たして切り抜けられるだろうか。

でも、呪いを解くのはわたししかいないと言われたのだ。レンを助けるためにはやるしかない。

「だいじょうぶです、心配しないでください。ひょっとしたらわたし、このために生まれてきたのかもしれないんだし。とにかく、わたしがレンを助けなければ、レンは永遠に虎のままなんでしょう?」

カダムさんはほっとしたようにほほえみ、わたしの手を軽くたたいた。

「ありがとう。あなたはとても勇敢で、度胸がある。こんな見あげた女性には久しく会ったことがない。ディレンは自分がどれだけ果報者かわかっておりますかな?」

そんなにほめられると、恥ずかしい。思わずプールのほうに視線をそらした。

カダムさんは続けた。

「これまで解読したことによれば、次はハンピに行かなくてはなりません。ハンピはかなり遠く、お二人だけで行くのは大変ですので、わたくしが旅に同行いたします。明日の明け方には出発です。今日はできるだけゆっくりしてください。まだ日が沈むまで数時間あります。くつろがれるのが一番ですよ。泳がれてはいかがですか?」

カダムさんはそう言うと立ち去った。

確かに、泳げばリラックスできそうだ。明日からまた何が起こるかわからない。ぐっすり眠れるようにひと泳ぎしよう。

水着に着替え、冷たい水に飛びこんだ。

プールを何度か往復してから、あお向けに浮かび、プールの上にそびえ立つヤシの木を見あげる。のんびり水に浮きながら、木陰を出たり入ったりした。太陽はすでにヤシの木の高さまでおりていたけど、空気はまだ暖かく、心地いい。

プールのそばで物音がしたので、見ると、レンが虎の姿でプールサイドに横たわってわたしの泳ぎを見つめていた。

水にもぐり、レンのいるそばまで泳いでいく。

「レン！」ふざけて水を跳ねかけた。

レンはフーッと息を吐いて抗議するだけで、その場を動かない。

「なんだ、遊びたくないの？　じゃあいいわ」

さらに何度かプールを往復してから、ようやく部屋に戻ることにした。手がふやけてしわくちゃのプルーンみたいになっている。

体と髪にタオルを巻きつけ、二階にあがってシャワーをあびた。服を着て浴室から出てくると、レンがベッドのわきのラグの上に横になっていた。青みがかった銀色のバラが一輪、ベッドの枕の上に置いてある。

「これ、わたしに？」

レンがフンと音を出した。そうだよ、という意味らしい。

バラを鼻にくっつけ、甘い香りを思いきり吸いこむと、ベッドに勢いよく飛び乗る。

「ありがとう。とてもきれい！」

レンの毛むくじゃらの頭のてっぺんに軽くキスをし、耳の後ろをかいた。

やっぱり虎のときは気軽に触れ合える。レンがその手に顔を寄せてきたので、笑いながら言った。

「よかったら、『ロミオとジュリエット』の続きを読もうか」

レンが前脚をわたしの足の上に置いた。

「賛成ってことだよね。ええと、どこまで読んだっけ？　そうだ、第二幕の第三場。ロレンス修道士とロミオが登場する場面だった」

しばらく朗読していたら、ロミオがティボルトを殺す場面が終わったところで、レンが割って入った。

「ロミオはバカだ」

とつぜん人間の姿に戻ったレンが続ける。

「結婚を公表しなかったのは大きなまちがいだよ。両家の人たちに話すべきだったんだ。結婚したことを隠し続ければ、ロミオは破滅する。その手の秘密はどんな男にとっても身を滅ぼす原因になりうるんだ。往々にして剣より打撃が大きい」

レンはその場に静かに座り、じっと考えこんでいる。

そっとたずねた。

「続けてもいい？」

レンはつかの間の憂《うれ》いを振り払うと、ほほえんだ。

「もちろん」

わたしは姿勢を変え、ベッドのボードにもたれて座ると、ひざに枕を乗せた。レンはまた虎の姿でベッドの足元のほうに跳び乗り、広いマットレスの端で横向きに寝転がる。

朗読を再開すると、ときどき、気に入らない展開があるのか、レンはいらいらした様子で尻尾を激しく揺らしていた。

「レン、尻尾をピクピクさせないで！　つま先がくすぐったいってば！」

そう言うと、レンはますますいい気になって尻尾を揺らした。

最後まで読み終わると、いつの間にかレンはまた人間の姿に戻っていた。立てた腕に頭を乗せ、虎のときのようにベッドに横向きに寝転がっている。

「どうだった？　意外な結末だったでしょう？」

「うーん、どうかな。ロミオは終始まちがった判断をしていたからね。妻より自分のことを気に病むやつなんて、ジュリエットにはふさわしくない」

「そんなにこの結末が気に入らない？　普通の人はこの悲恋に感動するのに。でも、おもしろくなかったのならしかたないわね」

レンの考えこんでいた顔がパッと明るくなった。

「いや、とんでもない。おおいに楽しませてもらったよ。両親が死んでからはずっと、芝居や詩について語り合える相手がいなかったから……つい、口をはさんでしまったんだ」

そうだったんだ。

「わたしも同じ。話す相手がいなくてさみしかった……」

レンがにっこりしてうなずいた。

ハンサムな笑顔に急にもじもじしてしまう。どうも虎のレンのときのように気楽にはいかない。

「以前は詩も書いていたんだ。今度、披露するよ」

レンはそう言ってベッドからおりると、わたしの手を取って深々とお辞儀をした。手を裏がえして、目をいたずらっぽくきらめかせる。

「では、〈巡礼者のキス〉で退場といこう。おやすみ」

そして、手のひらにやさしく長いキスをし、ドアから出て行った。

キスされた手のひらがむずむずする。レンにもらったバラの香りをもう一度吸いこみ、ドレッサーの上の花瓶にさした。

ロミオのまねもレンがやるとさまになる。さすがはほんものの王子だ。

毛布にもぐりこむと、バラの香りに包まれて眠りに落ちた。

13

翌朝、目を覚ますと、ドアのそばに半分ほど荷物の入ったバックパックが置かれていた。カダムさんからのメモがついている。三、四日分の服と水着を入れるよう書いてあった。一晩干しておいた水着はもう乾いている。それをバックパックに放りこみ、念のためタオルも一枚入れる。その上に服と身の回りの物を詰めこんで、階下に向かった。

カダムさんとレンはすでにジープに乗っていた。わたしが乗りこむと、カダムさんから朝食用のエネルギーバーとペットボトルのジュースを渡された。そしてシートベルトを締めたとたん、車は勢いよく発進した。

「どうしてそんなに急いでるんですか？」

「レンが回り道をして、寄りたいところがあるというものですから。お二人をそちらにおろして、数日後にまたお迎えにあがる予定です。それからハンピに向かいます」

「回り道って？」

「レンからあなたに説明したいということですので、わたくしからはなんとも」

「……そうなんだ」

カダムさんの表情から、いくらたのんでも、くわしいことは何も引き出せないだろうと感じたわたしは、先のことを考えるのはひとまずおいて、過去に目を向けることにした。長いドライブになりそうだし、カダムさんにも訊きたいことがたくさんある。

「ところで、カダムさん、子どもの頃はどんなだったんですか？」

カダムさんは運転しながら、おしゃべりに乗ってきた。

「そうですね、わたくしが生まれたのはディレンより二十二年早い一六三五年の六月です。クシャトリヤというカーストの軍人の家の生まれです。子どもはわたくしだけでしたので、軍人になるよう仕込まれるのは、わたくしにとってごく自然なことでしたね」

「クシャトリヤのカーストって？」

「インドには四つのカースト、というかヴァルナという社会的階級に似た制度があるのです。バラモンには教師、聖職者、学者、クシャトリヤには王侯貴族と軍人、ヴァイシャには農民と商人、シュードラには職人と召使いが属しており、それぞれのカーストのなかでもさまざまな階級が存在します。

異なるカーストに属する者同士は一生を通して交わることはなく、死ぬまで自分たちの集団のなかで生活していました。ここ五十年ほどで公には法律で禁止されましたが、カースト制度がいまだに根強く残っているところもあります」

「カダムさんの奥さまも同じカーストの？」

「はい。わたくしが王に特別に取り立てられた退役軍人の立場にとどまれたのは、それゆえでもあります」

「やっぱりお見合い結婚だったんですか？　カダムさんは奥さまを愛してたっておっしゃってたけど……」

「妻の両親が決めた結婚でしたが、わたくしたちは最後までともに幸せでしたよ」

少しのあいだ前方の道を見つめてから、レンにちらっと目をやった。レンは後部席で眠っている。

「わたしったら質問ばかりして……。もし、お困りだったら言ってください。すごく立ち入ったこととか、つらいこととかもあるでしょうし……」

「構いませんよ、ケルシーさん。あなたとおしゃべりするのは楽しいですから」

カダムさんはわたしにほほえむと、車線を変えた。

「よかった。じゃあ、軍人だったころの話を聞かせてください。昔の戦いとかってどんなふうだったんですか？」

カダムさんは、いいですよ、というようにうなずいた。

「わたくしが訓練を始めたのはひじょうに小さいころです。確か、四歳だったと思います。わたくしたちは学校というものには行きませんでした。将来軍人になる者として、子ども時代のすべてをよき兵士になるために捧げましたので、学ぶことといったら戦術ばかりでしたな。当時、インドには王国が数十、あるいは百ほどあったかもしれませんが、わたくしは運よく、善良な王の治める大国の一つに住んでいました」

「どんな武器を使っていたんですか？」

「さまざまな武器の訓練を受けましたが、最初に学んだのはじつは格闘技です。武道の映画を観たことはおありかな？」

「ジェット・リーやジャッキー・チェンの映画という意味だったら、ありますけど……」

カダムさんは笑ってうなずいた。

「格闘技を身につけた兵士はひじょうにもてはやされた時代で、わたくしはこの分野の腕を買われて、若いうちからトントン拍子に出世しました。練習試合でわたくしに勝てる者はだれもいなかったのです。ああ、一人いましたっけ。ディレンにはときどき負かされましたよ」

「カダムさんって、空手もできるの……?」

「まあ、そこそこには」

カダムさんはちょっと得意げにほほえんだ。

「わたくしたちが手ほどきを受けた名人ほどうまくはなかったですが、充分に腕はあげました。練習試合も好きでしたしね。ですが、一番得意なのは剣術です」

「すごい……。わたし、ずっと空手を習いたかったんです」

「当時は〈空手〉とは呼んでおりませんでした。わたくしたちが戦いのなかで使うように訓練された武道は、見た目にはあまりおもしろくありません。なるべく早く敵に勝つために、相手を殺すか、自分がひとまず退散するあいだ相手を失神させておけるだけの一撃を与えることが重要でした。ですから、現在あなたがご存じのものほど系統だってはおりませんでした」

「なるほど、それはまさに死闘ですね。じゃあ、カダムさんもレンも武道の訓練を受けているんですね」

「ええ、ディレンはひじょうに技に長《た》けておりますよ。未来の王として、科学、工芸、芸術、哲学のほか、六十四芸として知られるさまざまな知識を学びましたし、武道を含むありとあらゆる戦いの訓練を受けておりますから」

そっか、未来の王だったんだよね。

「ディレンの母親も武道の熟練者でした。祖国にいたころに手ほどきを受けており、息子たちが自分で自分の身を守れるようにしたいと主張されたんです。それで、その道の権威が呼び寄せられ、わたくしたちの王国はたちまち武道での戦いで有名になりました」

少しのあいだ、武道の鍛錬《たんれん》をするレンの姿を想像した。

上半身裸で戦うレンの褐色の肌に引き締まった筋肉……。やだ、なに妄想してるんだろう。

カダムさんの話も耳を素通りする。

わたしは咳払いして言った。

「あの、今なんて？」

「二輪戦車です……」

カダムさんはいっときわたしの注意がそれたことにも気づいていない。よかった。

「当時、おおかたの兵士は歩兵隊に所属しており、わたくしもまずはそこに配属されました。歩兵隊で剣や槍《やり》、棍棒、そのほかさまざまな武器の使いかたを身につけたのち、二輪戦車部隊に移りました。二十五歳ですでに王の軍隊を預かる立場となり、三十五歳のころにはディレンや、ほかの兵士の指導をしておりましたので、王の特別軍事顧問ならびに軍師と呼ばれておりました。特に、ゾウを使う戦術に長ける軍師と――」

ゾウを使う戦術……！

「戦争にゾウを使うなんて想像もできません。ゾウってとてもおとなしそうに見えるのに」

「戦いでのゾウはひじょうに恐ろしい存在でしたよ」カダムさんは説明した。「鎧を身につけ、射手を守る囲いを背負っておりました。また、毒に浸した長めの短剣をゾウの牙にくくりつけておくこともありました。突撃の際、きわめて効果的だったのです。二万もの武装したゾウを伴う軍隊と向き合うところを想像してみてください。今ではインド全土でもそこまでの数は残っていないでしょうが」

戦闘態勢のゾウの大群が敵軍に襲いかかろうとする光景を思い浮かべただけで、足元の地面が震えそうだ。

「そんな血なまぐさい破壊一色の世界に身を投じていたなんて。大変な人生だったんですね……」

カダムさんは肩をすくめた。

「当時の戦争は今とはちがい、ヨーロッパの騎士道のおきてに似た、兵《つわもの》のおきてにのっとっていました。おきては四つあり、一つめが〈同等の鎧兜を身につけた相手と戦うべし〉というもの。つまり、同程度の防具を身につけていない相手とは戦うなということです。これは丸腰の相手には武器を使わないという考えかたと同じです」

カダムさんは指を二本あげた。

「二つめは〈敵が戦闘不能になった場合、戦いはそこで終わり〉というもの。相手がもはや戦えず、動けない状態になったら、そこで攻めるのをやめるということです。殺してはならないのです。

三つめは〈女、子ども、老人、虚弱者は殺さず、降伏してきた者には危害を加えない〉というもの。

そして、四つめは〈庭園や寺、そのほか礼拝の場所は破壊しない〉というものでした」

「戦争はともかく、いいおきてだと思います」

「わたくしどもの王はクシャトリア・ダルマ、すなわち王の戒律に従っておりました。つまり、充分な根拠に基づいた正しい行為であると判断でき、かつ民の支持を得た場合にのみ戦うということです」

しばらくわたしたちは黙りこんだ。

カダムさんは過去の記憶に思いを馳《は》せているようだったし、わたしはカダムさんの生きた時代を理解しようとしていた。

カダムさんがまたスッと車線を変える。静かに物思いにふけりながら、渋滞のなかを楽々と運転するカダムさんに感心した。通りには車があふれ、みんな恐ろしいスピードで飛ばしているのに、少しも気にかける様子はない。

「ケルシーさん、怖い思いをさせて申し訳ありません。あなたの気持ちを乱すつもりはなかったのですが」

「いいえ、ちがうんです。カダムさんが人生の大半を戦いに費やして、ほかの多くのことを犠牲にされていたのかと思うと……」

カダムさんはわたしを見て、ほほえんだ。

「わたくしのために悲しまないでください。ご存じのように、戦争はわたくしの人生のほんの一部にすぎません。わたくしは普通ならだれも経験できないほど多くのことを見たり感じたりしてこられたのです。何世紀にもわたって世の中の変化を見続けてきましたし、悲惨な出来事と同様にすばらしい出来事もこの目でたくさん見てきました。

それに、軍人だったといっても、そうしょっちゅう戦争をしていたわけではありません。わたくしたちの王国は大国でしたし、他国からの信頼も厚かったですからね。戦闘に備えて訓練はしていましたが、本格的に戦いを交えたのはほんの数回にすぎませんよ」

そうだ。カダムさんは長い年月を生き続けてきたんだ。

「ときどきわたし、カダムさんとレンがどれだけ長く生きてきたかってことをつい忘れちゃうんです。あ、べつに年寄りだって言ってるわけじゃないですよ」

カダムさんはクスクス笑った。

「わかっておりますよ」

わたしはうなずくと、話はそこまでにして、ハヌマーンのことをもう少し勉強しようと本を手に取った。

サルの神ハヌマーンにまつわる話はとても興味深く、いつの間にか本に夢中になっていた。そのまま、車が停まるまで読みふけった。

途中で軽い昼食をとり、カダムさんに勧められてカレーを何種類か試してみたけど、あんまり得意じゃないことがわかった。辛いカレーを食べて思いきり顔をしかめるわたしを見て、カダムさんはおかしそうに笑った。でも、ナンは大好きになった。

ふたたび車に乗りこむと、今度はドゥルガーの預言の解読メモを取り出し、じっくり読むことにした。

身を守るため、ドゥルガーの寺院へ行き
女神のご加護を受けよ
西に向かい、キシュキンダーを探せ
サルがその地を支配している
ガダでハヌマーンの王国に入り
そこにくくりつけられた枝を探せ
上では危険な棘が手を伸ばし

下では目くらましの危険が待っている
妨害、誘惑、愛する者たち――
さらに、不快な底流にひそむ罠
不気味な妖怪が行く手に立ちはだかり
監視者たちが歩みをはばむ
ひとたび追われだしたら用心せよ
でないとやつらの腐敗を取りこむことになる
だが、ヘビが禁断の果実を見つけ
インドの空腹が満たされれば
すべて偽りだと証明できる
女神に従う者たちが皆、命を落とさないように

ヘビか……。ヘビがいい存在のはずはないよね。

なんだか妙なことばかり書かれているけど、ドゥルガーはいったいどんなお守りやご加護をくださるというんだろう。

「カダムさん、ハンピの近くにドゥルガーのお寺があるんですか？」

「わたくしも同じことを考えました。預言には〈ドゥルガーの寺院へ行き、女神のご加護を受けよ〉とありますからね。インドには各都市にドゥルガーをまつる寺があります。ドゥルガーはとても人気のある女神ですから。ハンピの近くにも一つ見つけましたので、そちらに行きましょう。できれば、そこで預言の謎を解くための次の手がかりを見つけたいのです」

「は……い」

わたしは預言の勉強に戻った。

カダムさんの話では、〈ガダ〉は棍棒のようなものだというから、武器のことだろう。〈ハヌマーンの王国〉っていうのは、ハンピの遺跡、つまり〈キシュキンダー〉のことだ。そして、〈そこにくくりつけられた枝を探せ〉か。ひょっとしたら、果実が成っている枝なのかも。〈危険な棘〉に〈目くらましの危険?〉棘っていうのはバラの茂みか、棘のある蔓草《つるくさ》の類のことかもしれない。

「カダムさん、〈目くらましの危険〉ってなんのことでしょうか?」

「すみません。まだ見当もつかないのですよ。あと、ずっと考えているんですが、〈不気味な妖怪が行く手に立ちはだかり〉という一文もなんのことかまったくわかりませんね。どうやらこれは文字通りに解釈するしかない気がします。あなたがたの行く手をはばむ亡霊のようなものがいるのかもしれません」

つばをのみこんだ。

呪いを解くためとはいえ、この先もかなり大変な目にあいそう。

「それと、この……ヘビについてはどうですか?」

「インドには危険なヘビがたくさんいます。コブラにボア、ニシキヘビ、ウミヘビ、クサリヘビ、キングコブラ、なかには飛ぶのもいます」

「ヘビが飛ぶ……って?」

「厳密には飛んでいるわけではなく、モモンガやムササビのように木から木へと飛び移るのです」

わたしは座席に身を沈め、顔をしかめた。

「インドの毒ヘビってかなり種類が多いんですね……」

わたしの不安げな顔を見て、カダムさんは笑った。

「はい、確かに多いですよ。まあ、わたくしたちは慣れておりますがね。ただ、この預言の場合はどうやらヘビが役に立ってくれるようですな」

もう一度その文を読んだ。


ヘビが禁断の果実を見つけ、インドの空腹が満たされれば……女神に従う者たちが皆、命を落とさないように

インドの空腹を満たすって、この預言はそんな大きなことに関わってるの？

「カダムさん、これからわたしたちがやろうとしてることって、まさかインド全体に影響を及ぼしたりしませんよね？」

「わかりません。そうでないといいのですが。もう何世紀も調べてきているのに、ディレンにかけられた呪いや、デイモン・アミュレットについてわかったことはほとんどないのです。アミュレットは確かに大きな力を持ってはおりますが、インドにどんな影響を及ぼすかという点は、まだ解明できておりません」

ああ、なんだかややこしい。頭痛がしてきた。

頭を座席にあずけて目を閉じた。

カダムさんにつつかれて目を覚ました。

「ケルシーさん、着きましたよ」

「ここは?」

「ディレンが寄りたいと言った場所です」

車の外を見る。

「ジャングルのど真ん中、ですけど……」

「はい。ですが、心配なさることはありません。だいじょうぶ、ディレンがあなたをお守りします」

「でも、その言葉を信じて出発すると、いつも虎とジャングルをさまようはめになるんですよね……」

カダムさんは小さく笑うと、わたしのバックパックをつかんで車からおり、助手席側にまわってドアをあけてくれた。

外に出ると、わたしはちょっとうらめしそうにカダムさんを見あげた。

「ごめんなさい。弱音を吐くわけじゃないんですけど、またジャングルで寝ることになるんでしょうか。レンの用事が何かわからないけど、ジャングルでそれを済ませるあいだ、わたしはカダムさんと一緒に行くわけにいきませんか……?」

「ケルシーさん、申し訳ありませんが、今回もディレンがあなたを必要としています。あなたなしではできないことなのです。ひょっとするとあなたがいても、うまくいかないかもしれませんが」

やっぱりだめか。

「そうですか。何をするのかも、今は……」

「はい、わたくしがお話しすることではありません。ディレンがお話しします」

「わかりました。カダムさんはいつ迎えに来てくださるんですか？」

「これから街中に出て、いくつか買い物を済ませてから、三、四日後に戻ります。場合によってはわたくしがお二人を待たねばならないかもしれません。ディレンが探そうとしているものは、三、四日で見つかるかどうかわからないのです」

溜め息をついてレンをにらむ。

カダムさんは日焼け止め効果のある虫よけスプレーをほかの荷物と一緒にバックパックに入れ、わたしが背負うのを手伝ってくれた。

ジープが去っていくのを見送ると、深い溜め息が出た。

レンのあとについてふたたびジャングルに入る。

「あーあ、どうしていつもあなたにくっついてジャングルを歩くことになるんだろう。次は、あなたがわたしにくっついてステキなスパとかビーチあたりに行くってのはどう？」

レンはわたしにかまわず、あたりの匂いをかぎながら、どんどん進んでいく。

「そう、わかった。そのかわり、この貸しはあとで返してもらうわよ」

結局、その日の午後じゅう歩き続けることになった。


やがて、前方から低いとどろきが聞こえてきた。なんの音かはわからないけど、進んでいくにつれてどんどん大きくなっていく。ある木立を抜け、ちょっとした空き地に出ると、ようやく音の正体が見えた。

滝だ。

灰色の石が高い山の斜面に階段のように並び、水が泡立ちながらそこを勢いよく伝って、扇状に広がりながら大きな滝壺《たきつぼ》に流れ落ちていく。青緑色の滝壺のまわりには、木々や小さい赤い花をつけた低木の茂みがある。美しいながめだ。

茂みの一つに近づいたとき、その茂みが動いているように見えた。もう一歩寄ってみると、無数の蝶《ちょう》がいっせいに羽ばたいた。二種類いる。一つは茶にクリーム色のしま模様、もう一つは茶色がかった黒に青いしまと点の模様だ。

思わずうれしくなって蝶の群れのなかでくるくる回った。蝶がふたたびそれぞれの場所に落ちついたとき、わたしの腕やシャツにも何羽かとまった。

滝を一望できる岩によじ登り、指にとまった蝶をじっくり観察する。蝶が飛び立ってしまうと、滝壺に落ちていく水をながめた。

そのとき、背後で声がした。

「美しいだろう？　ここはぼくが世界一気に入っている場所だ」

「うん、こんなきれいなところ、初めて」

レンは人間の姿のまま岩をのぼってわたしの隣に来ると、わたしの腕にとまっていた蝶を自分の指に乗せた。

「これはカラスチョウで、もう一つはブルータイガーとも呼ばれるコモンマダラだ。コモンマダラのほうが、色が明るくて目にとまりやすいから、カムフラージュのためにカラスチョウと一緒にいる」

「カムフラージュ？　どうしてそんなことするの？」

「カラスチョウは食べられない。毒を持っているんだ。だから、天敵の目を欺《あざむ》くためにほかの蝶が利用したり、まぎれようとするんだよ」

レンはわたしの手を取ると、小道を少し歩いて滝のそばに行った。

「ここでキャンプをしよう。さあ、座って。話さなければならないことがある」

平らな場所を見つけてバックパックを置き、ペットボトルの水を取り出すと、岩に背をもたれて腰を落ちつけた。

「話ってなに？」

レンは落ちつきなく立ったまま、口をひらいた。

「ぼくらがここに来たのは、弟を探すためだ」

口いっぱいにふくんだ水でむせそうになった。

「あなたの弟？　てっきり亡くなったのかと思ってた。だって、一緒に呪いにかけられたってこと以外は、まったく話が出なかったから。じゃあ、弟さんはまだ生きていて、ここに住んでるってことなの？」

「正直に言うと、生きているかどうかわからない。たぶん生きていると思う。なぜなら、同じように呪いをかけられたぼくが生きているからだ。カダムも、キーシャンはまだ生きていて、このジャングルで暮らしていると信じている」

弟は、キーシャンっていうんだ……。

レンは振りかえって滝のほうを見てからわたしの横に腰をおろし、長い足を前に伸ばした。

「そう、キーシャンはまだ生きている。なんとなくそんな気がするんだ。とりあえず、このあたりを探してみようと思っている。そのうち、どちらかが相手の匂いをかぎつけるだろう。もし、二、三日たっても弟が姿を見せず、ぼくも弟の匂いをかぎ取れなければ、戻ってカダムと合流し、旅を続けよう」

「わたしは何をすればいいの？」

「ここで待っていてほしい。もし、キーシャンがぼくの言うことを聞かなくても、きみに会えば説得できるかもしれない。それに、できれば――」

「できれば？」

レンは首を振った。

「いや、たいしたことじゃない」

レンはうわの空でいきなりわたしの手を握ると、勢いよく立ちあがった。

「さあ、手伝うから急いでキャンプの準備をしよう。それが済んだらぼくは探索に行ってくる」

レンは薪を探しに行き、わたしはバックパックの外側にくくりつけてあった二人用のテントをはずした。テントの入った袋をあけ、平らな地面に広げる。数分もすると、レンが手伝いに来た。もう火もおきてるし、薪も充分用意できたらしい。火を絶やす心配はなさそうだ。

「もう用意できたの？」

ねたましげにつぶやきながら、テントの布を伸ばして留め金にかける。

レンがテントの向こうから顔を出し、にっこり笑った。

「野外で生活することにかんしては、いろいろ鍛えられたからね」

「そうみたいね」

「きみだってぼくが知らないことをたくさん知っているよ。このテントの張りかたとか」

そうか、レンは今どきのテントの組み立てかたを知らないんだ。ちょっとうれしい。

「この布を引っぱって、杭《くい》の留め金に引っかけるだけなの」

レンに教えながらテントを手早く張る。

「三百年前にはこんなテントはなかった。一見似てはいるが、このテントのほうがはるかに複雑だ。当時は木の棒を使っていただけだからね」

レンが近づいてきて、わたしの三つ編みの髪を軽く引っぱると、さりげなく額にキスした。

レンのこういうところに、いつもどぎまぎさせられてしまう。まだ知りあって間もないのに……でも、考えてみれば、わたしだって虎のレンの頭によくキスしてるから、同じ感覚なのかもしれない。

わたしの戸惑いをよそに、レンはいつもの〝ハンサムな王子の笑顔〟を向けてくる。

「火を絶やさないようにするんだ。そうすれば野生動物は怖がって近づいてこない。あたりを二、三周してくるよ。暗くなるまでには戻る」

そういって、レンはふたたび虎の姿になってジャングルのなかに跳びこんでいった。

わたしはレンが触れた三つ編みを引っぱりながら、頰をゆるませた。

レンの帰りを待つあいだ、バックパックを探って、カダムさんが夕食用に入れてくれたものを確かめることにした。フリーズドライのチキンとライスに、チョコレートプリン。デザートまで準備されていてうれしい。さすがはカダムさんだ。

さっそくペットボトルの水を小さい鍋に注ぎ、真っ赤に燃える薪のあいだにはめこんだ平らな石の上にのせた。密閉容器に食材を入れて、わかしたお湯を注ぎ、何分か待つ。

炎を見つめながら、ひとりで食事をとった。うん、なかなかいける。感謝祭にセアラが作った豆腐の七面鳥もどきより、ずっとおいしい。

空が暗くなりはじめた。

テントのほうが安心かもしれない。なかに入ると、持ってきたキルトを小さくたたんで枕にした。

まもなく、レンが戻ってきたのか、たき火に薪を加える音が聞こえた。

「手がかりはなかったよ」

それだけ言うと虎の姿になり、テントの入口の前に身を落ちつけた。

入口のジッパーをあけて、たのんでみた。

「あなたの背中をまた枕にさせてもらえない？」

レンは答える代わりにテントに入り、ゆったりと体を伸ばした。

頭をふわふわの毛に乗せ、キルトを体に巻きつける。レンの胸の奥で鳴っているリズミカルな音のおかげで、安心して眠りに落ちた。


目を覚ますと、レンはすでに出かけていた。

昼頃、たき火のところでのんびり髪をとかしていると、レンが戻ってきた。

「おみやげだよ」

レンは控え目に言うと、マンゴーを三つ差し出した。

「うわ、おいしそう。どこで手に入れたの？」

「サルだよ」

髪をとかす手が止まる。

「サル？　サルってどういうこと？」

「サルは虎が嫌いなんだ。天敵だから。虎があらわれると、木々のあいだを跳び移って、果実や糞《ふん》を投げつけてくる。今日は果実だったから助かった」

「天敵って。サルを……食べたことあるの？」

レンはニヤッと笑った。

「虎だって食べていかなくてはいけないからね」

「嘘でしょ……」

レンは大笑いした。

「本当は食べたことはないよ。きみをからかっただけだ。サルなんかとても食べる気にならない。テニスボールみたいな肉だし、くさい足の匂いがする」そこでちょっと黙った。「それより、汁気たっぷりの活きのいいシカなんか最高だ」

レンはおおげさに舌なめずりをして見せる。

「狩りの話はしてくれなくていいよ」

「そうか？　ぼくは狩りが好きだけど」

レンは人間の姿のまま、少しずつ体をかがめて低い体勢になった。足の指の付け根でバランスを取り、片手を地面に置き、わたしのほうに忍び寄ろうとしている。その目がわたしの目をとらえて放さない。

狩りの真似なのに、わたしはその場に釘付けになった。レンの口から白く輝く歯がむき出しになる。まさに……野生動物のようだ。

「獲物に忍び寄って仕留めるときは、こうやってその場で身を固くしたまま隠れていなければならない。長いあいだその状態を保つんだ。失敗すれば、獲物に逃げられる」

いつもの人を惹きつけるやわらかい声で語る。そして、一瞬でわたしとの距離を埋めた。注意してレンを見つめていたのに、あまりのすばやい動きにびっくりした。狙われた獲物のように、脈が激しく打ちはじめる。

レンはわたしの髪を後ろになでつけ、首に顔を寄せてささやいた。

「逃げられれば……飢えてしまう」

全身にさあっと鳥肌が立った。

首を回してレンのほうを見ると、目の色が変わっていた。いつもより鮮やかな青い瞳がわたしの顔をじっと観察している。片手はまだわたしの髪をおさえ、視線をさまよわせながら狙いを定めているようだ。

とつぜん、これがシカの心境なんだと実感した。

怖くなったわたしは、まばたきして渇いたのどをゴクリとさせた。

わたしの不安を察し、レンの表情が変わった。髪から手を放し、緊張を解く。

「怖がらせてしまったのなら、ごめん。もう二度としない」

レンが一歩後ろに下がる。呼吸を取り戻したわたしの声は震えていた。

「怖くて体が震えたわ。なるべくその話はしないで。特に、あなたと野外で過ごさなきゃならないときは」

レンが笑う。

「ケルシー、だれにだって動物的な部分はある。ぼくは子どものころから狩りが大好きだったよ。まだ呪いで虎にされる前からね」

「それはいいけど、その動物的な部分はお願いだから自分のなかにしまっておいて」

レンはまた顔を近づけてくると、わたしの髪をつかんだ。

「だけど、ぼくの〝動物的な部分〟で気に入っているところもあるだろ？」

そう言うと、胸の奥でゴロゴロという音を立てはじめた。のどを鳴らしている。人間のときでもできるの……？

「やめて！」

レンは笑いながら、マンゴーを手に取った。

「ところで、ひとつ食べる？　洗ってあげるよ」

「うーん、どうやって手に入れたのか聞いちゃったから、それほど欲しくないかも」

レンが急にがっかりした顔になる。

「あ、やっぱり、少しもらおうかな」

「これはフリーズドライじゃないから、うまいはずだよ」

レンはマンゴーを洗い、バックパックに入っていたナイフで皮を剝くと、いくつかに切り分けた。

並んで座り、マンゴーを味わう。ジューシーですごく甘い！

でも、気に入ったことをレンに得意がられるのは癪《しゃく》なので、黙っていた。

「レン？」指についた果汁をなめ、次のひと切れを手に取りながら言った。

「なんだい？」

「この滝のそばで泳いでも危なくない？」

「ああ、だいじょうぶさ。ここはぼくにとって特別な場所だ。昔よく来ていたんだ。宮殿暮らしの重圧を逃れて、ここでよく一人になって考えごとをしていた」

レンはわたしのほうを振りかえって続ける。

「この場所に家族とカダム以外の人を連れてきたのはきみが初めてだ」

なんだかじんとして、気持ちがほどけた。

わたしは美しい滝に目をやり、静かに口を開いた。

「わたしの育った土地にも滝がたくさんあるの。よく家族と滝のそばでピクニックしたわ。たぶん、オレゴンの滝のほとんどは制覇したんじゃないかな。滝のそばでパパと一緒にながめていたら、もわもわの水煙をあびて知らないうちにびしょ濡れになったりしたっけ」

「ここと同じようなところはあったのかい？」

「ううん。こんなステキな場所は初めて。でも、冬の滝もすてきなのよ」

「冬の滝か。ぼくは見たことがない」

「凍りついた滝はきれいよ。滝の周辺のなめらかな岩はつるつるに凍って、さらにその上から水が流れるうちにつららができはじめるの。先のとがった氷がしだいに太く長く伸びていって、途中でひびが入ったり割れ落ちたりしながら、しまいにはねじれた形の太く長いつららの先が下の水面に着く。それに、氷の合い間から染み出た水がゆっくりとつららにしたたって、輝く氷の層を作るの。まわりの樹木も雪をまとってキラキラして……」

レンは黙っている。

「レン？」

しゃべりすぎたかな？　レンはわたしをじっと見ている。

ものうげなほほえみが、しだいにレンの顔に広がった。

「美しい……だろうね」

滝のことを言っているはずなのに、なんだか急に恥ずかしくなる。あわてて目をそらした。レンも、ごまかすように咳払いしている。

「きっと絶景だろうけど、寒そうだ。ここの水は凍ることはないからね」

急にレンがわたしの手を取った。

「……ケルシー、ご両親を亡くして大変だったね」

「ううん。それより、あなたの大事な滝を見せてくれてありがとう。わたしの両親もここに来たらきっと気に入っただろうな」

しんみりした空気を振り払うようにほほえみ、わたしはジャングルの方に顔を向けて言った。

「わたし、水着に着替えようかな。ちょっと離れててもらえる?」

レンは笑って立ちあがると、芝居がかった様子でお辞儀をした。

「アラガン・ディレン・ラジャラム王子が美しい淑女の望みを拒むことなど決してございません」

そして虎の姿になってジャングルのなかに姿を消した。

レンが立ち去るのを待ってから、すばやく水着に着替え、滝壺に飛びこんだ。

すごく気持ちいい。水は澄みきっていて、ほてって汗ばんだ体があっという間に癒やされていく。しばらく滝壺を泳いで探検したあと、滝のほうに泳いでいった。水煙のすぐ下に腰をおろせる岩がある。そこで冷たい滝にしばらく打たれた。それから日の当たるほうに移り、濡れた髪を肩にたらしたまま、日向でゆっくり体を温めた。

まるで、自分が住む静かな楽園をながめる人魚の気分だ。ここは平和でとても心地いい。

青い水、緑濃い木々、あちこちで舞う蝶。『真夏の夜の夢』の一場面のようだ。妖精が出てきても、ちっとも不思議じゃない。

そのとき、レンがジャングルから勢いよく駆けこんできて、宙に跳びあがった。二百キロを超えるホワイトタイガーの体が滝壺の真ん中にバシャッと音を立てて着水する。波紋がわたしのいる岩にも押しよせた。

水面に顔を出したレンに声をかけた。

「てっきり虎は水が嫌いなのかと思ってた！」

レンは前脚で水をかきながらこっちに向かってきたり、円を描くように泳いだりしている。ちゃんと泳ぎを知っているといわんばかりだ。さらに勢いよく滝の下にもぐって、滝の裏側を進み、わたしのいる岩の方に泳いできた。そして水から出てわたしの後ろに立つと、体をぶるぶるっとゆすった。

水しぶきがそこらじゅうに散る。

「うわっ。やめてよ。今、乾かしてたところなのに！」

わたしはふたたび水に入り、滝壺の真ん中まで泳いでいった。

レンも跳びこんできて、水をかきながらわたしのまわりをぐるぐる回っている。

おたがいに水を飛ばしたり、潜ったり飛びこんだりと、子どもみたいに遊んだ。つい一週間前にはオレゴンにいたのに、今はインドの美しい滝で虎と水遊びしているなんて、不思議な気持ちだ。

しばらく泳いでいると疲れてきたので、岩にあがって、もう一度全身に滝を浴びた。

そのとき頭上で何かが割れるような音と、ドンッという鈍い音がした。

その直後、石がいくつか、わたしのすぐそばにしぶきをあげて落ちてきた。あわてて滝から出たけど、遅かった。石のひとつが後頭部を直撃した。まぶたが痙攣《けいれん》し、ふっと目の前が暗くなる。わたしはそのまま冷たい水のなかに倒れ、沈んでいった。

14

「ケルシー！　ケルシー！　目をあけてくれ！」

だれかが体を激しくゆすっている。漆黒《しっこく》の平和な眠りに戻りたいのに、必死な声が執拗《しつよう》に呼びとめる。

「ケルシー、聞こえるか？　お願いだ、目をあけてくれ！」

目をあけようとしたけど、痛くてうまくいかない。日射しを浴びて、頭の痛みがさらにひどくなっていく。金づちでたたかれているみたいにガンガンする。

ようやく、意識がはっきりしてきて目をあけた。

レンが人間の姿でそばにひざまずいていた。濡れた髪を後ろになでつけ、端整な顔に心配そうな表情を浮かべている。

「よかった。ぼくがわかるか？　だいじょうぶか？」

何か気のきいた返事をしようと思ったけど、実際はむせて水を吐き出しただけだった。深く息を吸うと、ゴボゴボと湿った音がして、さらに水を吐いた。

「横向きになるんだ。水を吐き出しやすい。ほら、手を貸そう」

レンはわたしを横向きに休めるようにしてくれた。わたしがさらに水を吐くと、自分の濡れたシャツを脱いでたたみ、わたしの上体をそっと抱きあげてから、ずきずきする頭の下にシャツを置いた。

目の前にレンの褐色の……そう、彫像みたいな、たくましい裸の胸がある。頭痛がひどくてうっとりながめることもできなかったけど、ちょっとどきどきした。

レンの手が頭に伸びてくる。触られた瞬間、やっぱりずきっと痛みが走った。

ようやく我に返った。

そうだ、落ちてきた岩があたって気を失ったんだ。

「ここに大きなこぶができている」

手を伸ばして、後頭部のこぶを探った。おそるおそる腫れた部分に触れる。

レンはまだ必死の表情を浮かべてそばにひざまずいている。体が震えているのがわかった。

たぶん、人間の姿に戻ってわたしを滝壺から引きあげ、目を覚ますまでずっとそのままでいてくれたんだ。

どのくらい気を失ってたんだろう。

「痛むの？　その姿で長くいすぎたからね」

ちがうというふうに首を振っているけど、歯を食いしばっているのがわかる。

レンの腕に手を押しつけた。

「わたしならだいじょうぶ。頭にこぶができただけ。心配しないで。たぶん、カダムさんが鎮痛剤を入れてくれたはずだから、それを飲んでしばらく横になって休めばよくなるわ」

レンはわたしのこめかみから頬にかけて指をゆっくり這わせ、やさしくほほえんだ。手を引っこめたとき、レンの腕全体に震えが走り、皮膚がさざ波だった。

「ケル――」

レンの顔が強張る。勢いよく首を傾け、腹立たしげにうなり声をあげて、虎の姿になった。それから、低くうめいて静かになると、そばに来て横たわった。

青い瞳がわたしを鋭く見守っている。

レンの背中をなでた。レンをなだめるためでもあったし、そうしていると自分の気持ちも落ちついた。

木漏れ日のなか、木々のすき間から空を見あげた。なんとか頭痛をしずめないと。いつまでもここに横たわっているわけにはいかない。そうわかってはいたけど、めまいを起こしそうでなかなか動く気になれない。

レンが低くのどを鳴らす。その心地いい音に実際に頭痛がやわらぐ気がする。服を着がえれば、もっと気分がよくなるかもしれない。体を起こすことにした。

深呼吸しながら、ゆっくり慎重に上体をあげていく。徐々に体を起こせば、きっと吐き気もめまいもそれほどしないはずだ。レンが顔をあげ、警戒の目でわたしの動きを見ていた。

よかった。なんとか体を起こせた。

「助けてくれてありがとう」

レンの背中をなで、ふさふさの頭のてっぺんにキスをした。

「あなたがいなかったら、沈んだままおぼれていたかも」

バックパックにはさまざまな薬が入った小箱があって、鎮痛剤も入っていた。二錠口に放りこみ、ペットボトルの水で流しこむ。それから乾いた服を取り出すと、レンのほうを向いた。

「ねえ、着がえたいから、しばらくジャングルに行っててくれるとありがたいんだけど」

レンはうなった。声が怒っている。

「真面目に言ってるのよ」

レンはさらに大きくなりなり声をあげた。

だいじょうぶだというところを見せないと、これじゃレンを説得できない。

片手を額に押し当て、近くの木につかまってしっかり立つ。

「着がえたいの。だから、見ないで」

レンは立ちあがると、実際に体と首を振ってだめだという意思表示をし、わたしを見据えた。わたしも負けずに見かえし、ジャングルのほうを指した。

レンはようやく体の向きを変え、ジャングルではなく、テントのなかにのろのろと入っていくと、キルトの上に横たわった。頭はテントのなかを向き、尻尾が入口の外でゆらゆらゆれている。

「どうやら、それ以上は一歩もゆずれないって感じね。まったく強情な虎なんだから」

しかたない。着がえのあいだにレンが振り向かないよう、ピクピク動く尻尾から目を離さずにいよう。

乾いた服に着替えると、多少気分がよくなった。薬もだんだん効いてきて、ガンガンするような頭痛は引いたものの、まだちょっとしたことで痛みが走る。

食べるより眠ろう。

そうだ、ホットチョコレートを飲めば落ちつくかも。

たき火のところまで用心しながらゆっくり歩き、薪を足してお湯をわかした。しゃがんだまま、長い枝でしばらく火をかきたて、ふたたびパチパチ音がしてくると、ホットチョコレートミックスの袋を取り出す。レンはわたしの動きをずっと見守っている。

「わたしは平気よ。本当にだいじょうぶだから、捜索だか何かに出かけたら?」

レンは頑固にその場に座り、尻尾をゆらしている。

「だいじょうぶだって言ってるのに」

指で円を描くしぐさをして、続けた。

「あたりを回って弟を探してきて。わたしは薪を集めたら寝るから」

それでもレンは動こうとせず、犬がクーンと鳴くみたいな声を出した。わたしは笑ってレンの頭をなでた。

「いい、こう見えても、いつも自分の面倒は自分で見てるの」

レンはいかにも不満そうな声を出すと、すぐそばに来て座った。

そこまで心配されてはしかたない。わたしはレンの肩に背中をあずけ、ホットチョコレートをかき混ぜた。

日が落ちる前に薪を集め、ペットボトルの水を飲んだ。テントに入ると、レンもついてくる。両前脚をこっちに伸ばしてきたので、その上にそっと頭を乗せ、クッション代わりにさせてもらった。

レンはほっとしたかのように深く息を吐き、頭をわたしの頭の隣に落ちつけた。薬のせいもあるのか、あっという間に深い眠りに落ちていた。

翌朝目覚めてびっくりした。

眠っているあいだに寝返りを打ったらしく、顔はレンの胸にうずまり、腕は首にまわされていて、まるで大きなぬいぐるみを抱くように、ぴったりレンに寄り添っている。

抱きついて寝てたんだ。恥ずかしい。

そっと身を離し、上体を起こして伸びをしながら、おそるおそるこぶに手を触れてみた。だいぶ腫れが引いている。気分もずいぶんよくなっていた。

お腹がペコペコで死にそうだ。とりあえずグラノーラ・バーとオートミールの袋を出した。水を必要な量だけ火にかけて温めてから、オートミールに注ぎ、ホットチョコレートも作る。

朝食をすませると、「髪を洗うから、巡回に行っていいよ」とレンに伝えた。

レンはひとしきりわたしの動きを観察し、ようやく安心したのか、出かけていった。

今日は気をつけて行動しよう。まずは小さいボトル入りの生分解性シャンプーを取り出す。カダムさんがわたしのために用意してくれたもので、ストロベリーの香りがした。一緒にコンディショナーまで入っていた。

水着に着がえ、短パンとスニーカーをはいて滝に向かう。頭に石が落ちてきた場所から充分離れた滝のはしに居場所を決め、そっと髪を濡らし、シャンプーで洗った。ほとばしる水のなかに頭を差し入れ、髪についた泡をすすぎ落とす。水の冷たさが痛い部分に心地よかった。日の当たる岩場に移動し、腰をおろして髪をとかす。それがすむと、目を閉じて早朝の太陽に顔を向け、髪を乾かしながら温まった。

ここは天国だ。それだけはまちがいない。たとえ頭にこぶを作っても、キャンプが苦手でも、ここの美しさは何ものにも代えられない。

わたしは自然を楽しめないわけじゃない。実際、子どものころは両親と外で過ごすのが好きだった。でも、自然を満喫したあと、家のベッドで眠るのもたまらなくうれしかったけど。

レンはお昼に戻ってきた。一緒に座って、フリーズドライの昼食を食べた。マンゴーを食べたときを除けば、レンが人間の姿で食事をするのを初めて見た。

とたずねた。

食事のあと、バッグパックをがさごそやって詩の本を探し出し、レンに読んで聞かせようか

虎の姿に戻っていたレンからは、うなり声も異議を唱える音も聞こえてこない。わたしは詩集を持ち、大きな岩に背中をあずけて座った。すると、そっと近づいてきたレンが不意をついて人間の姿になり、わたしが口を開く前にあお向けに寝転がると、わたしのひざに頭を乗せた。深い溜め息をついて目を閉じる。

レンが人間の姿でこんなことをするのは初めてだ。

「読んでいいってことね?」

レンは目を閉じたまま、つぶやいた。

「ああ、たのむ」

本のページをぱらぱらめくり、一編の詩を選んだ。

「これがよさそう。すごく好きな詩なの。たぶん、あなたも気に入ると思う。シェイクスピアが書いたものよ。ほら『ロミオとジュリエット』を書いた人」

片手で本を持ち、もう一方の手は自分でも気づかないうちにレンの髪をなでていた。わたしは静かに朗読した。

きみをある夏の日にたとえようか
いや、きみのほうが美しく、ずっとおだやかだ
荒れた風がいたいけな五月のつぼみを激しくゆさぶり
夏の盛りはあまりにあっけなく去っていく

天からふりそそぐまなざしはひととき強烈かと思うと
金の色つやはたびたびくもる
どれだけ美しいものでも、やがては衰えていく
偶然や自然の移り変わりにその輝きを剝ぎとられて
けれど、きみの永遠の夏は決して色褪せず
その美しさが失われることもない
死神に、死の陰をさまようと言い立てられることもない
不変の詩句のなかで、きみが時と溶け合うならば
人が息づき、目が見えるあいだは
この詩は生き続け、きみに命を与える

レンの静かな声が聞こえた。

「とても……すばらしい」

「でしょ。わたしも好きなの」

またページをめくって、ほかにいい詩がないか探していると、レンが言った。

「ケルシー、ぼくもきみに詩を聞かせようか？　……ぼくの国の詩を」

驚いて本を置いた。

「インドの詩？　うん、聞きたい」

レンは目をあけ、頭上の木々を見あげた。わたしの手を取り、自分の胸に置く。手をからめられて照れくさかったけれど、されるままにした。

ゆるく風が吹き、日射しのなかで葉が躍っている。それがレンの整った顔に木漏れ日と影の模様を織りなしていた。

「インドの古い詩だ。ぼくが覚えている限り、ずっと語り継がれてきた叙事詩から取られたものなんだ。カーリダーサが書いた『シャクンタラー』と呼ばれる作品の一編だよ」

この身も心もすべて、あなたに向けられている
昼となく夜となく思いは募り
されど、わたしの心は狂おしいほど恋焦がれている
あなたの心は、まことはかりがたい

ああ、きみ、細く可憐な乙女よ
きみの心は、恋焦がれているという
されど、わが思いはこの身を焼き尽くすほど
夜に咲く花は、昼に香りを失う
されど、月はその姿さえ失うように
わがこの心
なによりいとしいきみよ
きみ以外に愛するものなどいらない

「ステキな詩……」

レンがこちらを向いた。ほほえみを浮かべ、手を伸ばしてわたしの頬に触れてくる。脈が速くなる。頬が熱い。

ふと、片手は相変わらずレンの髪に、もう一方の手はレンの胸に置かれていることに気づいて、あわてて両手を引っこめた。

レンはひじをついて体を起こした。

整ったレンの顔がわたしの顔に近づく。レンの指が頬からあごにおりてきて、わたしの顔を軽く上に向けた。深いブルーの目がわたしをのぞきこむ。

「ケルシー」

「なあに?」

小声で答えた。

「口づけを……許しをもらえるかい?」

ど、どうしよう。

さっきまで、大好きな虎とくつろいでいる気分だったのに、急にすべてが一変している。ひどく緊張しだした。とつぜんレンを意識してしまう。

もちろん、虎の体内に男の人の心臓が脈打ってることはわかっている。でも、いつもそのことは頭の片すみにおいやっていた。

わたしにとってレンは――孤独な虎だった。心を許せる虎の友だちだった。友だちの呪いを解く手伝いがわたしにできるなら、喜んでそうする、そう思っていた。

ときどき、ハンサムなその横顔や、やさしい態度やしぐさにうっとりしてしまうことはあったけれど……それでもいつも、この人は王子なんだ、という思いがあった。

人間に戻ってしまえば、わたしには手の届かない相手なんだと。

だからこれまで、友情以上の関係に発展する可能性など考えたこともなかった。

心臓がバクバクしはじめ、いくつもの思いがいっぺんに頭をよぎる。

別世界の人でしょ……それに、まだちょっと早すぎる……お互い知り合ったばかりだし……

レンはただ寂しいだけかもしれない……。

迷いが頭のなかをぐるぐる駆けめぐる。

それでも、ひときわ強かったのは、レンにキスされたいという気持ちだった。

わたしは煮え切らない思いの糸をバチバチ切ってと風に吹き飛ばした。そして警戒の二文字を踏みつけた。


レンがさらにほんの少し近づいた。

目を閉じ、深く息を吸って……待った。


……？

目をあけると、レンはさっきと同じ姿勢でわたしを見つめていた。

ほんとに〝許し〟を待ってるんだ……。

わたしにとって、今、この瞬間、目の前のとびきりステキな男性にキスされるよりほかにこの世に望むことなんて、何も……本当に何もないのに……。

レンは古風にも〝許し〟を待っている。

何か言わなくちゃ。

結局、わたしはすべてを台無しにしてしまった。

なんでなのかわからないけど、〝許し〟という言葉が妙に引っかかったからだ。

神経質にもごもごとつぶやく。

「あの……今の……〝許し〟が欲しいって……どういうこと?」

レンが訝《いぶか》しげにわたしを見る。気が動転してくる。

わたしはこれまで、男の人とキスした経験がない。それどころか、今このときまで、キスしたいと思う人に会ったことすらなかった。

こういう状況に慣れていないせいか、〝許し〟だなんて言われてしまったからなのか、ひどく動揺したわたしは、キスしない理由をあれこれととりとめなく話していた。

「女の子は、どうしても、夢中にさせてほしいって思うものだから、そのときになって許しを求められるのは、なんていうか……その……ちょっと古くさいっていうか……。盛りあがりにいまひとつ欠けるし、情熱をさらけ出すわけでもないし。なんか、時代遅れな気がする……。だから、どうしても許しが欲しいって言うなら、だめって答える」

なにバカなこと言ってるんだろう。最低だ。わたしは今、このとびきりハンサムでやさしくてたくましい青い瞳の王子を、時代遅れ呼ばわりした。

レンは長いことわたしを見つめていた。その目にショックの色が浮かび、それを押しかくすのが見て取れるほど長く。

それから、パッと立ちあがると、礼儀正しく頭を下げた。

「ケルシー、もう二度としないよ。厚かましくてすまなかった」

レンは虎の姿になると、ジャングルの奥に走って行ってしまった。

「レン、待って!」

叫んだけど、もう遅かった。レンは行ってしまった。

一人残されたわたしは、自分のおろかしさをさんざんなじった。

わたしはどうしようもないばかだ。あんなふうにレンを侮辱するなんて信じられない！　絶対嫌われたに決まってる！　よくあんなひどいことが言えたものだ。

動揺のあまり、どうしていいかわからなくて、つい、あれこれ口にしてしまった。でも、そんな言い訳は通らない。

レンは「もう二度としない」と言っていた。

もう一度してほしいのに。

頭のなかで自分の言った言葉を何度も何度も思いかえしては、もっとちがうことを言えばこうなっていなかったんじゃないかと考えた。たとえば、「そんなふうに訊かれるなんて思ってもみなくて」とか「わたしもちょうど同じことを訊こうとしていたの」とか。

いや、ただレンの体をつかんで、わたしからキスすることだってできたはず。それに、レンの「許しをもらえるかい？」という問いかけに、ただひとこと「うん」と答えさえすればうまくいってたのに。それか、映画みたいな答えかただってあったかも――「お望みのとおりに」とか「キスして。これが最後だと思うようなキスを」とか「初めて会ったときから、惹かれていたの」とか。いや、そんなのやっぱりだめだ……。

ぶちこわしたのは自分なのに、わたしはぐだぐだといつまでも考え続けた。こうなって初めて自分の気持ちに気づいた。

レンはなかなか戻ってこない。わたしには自分を呪う時間がいやというほどあった。

午後おそく、日の当たる岩に座って日記帳を開き、立ち直れないほどみじめな気分でぼんやり宙を見つめていると、近くのジャングルのなかで物音が聞こえた。

木々のあいだからあらわれたのは、大型の黒い猫だった。

体が固まる。

その黒猫はこちらには気づいていない様子で、テントのまわりをぐるりと回っている。立ちどまってわたしのキルトの匂いをかぎ、たき火のほうに近づくと、火を怖がりもせずに少しのあいだそこに座っていた。数分後、ゆったりした足取りで一度木々の向こうに姿を消し、今度は反対側の森から空き地にあらわれた。

どうか気づかれませんように。わたしはその場でじっとしていた。

カンヘーリー石窟の近くで襲ってきたヒョウよりはるかに体が大きい。クロテンのような濃い褐色の体に、漆黒のしま模様が見て取れた。

大きな猫なんかじゃない、黒い虎だ。

黒い虎なんて聞いたことがないけど、目の前にいるのはまぎれもなく虎だった。

目の覚めるような金色の瞳がキャンプサイトをじっと見つめながら、何事か値踏みしている。

黒い虎は、こちらには気づかなかったらしく、キャンプサイトをうろうろして、数回空気の匂いをかぐと、ジャングルの奥に姿を消した。

ヒョウのときのように襲われるのはごめんだ。その黒い虎が完全にいなくなったと確信できるまで、岩の上にじっとしていた。

しんとした状態がしばらく続く。そろそろ動いてもだいじょうぶだろう。

ところが、ちょうどそのとき、男の人が近くの木々のあいだからあらわれた。

レンじゃない。

その人はあたりまえのように、こちらにつかつか歩み寄り、わたしを頭のてっぺんから足の先までじろじろ見て言った。

「これはこれは。おたがい驚くことばかりだな」

黒いシャツに、やはり黒いスラックスを身につけている。とてもハンサムだけど、肌の色がレンより濃く、浅黒い。光沢のある褐色《アンティークブロンズ》といったらいいだろうか。黒い髪はレンより長く、やはり同じように顔の後ろになでつけられ、毛先がほんの少しカールしている。

瞳は金色で、銅色の斑点がある。わたしは正確な色を見極めようと目を凝らした。初めて見る色だ。海賊の金貨――ダブロン金貨みたいな色。そう、確かに海賊って言葉がぴったり。まさに、歴史ロマンス小説の表紙を飾る、影のある女たらし《ロサリオ》役にいそうな感じ。笑うと目じりにちょっとしわが寄った。

この男の人がだれか、すぐにピンときた。

レンの弟だ。さっきの黒い虎もこの人だろう。

レンと同じように、王子らしい堂々とした物腰をしている。背丈も同じくらいだ。でも、レンが長身で引き締まった体格をしているのに対し、目の前の人は大柄でがっしりした体格で、腕っぷしも強そうだ。ひょっとしたら、父親ゆずりの部分が多いのかもしれない。レンのややアーモンド形の目と黄金色の肌は、きっと母親ゆずりだろう。

心のどこかで危険を感じてはいても、不思議と怖くはなかった。

なぜか相手の持つ虎の部分が、人間の部分を上回っているように感じられてならなかったからだ。

わたしはきっぱり言った。

「最初に言っておきますけど、わたしはあなたがだれか知ってるわ。あなたが何者かもね」

その人は足を一歩出したかと思うと、あっという間に目の前に来た。わたしのあごに手を当てがい、とっくりと観察する。

「じゃあ、おれを何者だと思ってるんだい、お嬢さん?」

声は太く低く、ホットキャラメルみたいになめらかで、耳に心地よかった。レンよりもなまりの強い英語だ。長いあいだ声を使ってなかったかのようにためらいがちに話す。

「あなたはレンの弟でしょ。レンを裏切って婚約者を奪ったっていう……」

相手の表情が強張り、恐怖に胸がずきんとした。その人は数回舌打ちして言った。

「おいおい、行儀ってもんを知らないのか? まだ、おたがいにちゃんとした挨拶すらしてないってのに、いきなり変な言いがかりをつけてくるやつだな。不運な弟のおれに」

それから、わたしの髪を少しすくいとり、手でもてあそんでから、首をかしげた。いきなり髪を触られてびくっとしてしまう。

「まあ、兄上をほめるしかないな。あいつはいつも美しい女性に縁がある」

美しい? わたしのどこが?

髪から手を振りほどこうとしたとき、すさまじい咆哮が聞こえた。

同時にレンが猛烈な勢いでキャンプサイトに駆けこんできて、歯をむいてうなりながら宙に跳びあがる。

レンの弟はわたしをわきにさっとどけると、黒い虎に姿を変え、同じように跳びあがった。

レンは怒りに我を忘れているようだった。

その咆哮のけたたましさに、わたしは全身をゆさぶられた。

二頭の虎の体が、空中で破裂するような音を立てて激突する。それから、地面にドサッと落ちたかと思うと、草の上を転がった。たがいの背中に鉤爪を立て、すきあらばいつだろうとどこだろうと構わず相手に嚙みついている。

急いで遠ざかり、滝のそばの低木の陰まで下がった。

「やめて！」と叫んだけど、わたしの声など、激しい取っ組み合いにかき消されてしまった。

やがて、二頭は転がりながら離れ、にらみ合った。どちらも地面ぎりぎりに身を伏せて、尻尾をピクピクさせて跳びかかるタイミングを計っている。たき火をはさんで円を描くようにそのまわりを歩きはじめた。

二頭は歯をむいて威嚇《いかく》し合い、たがいに一歩も引かないにらみ合いの状態がしばらく続いた。

鉤爪が地面に下ろされている今が、割りこむチャンスだ。

ゆっくり二頭に近づき、勇気をふりしぼって訴えた。

「お願いだからやめて、二人とも。兄弟でしょ。過去に何があったか知らないけど、あなたたちは話し合わなきゃ」

それから、そばにいるレンに必死に伝えた。

「弟を見つけ出したいって言ったのはあなたでしょ。今が話せるチャンスなのよ」

次にレンの弟のほうを向いた。

「あなたもよ。レンは長年囚われの身に耐えて、ようやく今、ここに戻ってきたの。そして、わたしも一緒にあなたとレンを助けるためにできることをしようとしてる。だからレンの話を聞いて」

レンは人間の姿に戻ると、とがった声を出した。

「確かにきみの言うとおりだ。ここに来たのは弟と話をするためだ。だが、相変わらずこいつは信用できないとわかった。こいつには……他人への思いやりがかけらもない。ここに来るんじゃなかった」

「でも、レン――」

レンはわたしの前に移動すると、黒い虎に向かって怒りを吐きだした。

「どういうつもりだ《ヴァシャタ・カラナー》、この卑劣野郎《バダマーサ》！　ここ二日ずっとおまえの周辺を見回っていたんだぞ！　ぼくがいないのを見計らって、ここに来る権利はおまえにはない！　ケルシーにはこんりんざい指一本触れるな。そのほうが身のためだ！」

レンの弟も人間の姿になると、肩をすくめてしれっと言った。

「兄上が何をそんなに躍起になって守っているのか見たかったのさ。兄上の言うとおり、確かにおれは二日間あとをつけていた。近づいて兄上が何をたくらんでいるのか確かめようと思ってね。ただ、おれの都合のいいときに近づけるよう距離をとっていた。おれに言わせりゃ、この場にとどまって兄上の話を聞いたところで、おれの興味を引くようなことは何ひとつないだろうけどな、マヌケ《ムルカー》」

レンの弟はあごをさすり、ニヤッと笑いながら、レンと取っ組み合ったときにできた長い引っかき傷を手でなぞった。それから、わたしのほうにすばやい視線を投げてから、レンをちらっと見て付け加えた。

「もっとも、彼女のことを話したいならべつだ。いつでもおれは兄上の女に興味があるからね」

その言葉にむっとしたのか、レンはわたしを後ろへ下がらせると、空中で虎の姿になり、怒りに満ちた咆哮でこたえると、ふたたび弟を攻撃した。

二頭はキャンプサイトじゅうを転げまわりながら、嚙みついたり鉤爪で引っかいたり、相手を木やとがった岩にたたきつけたりしている。レンが弟めがけて突き出した前脚が木に当たり、太い幹に深いぎざぎざの爪跡を残した。

黒い虎が駆けだし、ジャングルのなかに跳びこんでいく。

レンもあとを追う。

二頭の怒号があたりにひびきわたり、おびえた鳥の群れがけたたましい声で鳴きながらいっせいに飛び立った。二頭は取っ組み合いを続けながら、あちこちに移動していく。その動きをなぞるように、森のなかで木々が揺れる。岩の上から見ていれば、どこにいるかすぐにわかる。

レンがようやくキャンプサイトに駆け戻ってきた。背中に弟が半乗りになり、爪を食いこませながら、兄の首に嚙みつこうとしている。レンは後ろ脚で立つと、弟を振り落とした。それから、滝壺を見おろせる大きな岩に跳び乗り、弟の方に向き直った。

黒い虎は気合いを入れて兄に跳び乗ろうとする。レンがジャンプしてそれをはばむ。結局、二頭は勢いあまって一緒に滝壺に落ちた。

わたしは滝壺のわきに立って、この兄弟喧嘩《げんか》を見ていた。

一頭が水から勢いよく跳びあがり、相手を捕まえて水中に押しこむ。鉤爪で相手の顔や背中や下腹を引っかきながら、くりかえしやり合っているけど、いっこうに勝負がつく気配はなかった。

このまま終わらないんじゃないかと思ったとき、取っ組み合いが静まった。まず黒い虎が戦い疲れた体を引きずるように水から出てきた。数歩いたところで草の上にどっと倒れこむ。激しく息を切らしている。しばらく体を休めてから前脚をなめはじめた。レンも水から出ると、弟とわたしのあいだに割って入り、わたしの足元にくずおれた。体じゅう深い引っかき傷だらけだ。傷口から血もにじみ出ている。血の赤い色が白い毛の上でひときわ鮮やかに見えた。

額からあごにかけて斜めに長く深い切り傷が走り、右目と鼻の上を横切っている。首を噛まれてできた大きな傷跡からも血がゆっくり流れ出ていた。

急いでバックパックを取ってくると、救急箱を探し出し、ふたをあけて消毒薬の小ビンと大型の包帯を取り出した。

ふだんは血や傷を見ただけでおじけづくタイプだけど、守ってあげなくては、という気持ちが自然とわき起こった。

恐怖より心配する気持ちが強かったし、助けが必要だとも思った。すると、不思議と勇気が出た。

まずレンのところに行き、きれいなペットボトルの水で傷口から石ころや泥を洗い流した。そしてガーゼに消毒薬を染みこませて特にひどい傷口を押さえた。止血さえできれば、致命傷になるほどの傷には見えなかったけど、深い裂傷もいくつかある。わき腹の皮膚は肉挽き機から出てきたみたいにズタズタに裂けていた。

背中から首に移動し、噛まれた痕《あと》を洗うと、レンが低くうめいた。救急箱から大判の絆創膏《ばんそうこう》を取り出し、なかの綿に消毒薬を染みこませて、わき腹のひどい裂傷に押し当てる。血を止めようとそのままぐっと手で押すと、レンが痛みにうなる。わたしもつられて顔をしかめた。

絆創膏はしばらく傷口につけておき、最後にレンの顔に取りかかった。血や汚れをきれいにぬぐい、目に薬が入らないよう注意しつつ、額と鼻の手当てをする。最初に見たときほどひどい傷には見えない。ひょっとしたら、実際よりひどいように勝手に想像していたのかも。

できる限りの手当てはしたけど、化膿《かのう》する心配があるし、わき腹と目の近くの傷もすごく心配だった。レンの額にガーゼを押し当てていると、涙が頬をポロリと伝い落ちた。

レンは手当てをするわたしの手首をなめている。その頬をなでてささやいた。

「こんなになるまで、どうして……」

わたしの目から落ちた涙がレンの鼻に跳ねて散った。

「あなたの弟の手当てもしてくるね」

涙をぬぐい、べつの包帯を取り出すと、黒い虎にも同じように手当てをした。特にひどいのは、首から胸元にかけてパックリと開いた裂傷で、そこは時間をかけて処置した。背中の嚙み痕は深く、泥と小さな砂利にまみれている。出血がひどかったけど、結局、その血が傷口を洗い流したので、よかったのかもしれない。その部分にガーゼを当て、しばらくぐっと押さえているうちに、出血が落ちついてきた。消毒薬をつけると、虎の背中が震え、うなり声がした。

傷口にガーゼを当てながら、なんだか切なくて涙が次々に顔を伝い落ちた。わたしは鼻をすすり、「ここは縫ったほうがいいわ」と声をかけてから、二頭の虎に向かって静かにたしなめた。

「きっと二人ともバイ菌に感染して、尻尾を落とすことになるわよ」

レンの弟がフンというような音を出した。なんとなく笑い声のように聞こえて、ちょっとカチンときた。

「言っておくけど、あなたたちの傷の手当てでこっちはおかしくなりそうなんですからね。わたしは血を見るのが嫌いなの。それに、だれがわたしに触れていいかはわたしが決める。わたしはあなたたち二匹の猫がおもちゃにする毛糸玉じゃないわ。ついでに言うと、あなたたちが争う原因になった女性でもない。二人のあいだに起こったことは、とうの昔に終わった話でしょ。もう許し合ったらどうなの？」

金色の瞳がわたしの目を一心に見つめている。

「ねえ、聞いて。ここに来たのは、今、レンとわたしで呪いを解く方法を見つけようとしているからよ。カダムさんもあれこれ手を尽くしている。どこから始めるべきかはもうわかっているの。これからドゥルガーに捧げる〈四つの贈り物〉を見つけ出しに行くのよ。わたしも手伝うって決めたの。それが見つかれば、レンもあなたも人間に戻れるのよ。さあ、これでここに来た理由がわかったでしょ。いいかげん、ばかな喧嘩はやめて。カダムさんのところに戻って先に進んだほうがいいわよ。二人とも病院に行ったほうがよさそうだし」

わたしは一気にまくしたてていた。

レンが胸の奥をゴロゴロ言わせ、前脚をなめはじめる。黒い虎がゴロリと横向きに寝転がり、首からお腹にかけてできた長い引っかき傷を見せた。そこもきれいにしてやった。

二頭とも、少しはわたしの言いたいことがわかったのかな？

手当てを済ませ、バックパックに消毒薬のビンをしまう。目にたまった涙を袖でぬぐって振りかえったとき、レンの弟が人間の姿ですぐ後ろに立っているのに気づいて、驚いて飛びのいた。

レンが警戒して体を起こす。弟のふるまいは何ひとつ信用できないといわんばかりに注意深く見つめている。レンの尻尾が左右にゆれ、胸のあたりで不満そうな音を立てた。

レンの弟が兄のほうを見て――レンは弟に目を向けたまま、そっと近づいていた――わたしに視線を戻すと、手を差し出してきた。わたしがその手を取ると、自分の唇にわたしの手をそっと近づけ、手の甲にキスしてから、自信たっぷりに深々とお辞儀をした。

やっぱりこの人も三百年前の王子なんだ。ふるまいが古風だけど、紳士的でさまになってる感じがする。

「名前をたずねてもいいか?」

「ケルシーよ。ケルシー・ヘイズ」

「ケルシー、その……おれたちのためにいろいろ手を貸してくれて、個人的に礼を言うよ。さっきは、怖がらせてすまなかった。おれは――」そこで笑みを浮かべた。「若い女性と話すのが下手くそでね。きみがドゥルガーに捧げるっていう贈り物のことだが、もう少しくわしく聞かせてくれるか?」

レンが不満そうにうなったけど、わたしはうなずいた。

「あなたは……キーシャンだったっけ?」

「ああ、正式な名前は、ソーハン・キーシャン・ラジャラムだ」

ほほえむと、白い歯がきらりと光った。それが黒い肌によけいにまぶしく映える。

「ケルシー、たき火のほうで座って話をしよう」

キーシャンにはどこか人を惹きつけるところがあった。自分でも意外なことに、わたしはキーシャンに好感を持った。

信用できそうな人だ。かもしだすものがレンと似ている。レンと同じで、相手をすっかり安心させてしまう才能の持ち主らしい。もしかしたらそれは、王族として社交的な訓練を受けているせいかもしれないし、母親の教育の賜《たまもの》かもしれない。

「そうしましょう」

キーシャンはわたしの腕をさっと取り、たき火のほうに引っぱった。レンがまたうなったけど、キーシャンはニヤニヤしていた。腰をおろしたとき、キーシャンが痛みに一瞬顔をゆがめたので、わたしは鎮痛薬を差し出した。

「二人とも医者に行かなくていいの？　あなたは傷口を縫ってもらう必要があると思うし、レンは――」

「ありがとう。だが、だいじょうぶだ。おれたちのささいな傷など、心配無用だ」

「そのケガはささいなものとはいえないわ」

「呪いのおかげでおれたちは傷が癒えるのが早い。すぐにわかる。二人とも自力であっという間に治癒する。それでも、こんなかわいい女《ひと》に傷の手当てをしてもらえてうれしかったよ」

レンがわたしたちの前にやってきた。怒りをあらわにして、いまにもまた喧嘩が始まりそうだ。

「だいじょうぶよ、話をさせて」

レンをなだめる。

キーシャンはわたしがくつろいだ姿勢になるのを待ってから、隣にすっと寄り、腕をわたしの後ろの薪に置いた。すると、レンがわたしたちのあいだに割りこんできた。虎の頭で弟を乱暴に小突いてわきにどかし、空間をあけると、うまく自分の体をそこに入れる。それからぺたりと地面に伏せ、頭をわたしのひざに乗せた。

キーシャンは顔をしかめたけど、わたしが話し出すと、黙って聞いていた。わたしはここにいたるまでのいきさつを語って聞かせた。レンとサーカスで出会ったこと、だまされてアメリカからインドに連れられてきたこと、フェットのこと、カンヘーリー石窟に行き、預言の碑文を見つけたこと、カダムさんが解読したこと、そして今はハンピに向かう途中であること……。

話をしながら、レンの頭をなでた。レンは目を閉じてのどを鳴らすと、眠ってしまった。

わたしはそれから一時間近く、夢中で話をした。キーシャンがときおり考えこむ表情をしながら、わたしとレンを見つめていたことにも、キーシャンが途中で虎の姿に戻っていたことにも、気づかなかった。

15

黒くつややかな毛並みの虎が、金色の瞳を輝かせ、耳を傾けている。わたしは最後にカンヘーリー石窟であったことを語った。

もう夜も更けていた。それまでかなり騒がしかったジャングルも、今はしんとして、聞こえるのはたき火のはぜる音だけだ。

わたしはレンのやわらかい耳をもてあそんでいた。レンは目をかたく閉じたまま、かすかにのどを鳴らしている。というより、イビキをかいているというほうが当たってるかも。

キーシャンは人間の姿に戻り、感慨深げにわたしを見て言った。

「とても……興味深い話だな。ただ、きみが途中で痛手を負わないように祈るよ。いっそのこと、おれたちのことは放っておいて、自分の家に帰ったほうが賢明じゃないか。長い使命の旅がまだ始まったばかりのようだし、おそらくこの先は危険も多い」

確かにそうかもしれない。でも、引きかえすつもりはなかった。

「これまでだって、レンが守ってくれたし、虎二頭に見守ってもらえれば、きっとだいじょうぶよ」

「いや、たとえ虎が二頭いたって、失敗する可能性もある。それに、おれは……一緒に行くつもりはない」

「え？　どういうこと？　だって呪いを解く方法に近づいているのに。自分を救うチャンスなのに、どうして？」

キーシャンはしばらく黙りこんだあと、深く息を吐き、座り直した。

「理由はふたつある。ひとつは、もうこれ以上、人を死なせるのはごめんだからだ。すでにおれは、人生においてあまりにも多くの人を傷つけた。もうひとつは……成功するとは思えないからだ。兄上もきみもカダムも幻を追いかけているような気がする」

「幻を追いかけてる？　言ってることがわからないけど……」

キーシャンが肩をすくめた。

「なあ、ケルシー、おれは虎の生活にすっかりなじんでいる。実際、悪くない暮らしだ。今じゃ、これがおれの人生だって受け入れられるようになった」

声が小さくなった。キーシャンは物思いに沈んでいる。

「あなたこそ、幻を追いかけてるんじゃない？　ひょっとして、この未開の地にとどまることで、自分を罰しようとしてるんでしょう」

思わず考えていることが口から出ていた。カダムさんから聞いたディレン王子の伝説が、頭に焼きついていたからだ。

レンが言っていたように、あの話がおおよそのところ本当だとしたら、きっと弟の王子は自分の裏切りが起こした不幸に苦しんでいるはず……。

キーシャンの体が強張った。

金色の目がハッと我に返ってこっちを見る。その顔は冷たく、よそよそしかった。目にショックと苦痛の色が見て取れる。わたしに不意討ちを食らって相当傷ついているようだ。まるで過去の傷を用心深く覆っていた包帯を剝《は》ぎとられたみたいに。

キーシャンの手に自分の手を重ね、そっとたずねた。

「キーシャン、あなたは自分の未来や家族が欲しくないの？　愛する人を失ったときの気持ちはわたしにもわかる。心が折れて、二度と立ち直れないんじゃないかって思うし、去っていく人と一緒に自分の一部も持っていかれちゃったみたいに感じる。

でも、あなたはひとりぼっちじゃない。あなたが大事に思える人たちもいるし、あなたを大事に思う人たちだっている。生き続ける理由を与えてくれる人たちがちゃんといる。カダムさん、あなたのお兄さん、わたしもね。ほかに愛する人だってできるかもしれない。だから、一緒にハンピに行こうよ」

キーシャンは視線をそらし、静かに言った。

「いや、おれはだいぶ前に、ないものねだりはやめたんだ」

「お願い、考え直して」

手に力をこめた。

ここに来たのは弟を探すためだとレンは言っていた。見つかったのなら、連れていかなくては意味がない。でも、わたしの説得くらいじゃだめなのだろうか。

キーシャンはわたしの手をにぎりかえすと、ほほえんだ。

「ケルシー、すまない」

話を断ち切ろうとしたいのか、キーシャンは立ちあがって伸びをした。

「それはそうと、あくまで長旅を続けるって言うなら、兄上は狩りをする必要があるな」

「狩り？」

わたしはひるんだ。確かにレンはわたしの知る限り、あまり食べている様子はない。

「人間としては充分に食べているかもしれないが、虎としては絶対的に足りない。ほとんど虎の姿でいるわけだから、旅のあいだ、きみをちゃんと守れる強さを備えるには、もっと食べる必要がある。しかも、栄養のつくものをだ。たとえば活きのいいイノシシとか、水牛とかね」

「嘘でしょ？」

「いや、必要だよ。兄上は虎にしてはかなりやせている。もう少し肉をつけなきゃだめだ。たんぱく質をとらないと」

レンの背中をなでた。確かにあばら骨がわかる。

「わかった。出発前に必ず狩りをさせるわ」

「よかった」

キーシャンは軽くうなずいて、にっこり笑った。別れ際にわたしの手をにぎり、放しがたい様子を見せてから、ようやく言った。

「ありがとう、ケルシー。今日は話ができて、とても楽しかった」

キーシャンはそう言うと黒い虎に姿を変え、ジャングルのなかへと走り去った。

レンはまだ、わたしのひざに頭をのせて眠っている。このままもうしばらく静かに眠らせてあげたほうがいいみたい。

レンの背中のしま模様をなぞり、引っかき傷を見る。さっきまで大きく裂けていた皮膚がもうほとんど癒えていた。目の上を通って顔を斜めに走っていた傷もなくなっている。傷痕すらもうわからない。

レンの体重がかかって、足がしびれてきた。レンの頭の下からそっと足を抜く。薪をくべて火の勢いを戻した。レンはごろんと横向きになり、眠り続けている。

さっきの喧嘩でへとへとになったんだろう。キーシャンの言うとおり、レンに狩りをさせなくては。体力をつける必要がある。

レンが寝ているあいだ、あたりをぶらぶら歩いて薪をもう一度集め、夕食をとった。

寝るしたくをし、キルトを持ってきて体に巻きつけ、レンのそばに横たわる。レンの胸の奥でゴロゴロと音がしたけど、目は覚まさず、ただ、寝返りを打ってわたしに近よった。わたしはレンを枕代わりにして、星をながめながら眠りに落ちた。


目が覚めたのはもう昼近くだった。起きると、キルトが体にぐるぐるからまっていた。

レンがいない。あたりを見まわして探したけど、どこにもいなかった。

たき火は薪をくべたばかりのように勢いよく燃えている。腹ばいになってキルトから這い出ようとしたとき、背中が痙攣を起こし、痛みに息をのんだ。

手を後ろに回し、ずきずきする筋肉をさすりながら、うめいた。

「固い地面にばかり寝てるからね。これじゃあ、ほかの人より早くおばあさんになるかも……」

結局あきらめて、また横になった。

そのとき、やわらかい足音が聞こえ、虎のレンがわたしの顔の前に鼻を突き出した。

「わたしのことなら気にしないで。ちょっとここで横になっていれば、そのうち背骨もひょいっと元どおりになるわよ」

レンは体の向きを変えると、前脚でわたしの背中を押した。巨漢の猫がイスの上で爪をといでるみたいだ。

押されるだけで痛みが走る。顔をゆがめて笑い声をあげながら、必死に息を吸った。

「ありがとう。だけど、あなたが重すぎて息ができないよ」

重い前脚が背中から離れたと思ったら、すぐに温かく力強い人間の手が触れた。レンがわたしの腰のほうからマッサージを始めていた。

どうしよう。キスのことで気まずくなってから、人間のレンと触れ合うのは初めて。

顔が熱くなり、体が緊張する。

そのせいで背中の痙攣がよけいひどくなった。

「力を抜いて。背中の筋肉が凝り固まっている。ぼくがほぐそう」

昨日のことは考えないようにしようと、ほかに思いをめぐらせた。

そういえば、一度だけマッサージ師のおばさんに体をもんでもらったことがあったっけ。あのときはほんとに痛くて、二度とやってもらう気にならなかった。おばさんの指圧は強力で、肩胛骨《けんこうこつ》のあいだをげんこつでぐりぐり押された。何も言えず、ひたすら痛みに耐え続けたけど、ずっと拷問を受けている気分だった。押されるたびに「早く終われ、早く終われ」と頭のなかで唱え続けたんだった。

レンのマッサージは、それとはまるでちがった。手のひらを使ってやさしく押してくれる。円を描くようにもみながら背骨に沿って手を動かし、凝り固まった部分を見つけると、時間をかけて筋肉を温め、もみほぐす。背中が済むと、レンの手が背骨を伝ってシャツの襟のほうに上がっていき、今度は肩と首に移る。ぞくっとした感覚が全身に走った。

レンの手がすばやく生え際を押していき、小さな円を描くように首をもむ。それから、少し力をこめて、首から肩にかけてなめらかに指を滑らせながらマッサージをしてくれた。レンの指が首の後ろの曲線を包みこむようにもみほぐしていくと、しだいに痛みがやわらぎ、すっきりしてくる。指の力が少し弱まり、やさしくなでられると、深い溜め息が出てしまう。

心から満ち足りた気分でレンの手の感触に身をゆだねた。

マッサージが終わると、慎重に背中の具合を確かめながら体を起こした。レンが立ってわたしのひじの下に手を入れ、支えてくれる。

「少しはよくなった？」

「うん。ありがとう」

親しみをこめてお礼を言った。

でも、レンは唇を固く閉じ、目を合わせようともしない。

「レン？」

ようやく目が合った。

「きみの気分がよくなってよかった」

そう言ったきり、離れてたき火の向こうへ行くと、虎の姿になった。

まずい、と感じた。

こんなによそよそしくされたのは初めてだ。やっぱりキスの一件で怒ってるんだろうか。それとも、まだキーシャンのことでむしゃくしゃしているのかもしれない。

どうやったら仲直りできるだろう？

恋愛経験もないし、こういうときどう話せばいいかわからない。

どんなふうに言葉をかければ関係を修復できる？

ふたりのあいだに微妙な関係、というかキスをしなかったことへのわだかまりが漂っているのはまちがいないけど、今そこには触れたくない。

咳払いして話題を変えた。

「ねえ、ここを出発する前に、狩りに行ったらどうかな。あなたはもっと食べる必要があるってキーシャンが言ってた。そうしたほうがいいよ」

レンはムッとして、ゴロリと横になった。

「わたしは本気で言ってるのよ。あなたを狩りに行かせるってキーシャンに約束したの。だから……狩りに行くまで、このジャングルから動くつもりはないから。キーシャンが言うには、あなたは虎のわりにやせすぎだから、イノシシか何かを食べたほうがいいって。それに、狩りが好きだって言ってたわよね？」

レンは木のほうに歩み寄ると、背中をこすりつけはじめた。

「背中がかゆければ、かいてあげる。さっきマッサージしてもらったんだから、それくらいお返ししないと」

わたしの言葉にレンは体を動かすのをやめて、こっちを見た。それから、その場にパタンと倒れて地面に背中をつけると、四本の脚を浮かせたまま、体を左右によじった。

拒まれてしまった……。

確かにぎくしゃくしてるかもしれないけど、なにもそこまであからさまに嫌がらなくてもいいじゃない？

「わたしにかいてもらうより、泥に背中をこすりつけるほうがいいのね。わかった。じゃあ、好きにすれば？　でも、あなたが狩りに行くまで、わたしは絶対ここから動かないわよ！」

くるりと背を向け、バックパックをつかんでテントにもぐりこむ。入口のファスナーを勢いよくしめた。

三十分後に外をのぞくと、レンはいなくなっていた。ちゃんと狩りに行ったのだろうか。とりあえず、薪を補充しようと集めてまわった。

太くて重い薪を引きずってたき火のある場所まで運んでいると、森のほうから声が聞こえた。

キーシャンだ。

木にもたれてこっちをながめながら、驚いた顔をしてヒュウと口笛を吹く。

「こんなに華奢《きゃしゃ》な女性が、こんなに腕っぷしが強いなんて、きっとだれも想像できないな」

また、からかってる。キーシャンを無視して薪を運び終えると、手についた埃を払い、ペットボトルの水を持って座った。

キーシャンはためらいもせず、わたしのすぐ隣に座って長い足を前に伸ばし、わたしがペットボトルの水を差し出すと、受け取った。

「ケルシー、きみがどう言ったのか知らないが、とにかく効き目があった。兄上は今、狩りに行っているよ」

よかった。行ったんだ。今ごろイノシシを捕まえて食べていると思うと、ちょっと怖い気もするけど。

「あなたに何か言ってた?」

「自分がいないあいだ、きみを見守れってね。狩りは何日もかかることがあるから」

「そんなに……」そこでちょっとためらった。「つまり……レンは自分がいないあいだ、あなたがここに来ていても気にならないってこと？」

「そりゃ、気にしてるだろ」キーシャンはクスクス笑った。「だが、兄上はとにかくきみの無事を確保しておきたいらしい。その点においちゃ、少なくともおれは信用されてる」

「きっと今ごろ、あなたにもわたしにも腹を立てているかも……」

キーシャンが不思議そうな顔で片方の眉をつりあげ、わたしを見た。

「なぜそう思う？」

「あの……ちょっとした誤解があったから……」

キーシャンの目が鋭くなった。

「心配いらない。兄上が腹を立てているのは、きっとばかげたことに対してさ。あいつはうるさいぐらい理屈っぽいからな」

わたしは溜め息をつくと、気落ちした顔で首を振った。

「ちがうの、ほんとに全部わたしのせいなのよ。わたしって素直じゃないし、足手まといだし、そばにいると面倒に思うこともあると思う。たぶん、レンのまわりにはこれまで、もっと洗練された、経験豊富な女性がいたはずだから。ずっと……ずっと……わたしよりすばらしい女性が」

キーシャンの眉がぴくりと動く。

「おれの知る限り、これまで兄上のまわりに女なんて一人もいなかった。いや、正直、きみたちがどんなことで言い合いしたのか、おおいに興味をそそられるよ。だが、まあ、これ以上自分を卑下《ひげ》するような言葉をきみから聞きたくない。兄上はきみがいて幸せ者だ。それをちゃんと自覚したほうがいい」

キーシャンはそこでニヤッと笑った。

「もちろん、きみたちが仲たがいしたら、いつでもおれが喜んできみと付き合うよ」

「ありがとう。でも、わたしはジャングルに住むのはごめんだわ」

キーシャンは笑い声をあげた。

「なら住む場所を変えたっていい。きみは戦って勝ち取るだけの価値がある女《ひと》だ」

なんだか、この弟は兄とちがって屈託のない性格みたい。わたしも笑って、キーシャンの腕をげんこつで突いた。

「はいはい。あなたってかなりのナンパ男なのね。戦って勝ち取るだけの価値なんて、わたしにあるわけないわ。あなたたち二人とも、虎でいる期間が長すぎたんじゃないの？ わたしはちっとも美人じゃない。特に、今なんてジャングルに閉じこめられておしゃれのしようもないし。それに、まだ大学で何を専攻するのかさえ決まってない。戦ってでも勝ち取りたいと思われるようなことは何もないわ……」

キーシャンはわたしのつぶやきを真面目に受け取ったらしく、少しのあいだ考えこんでからこたえた。

「いや、これまでこんなに献身的に人助けしようとする女性には会ったことがない。きみは数週間前に出会ったばかりの相手のために自分の命を危険にさらしている。それに自信にあふれ、はつらつとしているし、聡明で思いやりに満ちている。魅力的だし、充分美しいよ」

金色の瞳の王子がわたしの髪に触れた。褒められて恥ずかしい。

確かに大変なことに足を踏み入れているのは事実だけど……。

水をちょっと飲んで、静かに言った。

「レンと気まずいままでいるのはつらいの……」

「ああ、おれなんか、昔から兄上に怒りをぶつけられてたからよくわかるよ。あいつの根に持つ性格には気をつけてる」

キーシャンは肩をすくめて手をおろした。わたしがレンに話を戻したことにちょっと気分がそがれたらしい。

「ひとつ訊いてもいい？　個人的なことなんだけど……」

キーシャンはクスッと笑ってあごをなでた。

「なんなりと」

「レンの婚約者だった人のことだけど」

とたんにキーシャンの顔が翳った。

「――何を訊きたい？」

きつい口調に、一瞬ためらった。でも、やっぱり訊いておきたい。

「きれいな人だったの？」

「ああ、きれいだった」

「その人のこと、少し聞かせてもらえる？」

キーシャンはわずかに表情をゆるませ、森のほうを見つめた。髪をかきあげながら、物思いに沈んでいる。

「ああ、イェスバイはうっとりするほど魅力的だった。あんなに美しい女《ひと》に会ったのは初めてだった」

キーシャンは静かに話しはじめた。

「最後に会った日は、きらきらした金色のシャララを着て、宝石で飾られた音の鳴るベルトをつけていた。髪は後ろで巻きあげ、金の鎖をからませていて、優雅な装いだった。あの日はまるで、花嫁のように華やかに着飾っていた。最後に見た彼女の面影が、もう何百年もおれの頭に焼きついている」

「そんなに美しかったのね……」

「ああ、顔はかわいらしい卵型で、ふっくらしたピンク色の唇に、黒い眉とまつ毛、それに目を見張るようなスミレ色の瞳の持ち主だった。小柄で、背はおれの肩までしかなかったな。よくスカーフをかぶっていたが、髪をおろしているときは、その髪はなめらかでつやがあり、カラスの羽のように黒かった。かなり長くて、背中に垂らすとひざのあたりまであったな」

目を閉じ、その非の打ちどころのない女性がレンといるところを想像する。

その瞬間、思いもよらないある感情が体を貫いた。心臓が突き破られ、真ん中にぽっかり穴があく。

キーシャンは続けた。

「おれはイェスバイを見た瞬間、自分のものにしたいと思った。彼女さえいればほかには何もいらないと」

そんなに強い想いだったんだ。

「……あなたと彼女はどんなふうに知り合ったの？」

「兄上とおれは一緒に戦いに参加することを禁じられていた。もし、二人とも死ぬようなことがあれば、王位を継ぐ者がいなくなるからだ。で、兄上が戦いに出ているあいだ、おれは家に閉じこめられて、カダムのトレーニングを受けたり、軍事戦略について学んだり、兵士と一緒に仕事をしたりしていた。

　ある日、武器の訓練から帰ってきたとき、寄り道して庭を通って行くことにした。そしたら、イェスバイがいたんだ。噴水のそばに立って、そこに咲いているハスの花を摘み取ったところだった。スカーフが肩のまわりに垂れていた。『きみは？』ってたずねたら、さっとうしろを向いて、つやつやの髪と顔をかくしてうつむいた」

「じゃあ、そのとき、レンの婚約者ってことを……？」

「知らなかった。彼女はひざを曲げてお辞儀をし、名前を名乗ると、すぐに走って宮殿のほうに行ってしまったんだ。てっきり、父上を訪ねてきた高官の娘かなにかだと思った。それから宮殿に戻ってすぐに彼女のことをたずねた。そしたら、なんと兄上との結婚が決まったっていうんだ！　おれは正気を失いそうなほど嫉妬した。なんでもおれは二番目だ。おれが本当に欲しいと思うものはぜんぶ兄上に持っていかれてしまう。兄上はお気に入りの息子で、政治家としてもずっと優秀だし、将来の王だ。しかもたった今、おれがひとめぼれした女性と結婚する予定でいる」

　キーシャンは吐き捨てるように言った。

「そのとき、兄上はまだ彼女に会ってすらいなかったんだ。おれも、両親が兄上に花嫁を探しているなんて知りもしなかった！　兄上はまだ二十一だったたし、おれは二十歳だった。おれは父上に頼んだ。おれが代わりにイェスバイと婚約できるように、取り決めを変更してくれないかと。兄上にはほかの王妃を見つければすむことじゃないかと訴えた。おれが兄上の花嫁を見つけるとまで申し出た」

「お父さまはなんて？」

「当時、父上は戦争のことで頭がいっぱいだった。兄上はきっとどっちでも構わないはずだって言ってみたんだが、父上はおれの訴えに耳を傾けようともしなかった。イェスバイの父親との取り決めは変更できないと言いはるんだ。先方は、娘を王位継承者に嫁がせ、次の王妃にすることを要求しているからと」

キーシャンは腕を伸ばし、もたれていた薪に手を置くと、続けた。

「数日後、イェスバイは宮殿を出発してしまった。キャラバンを伴って兄上に会いに行き、署名して結納の儀をおこなったんだ。移動に往復一週間もかけて行ったのに、兄上と一緒にいたのはほんの数時間だったらしい。あれはおれの人生で最も長い一週間だった。それから、イェスバイは宮殿に戻ってきた。そして一人兄上の帰りを待っていた」

金色の瞳がわたしの目を射るように見た。

「三カ月ものあいだ、彼女は宮殿に滞在し、兄上を待っていた。おれはできるだけイェスバイを避けようとしたが、彼女はひとりぼっちで、話し相手を欲しがっていた。庭を一緒に散歩してくれる相手をね。だから、おれはしぶしぶ付き合った。そのときはまだ、自分の気持ちをおさえられると思ったんだ。

イェスバイはもうすぐ姉になる人だし、好意を持つぐらいはだいじょうぶだと自分に言い聞かせた。だが、彼女を知れば知るほど、おれはのめりこみ、頭に血がのぼった。

そんなある晩、庭を散歩しているとき、イェスバイが打ち明けたんだ——おれが婚約者だったらいいのにって。おれは舞いあがったよ！　ところが、すぐに抱きしめようとしたら、拒まれた。彼女はあくまで儀礼に従うことに強くこだわっていた。散歩のときだって、少し後ろを付き添いの女性にさりげなくついてこさせていたぐらいだ。イェスバイは待ってほしいと必死に訴え、二人でなんとか方法を見つけましょうと約束してくれた。おれは有頂天になり、彼女を自分のものにするためなら、なんだって、どんなことだってやろうと決めた」

つらいことを話させてしまった……わたしは手を伸ばし、キーシャンの手を取った。

キーシャンはわたしの手をぎゅっとにぎって続けた。

「イェスバイは言ったんだ。家族のために、王国のために、おれへの思いをあきらめようとしたけど、どうしてもおれを愛する気持ちを止められないって。兄上でなく、おれをだ。生まれて初めて兄上でなくおれが選ばれたんだ。イェスバイもおれも若かったし、恋をしていた。兄上の戻る日が近づくと、イェスバイは必死になり、おれから彼女の父君に話してくれと訴えた。もちろん、まったく儀礼に反したやりかただったが、おれは感情的になり、何も見えなくなっていた。だからイェスバイを幸せにするためなら何でもしようと心に決め、同意した」

「彼女のお父さまはどう答えたの？」

「おれが〝ある条件〟をのむなら、娘と婚約させると」

思わず口をはさんだ。

「……レンを捕らえる取り決めをしたのね？」

キーシャンはちょっとたじろいだ。わたしが責めたように聞こえたのかもしれない。

「ああ、そうだ。おれのなかでは、兄上はイェスバイをおれの花嫁にするために越えなくてはならない障害だった。だから、おれはイェスバイを手に入れるために兄上を危険にさらした。弁解するわけじゃないが、そのときおれはこう聞かされていた。兄上が護衛兵つきでイェスバイの父君の宮殿を訪れるから、そのとき婚約の取り決めを変更すると。もちろん、予定通りにはいかなかった……」

わたしはねだるようにたずねた。

「予定通りにいかないって……どうなったの？」

キーシャンが静かに答える。

「事故だ。イェスバイが突きとばされて倒れ、首の骨を折ったんだ。おれの腕のなかで死んでいった……」

わたしはキーシャンの手をぎゅっとにぎった。

「……なんて言ったらいいか」

それから、本当に知りたいことなのか自信はなかったけど、あることを訊いてみた。引っかかっていることがあったから。

「じつはわたし、カダムさんに一度たずねたことがある。レンはイェスバイを愛していたんですかって。そしたら、はっきりした答えは返ってこなかった」

キーシャンは苦々しい笑い声をあげた。

「兄上が愛していたのは頭のなかのイェスバイさ。彼女は美人だったし、男を惹きつける魅力もあったから、すばらしい伴侶《はんりょ》になっただろうし、すばらしい王妃になったはずだ。だが、兄上は実際の彼女については何も知らなかった。手紙に、自分はきみを『バイ』と呼ぶから『レン』と呼んでほしいと書いていたが、イェスバイはそれを嫌っていた。愛称で呼び合うのは低い身分《カースト》の者だけだという意見を持っていたんだ。正直、二人ともおたがいのことを何も知らなかった」

そう聞いて、最初はほっとした。

でも、キーシャンの語るイェスバイという女性は相当すばらしい人だったらしい。それならあまり知らない相手であっても、思いが募らないとはいえない。レンが亡くなった婚約者にまだ思いを残していることだって充分ありうる。

キーシャンの腕にかすかな震えが走った。人間でいられる時間ももうわずかなのだろう。

「キーシャン、一緒にいてくれてありがとう。まだ訊きたいことがたくさんあるし、もう少し長く話せたらいいのに」

「兄上が戻るまではここにいる。明日また話せるさ」

「うん、楽しみにしてる」

悩める弟は黒い虎に姿を変え、昼寝にぴったりの場所を見つけて、身を落ちつけた。わたしはしばらく日記を書くことにした。

イェスバイの死のことを考えると、ぞっとした。空白のページを開き、結局、そこに絵を描いた。二頭の虎にはさまれた、長い髪の美しい女の人を。

二人に愛された女性……。

頭のなかでまだきちんと整理できていないのに、紙の上で気持ちを整理できるわけがない。

レンはその日いっぱい戻らず、キーシャンは午後じゅうずっと寝ていた。何度か音を立ててそばを歩いてみたけど、目をさます気配もない。

「まったく、頼もしい護衛って言ったって、この程度なのね。これじゃあ、わたしがここからいなくなってジャングルに入りこんでも、気づかないじゃない」

わたしがぶつぶつ言うと、大型の黒い虎はちょっと怒ったように息を吐いた。たとえ居眠りしていても、状況はわかっていると言いたいらしい。

その午後は結局、夕方まで静かに読書をした。

レンがいなくて寂しかった。

レンなら虎の姿でも、わたしの話に耳を傾けてくれているのがわかったし、できるときは話し相手もしてくれた。

離れてみてわかった。わたしはレンに友情以上のものを感じている。そう、好きになってしまっている。

夕食後、わたしはキーシャンの頭をなでると、テントに引っこんだ。腕を枕代わりにしながら、いつもはレンが寝ているはずの、ぽっかりあいた空間が気になってしかたなかった。

それから四日間は同じような日が続いた。キーシャンはそばにいて、日に二度ほど見回りに出かけていき、戻ってくるとわたしの昼食中はそばに座っている。そのあと人間の姿になり、宮殿の暮らしや当時の王国の人々の文化について、あれこれ質問攻めするわたしに付き合ってくれた。

五日目の朝、その日課がくずれた。

起きてテントから出ると、キーシャンはすぐに人間の姿になった。

「ケルシー、兄上が心配だ。出かけていってからもうだいぶたつのに、見回りしてもいまだに兄上の匂いがつきとめられない。狩りがうまくいってないんじゃないかと思うんだ。捕まってから一度も狩りをしてないからな。それももう三百年以上前のことだし」

「ケガをしてるとか……?」

「可能性はあるが、おれたちは回復が早いってことを忘れないでくれよ。それに、このあたりで虎に危害を加えようとする動物はまずいない。ただ、密猟者もいれば、罠もあるから、捜しに行ったほうがいい気がする」

「簡単に見つけられそう?」

「兄上が利口なら、川のそばを離れないはずだ。動物の群れはたいてい水のそばに集まる。そうだ、餌の話で思い出したが、きみの食料もだいぶ減っていたから、ゆうべきみが眠っているあいだに、道路のそばでキャンプを張っているカダムのところまで行って、食事を少しもらってきた」

そういうと、キーシャンはテントのそばに置かれたバッグを指さした。

「ひょっとして、ここまでずっと口にくわえて運んでくれたの? ありがとう」

「それくらいお安いご用だよ、お嬢さん」キーシャンはにっこり笑った。

ほんと、キーシャンは陽気だ。レンとはちょっとちがう。

「口にバックパックをくわえて何キロも運んでくるほうが、わたしを飢えさせるのかってレンに嚙みつかれるよりマシだもんね」

「ちがうさ、きみのために運んだんだ。兄上は関係ない」

「……ありがとう」

笑ってキーシャンの腕に手を置いた。

キーシャンがその手を押さえるように握ってきた。

「きみのためとあらば《アーブ・ケ・リイエ》、どんなことでも引き受けるよ」

「カダムさんに、ここの滞在が少し長引くことを伝えてくれたんだ」

「ああ。状況を説明しておいた。カダムなら心配いらない。道路のそばで気楽にキャンプをしているから、必要なだけ待ってくれるさ。さあ、水と食料をバックパックにつめて。きみを連れていく。おれだけ行こうかとも思ったが、きみを一人にすると、やっかいなことが起こるって兄上が言ってたから……」

キーシャンは指でわたしの鼻を突いた。

「それって本当かい、子猫《ビラウタ》ちゃん？　きみみたいなかわいらしい子がやっかいごとを起こすなんて信じられないけどな」

「わたしがやっかいごとを起こすわけじゃなくて、やっかいごとのほうがわたしを見つけるの」

「そりゃ言えてる」キーシャンは大声で笑った。

キーシャンとなら、こんなに冗談を言い合える。

「あなたたち虎がどう思ってるか知らないけど、わたしは自分の面倒ぐらい自分でみられるわ」

笑いながらもちょっとムッとした声が出た。

キーシャンはわたしの腕をぎゅっとつかんだ。

「虎たちはきみの面倒をみるのが楽しいんだよ」

それからしたくをして、滝のてっぺんに向かってくねくね伸びる獣道を歩きはじめた。ゆるやかだけど単調なのぼり坂。頂上に近づくころには足が悲鳴をあげはじめた。

頂上でキーシャンが少し休憩を取ってくれた。ジャングルの景色が一望でき、小さな空き地にあるわたしたちのささやかなキャンプサイトが眼下に見える。

川に沿ってさらに進むと、大木の幹が倒れて橋のようになっている場所にたどりついた。枝はきれいになくなり、急流に樹皮が剝ぎとられて幹もつるつるになっている。上を歩いたらすべって転びそう。勢いよく流れる水が、ときおりその橋の上に飛び散る。

キーシャンがその丸太に跳び乗り、川を渡った。キーシャンの重みで木が上下にゆれているけど、安定感はまずまずありそうだ。キーシャンはそっと対岸におりると、こっちに向き直り、川をはさんでわたしを見つめた。

なんとか勇気を出し、一方のつま先ともう一方のかかとをくっつけるようにして一歩ずつ進んだ。まるでマウリッツォ・サーカスの綱渡りの綱の上を歩いている気分。

向こう岸のキーシャンに叫ぶ。

「虎にとってはこのくらいの丸太を渡るなんてたやすいだろうけど、重いバックパックを背負ってスニーカーをはいている女の子には結構きついかもって考えたことある？　川に落ちたら、泳ぐ覚悟をしておいてよ！」

それでも、なんとか渡りきった。無事だったからいいけど、ほんとにヒヤヒヤだった。

さらに歩いて五キロほど行ったとき、キーシャンがようやくレンの匂いをとらえた。それをたどってしばらく注意深く歩く。やがて、キーシャンはゆっくり休憩するようわたしに言い残し、レンの居場所を調べに出かけた。

キーシャンは三十分後に戻ってきた。

人間の姿に戻って説明する。

「ここから少し離れた空き地に、黒いレイヨウの大群がいる。兄上は三日間そいつらを追っているらしいが、うまくいってないんだろう。レイヨウはかなり足が速い。だいたい虎は子どもかケガをしている動物をねらうんだが、その群れには大人のレイヨウしかいない。

やつらは兄上に追われているとわかって、不安でびくびくしているが、仲間同士ぴったりくっついているから、なかなか一頭を狙いにくい。それに、何日も狩りを続けているせいで、兄上も疲れきっているみたいだ。きみを風下の安全な場所に連れていくから、そこで休んでいてくれ。おれは兄上の狩りを手伝ってくる」

うまくいってないのね……。

わたしはうなずくと、バックパックをまた背負った。キーシャンのあとについて木々を抜け、べつの大きな丘にのぼる。途中、キーシャンは何度か立ちどまって風の匂いをかいだ。何百メートルかのぼったところで、安全そうな場所を見つけると、キーシャンはレンの応援に向かった。

しばらくすると、わたしは退屈しはじめた。ここにはテントもないし、ながめもあまりよくない。

ペットボトルの水もすっかり飲み干してしまい、落ちつかない。少しだけ周辺の探索に出て、状況を確かめることにした。注意深く岩層を調べ、方位磁石を使って自分の居場所を再確認する。

丘をのぼっていくと、木立の向こうに大きな岩が突き出しているのが目に入った。てっぺんが平らで、大木が日陰を作っている。居心地がよさそうだ。行ってみると、驚くほど景色がよかった。岩のてっぺんによじのぼり、あぐらをかいて座った。眼下には数十メートル下を川がのろのろと縫うように走っている。わたしは木の幹にもたれて座った。顔に感じる風が気持ちいい。

ここで待っていよう。

二十分ほどたったとき、下のほうで何かが動くのが目に留まった。

大きな動物が木々のあいだからあらわれ、仲間が何頭かあとに続いている。最初、シカかと思ったけど、ふと、キーシャンが話していたレイヨウの群れの一部だと気づいた。

レンとキーシャンが追っている群れだろうか。

体の上のほうは濃い褐色、下半分は白で、あごと大きな茶色い目のまわりも白い。雄は頭のてっぺんからねじれた形の長くりっぱな角が二本、テレビのアンテナみたいにまっすぐに生えている。体格のいい雄の角は大きく、小柄な雄よりねじれが強い。

レイヨウたちは白い尻尾を左右に動かしながら川の水を飲んだ。そのあいだ、体格のいい雄が見張りをしている。雌は身長が百五十センチほどだろうか。雄は角まで入れると、それより三十センチから五十センチは高そうだ。りっぱな角を見れば見るほど、レンのことが心配になった。

あの動物を捕まえようとしているんだから、苦労したって不思議じゃない。

レイヨウの群れはくつろいでいるらしく、なかには草を食《は》みだすものもいた。木々のほうに目を走らせ、レンを探したけど、どこにも見当たらない。

わたしは長いあいだ群れをながめていた。レイヨウたちは美しかった。

襲撃はとつぜん起こった。

群れは驚いていっせいに逃げ出した。それを追うキーシャンの姿が黒い筋のように視界をすばやく横切る。キーシャンは大型の雄に目をつけたようだ。群れとはちがう方向にさっと駆け出した。その雄は致命的なまちがいを犯したのか、それとも群れから天敵を遠ざけるために、勇敢にも自らおとりとなったのだろうか。

キーシャンはその雄を雑木林のほうに追いつめると、背中に跳び乗った。前脚の爪をレイヨウのわき腹に食いこませ、背骨に嚙みつく。そのとき、レンが木々のあいだから跳び出してきた。雄のレイヨウに横並びになり、相手の前脚に嚙みつく。レイヨウは身をよじりながらキーシャンの下から抜け出した。振り落とされたキーシャンは、円を描くように歩きながら、ふたたび跳びつくチャンスをうかがっている。

レイヨウは長い角をレンに向けた。レンはその場を行ったり来たりしている。相手は集中力を切らさずに、角で防御を続けた。耳をあちこちに動かし、こっそり背後にまわったキーシャンの様子に耳をすましている。

キーシャンが跳びあがり、レイヨウの尻を爪で強打した。その強い一撃でレイヨウが倒れると、チャンスと見て取ったレンが跳びつき、首に嚙みついた。レイヨウは身をよじらせて起きあがろうとしたけど、二頭の虎のほうが優勢だった。

それでも何度か、レイヨウが逃げきれるんじゃないかと思える瞬間があった。激しくのたうちまわり、ついには二頭からすばやく抜け出した。そして、何歩か離れると、息を切らしながら、虎たちがじわじわ迫ってくるのを見据えた。疲れきって体を震わせ、弱々しく足を引きずりながら、次の襲撃を待ちかまえている。

二頭はゆっくりとレイヨウに跳びつき、ふたたび地面に倒した。

狩りって、獲物を殺すまであっという間なのかと思ってたけど、実際はこんなに時間がかかるんだ。

レンとキーシャンは獲物をへとへとにさせて、〈死の舞踏〉に引き入れようとしている。

二頭の動きもものうげだった。息の根を止めることはなかなかしない。

雄のレイヨウは果敢に抵抗していた。必死で足を蹴りあげる。ひづめは虎たちに命中したけど、二頭はレイヨウに噛みついたまま離れず、そのうち、ようやく相手の動きが止まった。

すべてが終わると、レンとキーシャンは疲れて息を切らしながら、その場で体を休めた。

キーシャンが先に食べはじめると、わたしは視線をそらそうとした。でも、そらしたくても、できなかった。その光景にどうしようもなく引きつけられた。

キーシャンはレイヨウを爪で押さえつけると、その体に歯を深く食いこませ、あごの力を使ってまだ湯気の出ている血のしたたった肉のかたまりを食いちぎった。レンもそれにならう。ぞっとするほど不快で恐ろしく、心がざわざわした。背筋に震えが走ったけど、それでも目を離すことがどうしてもできない。

食事が済むと、二頭は麻酔をかけられたか、眠くなったかのように動きが緩慢《かんまん》になった。人間と同じだ。ごちそうを食べたあとは満腹感におそわれる。二頭は餌のそばに横たわり、ときおり、餌に戻ってはー番おいしい部分をペロペロなめていた。そこにハエの大群が、黒い雲のように空から近づいてきた。無数のハエが、うるさい羽音を立てて新鮮な死骸に群がろうとしている。

二頭のまわりにハエがたかる。すぐにレイヨウの死骸や、キーシャンとレンの血だらけの顔にハエがびっしりとまるだろう。

もう耐えられない。これ以上見てはいられない。

バックパックをひろいあげ、起伏の多い丘をすべるように駆けおりた。あっという間にふもとまでたどりついた。そのまま、キャンプサイトに向かう。

道に迷う恐れよりも、二頭の虎と顔を合わせることのほうが怖かった。あの光景を見た直後に、キーシャンともレンともどうやって向き合えばいいのかわからない。

日没まで二時間くらいしかない。急ぎ足で歩きはじめ、川にかかる丸太まで戻ってくると、なんとか日が暮れる前に川を渡った。最後のほうはさすがに歩調が遅くなった。

夕闇が迫り、雨雲が近づいている。雨粒がぽつぽつと顔にあたり、道がしだいに濡れてすべりやすくなってきたけれど、本格的などしゃぶりになる前に運よくキャンプサイトにたどりついた。

今ごろ、二頭の虎の上にも雨がふっているだろうか。

そうならいいのに。雨が二頭の顔から血を洗い流してくれるだろうし、ハエも追い払ってくれる。思わず体がぶるっと震えた。

その瞬間、食べることに嫌気がさし、そのままテントにもぐりこんで、『オズの魔法使い』の映画の歌を歌った。数時間前に見た光景を頭から押しやり、うまく眠ってしまいたい。でも、それが裏目に出た。

眠りに落ちたわたしは、臆病なライオンがドロシーの肉を食いちぎる夢を見るはめになった。

16

ドロシーとライオンの夢が、いつの間にかべつの恐ろしい夢に変わった。

わたしはひとりぼっちで途方に暮れながら、暗闇のなかを走っていた。レンを見つけられず、邪悪なものがあとを追ってくる。なんとしても逃げなくては。奇妙で欲深い手が伸びてきて、服と髪の毛を引っぱろうとする。皮膚をこすり、無理やりわたしを道から引き離そうとする。もし、捕まったら、罠に落ちて殺されてしまう。

角を曲がり、大きな部屋に入る。豪華な紫の衣を着た邪悪な男がいた。男が見おろす位置に、だれかが大きな祭壇のような台にしばりつけられている。

暗い部屋のすみからながめていると、邪悪な男が先の反りかえった鋭利な短剣を宙に掲げた。男はわたしにはわからない言葉を静かに唱えている。

悪夢のなかでわたしは、その男に捕らわれた人をどうしても助けなくてはと思っていた。短剣をかかげる男に勢いよく飛びかかり、その腕にしがみついて手から短剣をもぎ取ろうとした。わたしの手は真っ赤に輝きはじめ、火花が音を立てて飛び散った。

「だめだ、ケルシー！　やめろ！」

祭壇に目を向けて息をのんだ。

レンだ！　レンの体は何カ所か切りつけられて血まみれだ。両手は頭の上でしばりつけられていた。

「ここから出るんだ！　危険に近づいてはいけない！　ぼくがこうすれば、やつはきみを見つけられない」

「だめ！　そんなことさせない！　レン、逃げて。虎に姿を変えて！」

レンは激しく首を振り、大声で言った。

「ドゥルガー！　あなたの言うとおりにする！　今、やってくれ！」

「ドゥルガー？　ドゥルガーに何を頼んでいるの？」

男が大声でふたたび呪文のような言葉を唱え出す。わたしの弱々しい制止を振りほどき、短剣を掲げ、レンの心臓をひと突きする。

わたしは悲鳴をあげた。

心臓の鼓動がレンの心臓の鼓動に呼応しておかしくなる。心臓がピクッと動くごとに、レンの体から力が抜けていく。傷ついた心臓の鼓動はしだいに鈍くなり、動かなくなって、とうとう止まってしまった。

涙が止めどなく頬を流れ落ちる。身を切られるような激しい痛みを感じた。レンの鮮血が祭壇からしたたり、タイル張りの床にたまっていく。わたしは倒れるように床に手をつくと、わき起こる激しい感情にのどをつまらせた。

レンが死ぬなど、耐えられない。レンが死んだら、わたしも死ぬ。

悲しみの海におぼれ、息ができなかった。もう、わたしを駆り立てるものはどこにもない。気力もわかない。必死にあがけという声も、水を蹴って海面に浮きあがり、痛みを乗り越えろと急きたてる声もしない。わたしを呼吸させ、ふたたび生かすものも、もう何もない――

祭壇の部屋が消え、また暗闇に包まれていた。

夢の光景が変わった。

わたしは金色のドレスを身につけ、宝石で着飾っていた。高座に置かれた美しいイスに座り、目の前の床に立つレンを見おろしている。レンにほほえみかけ、手を差し出すけど、キーシャンがその手をつかんでわたしの隣に座った。

わたしはとまどい、キーシャンを見た。キーシャンは得意げな顔でレンに笑いかけている。ふたたびレンのほうを向くと、レンは逆上した様子で、憎悪と激しい侮蔑の表情を浮かべてわたしをにらみつけていた。

キーシャンにつかまれた手をほどこうとがんばっても、キーシャンは離してくれない。その手から逃れる前に、レンは虎に姿を変えてジャングルのなかに走り去ってしまった。声を限りに叫んでも、レンの耳には届かない。いや、レンは聞こうとしてくれない。

風がクリーム色のカーテンのひだを打ち、嵐雲が冷たい風に乗ってみるみる迫ってくる。雲が木々に垂れこめ、たちまち空がどす黒くなった。あちこちに雷が落ち、すさまじい轟音がはるか遠くまで響きわたる。

その勢いに乗じて、わたしは手をよじり、キーシャンから逃れると、スコールのなかに跳びこんだ。

たたきつけるような雨のなか、重い足取りでレンを探した。金色の美しいサンダルは、どしゃぶりでできた泥の深みにはまってぬげてしまう。レンはどこにもいない。目にかかった髪を払いのけて叫んだ。

「レン！　レン！　どこ？」

ちぎれるような轟音《ごうおん》とともに、すぐ近くの木に雷が落ちた。木が裂け、焦げた木片があちこちに飛び散り、幹が一気にねじ曲がってバラバラにくだける。落ちてきた枝の下敷きになり、地面で身動きがとれなくなった。

「レン！」

ぬかるんだ雨水が体の下にたまっていく。慎重に身をよじらせ、あざだらけの痛む体をくねらせながら、木の下からようやく抜け出した。金色のドレスは裂けて破れ、皮膚のあちこちにできたすり傷から血が出ている。

もう一度叫んだ。

「お願い、戻ってきて！　あなたが必要なの！」

寒さに震えながら、ジャングルのなかを走り続ける。木の根元につまずき、肌を刺す灰色の下生えに足を取られながらも、ひたすら進んだ。あちこちに目を向け、大声で叫びながら、レンの姿を探し続ける。必死に請い願った。

「わたしを置いていかないで！」

ようやく、木々のあいだをゆっくり駆けていく白い姿を見つけた。レンに追いつこうと走る速度をあげる。棘《とげ》だらけのやぶにドレスの裾を取られても、無我夢中でかきわけて進んだ。なんとしてもレンに追いつかなきゃ。

雷が落ちた場所をたどっていく。

雷は怖くなかった。木の焦げる匂いがわかるほど近くに落ちても、動じなかった。雷がレンのもとへと導いてくれるとわかっていたから。

レンは地面に横たわっていた。白い毛に大きな焦げ跡がある。雷がくりかえしレンを襲っていた。そうしたのは自分だと、なぜか知っていた。レンの痛みはわたしのせいでもあった。

レンの頭とやわらかくなめらかな首の毛をなでると、泣きながら叫んだ。

「こんなのいやよ。なぜこんなことに？」

レンは人間の姿に戻ると、ささやいた。

「きみがぼくを信頼できなかったからだよ、ケルシー」

首を振って否定した。涙が頬を伝う。

「そんなことない。そんなことあり得ない！」

レンはわたしの目を見ようとしない。

「いとしい人《イアダラ》、ぼくのもとを去ったのはきみだ」

「ちがうわ、もう決して離れない」必死になってレンに抱きついた。

「いや、きみは去ったんだ。ぼくのもとから。待っていてくれというのは無理な注文だったのか？　ぼくを信じてくれというのも？」

わたしは絶望して泣きじゃくった。

「知らなかったの。知らなかったのよ」

「もう過ぎたことだ、恋人《プリヤタマ》よ。今度は、ぼくがきみから去っていくよ」

レンはそう言うと、目を閉じて息絶えた。

わたしは力の抜けたレンの体をゆすった。

「だめ！　いや！　レン、戻ってきて、お願い！」

涙が雨と入り混じり、視界がぼやける。

わたしは怒りをおぼえ、雨の混じった涙をぬぐうと、もう一度目をあけた。

するとと目に映ったのは、レンだけでなく、両親と祖母、そしてカダムさんの姿だった。みんな、地面に倒れて死んでいる。

わたしは一人、死にかこまれていた。

「いや！　こんなことあり得ない！　絶対あり得ない！」

涙を流して何度も叫んだ。

耐えがたい黒い痛みが全身に染みわたり、ねばついた苦痛のかたまりが骨の髄にまで流れこんで、手足の先からしたたり落ちる。心はひどく重たく、深い絶望と孤独の淵に沈んでいた。レンにしがみつき、その体をゆすって、自分をなぐさめようとするけど、心はいっこうに癒やされない。

そのうち、一人じゃないことに気づいた。わたしがレンの体をゆらしているのではなく、ほかのだれかがわたしの体をゆらしている。しかも、しっかりと捕まえてくれている……。ようやく夢をみていたんだと気づいた。目が覚めてもまだ、夢のなかで感じた痛みに苛《さいな》まれていた。

わたしの顔は本当に涙に濡れていて、外は確かに嵐だった。

風がうねりながら木々を吹きぬけ、風にあおられた雨が激しくテントに打ちつけている。近くの木に雷が落ち、一瞬テントに光が射した。その明かりで、濡れた黒髪と黄金色の肌と白いシャツが見えた。

「レン？」

レンの親指がわたしの頰を伝う涙をぬぐうのを感じた。

「だいじょうぶだ。ここにいる。恋人《プリヤタマ》よ、ぼくはどこへも行かない。ちゃんとここにいる《メイン・ヤハ・フーン》」

心からほっとして、子どもみたいに泣きじゃくりながら、手をのばして両腕をレンの首にまわした。レンはさらにテントの奥に入ってきて、わたしを自分のひざに引き寄せ、両腕でしっかりと抱いた。そして、わたしの髪をなでながらささやいた。

「もう、だいじょうぶだよ、プリヤタマ。ぼくがきみを守るから《メイン・アーブカ・ラクシャ・カルンガ》。ぼくはここにいる。何も悪いことは起こらないよ。ぼくが起こさせない」

レンはインドの言葉でしばらくわたしをなだめ続けた。ようやく夢の記憶が薄らいでいく。

それからほどなく、もうレンから体を離せるくらいに落ちつきを取り戻したけど、そのままでいた。

レンの腕に抱かれているのは心地よかった。

恐ろしくてつらい夢だった。自分がどれほど孤独を感じているのか、夢が告げているようだった。

両親が死んでから、こうやってレンのように抱きしめてくれる人はいなかった。もちろん、セアラとマイクや、子どもたちとはぎゅっと抱き合う。でも、わたしの守りの壁を突き破る人はいなかった。自分でもずっと、心の奥底にある感情をだれにも見せないようにしてきた。

自分の心がレンに向かって開くのを感じる。

そして、レンがわたしを大事に思ってくれていることも感じた。

虎のレンのことはすでに好きになっていたし、信頼もしていた。虎のレンに心を開くのは簡単だった。いっぽう人間のレンには、これまでどこか警戒するところがあった。

キスを避けてしまったのも、そのせいかもしれない。

でも、人間のレンこそ、愛情を必要としている、そう感じた。レンはまさに何世紀も愛を求めてきたのだ。

わたしはレンにぎゅっと抱きついた。人間のレンの時間が尽きるまで離れたくない。

レンの耳元でささやいた。

「ありがとう、そばにいてくれて。あなたに出会えてほんとうによかった。今日はこのまま一緒にテントのなかにいて。外は嵐だし……」

そう言って、自分からレンの頬にキスした。

レンは虎に戻り、静かに隣に横たわった。

レンの背中に寄り添うと、祖母のキルトにくるまり、外で嵐が吹き荒れるなか、夢も見ない安らかな眠りに落ちた。


翌日、目覚めると隣にはだれもいなかった。レンはもう外に行ったらしい。

外は静かだ。嵐は過ぎ去ったみたい。

テントから出ると、むっとした空気がまとわりついてきた。日射しで雨が蒸発してジャングルは湿気のたちこめるサウナと化している。強風に剝ぎとられた枝葉がキャンプサイトに散乱している。たき火をしていた場所は、黒焦げの薪のまわりに灰だらけの水をたたえた深い穴が残っているだけだった。

滝はいつもより勢いを増し、漂流物がにごった滝壺でもまれている。

「今日は水浴びは無理だね」

レンを見つけて、あいさつ代わりに言った。レンはすでに人間の姿だ。

「もう水浴びの必要はない。これからカダムのところへ戻ろう。旅を再開する頃合いだ」

「でも、キーシャンは？　一緒に来るように説得できていないのに？」

「弟は自分の立場をはっきりさせた。ここにとどまりたいと言っているんだから、こっちから頼むつもりはない。あいつは一度決心したら、絶対に翻《ひるがえ》さない」

「でも、レン――」

「でもは、なしだ」

レンが近寄ってくる。わたしの編んだ髪を軽く引っぱると、ほほえんで額にそっとキスした。

嵐のあいだに起こった出来事が、気まずくなった関係を修復してくれていた。レンがまたいつもどおりに戻って、うれしかった。

「さあ、荷造りしよう」

レンは手際よくテントをたたむ。数分のあいだにすべてがバックパックにしまわれた。カダムさんに合流して、文明社会に戻れると思うとほっとしたけど、こんなふうにキーシャンと別れるのはいやだった。さよならを言うチャンスもないなんて。

レンもほんとにそれでいいんだろうか。

キャンプサイトから出るとき、花の咲く低木のわきを通ると、蝶たちがまた空に舞いあがった。最初にここに来たときほどの数はいない。蝶たちは雨に濡れた低木にしがみつき、日射しのなかで羽をゆっくりはためかせて、体を乾かしていた。数羽が空にはばたく。わたしはレンを待たせたまま、最後にもう一度蝶を見つめた。ハイキングやキャンプは苦手でも、こんなに美しいところはない。わたしにとっても特別な場所になっていた。

虎の姿になったレンがいつものように先に歩いた。そのあとをゆっくり歩きながら、ぬかるみについたレンの足跡を避け、なるべく乾いた地面を選んでついていく。

歩きながら気の向くままに話をした。

キーシャンから宮殿の暮らしについて教えてもらったことや、キーシャンがカダムさんのところから食料をつめこんだバックパックを口にくわえて運んでくれたことをレンに話して聞かせた。

レンには内緒にしたこともある。特に、イェスバイについて聞いたことは話さなかった。レンに、イェスバイのことを思い出してほしくなかったからだ。ただ、いつかキーシャンからレンに直接その話をすべきだとも、感じていた。

それから、ジャングルで過ごすのは退屈だったとか、二人が狩りをするのを見ていたことも話した。

とつぜん、レンが人間の姿に戻り、わたしの腕をつかんで怒鳴った。

「何を見たって？」

「え、だから……狩りを。知ってるのかと思ってた。キーシャンが話さなかった？」

急に怒鳴られて面食らった。

「聞いてない！」

レンは怒りに歯をきしらせた。

一歩わきに寄ってレンを避けながら、ひと続きの石の上を歩いた。

「そんなに怒らなくても。わたしはだいじょうぶだから。ちゃんと帰ってきたし」

レンがわたしのひじをつかんで、向かい合うようにわたしを立たせた。

「ちょっと待て、きみは狩りを見ていただけじゃなく、一人でここまで歩いて戻ったというのか？」

レンは怒りに我を忘れているようだった。

「そうだけど……」

なにをそんなに怒っているんだろう。見てはいけなかったのかな。

「今度キーシャンに会ったら、ただじゃおかない」

レンはわたしの顔に指を向けた。

「きみは殺される危険だってあったし……食べられる危険だってあったんだ！　ジャングルにはどれほど危険な生物が棲《す》んでいるかわからないんだぞ。もう二度とぼくの目の届かないところには行くな！」

レンはわたしの手をにぎると、引っぱるようにして歩きだした。レンの全身からピリピリした空気が発せられている。

「どういうこと？　キーシャンと話をしてないの？　その……食事のあとで？」

「していない。あいつとはすぐに別れた。ぼくはまっすぐにキャンプに戻ってきたんだ。キーシャンはまだぐずぐずと……餌を食べていた。きっと雨のせいできみの匂いをかぎわけられなかったんだろう」

「じゃあ、キーシャンはまだわたしを捜しているかも。戻ったほうがいいんじゃない？」

「いや、当然の報いだ」レンは意地悪な笑いかたをした。「たどれる匂いがなければ、ぼくらがいなくなったことに気づくのにきっと何日もかかる」

いくらなんでもそれはひどすぎる。

「レン、戻ろう。出発することをキーシャンにきちんと伝えるべきよ。狩りで助けてもらったくたって、ぼくは一人で仕留められた」

「いや、戻らない。あいつは一人前の虎だ。自分できちんとやれるさ。それに、あいつがいなんだし、せめてそれくらいしなきゃ」

頑固だ。

「それはちがう。わたしも見てたって言ったはずよ。レイヨウを仕留めるのにキーシャンは協力してくれてた。レンは何百年も狩りをしてないからって、キーシャンが言ってた。だから、一緒にあなたを捜しに行ったのよ。レンには助けが必要だってキーシャンが言ったから……」

レンはふくれっ面をしたけど、何も言わなかった。

わたしはちょっと黙った。それからレンの腕にそっと手を置いた。

「助けが必要なときがあったからって、弱さを見せてることにはならないわ」

レンは不満そうな声を出してわたしの意見を聞き流した。わたしの手を自分の腕にからませてまた歩きだす。

「三百年前にいったい何があったの？」

レンは黙っている。

レンをひじでつつき、うながした。ハンサムな顔からしだいに険しさが消え、肩から力が抜けていく。レンは溜め息をつき、片手で髪をかきあげると、口を開いた。

「白い虎は、黒い虎ほど簡単に狩りができない。ジャングルに溶けこまないからだ。だから、虎にされてからは野生獲物をなかなか仕留められず、本当に腹が減ると、たまに村に侵入して、ヤギやヒツジをさらった。用心はしていたんだが、すぐにホワイトタイガーが出没するというわさが広がり、猟師が大挙して押し寄せた。ぼくを村から遠ざけたい農民たちだけでなく、希少動物を仕留めたい大物ねらいの猟師もこぞってあらわれたんだ。

やつらはジャングルじゅうにぼくを仕留めるための罠を仕掛けた。そのせいで、たくさんの生物が巻き添えを食って殺された。ぼくは罠を見つけるたびに、それをはずしてだれもかからないようにしていた。ところがある日、バカな過ちを犯してしまったんだ。罠が隣り合わせで二つ仕掛けられているのに気づかなかった。ぼくは片方のわかりやすい罠の方に集中していた。落とし穴の上に肉がぶらさがっている、よく見かける罠だ。

ぼくは落とし穴を観察しながら、肉をどうやって手に入れようかと知恵をしぼっていた。そのとき、隠れていた針金に足が引っかかった。その瞬間、頭上の木から大釘と矢が雨のように降ってきた。わきによけたと思ったら、足元の地面がぬけて、落とし穴に落ちてしまった」

「矢が突き刺さったの？」わたしはハラハラしてたずねた。

「ああ、何本か体をかすめたが、傷のほうはすぐに癒えたよ。それに、運よく穴には竹杭もなかった。ただ、うまく作られていて、落ちたら脱出できない深さだったんだ」

「それで……？」

「数日後、猟師たちに見つかり、変わった生物ばかりを集めている個人収集家に売り渡された」

売り渡された……。ひょっとしてそのときからずっと囚われたままの生活なの？

レンが続ける。

「ただ、ぼくが扱いにくいことがわかると、べつの人の手に渡り、そこからまたべつの人とうぐあいに持ち主が変わった。結局、あるロシアのサーカスに落ちつくことになって、それ以来サーカスを転々とした。ぼくは虎としても年を取らなかったから、人々が年齢に不審を抱いたり、なにか危害を加えてきたときにはいつも、わざと面倒を起こしてすぐに売り渡す気にさせたんだ」

あまりにつらい話だ。レンから一歩離れて丸太をよけ、また寄り添うと、レンが私の指に指をからめて歩き続けた。

「でも、どうしてカダムさんがあなたを買い取りに来なかったの？」

「できなかったんだ。カダムがサーカスからぼくを買い取ろうとするたびに、なんと言われても売る気はないと持ち主に突っぱねられた。一度、べつの人間を使って買わせようとしたが、それでもうまくいかなかった。人を雇ってぼくを盗みだそうとしたことすらあった。結局、その人たちは捕まってしまった。

呪いのせいだ。呪いにしばられていて、ぼくらにはどうすることもできなかったんだ。カダムが介入しようとするたびに、ぼくの状況はどんどんひどくなっていった。結局、純粋にぼくに興味を示しそうな買い手に買い取らせるくらいのことならできるとわかり、善良な人たちがぼくを買うようにカダムがそれとなく誘導してくれてはいたが、カダム自身がぼくを自分のものにしようという意図が少しでもあるとだめだった。

カダムはぼくが周囲に年齢を疑われない程度に、居場所を変えられるよう注意を払ってくれていたし、ときどきぼくを訪ねてきて、連絡先を知らせてくれたが、実際にできることは何もなかった。それでも、カダムは呪いを解く方法を探し続けた。自分の時間のすべてをそのためにあててくれたんだ。カダムが会いに来てくれることがぼくにとって生きがいだった。彼がいなかったら、ぼくは人間性を失っていたかもしれない」

レンは首の後ろにとまった蚊をぴしゃりとたたき、物思いに沈みながら続けた。

「最初に捕まったときは、すぐに逃げ出せると思っていた。ただ夜が来るのを待って、檻の掛け金をはずせば済むと。ところが、一度囚われの身になったら、虎の姿のまま、人間に戻ることができなくなってしまったんだ――きみがあらわれるまでは」

わたしがあらわれるまで……。

張り出した枝をレンが手でおさえている。わたしはその下をくぐった。

「長いあいだサーカスに閉じこめられて、つらかったでしょうね」

言いながら石につまずいたわたしを、レンが抱きとめた。わたしが体勢を立て直してしっかり立つと、レンはちょっと残念そうにわたしの腰から両手を放し、また片手を差し出した。

「大半の時間は退屈を持て余していた。持ち主が冷酷なやつだと、ムチで打たれたり、なぐられたり、刺されることもあった。それでもぼくは恵まれていたほうだったよ。傷が癒えるのが早かったし、ほかの虎ならやろうとしない芸をやるぐらいの知恵はあったからね。虎は生まれつき、炎の輪をくぐりぬけたり、自分の口のなかに人間の頭を入れたりすることを嫌がる。火は大の苦手なんだ。だから、火を怖がる以上に調教師を怖がるよう教えこまれる」

「ひどい……」

「ああ、以前のサーカスは確かにひどかった。動物たちはせまい檻に入れられ、家族のつながりを絶たれ、子どもは生まれるとすぐに売られていった。初めのころは食事もひどく、檻は不潔だし、動物たちはよく叩かれていた。街から街へ巡業させられ、慣れない土地や気候のなかでも外に放っておかれる。みんな長くは生きられなかった」

レンは目を伏せ、思いをめぐらしながら続けた。

「今は、動物たちの寿命をのばし、生活の質をよくするための調査や努力がされている。しかし、どれだけ檻の居心地がよくなっても、しょせん囚われの身は囚われの身だ。それでも、囚われの身になったことで、ぼくはほかの生き物、特にゾウや馬とのかかわりについてつくづく考えさせられたよ。父は何千という数のゾウを所有し、戦いのために鍛えたり、重いものを運ばせたり、重労働をさせたりしていた。ぼくは以前、お気に入りの雄馬を飼っていて、それに乗るのが大好きだった。ぼくは毎日檻のなかで、自分の馬も同じ気持ちでいたんだろうかと考えた。あいつが自分の馬屋で退屈をもてあましながら、ぼくに連れ出してもらえるのをただ何時間も待ち続けるところを想像した」

レンはわたしの手をぎゅっとにぎって放し、虎に姿を変えた。

檻に閉じこめられたまま過ごしていたなんて、どれだけつらかっただろう。

レンはそれを何世紀も耐えしのんできたのだ。信じられない……。

黙ってレンのあとを歩き続けた。

それから一時間以上はそうやって歩いただろうか。わたしはまたたずねた。

「あのね、さっきの話でわからないことがあるんだけど、キーシャンはどこにいたの？　どうしてあなたを助け出すのに手を貸さなかったの？」

ちょうど、大きな倒木を跳び越えようとしていたレンは、跳躍の頂点で人間に姿を変え、木の向こう側に二本の足で静かに着地した。レンに手を伸ばし、支えてもらいながら倒木を乗り越えようとしたとき、レンはわたしの手を取らずに身を乗り出し、わたしの腰に両手をまわした。

だいじょうぶだから、と言いかけたとき、レンにすっと抱きあげられた。羽毛枕でも扱うように軽々と自分のほうに引き寄せ、一度胸にしっかり抱きとめてから、わたしを下におろす。

こんなこと、されたことない。なにかの映画みたい。すっかり息が止まってしまった。わたしの目を見つめていたレンの顔にゆっくりと笑みが広がる。

さっきのぴりぴりした空気はもうどこにもなかった。

レンはわたしを離すと、また手を差し出した。わたしはかすかに震える手をレンの温かい手にあずけ、二人でまた歩いた。

「当時、キーシャンとぼくはおたがいを避けていたから、カダムがあいつを見つけるまで、あいつは事情を知らなかったんだ。事情を知ったときにはもう、何をするのも手遅れだった。カダムは、ぼくを自由にしようとあれこれ努力してくれていたが、自分が打開策を見つけ出すまで、隠れているようあいつを説得した。

さっきも話したように、カダムは何世紀もぼくを助け出すために、買い取ろうとしたり、人を雇って盗みを企てたりさんざん手を尽くしてくれたが、何ひとつうまくいかなかった。きみがあらわれるまではね。どういうわけか、きみがぼくの自由を願ってくれたおかげで、ぼくはカダムに電話をすることができた」

レンは笑った。

「何百年ぶりかで人間の姿に戻れたぼくは、マットにコレクトコールのかけかたを教えてほしいと頼んだ。スリにあってお金がないけど、どうしても上司に連絡を取りたいってね。もちろんマットは目の前の人間がホワイトタイガーだなんてわかるはずはない。とても親切に教えてくれたよ。そしたら、すぐにカダムが飛んできてくれたというわけだ」

レンはまた虎の姿になり、わたしたちは歩き続けた。レンは横にぴったり寄り添い、わたしは片手をレンの首筋に置いて歩いた。

しばらく歩いたころ、レンが急に立ちどまった。

空気の匂いをかいだかと思うと、地面にお尻をつけて座り、森のほうを見据える。わたしも一心に耳をすましていると、何かがやぶを揺らした。

やがて黒い鼻があらわれ、続いて下生えから黒い虎の全身があらわれた。

キーシャンだ。

「よかった！　考え直してくれたのね。間に合ってよかった。一緒に行こう」

キーシャンが近づいてきた。

わたしのほうに差し出した前脚が人間の手に変わる。

「やあ、ケルシー。あいにく決心は変わっていない。だが、とにかくきみが無事でよかった」

キーシャンは険悪な目でレンをちらっと見た。レンもたちまち人間の姿に戻る。

レンはキーシャンの肩を突いて怒鳴った。

「なぜケルシーがキャンプの外へ出たことを言わなかったんだ？　ケルシーは狩りを見たんだぞ。それに、ケルシーを守るように頼んでおいたのに、無防備のまま一人にした！」

キーシャンも負けずにレンの胸を突く。

「話すチャンスが来る前にそっちがいなくなったんだろ。少し弁解させてもらえれば、おれは一晩じゅうケルシーを捜しまわっていた。そっちだっておれに何も言わずに荷物をまとめていなくなったじゃないか」

わたしは二人のあいだに立ち、口を差しはさんだ。

「二人とも落ちついてよ。レン、今の話だけど、わたしもキーシャンについていくのが一番いいって思ったから同意したのよ。キーシャンはちゃんと守ってくれた。それにわたしが自分で狩りを見ていようって決めたんだし、自分でキャンプに戻ることに決めたの。だから、だれかに怒りをぶつけるなら、わたしにぶつけて」

それから、キーシャンのほうを向いた。

「嵐のなかを一晩じゅう捜しまわってくれたなんて、本当にごめんなさい。雨になることも、雨が降るとわたしの痕跡が消えてしまうことにも気づかなくて……」

キーシャンはにっこり笑うと、わたしの手の甲にキスして言った。レンが威嚇《いかく》するようにうなる。

「どういたしまして。で、ご感想は？」

「雨の？　それとも狩りの？」

「もちろん、狩りのさ」

「うーん……」

レンが割って入る。

「夢でうなされていたんだぞ」

確かにそのとおりだ。あの光景はちょっとショックだった。わたしは顔をしかめ、レンに同意するようにうなずいた。

「ま、少なくとも兄上はしっかり栄養をとった。一人だったら獲物を仕留めるのに何週間かかったか知れない」

「おまえがいなくても、ちゃんと仕留めていた！」

「いや、おれがいなかったら、のそのそ歩きのカメだって捕まえられなかったさ」

キーシャンはニヤニヤしながら言った。

げんこつでなぐる音がして、見ると映画でしかお目にかからないんじゃないかと思うような、歯が鳴るほど強力な一撃が放たれていた。

キーシャンは何歩かあとずさりながらあごをさすったけど、立ったまま笑顔でレンと向き合った。

「もう一回やってみろよ、兄上」

レンは弟を無言でにらみ、挑発を無視すると、わたしの手を取って足早に歩き出した。

レンがわたしを引っぱっていく。

黒い虎が風を切る音を立ててわきを駆けぬけ、わたしたちの行く手に跳びこんできた。人間に姿を変えたキーシャンが言った。

「待ってくれ。ケルシーに話があって来たんだ」

レンはいやな顔をしたけど、わたしはレンの胸に手を置いて、歩みを止めた。

「レン、待って。キーシャンの話を聞こう」

レンはわかったというように表情をやわらげると、つないでいた手を放し、わたしの頬に触れてから、二、三歩下がった。

キーシャンが近づいてきた。

「ケルシー、これを――」

自分の首に手を伸ばし、黒いシャツの下に隠れていた鎖をはずすと、わたしの首にかけた。

「知ってるだろ？　このアミュレットがきみを守ってくれるはずだ。兄上のアミュレットがカダムを守っているのと同じように」

鎖をつまみ、石の割れた断片を持ちあげてじっくり見た。

「ほんとにわたしが身につけていいの？」

キーシャンは気取った笑みを浮かべた。

「ああ。きみの熱意はまわりに伝染する。男たるもの、きみのそばにいて、その高い志に無関心ではいられないよ。おれは一緒に行かないが、このアミュレットがきみの献身的努力へのささやかな贈り物だ」

そうおおげさに言ったあと、キーシャンの表情が真剣なものに変わった。

「ケルシー、とにかく無事でいてくれ。おれたちにはっきりわかるのは、このアミュレットは強力で、身につけている者を長く生かすってことだけだ。きみが傷つけられたり殺されたりする危険がなくなるわけじゃない。だから、つねに気をつけろ」

キーシャンがわたしのあごを手で包みこむ。レンの青い瞳とはちがう金色の瞳がわたしを見つめている。

「きみの身には何も起こってほしくないんだ、ビラウタ」

「ありがとう。ちゃんと気をつける」

レンとキーシャンが目を合わせる。レンは弟に向かっておだやかにうなずいた。

キーシャンはまたわたしのほうに向き直り、笑みを浮かべた。

「寂しくなるよ。近いうちにまた会いに来てくれ」

キーシャンに別れのハグをしようとした。するとキーシャンの唇が、さっとわたしの唇をかすめた。

え？　キスされた？

「ずるい！」と叫んでから、笑ってキーシャンの腕を軽くなぐった。

キーシャンがわたしにウィンクを返す。まったくキーシャンらしい。

レンはこぶしをにぎりしめ、整った顔をかき消すほど敵意にあふれた表情を浮かべていた。

キーシャンはそれを無視してジャングルの奥に向かって駆け出した。

キーシャンの笑い声が森のなかでこだましている。

その声が獰猛《どうもう》な吠え声に変わった。虎に戻ったのだ。

レンはわたしに近づき、ペンダントを手に取ると、物思いに沈みながら指でそっとなでた。

レンがまだキーシャンに腹を立てているんじゃないかと心配で、なだめるつもりで腕に手を置いた。けれどその表情は、弟の贈り物に感謝しているようだった。

ふたたび虎になったレンのあとについてジャングルのなかを三十分ほど歩くと、ようやく幹線道路にたどりついた。

車の往来が途絶えるのを待ってから、レンが見つからないよう急いで道路を渡り、青々とした下生えのなかに姿を隠す。それから、レンの嗅覚に従って少し行くと、ついに軍隊風のテントが見えてきた。

出てきた男性にわたしは駆け寄り、抱きついた。

「カダムさん！　やっと戻れました」

17

「ケルシーさん！」

カダムさんは温かく出迎えてくれた。

「お帰りなさい。ご無事でよかった。うちの王子たちはあなたのお世話をちゃんとしましたかな？」

レンは不満そうに鼻を鳴らすと、木陰を見つけて体を横たえた。

「はい、ちゃんとしてくれました。おかげで元気です」

カダムさんに誘われて、たき火のそばに置かれた丸太のほうに行った。

「さあ、座って休んでいてください。今、キャンプをたたみますので」

クッキーをかじりながら、カダムさんがせっせと動きまわってテントをたたみ、本をしまうのをながめた。

思ったとおり、カダムさんのキャンプは整然としていた。ジープの後部には本やほかの研究資料がしまってある。たき火は元気のいい音を立てて燃え、そばに薪がたくさん積んであった。テントは米軍の司令官が使いそうなものだった。高価で重々しく、わたしが使ったテントよりはるかに複雑そうなつくりだ。

装飾のほどこされた折りたたみ式の机まで持ってきている。その上には紙がいっぱいに広げられ、すべすべしたきれいな川の石でおさえてあった。

預言に関係ある書類かもしれない。わたしは立ちあがり、机の上の紙を見た。

「これって、ひょっとしてドゥルガーの預言を解読したものですか？」

力をこめる声と、すっぽぬけるような音がする。カダムさんが地面からペグを抜いていた。テントはひとりでにみるみる折り重なっていき、厚い緑の帆布になる。

それを待って、カダムさんはわたしの質問に答えた。

「そうです。石柱に書かれていた文章の解読を始めていたところでして。やはり、ハンピに行く必要があるのはまちがいなさそうです。それに、わたくしたちが見つけようとしているものについても、だんだんわかってきましたよ」

カダムさんの書いたメモを手に取って見たけど、大半が英語ではなかった。わたしは水を飲みながら、キーシャンにもらったアミュレットに片手を伸ばし、指で触れた。

「あの、キーシャンがアミュレットを持たせてくれました。わたしを守るためにって。アミュレットって、やっぱり守ってくれますか？　カダムさんはケガをしたこととか……？」

カダムさんはてきぱきとテントを運んでジープにしまうと、バンパーに寄りかかった。

「アミュレットに守られているおかげで、重傷を負ったことはありませんが、それでもケガもしますし、転んで足首をねんざすることもありますよ」

カダムさんは短いあごひげをなでながら考えこんでいる。

「体調をくずしたこともあります。ですが、いわゆる病をわずらったことはありません。切り傷や打ち身が癒えるのも早いですよ。ディレンやキーシャンほどではありませんがね」

カダムさんは、わたしの首に下がっているアミュレットを注意深く観察した。

「それぞれの断片によってちがう性質を持っているかもしれません。今のところ、アミュレットの力がどの程度のものなのか確かなことはわかっていないのです。いつか解きたいと思っている謎でしてね。しかし、一番は危険を冒さないことです。危険だと思うことは避ける。何かに追われたら逃げる。いいですね？」

「わかりました」

カダムさんはアミュレットから手を離すと、車に荷物を積みこむ作業に戻った。

「とにかくそれをあなたにゆずることに、キーシャンが同意してくれてよかった」

「同意？　キーシャンが自分でわたしにくれたんじゃないんですか？」

「いいえ。じつを言いますと、アミュレットをもらうことが、ディレンがここに立ち寄った一番の理由です。キーシャンがアミュレットをあなたにゆずるまでは出発しないとディレンは考えておりました」

そうだったんだ……。

「てっきりキーシャンを説得して、一緒に旅するつもりなのかと」

カダムさんは悲しそうに首を振った。

「それはまず望めないとわかっておりました。これまでもさんざん努力して、わたくしたちの目的のために手を貸すよう呼びかけましたが、いっさい耳を貸そうとしませんでしたからね。わたくしは折にふれて、キーシャンをジャングルから誘い出し、あの家でもっと快適に暮らすよう働きかけてきたんですが、ここにとどまるほうがいいと言うのです」

「……イェスバイの死に責任を感じているんですね」

カダムさんが驚いた顔でわたしを見た。

「その話をキーシャンが？」

「はい。イェスバイが亡くなったとき何があったのか教えてくれました。キーシャンはそのことで、まだ自分を責めているんだと思います。イェスバイが亡くなったことだけじゃなく、自分とレンの身に起こったことについても。そこまで責めなくてもいいのに……」

カダムさんはわたしをやさしいまなざしで見ている。

「ケルシーさん、あなたはお若いのに、思いやりにあふれ、ものごとを見ぬく目も持っておられる。キーシャンがあなたに秘密を打ち明けられてよかった。あの子にもまだ望みがありまず」

……そうあってほしい。

カダムさんを手伝って紙をまとめ、イスとテーブルをたたんだ。

片付けが済むと、レンの肩を軽くたたいて、出発の準備ができたことを知らせた。

レンはのっそり立ちあがり、背中をぐっと弓型に伸ばして尻尾をピクピク動かしてから、舌を丸めて特大のあくびをした。それから、わたしの手に顔をこすりつけると、ジープに向かった。

助手席に乗りこむ。後部はレンが横になれるようあけておいた。

幹線道路に向かうまでは、木の切り株や、やぶ、石、くぼみなどの障害物がひっきりなしに待ちかまえていた。そんなでこぼこ道を、カダムさんは心底楽しげな様子で、縫うように車を走らせる。ジープのサスペンションは最高レベルの性能だけど、それでもドアの取っ手に必死にしがみつき、屋根に頭をぶつけないようダッシュボードに寄りかかって体を支えなければならなかった。ようやく平坦な幹線道路に出ると、南西に向かった。

カダムさんは促すように言った。

「さて、二頭の虎とどんな一週間を過ごしたのか、すっかり聞かせてくださいますね」

後部座席にいるレンをちらっと見る。眠っているようだったので、最初に狩りの話から始めることにした。それから、前にさかのぼりながら、ほかのことも全部語って聞かせた。厳密にいうと……ほぼ全部。キスの話はしなかった。

わかってもらえないだろうと思ったからじゃない。むしろ、カダムさんならわかってくれたと思う。でも、後部座席で本当にレンが眠っているのか確信が持てなかったし、正直、まだ自分の気持ちを人に打ち明ける心の準備ができていなかった。

カダムさんはキーシャンの話にとりわけ興味を示した。キーシャンがジャングルからあらわれ、わたしのための食料がもう少しほしいと言ってきたときは仰天したそうだ。両親が亡くなってからは、何に対してもだれに対しても気づかいを見せることはなかったからと。

わたしはレンが狩りに出ているあいだ、キーシャンが五日間そばにいてくれたことを話し、そのとき、イェスバイとどうやって出会ったのかを聞いたのだと言った。レンが聞いているかもしれないので、イェスバイの話をするときは、レンの気持ちを乱さないよう、なるべく声を落とした。

名前を出さないように直接的な表現を避けて話をしたから、カダムさんはとまどった様子だったけど、とにかく何も言わずに聞いている。わたしが〝その人〟や〝そこ〟で起こったことについてどう感じたかを語るのに、うなずきながら注意深く耳を傾けてくれた。

もちろん、カダムさんのほうが事情にくわしいはずだ。わたしの知らない部分を補足してくれることもできただろう。けれど、カダムさんは安易に情報を漏らすことはしなかった。秘密を守る人なのだ。

そういう性格がわたしにとってありがたくもあれば、そうじゃない場合もある。でも、結局のところ、それでいいのだと思い直した。

わたしはレンとキーシャンの子どものころのことをたずねてみた。

「そうですね、二人は両親の誇りと喜びでした。面倒を起こしては、うまいことすり抜けるこつをよく心得ている王子たちで、欲しいものはなんでも与えられておりましたが、それを得るために努力もしていたようです。

母君のデシェン妃は型破りな人で、よく息子たちを外に連れ出しては、身分を隠して貧しい子どもたちと一緒に遊ばせました。息子たちにはどんな文化や宗教に対しても心を開いてほしいと思っていたのです。デシェン妃と二人の父君であるラジャラム王の結婚は、二つの文化が混じり合うことでした。ラジャラム王は妃を愛し、妃のやりたいようにさせておりました。他人がどう思おうと気にしませんでした。王子たちは両方の文化のいい面を吸収しながら育ちました。政治から戦争、果ては牧畜や農産物のことまで幅広く学び、インドの武器だけでなく、アジア各地から第一人者となる師を呼んで訓練を受けました」

あたりまえだけど、やっぱり王子としての教育を受けて育ったんだ。

「ほかのことはどうですか？　たとえば、普通の十代の子たちがするようなこともしたんですか？」

「どんな種類のことをお聞きになりたいのかな？」

どうしよう、こんなこと訊いたらおかしいかな？

「えっと、その……デートとか」

カダムさんが興味深げに眉を動かした。

「いいえ、まったくしませんでした。あなたが先ほどされた〝その人〟の話が、どちらの王子に関してもわたくしが唯一聞いたことのある恋愛沙汰です。率直に申しあげて、王子たちにそういう時間はありませんでしたし、いずれにせよ、どちらも両親が決めた相手と結婚する予定でした」

座席の背もたれを後ろに倒し、そこに頭をあずけた。

二人のかつての生活を想像してみる。選択の自由がないのはさぞかしつらいことだろうけど、いっぽうで、ほかの人よりはるかに恵まれた境遇にいた。それでも、わたしなら、やっぱり選べる自由があったほうがいい。

そのうち、頭がぼんやりしてきた。体が疲れていたのか、しまいに深い眠りに落ちた。目を覚ますと、カダムさんがサンドイッチとフルーツジュースを手渡してくれた。

「さあ、お召しあがりください。今晩はホテルに泊まります。たまには居心地のいいベッドでぐっすりお休みください」

「でも、レンはどうするんですか？」

「ジャングルの一画に近いホテルを選びましたので、ジャングルにディレンをおろして、明日またひろえばだいじょうぶです」

「罠があったりしませんか？」

カダムさんはおだやかな笑い声をあげた。

「ディレンから聞いたのですね。心配はいりません。同じ過ちはもうしないでしょうし、このあたりには大型の動物はおりませんので、住民は虎がいるなどとは思いもしません。ディレンがおとなしく身を隠しさえしていれば、問題は起こらないはずです」

一時間後、カダムさんは小さな町のはずれにあるジャングルの近くでレンをおろすと、さらに町のほうに向かった。はなやかな服を着た人々が行きかい、色とりどりの家が立ち並んで活気にあふれている。車はホテルの前で停まった。

「五つ星ではありませんが、なかなかいいホテルですよ」

すぐそばに雑貨と食料品を売る店があり、ピカピカに磨かれた四角いショーウィンドウに特売品が並んでいる。店の上には木枠に入った巨大な看板が飾られていた。ピンクと赤に塗られ、でかでかと書かれた店名は読めなかったけど、昔ながらのコーラのビンが描かれていた。それならだれにでもわかる。

カダムさんがホテルのフロントで手続きするあいだ、わたしはぶらぶらと店で売られているいろんな商品を見て歩いた。アメリカのチョコバーや、めずらしいキャンディを溶かしこんだソーダの類や、変わった味のアイスキャンディがある。

カダムさんは部屋の鍵を受け取ると、二人分のコーラとアイスキャンディを買った。白いのをわたしに渡し、自分はオレンジ色のを取る。わたしは包みを剝がすと、用心深く匂いをかいだ。

「大豆やカレーの味じゃないですよね？」

カダムさんはにっこり笑った。

「ひと口食べてごらんなさい」

かじってみると、ココナッツ味だった。お気に入りのアイスクリームほどじゃないけど、なかなかいける。

カダムさんは自分のアイスキャンディをほおばると、満面の笑みで掲げた。

「わたくしのは、マンゴーでした」

ホテルはミントグリーン色で二階建ての建物だった。錬鉄の門とコンクリートの中庭があり、壁や窓枠はフラミンゴピンクの装飾がほどこされている。

わたしの部屋は標準《フル》サイズのベッドがなかほどに置かれ、カラフルなカーテンで隠された小さなクローゼットには、木のハンガーが何本かかかっていた。テーブルには陶器のマグが二つと、たらいと、真水が入った水差し。エアコンはなく、天井に取りつけられた扇風機がものうげに回転し、生温かい空気をなんとかそよがせている。

部屋にトイレはなく、一階にあるトイレを使わなくてはならなかった。設備はあまり充実していないけど、ジャングルにくらべれば天と地ほどの差がある。

わたしが部屋に落ちつくのを見届けると、カダムさんは鍵を差し出し、三時間後にお迎えに上がりますので夕食に出かけましょうと言って、わたしを一人にしてくれた。

カダムさんが立ち去ると、入れ替わりに鮮やかなだいだい色の花柄シャツに白いスカート姿の小柄なインド人女性が、洗たく物を引き取りにやってきた。それから間もなく、洗い終わった服を持ってふたたびあらわれ、窓の外に張られた物干し綱に干していった。わたしの洗たく物がそよ風に静かにはためいている。のどかで家庭的なその音に耳をすましながら、わたしはうとうとした。

少し眠ったあと、そのあと虎のレンのスケッチ画を二、三枚描いたりして気ままに過ごした。それから夕食に出るしたくをして、髪を編みこみ、赤いシャツに合わせて赤いリボンを結んだ。ちょうどスニーカーをはき終えたとき、カダムさんがドアをノックした。

訪れたのはカダムさんいわく、町で一番のレストランだった。小型のモーターボート・タクシーで川を渡り、さらに歩いた先にある大農園の邸宅のような建物で、バナナやヤシやマンゴーの木々に囲まれている。

カダムさんに連れられ、レストランの裏手に回って石で舗装された通路を行くと、川のながめのすばらしいテラスに着いた。天板をつるつるに磨いた重々しい木のテーブルと、石のベンチがあちこちに並んでいる。各テーブルのすみに置かれた凝った作りの鉄のランタンが唯一の明かりだった。右手にあるレンガ造りのアーチは白いジャスミンの花におおわれ、夜気に芳しい香りを漂わせている。

「ステキなところですね！」

「ええ、フロント係のお勧めです。一週間も軍隊用の食料でしのいでこられたのですから、おいしい食事を召しあがっていただこうと思いまして」

メニューの内容がさっぱりわからなかったので、料理の注文はカダムさんにまかせた。バスマティ米に焼き野菜、チキン・サーグ（これは鶏肉とホウレンソウのカレーだった）、白身魚のほぐし身にマンゴーチャツネを添えたもの、野菜のパコーラ（天ぷら）、エビのココナツ揚げ、ナン、それにジャル・ジーラと呼ばれるクミンとミントを加えたレモネードのような飲みものを取った。ジャル・ジーラは風味がちょっと強すぎたので、結局、水をたくさん飲むことになった。

食事をしながら、〈預言〉についてさらにわかったことを教えてもらった。

カダムさんはナプキンで口をぬぐうと、水をひと口飲んだ。

「お二人が探すことになるのは、インドの〈黄金の果実〉と呼ばれるものだと思います」

そこでカダムさんはちょっと前かがみになり、声を落とした。

「〈黄金の果実〉の物語は、最近の学者にはほとんど忘れられてしまったかなり古い伝説です。それによると、その果実は神が作られたもので、ハヌマーンに託され、見張られ、守られているとされております。その物語をお聞かせしましょうか？」

わたしは水をひと口飲んで、うなずいた。

「インドはかつて広大な荒れ地で、およそ人が住める場所ではありませんでした。気性の荒いヘビや、獰猛な獣がうようよし、果てしなく広がる砂漠があちこちにありました。

やがて、神と女神がやってくると、その土地全体が一変しました。神々は人間をつくり、特別な贈り物をいくつか授けました。その最初の贈り物が〈黄金の果実〉です。それを土に植えると、またたく間にりっぱな大木に成長し、実が成り、種が集められてインドじゅうにまかれました。そうして、インドは何百万もの民を養う肥沃な土地へと変化をとげた、という伝説です」

「待って、〈黄金の果実〉はその伝説では、土に植えられたんですよね？　じゃあ、すでになくなってしまったか、大木の根になってしまったんじゃないですか？」

「最初の木にできた果実がすぐに熟して黄金色になると、その〈黄金の果実〉はキシュキンダーの半人半猿の王ハヌマーンが摘み取り、隠したとされています。その果実が守られている限り、インドの民が飢えることはないという伝説です」

「つまり、わたしたちが見つけるのは、その隠された果実なんですね？　もし、ハヌマーンがまだ守っていて、そこに近づけなかったら……？」

「ハヌマーンはその果実を自分の砦《とりで》に入れて守り、周囲に不死身の手下を置いて見張らせました。ただ、外からの侵入を阻むために、どんな障壁《バリア》が設置されているのか、くわしいことはわかりません。おそらく、先に進もうとするあなたがたを横道に引っぱりこもうとする罠がいくつも待ちかまえているでしょう。ですが一方で、あなたはドゥルガーのお気に入りであり、ドゥルガーに守られる存在でもあります」

上の空で手をこすった。ヘナ・アートをほどこされた手がうずうずする。模様はすっかり色《いろ》褪《あ》せていたけど、まだ確かにそこにある。

口のなかが乾いてくる。わたしはまた水をごくりと飲んだ。

「本当に見つけられるんでしょうか……。つまり、カダムさんは今の話を本当に信じているんですか?」

「なんともいえません。ただ、二頭の虎がそれで自由になれるのですから、真実であると願っています。わたくしはつねに、どんな可能性も排除しないようにしているのです。わたくしには見分けられない力があることも、知らず知らず目に見えない何かに意志を曲げられたり、方向付けされたりすることがあるのも承知しております。

本来は生きているはずのないわたくしが、どういうわけか生きているのです。ディレンとキーシャンはわたくしの理解を超えたなんらかの魔法にかけられているのも事実です。となれば、二人を助けるのがわたくしの務めです」

どうやら、わたしが不安そうな顔をしていたらしい。カダムさんはわたしの手をやさしくたたくと言った。

「心配することはありません。わたくしには、最後にはすべてうまくいくという強い思いがあるのです。その信念がつねにわたくしを目標へと向かわせております。あなたとディレンには絶大な信頼を置いておりますし、何世紀ぶりかで期待できると信じておりますよ」

カダムさんは両手をパチンと合わせてこすった。

「さあ、デザートに移りましょう」

クルフィを二人分、と注文してから、生クリームとナッツで作ったインドのアイスクリームのことだとカダムさんは説明した。暑い晩にぴったりのさわやかなデザートだった。

食事のあと、ボート乗り場までゆっくり歩きながら、ハンピの話をした。

まずは地元にあるドゥルガーの寺院にお参りしてから、遺跡に乗りこみ、キシュキンダーへの入口を探すのがいいでしょうと、カダムさんから助言を受けた。

そのあとぶらぶらと町なかをぬけ、市場のほうに向かって歩いていると、宿泊先のミントグリーン色のホテルが目に入った。

カダムさんが申し訳なさそうな顔でこっちを向く。

「少しばかり質素なホテルを選んでしまいましたが、お許しください。ディレンがわたくしを必要とする場合を考えて、ジャングルに近い小さな町に泊まりたかったのです。ここならもしものときに、ディレンがすぐに来ることができますし、近くにいたほうがわたくしも安心していられますから」

「そんな！　だいじょうぶです。ジャングルで一週間過ごしたあとだし、充分豪華ですよ」

カダムさんは楽しそうに笑いながら、うなずいた。二人でいろいろな露店を見て歩き、朝食用に二人で分けて食べられるフルーツと、バナナの葉に包んだ餅のようなものを買った。バナナの葉に包んだ餅は、フェットがお弁当に作ってくれたものと似ていたけど、甘い食べ物だとカダムさんは請け合った。

ホテルの部屋に戻ると、寝る準備をした。ポンポンと枕をふくらませて背中に当て、洗いたてのキルトをひざにかけてベッドに入る。

今ごろ、レンはどうしているだろう。

レンがジャングルにいるのに、自分だけホテルにいるなんて気が咎める。それにレンがそばにいないのはやっぱり寂しい……。嵐の夜にレンの腕のなかで感じた心地よさを思い出した。

ふうっと溜め息をつき、編んだ髪をほどいてベッドに横になると、浅い眠りに落ちた。

真夜中ごろ、ドアを静かにノックする音に目が覚めた。

だれだろう。

こんな時間にドアを開けるのは危険だ。もう夜遅いし、カダムさんであるはずがない。わたしはドアに歩み寄ると、手をそっと置いて耳をすました。

ふたたびドアを弱くたたく音がした。聞き慣れた声がささやく。

「ケルシー、ぼくだ」

ドアの鍵をあけ、外をのぞいた。レンが白い服装で裸足のまま立っていた。

なんだか得意げな笑みを浮かべている。あわててレンをなかに引き入れ、押し殺した声で叫んだ。

「ここで何してるの？　町に出てくるなんて危ないじゃない！　見つかっていたら、猟師が呼ばれて追いかけられてたかもしれないでしょ」

「会いたかった。一緒にいたかったんだ」

レンは肩をすくめてにっこり笑った。

思わず口元がほころぶ。

「わたしも会いたかった」

レンがわたしの反応を見て、うれしそうに訊く。

「よかった。ここで寝てもいいかな？　床で眠って、夜明け前には出ていくよ。だれにも見られないようにする。約束する」

一緒にいたい。でも、虎の姿をだれかに見られたら、絶対大騒ぎになる。

「わかった。でも、ほんとに朝早く出ていける？　こんなことで危険を冒すのはいやよ」

「ああ、約束する」

レンは部屋に入ってベッドに腰かけ、わたしの手を取ると、引っぱって隣に座らせた。

「暗いジャングルのなかで一人で眠るのは好きじゃないんだ」

「そうよね、わたしがあなたの立場でもいやだもの……」

レンが指をからませてくる。ドキドキしてきた。今度はもう変なことを言いたくない。

「きみといると、虎の姿のときでも人間に戻れた気持ちになるんだ。外で一人でいると、ほんとうに獣になってしまったように感じる」

レンがわたしを見る。

わたしはからませた手をぎゅっとにぎった。

レンにとってわたしは人間でいられるよりどころなんだ……。

レンはにっこりした。

「きみのあとをたどるのはなかなか大変だった。だけど、運よく歩いて食事に出てくれたから、きみの匂いをたどってまっすぐに部屋のドアにたどりついたんだ」

レンは何かに気づいたようにベッドのサイドテーブルの上に目を向けた。身を傾け、手を伸ばして開いたままの日記を取る。

そこには新しい虎の絵が――レンの絵が描いてあった。サーカスにいたころに描いた絵も悪くないと思うけど、今日描いた絵はもっと個性的で生き生きしている。レンはしばらくそれに見入っていた。なんだか恥ずかしい。

レンは虎の絵を指でなぞると、静かにつぶやいた。

「いつか、本当のぼくの肖像画をあげるよ」

レンは日記をそっと戻すと、わたしの両手を両手で包み、真剣な表情を向けてきた。

「きみにはただの虎を見るようにぼくを見てほしくない。ちゃんと見てほしいんだ。人間のぼくを」

レンは手を伸ばし、わたしの頬に触れかけたところですっと引っこめた。

「あまりに長いこと虎の顔をかぶっているから、〝やつ〟に人間性を奪われてしまいそうだ……」

うなずきながら、レンのささやきに耳をかたむけた。レンがわたしの手をにぎりしめ、続ける。

「ぼくはもう〝やつ〟になるのはいやなんだ。ぼく自身でいたい。人間として生きたい」

初めてレンが、素直な気持ちをさらけ出している。いつものさっそうとしたハンサムな王子とはちがう、素顔のレン……。

手を伸ばしてレンの頬をなでようとした。

「レン、わたし――」

そこで固まった。

レンがわたしの手をゆっくりと自分の唇に引き寄せ、手のひらにキスしたからだ。体がぞくっとする。青い瞳がわたしの顔をさぐるように必死に見つめ、何かを求め、必要としている。レンをなぐさめたい。安心できるような言葉をかけたい。でも、うまく言葉が出てこない。レンの切なる願いにわたしは心を揺さぶられていた。レンとの深い絆《きずな》を感じ、強い結びつきを感じる。レンを助けたい。

この気持ちはいったいなんだろう。孤独を分かちあう仲間としての感情？　それとも、それ以上の何か？

レンに対する感情は複雑すぎて、はっきりこうだとは言えない。

でも、すぐにわかった。

わたしが今抱いている一番強い感情は――何より心を揺り動かしているのは――愛情だ。

両親が事故で死んでから、わたしは自分の心のまわりにダムを築き、だれのことも愛さないようにしてきた。だれかを愛し、その人がまた奪われたらと思うと怖かった。

だから、親密な関係になることを避けてきた。仲のいい人はたくさんいるけど、愛するという危険は冒さなかった――こんなふうには。

レンが見せた弱さに、わたしの警戒心がゆるんだ。

これまでしっかり築いたダムがゆっくりと少しずつくずれていく。レンの孤独が、そしてわたしに寄せてくれる信頼と愛情が、ダムの壁を越えてひたひたと打ち寄せ、あちこちにできた割れ目のあいだをすりぬけ、しまいには洪水となってわたしのなかに流れこんでくる。

でも、心を開いてふたたびだれかを愛するのは怖い。

心臓が激しく高鳴る。鼓動が聞こえるほどだ。たぶん、レンにも聞こえているだろう。わたしの顔を見つめるレンの表情が変わった。悲しげな様子から、わたしを気づかう表情になる。

どうなるの？　わたしはどうすればいい？

なんて言えば？　どうやって今の気持ちを伝えればいい？

ふと、ママと恋愛映画を見ていたときのことを思い出した。ふたりで口癖のようによくこう言ってたっけ――いいから早くキスするのよ！　観てるほうには一目瞭然のことなのに、主人公のふたりがなかなかそういう雰囲気にならないと、ママもわたしもじれったくなって、ラブシーンの瞬間が来るやいなや、二人で呪文《マントラ》のように唱えたものだった。

頭のなかで、ユーモアいっぱいのママの声が聞こえる。

――ケルシー、いいから早くレンにキスするのよ！

わたしは気持ちを落ちつかせると、気が変わらないうちにレンに顔を寄せて……キスした。

レンの体が強張った。

キスを返してこない。でも、押しのけもしなかった。ただ、動きが……止まっていた。

体を引き、レンの顔にショックの色を見て取ると、とたんに自分の厚かましさを後悔した。恥ずかしさのあまり、立ちあがってその場を離れた。レンと少し距離を置きたかった。そのあいだに、自分の心にもう一度懸命に壁を築こうとした。

レンが動く気配がする。片手がひじの下にすっと入れられ、くるりとレンのほうへ向きを変えられた。でもレンを見ることができない。うつむいたまま、レンの裸足の足をひたすら見つめた。

レンがわたしのあごに指を添え、上を向かせようとする。それでもわたしは目を合わせようとしなかった。

「ケルシー、ぼくを見て」

視線がさまよいはじめた。レンの足からシャツのなかほどにある白いボタンに移る。

「ぼくをちゃんと見てくれ」

視線はまだ旅を続けている。胸元の明るい褐色の肌を過ぎ、のどを通過して、ようやくレンの整った顔で止まった。

コバルトブルーの瞳がたずねるようにわたしの目を探している。さらにそばに寄った。

息がつまりそうだ。レンは片手をわたしの腰にゆっくりまわすと、もう一方の手でわたしのあごを包んだ。そして、顔を見つめたまま、手のひらをわたしの頬に軽く当て、親指で頬骨をなぞった。

レンの手はやさしく、ためらいがちで、おびえる雌ジカに触れようとするかのように慎重だった。その顔は驚きと真実を知った喜びにあふれている。

体が震えた。

レンは一瞬動きを止めてから、いとおしそうにほほえみ、頭を少し下げてわたしの唇に軽く唇を重ねた。

レンのキスはやさしく、ためらいがちで、ささやくようなキスだった。

わたしの頬を包んでいた手が腰におろされると、わたしは指先でおそるおそるレンの腕に触れた。温かく、なめらかな肌。

レンはさらにわたしを引き寄せ、自分の胸に軽く押しつけた。わたしはレンの腕をつかんだ。

レンが喜びの溜め息を漏らす。キスに熱がこもった。

わたしはレンに溶けこんだ。

わたし、今、どうやって息をしているんだろう？

レンの夏らしい白檀《びゃくだん》の香りがわたしを包みこむ。レンに触れられるたびに、その場所がしびれ、感覚が呼びさまされる。

レンの腕をぎゅっとつかんだ。レンは重ねた唇を決して離そうとせず、そのままわたしの両腕をつかむと、片方ずつ自分の首に巻きつけた。それから、片手をわたしの腕に這わせながら腰におろし、もう一方の手をわたしの髪にすべりこませて、いつの間にか片手でわたしを抱きあげると、自分の胸にぎゅっと押しつけた。

どれくらいのあいだキスしていたのだろう？　ほんのつかの間だったような気もするし、永遠のようにも感じた。

わたしの足は床から十センチほど上でぶらぶらしていた。レンは片手で軽々とわたしを支えている。

レンの髪に指をうずめると、レンの胸の奥の震動音を感じた。虎のレンがのどを鳴らしているみたい、と思った瞬間、筋の通った思考はどこかに吹き飛び、時間《とき》がとまった。

脳内のすべての神経細胞がいっせいに興奮し、そのせいで体じゅうが混乱し、機能しなくなる。キスがこれほどのだものとは思わなかった。刺激が強すぎる。

レンがようやくわたしをおろした。それでも、わたしの体を支えてくれていたので助かった。今にも、倒れてしまいそうだ。

レンはわたしの頬を手で包むようにすると、下唇を親指でゆっくりなぞった。それから、立ったまま片方の腕でわたしの腰を抱き、もう一方の手をわたしのほつれた髪にからませ、ゆっくりと指に巻きつけた。

数回まばたきしてようやく視界がはっきりした。

レンが静かに笑った。

「ケルシー、息をして」

ちょっと得意げな、悦《えつ》に入った笑みを浮かべている。それがなぜか、わたしの癇《かん》にさわった。

「やけに満足そうね」

「ああ」レンは片方の眉をつりあげた。

わたしもなんとかニヤリとした笑みを返して言った。

「でも『許しをもらえる？』って訊かなかったわよ」

「そうか、じゃあ、やり直さないといけないな」

そう言うと、レンはわたしの腕に指を這わせた。くるくると小さく円を描きながら、肩のほうにのぼってくる。

「ケルシー？」

「なあに？」わたしはその手を見つめて、上の空でつぶやいた。

「口づけの――」

レンがわたしの首筋に鼻をすり寄せ、そのまま耳元まですべらせていく。唇でわたしをくすぐりながらささやく。レンがほほえんでいるのを感じる。

「許しを――」

両腕に鳥肌が立ち、体が震えた。

「もらえる？」

弱くうなずいた。

つま先立ちしながら、両腕をレンの首に回し、「もちろん」という返事を身ぶりで示した。レンはわたしの耳から頬へとたどる道を選びながら、じれったいほどゆっくりとかすめるように唇を移動した。レンの唇が、わたしの唇のすぐ前で止まる。そのまま動かない。

何を待っているのか、わかっている。

一瞬おくと、小声で言った。

「ええ」

レンが勝ち誇った笑みを見せると、わたしを胸にぐいと抱き寄せ、もう一度キスをした。

今度のキスは大胆で、じゃれつくようだった。わたしは両手をレンのたくましい肩から首に這わせ、レンを自分のほうに引き寄せた。

体を離したとき、レンは上気した顔を輝かせ、わたしを抱きあげて笑い声をあげながら部屋じゅうをくるくる回った。わたしが目を回してぐったりしてしまうと、ようやく我に返り、額をわたしの額にくっつけた。そっと手を伸ばしてレンの顔に触れ、頬や唇の角度を指先で探る。

レンは虎の姿のときにするように、わたしの手に顔をこすりつけた。わたしもレンのつややかな髪に両手を入れると、額に垂れた髪をくしゃくしゃっとかきあげた。

気が遠くなりそう。

初めてのキスがこんなに……人生を変えるものとは思わなかった。あっという間にわたしの宇宙の規則は書き変えられてしまった。とつぜん新しい人間に生まれ変わり、まさに生まれたばかりの赤ん坊と同じくらい、もろい人間になった。

この先レンとの関係をどんどん深めてしまったら、もし、レンが去ってしまったとき、その分別れがつらくなる。

これからいったいどうなるんだろう？

それはだれにもわからない。

自分の心がこんなにもか弱く、こわれやすいものだったなんて。これまでずっとしまいこんでいたのも無理はない。

レンはわたしのネガティブな考えに気づいていない。

不安を頭のすみに押しやった。このひとときを大事にしたい。

レンはわたしを床におろしながら、もう一度短いキスをし、生え際と首にそって何度もやさしく唇を押しつけるようにキスする。そして、わたしをただぎゅっと抱きしめた。髪をなでながら母国語で甘い言葉をささやく。それから少しして溜め息をつくと、わたしの頬にキスをし、わたしをつついてベッドのほうにうながした。

「ケルシー、眠ろう。ぼくも時間がない」

最後にもう一度、わたしの頬を指の背でなでると、レンは虎に姿を変えた。

わたしはベッドにもぐり、レンはベッドのわきのマットに横になった。

キルトの下に体を落ちつけ、ベッドから身を乗り出してレンの頭をなでる。

「おやすみなさい」

レンはわたしの手に顔をこすりつけ、突き出すように顔をうずめると、静かにのどを鳴らした。それから、前脚に頭を乗せて、目を閉じた。

翌朝、レンはいなくなっていた。

着がえを済ませると、カダムさんの部屋のドアをノックした。

ドアがあき、カダムさんがわたしを見てほほえんだ。

「おはようございます！　ゆうべはよく眠れましたか？」

その声にはなんの皮肉も含みもない。どうやら、ゆうべの無鉄砲なレンの行動はばれていないみたい。

「はい、ぐっすり眠れました。ただ、ちょっと寝坊をしたみたいで、ごめんなさい」

カダムさんはなんのなんのというように身ぶりで示しながら、バナナの葉でつつんだ餅とフルーツとペットボトルの水をくれた。

「ご心配なく。さあ、レンをひろってドゥルガー寺院に向かいましょう。あわてることはありませんよ」

部屋に戻り、朝食をいったん置くと、のろのろと身のまわりのものをかき集め、自分のバックパックにしまった。そのあいだも、たびたび夢見心地に捕らわれた。

鏡をのぞいては、自分の腕や髪、唇に触れながら、レンにキスされたことを思い起こす。ぼーっとしてしまい、何度も体や首を振って気持ちを集中しなくてはしたくすらできない。ふだんなら十分でできることが、一時間近くもかかっている。

バッグの一番上に日記を置き、その上にたたたんだキルトをしまう。やっと準備が終わった。

ジッパーをしめてカダムさんを探しに行く。カダムさんはジープのなかで地図を見ながらわたしを待っていた。わたしに気づくと、ニコニコ笑って迎える。だいぶ待たせてしまったのに、ウキウキしているようだ。

レンがいるはずのジャングルに着くと、白い虎がはしゃいだ子猫みたいに森から跳び出してきた。車に駆け寄ってきたレンの体を、身を乗り出してなでると、レンは後ろ脚で立ち、あいた窓越しにわたしの手に鼻をこすりつけて、腕をなめた。いつもと変わらないしぐさのはずなのに、かなり照れくさい。

レンを後部席に乗せ、ジープはふたたび道路へと戻った。

カダムさんは注意深く地図の道筋をたどりながら、未舗装の道路へとそれた。その先のジャングルを抜けると、ドゥルガーの石寺があらわれた。

18

「観光客がいないか、先に見てきましょう。レンと待っていてください」

カダムさんが車を降りた。

すぐにレンが座席のあいだから頭を出し、わたしの肩をつつく。

「おとなしく隠れていたほうがいいよ。注意しないとだれかに見られるかもしれないでしょ」

白い虎は不満そうな音を立てた。

「わかってる。わたしも会いたかった」

五分ほどすると、若いアメリカ人のカップルが寺院から出てきて車で去り、そのあとカダムさんが戻ってきた。

ジープからぴょんとおりると、レンのためにドアをあけた。レンは餌を待つ家猫みたいにわたしの足に体をこすりつけてくる。でも、体が大きいから倒されてしまいそうだ。

「ちょっと！　わたしを押し倒すつもり？」

笑いながら、片手でレンの首をなでた。レンはひとまずそれで満足したようだった。

カダムさんが、わたしたちを見て笑っている。

「さあ、お二人で寺を調べてきてください。わたしはほかに観光客が来ないか見張っておりますので」

レンと並んで寺院に向かう。

参道はすべすべしたレンガ色の石が敷かれている。建物も同じレンガ色で、淡い暗褐色や派手なピンクや薄い灰色がかった白が筋状に混ざっていた。木々や花が境内のいたるところで生い茂り、歩道が正門からあちこちに伸びている。

短い石段をのぼると、その先に寺院の入口があった。扉はなく、彫刻のほどこされた高い柱が何本か立っている。ただ、普通の人が一人歩いて通れるだけの幅しかない。入口の両側には、目を見張るほど精巧なインドの神や女神の彫刻が並んでいた。

いくつかの言語で書かれた掲示版に〈土足厳禁〉とあった。床が埃っぽいので、靴下も一緒に脱いでスニーカーのなかに突っこんだ。

寺院の内部に入ると、大きなドーム型の高い天井が目を引いた。花やゾウ、サル、太陽、それに、たわむれている神と女神のみごとな彫刻が飾られている。石床は長方形で、装飾がほどこされた四本の支柱が四隅に立ち、凝った作りのアーチでつながっていた。柱にはさまざまな年齢や職業の人々がドゥルガーに祈りを捧げる場面が描かれ、どの柱にも、上部にドゥルガーの彫像があった。

石寺は文字どおり、岩山を削って作られていた。

石段が広間から三方向に伸びている。まず右側のアーチの下からのびる石段をのぼってみた。その先の部屋は崩れていて、バラバラになった岩がそこらじゅうに散らばっていた。あまりにひどい状態のため、元は何に使われていた場所なのか想像もつかない。

隣の部屋には石の祭壇のようなものがあり、その上に小さな彫像があったけど、壊れていてなんの彫像かわからなかった。部屋全体が灰色の粉塵《ふんじん》にまみれている。天井の割れ目から光が射しこみ、光を受けて、塵《ちり》が『ティンカーベル』の妖精の粉《ピクシーダスト》みたいに、きらきら宙を舞っていた。

外はむっとするような暑さだったけど、進むにつれて、ひんやりしてきた。

レンはまったく音を立てないで歩いているのに、わたしが足を動かすたびに、がらんとした寺じゅうに音が響きわたった。

床にちらっと目をやると、わたしの足跡とレンの虎の足跡が並んでついていた。寺院を出る前に忘れずに消しておかないと。虎が境内をうろついていると思われてはまずい。

あたりを探ってみたけど、それらしいものは何も見つからなかった。

今度は左側の通路に足を踏み入れる。

そのとたん、驚いて息をのんだ。岩壁をくりぬいて作ったくぼみに、美しいドゥルガーの石像があった。そびえ立つような冠をかぶり、胴体のまわりに八本の手をクジャクの羽根みたいに広げている。

それぞれの手でいろいろな武器をつかみ、その一つは身を守るように高々とかかげられていた。ガダと呼ばれる棍棒《こんぼう》だ。レンの家にある小像でも見た。

足元ではドゥルガーの虎デイモンが体を丸め、たくましい前脚から大きな鉤爪を伸ばして、敵のイノシシに襲いかかろうとしている。

「この女神さまにも守ってくれる虎がいるんだね」

ドゥルガー像の正面に立つと、レンが隣に来て座った。

「ねえ、カダムさんはここで何が見つかると期待しているのかな？　預言のさらなる答えとか？　預言では〈女神のご加護〉って書かれていたはずだけど、どうしたらいいんだろう……」

像の前を行ったり来たりしながら、周辺の壁を調べた。

岩の割れ目に指を突っこんで念入りに探ったり、普通とちがうものがないか確かめてみたりしたけど、知らない土地にいるよそ者のわたしには、そもそも何が普通とちがうのかもわからない。三十分もたつと、両手はよごれてクモの糸がからまり、レンガの土埃にまみれていた。手がかりはまったくつかめない。わたしは両手をジーンズでふくと、石段にへたりこんだ。

「もう、お手あげよ。何を探したらいいかわからないし」

レンが近くに来て、わたしのひざに頭を乗せた。わたしはレンのふわふわした背中をなでた。

「これからどうする？　まだ探し続ける？　それともジープに戻る？」

そのときふと、そばに立つ支柱に目がいった。ドゥルガーに祈りを捧げる人々の彫刻がある。目に入ったのは、女二人と男一人が食べものを差し出している場面だった。たぶん農家の人たちなのだろう。柱のほかの面にもいろいろな田畑や果樹園が描かれ、家畜や農具も一緒に描かれている。農夫は肩に穀物を一束かけ、農婦の一人は果物の入ったカゴを抱え、もう一人の農婦は手に何やら小さいものを持っている。

石段から立ちあがり、柱に近づいてよく見た。

「この女の人が持ってるの、なんだと思う？」

その瞬間、思わず跳びあがった。いつの間にかレンが人間になり、温かい手がわたしの手を軽くにぎったのだ。

びっくりして、つい文句を言ってしまう。

「だから、姿を変えるときは合図してって言ったでしょ」

レンは笑うと、指で彫刻をなぞった。

「よくわからないが、鐘みたいなものに見える」

わたしも指で彫刻をなぞりながらつぶやいた。

「ねえ、わたしたちも同じようにドゥルガーに捧げものをしたらどうかな？」

「どういうことだ？」

「お供えものをするの。フルーツとか。それから、この彫刻のように鐘を鳴らしてみない？」

レンは肩をすくめた。

「いいね。できることはなんでもやってみよう」

虎に戻ったレンといったんジープに戻り、カダムさんに思いつきを伝えると、かなり乗り気だ。

「すばらしいアイディアです！　どうしてわたくしのほうで思いつかなかったんでしょう」

カダムさんは持ってきた昼食の荷物をがさごそと探すと、リンゴ一個とバナナを一本取り出した。

「鐘はあいにく持ってきておりませんが、こういう古い寺院にはたいてい備えつけられているはずです。客人の到着時や祈りを捧げるとき、それに食事の時間を知らせるのに門弟が鳴らしたのです。寺院のなかを探してみてください。きっとどこかにあるでしょう」

リンゴとバナナを受け取る。

「これでドゥルガーの祝福を受けられればいいけど……。だって、もうどうしたらいいかわからなくて。でも、あんまり期待しないでください。高望みはだめです。きっと、がっかりするから」

「あなたにがっかりすることなど、決してありませんよ」

カダムさんはわたしをなだめると、急きたてるように送り出した。

寺院のなかにふたたび入る。レンが祭壇のある部屋を探り、わたしはべつの部屋のがれきをかき分けながら、鐘がないか調べてまわった。

十五分ほどたったころ、レンの声が聞こえた。

「ケルシー、ここだ！　あった！」

急いでレンのところに行くと、部屋のすみの狭い壁を指さしている。入口からは見えない場所だ。そこに、わずかにくりぬいて作られた、浅いくぼみのような石棚があった。棚の最上段に、錆《さ》びた小さい青銅の鐘が、クモの巣と埃をかぶったまま置いてある。鐘の頭には小さな輪がついていて、フックに掛けられるようになっていた。

わたしにはとても届かないけど、レンなら届きそう。

レンは手を伸ばして鐘を棚からおろし、着ているシャツでよごれや粉状の錆をぬぐった。鐘を振ってみる。軽やかな音がした。

レンはにっこりして手を差し出し、二人でドゥルガー像に向かった。こうしていると、昨日キスしたことなど嘘のように思えてくる。なんだかまだ信じられない。

レンは目にかかった髪を払いながら言った。

「ケルシー、きみから捧げものをするべきだ。なにしろ、ドゥルガーのお気に入りはきみだからね」

「そうかもしれないけど、わたしが外国人で、あなたはれっきとしたインドの王子だってことを忘れてない？　わたしよりあなたのほうがどうするべきか知ってるはずよ」

レンは肩をすくめた。

「ぼくはドゥルガーの崇拝者ではなかったからな。手順がよくわからない」

「じゃあ、あなたは何を崇拝してた、っていうか、何を崇拝してるの？」

「国民がおこなう儀式や祭日の行事に参加はしていたが、両親はぼくら兄弟に何を信じるかは自分で決めてほしいと言っていた。ぼくの両親はちがう文化で生まれ育った者どうしだから、ほかの宗教にかなり寛容なんだ。きみは？」

自分で訊いたことなのに、訊きかえされて、言葉につまる。

「……わたしは、両親が死んでから教会に行ってないの」

レンがわたしの手をぎゅっとにぎった。

「そうか……。ぼくらは二人とも信じるべき道を見つける必要があるかもしれない。この世には人知を超えたものがあるとぼくは強く信じているんだ。すべてのことを導いてくれる宇宙の善の力の存在をね」

「何百年も虎の姿で囚われていたのに、どうしてそんなに楽観的でいられるの？」

レンはわたしの鼻についた塵を指先でぬぐった。

「楽観的？　だとしたら、ぼくの楽観的傾向は、わりと最近身についたものだよ。行こう」

レンは笑みを浮かべてわたしの額にすばやくキスをし、わたしの手を引っぱって歩きはじめた。

ドゥルガー像のところに戻ってくると、レンは虎の像の埃を払いはじめた。

像をきれいにするのは手始めとしてなかなかよさそうだ。わたしはカダムさんがフルーツを包んでくれたナプキンをはずすと、それで長年のあいだにたまった像の埃をぬぐい落とした。ドゥルガー――もちろん、八本の手も含めて――とデイモンの像もきれいにしてから、土台のまわりや背後の壁の埃も払った。像の土台部分に、少しだけくりぬいたボウルのような石があるのをレンが見つけた。人々がお供えをしていた場所かもしれない。

その石のボウルにリンゴとバナナを供え、像の正面に立つ。

レンが隣に立ってわたしの手を取った。わたしはとまどった。

「緊張する。なんて言えばいいのかわからない」

「わかった。ぼくが先に言うから、きみは自然に感じたことを付け加えてみればいい」

レンは小さな鐘を三回鳴らした。チリン、チリン、チリンという音が石壁に反響して、広い寺じゅうに響きわたる。

レンは大きな声で言った。

「ドゥルガーさま、わたくしたちはある旅の途中で、女神のご加護を祈願しに参りました。わたくしたちの信仰は弱く、単純ですが、課せられた務めは複雑で謎に満ちています。どうか、わたくしたちが知恵と力を見出せますようお助けください」

レンがこっちを見る。わたしはつばをのみこみ、乾いた唇をしめらせて、口を開いた。

「……どうか、二人のインドの王子をお助けください。二人が奪われたものを取り戻してあげてください。そのために、すべきことをおこなえるだけの力と知恵をわたくしが持てますよう、お助けくださいい。二人とも、人として生きるチャンスを与えられますよう……」

レンの手をしっかりつかみ、待った。

一分がたち、二分たったけど、何も起こらない。

「もう虎の姿に戻らないと……」

レンがわたしを軽く抱きしめる。レンの頬にキスをすると、ふっと虎に姿を変えた。

そのとたん、部屋が震え出し、壁がゆれはじめた。激しい雷鳴が寺院内にとどろき、続いて白い稲光がいくつか炸裂《さくれつ》する。

地震だ！　二人とも生き埋めにされる！

頭上から岩や石がふってくる。りっぱな支柱の一つが音を立ててひび割れた。床に倒れこんだわたしにレンが駆け寄り、おおいかぶさるようにして降ってくるがれきから守ってくれた。

しばらくすると揺れはしだいにおさまり、雷鳴も静まった。ふらつきながらゆっくり立ちあがると、像のほうを見て目を見張った。

石壁の一部が割れ、壁の表面が粉々にくだけて床に落ち、そこに手形があらわれていた。そばに近よっていくと、警戒しているのかレンが低くうなる。

指で手形をなぞる。それから、勇気をふるい起こし、自分の手を壁の手形に合わせた。カンヘーリーの石窟のときのように石が熱を持つのを感じる。

それと同時にわたしの皮膚も輝きを帯びてきた。まるで、手の下に懐中電灯を押しつけられているみたいだ。肌が透きとおり、青い血管があらわれる。

フェットが描いてくれたヘナ・アートが鮮やかによみがえり、赤々と輝いた。指から音を立てて火花が散る。

虎のうなり声がした。でも、レンの声じゃない。

ドゥルガーの虎、デイモンの声だ！

虎の像の目が黄色く光った。硬い石がオレンジ色と黒い毛に覆われた生きた肉体に変わり、歯をむいてレンに向かってうなり声をあげる。レンは一歩あとずさり、首の毛を逆立てて吠えた。

　ドゥルガーの虎は急に静かになり、その場に座ると、主人を見あげた。

　手形から手を離した。ゆっくりあとずさり、レンの後ろに立つ。何が起こっているんだろう。背筋に悪寒が走り、恐怖に体が震え出した。

　石像が息づきはじめ、薄い灰色の石が溶けて、生きた肉体に変わっていく。

　女神ドゥルガーは美しいインドの女性だった。

　ただ、肌が金色だ。青い絹の衣を身につけ、優美な体を動かすたびに衣擦《きぬず》れの音がする。八本のどの腕にもいろいろな宝石が飾られ、まばゆいほどきらめいている。色とりどりの反射光が寺院に満ちあふれ、ドゥルガーが動くと、光はあちこちに跳ねかえった。

　息をのんだまま、ドゥルガーがまばたきして目をあけ、八本の腕をおろすのを見つめる。女神はそのうちの二組を胸の前で組むと、首をかしげてレンとわたしを見た。

　レンがそばに寄り、わき腹をわたしに軽くつける。

　ほっとする。頼れる存在がそばにいてくれるのが何よりうれしい。レンの背中に片手を置くと、その体が緊張しているのがわかる。必要となれば、いつでも跳びかかって攻撃しようと身構えている。

　虎二頭と、女神とわたし。しばらく全員が黙ったまま、たがいを観察した。ドゥルガーはレンの背中をなでているわたしの手に特に興味を引かれたらしい。ようやく女神が口を開いた。

　金色に輝く手の一つをわたしたちのほうへ伸ばす。

「娘よ、わたくしの寺へようこそ」

わたしは女神に、なぜわたしをお気に入りにされたのか、なぜ娘と呼ぶのかたずねたかった。わたしはインド人ですらない。それなのに、女神のお気に入りだとフェットに言われたことにまだとまどっていた。でも、なんとなく今は訊かないほうがいい気がして黙っていた。

女神は足元のボウルを指さして言った。

「そなたたちの捧げものを受け取りました」

ボウルの食べものがきらめき、しだいに輝きを増したあと、消えた。

ドゥルガーは自分の虎の頭をなでている。しばらくそのままで、わたしたちがいることを忘れたかのように見えた。

女神のペースに合わせたほうがよさそうだ。余計な質問はせずに黙っていよう。

ドゥルガーがわたしを見てほほえむ。

女神の声が鐘の音のように軽やかに部屋じゅうに響きわたった。

「そなたにも戦うときに助けてくれる虎がいると見える」

「あ、はい。こちらはディレンです。でも、ディレンは虎以上の存在なんです」

ドゥルガーの豊かで美しい声にくらべると、わたしの声は弱々しくかすれている。

女神がほほえむ。まばゆいほどのその輝きに取りこまれてしまいそうだ。

「ああ、その虎が何者かは承知しています。わたくしがデイモンを愛するのと同じくらい、そなたがその者を愛していることも。そうですね?」

女神は自分の虎の耳を愛情深く引っぱっている。わたしは黙ってうなずいた。

「そなたたちはわたくしの加護を求めに来た。では、それを与えて進ぜましょう。さあ、そばに来て受け取りなさい」

おびえながらも、ほんの少し近寄った。レンが女神とわたしのあいだにうまく入りこみ、相変わらず相手の虎に注意を向けている。

ドゥルガーが八本の腕を扇形に広げ、さらに近寄るよう手招きした。わたしはさらに数歩進んだ。レンがデイモンと向かい合う。どちらもあからさまに相手の匂いをかぎながら、顔をしかめている。

女神は二頭の虎を無視して、わたしにやさしくほほえんだ。

「そなたたちが探している褒美は、ハヌマーンの王国に隠されています。わたくしのしるしが入口の目印となるでしょう。ハヌマーンの王国には危険が多い。無事に切り抜けるためには、そなたとそなたの虎は一緒にいなくてはいけません。もし離れ離れになったら、そなたに大きな危険がおよぶのです」

ドゥルガーの腕が動きだす。わたしはちょっとあとずさった。女神はホラ貝をベルトに結びつけると、手にしている武器を順ぐりにまわしはじめた。手から手に渡しながら、一つずつ注意深く調べている。目当てのものがまわってきたのか、動きを止め、その武器をいとおしそうに見てから、空いている手で側面を先までさっとなでた。

棍棒《ガダ》だ。

女神はそれを差し出し、わたしに受け取るよううながした。手を伸ばし、ガダを受け取る。取っ手を片手でつかみ、自分のほうに向けて掲げた。金でできているように見えるけど、不思議と重くない。それどころか、片手で楽に持てる。

ガダをそっとなでてみた。長さはわたしの腕ほどで、らせん形にねじれた金色の取っ手から五センチくらいの幅のある金の棒がのび、先端にソフトボール大の重い球がついている。球の表面には細かい透明な宝石がちりばめられていた。ひょっとしてダイヤモンド？　すごい。

お礼を言うと、ドゥルガーはやさしい笑みを浮かべながら支柱を指さし、わたしをうながすようにこっくりとうなずいた。

「……どういうこと？」

女神はわたしが持っているガダを指してから、もう一度支柱を見る。

息をのんだ。

「えっ、これを試してみろとおっしゃるのですか？」

女神は一度うなずくと、デイモンの頭をなではじめた。

支柱のほうに向き直った。ガダを野球のバットのように構える。

「わかりました。でも……スポーツは大の苦手なんです」

深呼吸して目を閉じ、弱々しくガダを振りあげた。たぶん、石の支柱に当たって跳ねかえり、腕にひどい衝撃が走るだろう。そう思いながら、勢いよく振った。支柱に当たった瞬間、打ち損ねた――と思った。

すべてはゆっくり起こった。雷のようなとどろきが寺院を震わせ、大きな石のかたまりがミサイルのように部屋をシュッと横ぎったかと思うと、どこかにぶつかって音を響かせながら破裂し、粉々に砕けた。わたしは砂まじりの埃ががれきの山にふりかかるのを、ひたすら見つめた。支柱の側面に大きな穴があいている。

あまりにびっくりして口がぽかんとあいた。

女神のほうに向き直ると、誇らしそうな笑みを浮かべてわたしを見ている。

「使うときは注意したほうがよさそう……ですね」

ドゥルガーはうなずいた。

「いかにも。防御が必要なときは役に立ちます。だが、これはそなたのそばにいる戦士が使うために授けたのです」

虎がどうやってこの武器を使うんだろう。ちょっと疑問に思いながら、ガダを石の床にそっと置いた。

顔をあげると、ドゥルガーがべつのほっそりした腕を差し出している。そこには生きたヘビが巻きついていた。女神の腕と同じ金色のヘビだ。舌をすばやく出し入れしながら、シュッという音をかすかに立てている。

「これは、そなたに授けましょう」

女神がそう言うと、金色のヘビが女神の腕からゆっくり体を解き、台座をスルスルおりてきた。

とたんに恐怖におそわれ、ヘビから目が離せなくなった。

ヘビは床に着いたところで立ちどまり、鎌首をもたげて、体の半分を床から持ちあげた。それから、舌を出してあたりの空気を感じ取っている。目は小さいエメラルドのようだ。

首のあたりが扇形にふくらみ、まさにフードの形になる。

コブラだ。

猛毒のヘビ。嚙まれたら死んでしまう……。

ただ、一般的なコブラとちがうのは茶色と黒のうろこではなく、フードの部分は金色の地に薄茶色と琥珀《こはく》色とクリーム色の渦模様だった。腹部の皮膚は黄みがかった白で、舌は象牙《ぞうげ》色をしている。

ヘビがくねくねと近づいてくる。レンも怖いのか、二、三歩あとずさる。その脚のあいだをすべるように進んできた。

恐怖で動けなかった。口はカラカラで、のどがつまる。強い風にひと吹きされたら、簡単に倒れてしまいそうだ。

女神のほうを見あげると、自分のヘビがわたしのほうに近づいていくのを、ほほえみを浮かべてながめていた。

ヘビが足元にたどりついた。またシュッと舌を出してから、足に巻きつく。

声も出ない。体が凍る。

ヘビはふくらはぎをあがってきた。わたしの足を強く締めつけながら、くねくねと時間をかけて、らせん状に進んでくる。

手足が震えた。激しい雨に打たれる花のように、わたしの体はぶるぶると震えていた。自分の泣き声が聞こえる。これが女神のご加護なの？

レンがうなり声のような泣き声のような声を出した。どうやってわたしを助けたらいいのか迷っているらしい。

そのうち、ヘビが腿《もも》のつけ根にたどりついた。ヘビは自分の体のうしろ半分でわたしの腿を締めつけ、頭をわたしの手のほうに伸ばしてくる。

そして、手首に触れたとたん、すばやく腕に跳び移ってきた。

わたしの腕にヘビが巻きつき、ゆっくりと肩のほうに向かってのぼりはじめた。うろこがわたしのむき出しの肌をじわじわ移動していく。動けない。

うろこはひんやりしてなめらかでつやがあり、シマメノウの円盤が肌の上をすべっているようだった。強い力でわたしの腕を締めつけながら進んでいく。締められるたびに、血流が止まり、それからまた脈打ちはじめる。

体のほとんどをわたしの二の腕にからませたところで、ヘビは頭をわたしの首のほうに伸ばしてきた。舌をヒュッと出して、首の汗をなめる。

唇が震えた。顔から玉のような汗がしたたり、呼吸が激しくなる。ヘビの頭がわたしの首のそばを通ってあごをかすめるのを感じた次の瞬間、なんとヘビがわたしの目の前に顔を出した。鎌首をフードのようにふくらませ、宝石のような目で正面からのぞきこんでいる。

恐怖で気を失いかけたとき、ヘビは二の腕に戻った。そこで二度巻きつくと、頭をドゥルガーに向けたまま動きを止めた。

用心しながら視線を下げてヘビを見る。

畏れ多いことに、ヘビはわたしの腕で金色のアクセサリーになっていた。古代エジプトのヘビの腕輪みたいだ。エメラルドの瞳はもう動かない。

おそるおそる反対側の手でヘビに触れた。なめらかなうろこのようだけど、金属の感触で、生きている肉体の形跡はどこにもない。

体がぶるっと震える。

ガダ同様、ヘビもかなり軽い。このまま金のヘビを腕に巻いていないといけないとしても、少なくとも重くて苦労する心配はなさそうだ。

ようやく勇気を出し、とっくりと観察した。さっき見たときより体が縮んでいる。

ドゥルガーが口を開いた。

「それはヘビの女王で、ファニンドラと呼ばれています。そなたたちの案内役となり、探しものを見つける手助けをしてくれるでしょう。そなたたちを安全な道へと導き、暗闇では行く手を照らすでしょう。ファニンドラを怖がる必要はありません。そなたに危害を加えることは決してないのです」

女神は長い腕をこちらに伸ばし、ヘビの頭をなでた。

「ファニンドラは他者の感情を敏感に察知します。そして、ありのままの姿で愛されたいと願っているのです。どんな生物にもそれぞれの役割がある、そう心得なさい。その子どもたちにも同じことがいえるでしょう。どれだけ恐ろしい外見であっても、生物はみな神の創造物であることを忘れてはなりません」

わたしは頭を下げると言った。

「はい、恐怖を克服して、ファニンドラにきちんと敬意を払うようにします」

「よいでしょう」女神はほほえんだ。

ドゥルガーは腕を元の位置に戻しながら、レンとわたしを見おろした。

「では、そなたたちがここを発つ前に助言して進ぜましょう」

「……はい、お願いします」わたしはためらいつつ答えた。

「おたがい離れないように心がけなさい。もし、離れてしまったら、自分の目に映るものを信じてはなりません。心を研ぎ澄ませること。そうすれば、何が現実で何がそうでないかがわかるでしょう。果実を手に入れたら、しっかり隠しなさい。でないと、それを奪って悪用したり、自分勝手な目的に使ったりする者もいるでしょう」

「その果実は、女神さまへの捧げものとして持ち帰らなくてよいのですか？」

ふと見ると、デイモンをなでていた女神の手が固まりかけている。女神の肉体が色褪せ、ざらっとした灰色に戻りはじめた。

「捧げものは済んでいます。果実にはべつの目的があるのです。そのうちわかるでしょう」

「ほかの贈りものは？　ほかの捧げものについてはどうなのでしょうか？」

必死になってほかのことも知ろうとした。

もう時間がない……。

「そなたがわたくしのほかの寺院で捧げものをするのはかまいませんが、贈りものは手元に置いておきなさい、そなたが――」

言い終わらないうちに、女神の赤い唇が固まった。目の光が消え、何も見ていない球になる。金色の肌も、光り輝く宝石も、鮮やかな衣も色を失い、ふたたびきめの粗い石像に戻る。

手を伸ばし、デイモンの頭にそっと触れた。デイモンもすでに像に戻っている。さっきまでの出来事が嘘のように静かだ。また、目の前で不思議なことが起きた。

レンが体をくっつけてくる。その背中をなでた。

女神はわたしたちに「離れるな」と言っていた。あとは、果実を隠すようにと。いったいこの先に何が待ち受けているんだろう……。

小石が落ちる音にふっと我に返った。

レンの太い首に抱きつき、慎重にガダをひろいあげると、一緒に寺院の出口に向かう。少しだけレンを出口で待たせると、木の枝をひろってきて虎の足跡を残らず消してまわった。

ジープをめざして未舗装の通路を歩く。

すでに日がすっかり傾いている。思っていたより、だいぶ長く寺院のなかにいたらしい。

カダムさんは木陰に車を停め、窓をあけて居眠りしていた。わたしたちが近づくと、すぐに体を起こして目をこすった。

「地震に気づきました？」

「地震？　いいえ。ここは教会のように静かなものでしたよ」

カダムさんは自分の冗談にクスクス笑っている。

「なかで何があったのですか？」

カダムさんの目が、わたしの持っている〈贈りもの〉に留まった。驚きに息をのんでいる。

「それは……。見せていただけますか？」

ガダを差し出すと、カダムさんはおそるおそる両手を伸ばして受け取った。手にすると、重そうにしている。若々しく見えてもやっぱり年だからかしら？　と意外に思った。カダムさんの顔には純粋な喜びと学者的な興味の色が浮かぶ。

「これはすばらしい！」

「実際に使ったら、すごかったです」

あんな力があるなんて、恐ろしい武器だ。

「カダムさんのおっしゃったとおり、無事にドゥルガーのご加護を受けられたと思います。たぶん、まちがいありません」

そして、腕に巻きついたヘビを見せた。

「ファニンドラというそうです。女神からいただきました」

カダムさんがヘビの頭のほうに指を伸ばした。

また生きかえりそうで怖い。でも、ファニンドラは固まったままだ。カダムさんはヘビの腕輪にすっかり心を奪われたらしく、じっと見ている。

わたしはカダムさんの腕を引っぱった。

「カダムさん、出発しませんか？　車のなかですべてお話しします。それに、お腹もぺこぺこだし」

まだ興奮していたけど、かなり疲れてお腹もすいていた。

カダムさんは大声で笑い、元気づいて歓声をあげた。それから、ガダを慎重に毛布に包んで車の後部にしまうと、助手席側に回ってわたしとレンのためにドアをあけた。

いよいよ、ハンピに向けて出発だ。

ドゥルガーのご加護を受けることができた。探すのは〈黄金の果実〉だということもはっきりした。

準備は整った。

19

車で町に戻るあいだ、ドゥルガーの寺院で起こったことをカダムさんに話した。カダムさんはささいなことまですべて熱心に聞くと、次々に質問を投げてきた。なかには、大事だと気づかずに見過ごしたこともあった。たとえば、ほかの三本の支柱にどんな場面が描かれていたか、わたしは調べるのを忘れていた。

話に没頭するあまり、カダムさんはレンを乗せたままホテルに戻ってしまい、もう一度ジャングルまで引きかえすはめになった。

ジャングルに着くと、わたしがレンを車からおろした。カダムさんはジープに残り、ガダをじっくりながめている。

レンと一緒に背の高い草むらのなかを歩いて、ジャングルの境界まで送った。ゆうべレンとキスしたことを思い出す。あのひとときで人間のレンとの距離がずっと縮まった気がする。

別れ際、体をかがめてレンに抱きつき、ささやいた。

「ジャングルで一人で寝るのはつらいでしょう。またわたしの部屋に泊まりに来る？ 夕飯をとっておくわ」

レンの頭に軽くキスして立ち去る。振り向くと、レンがずっとわたしを見送っていた。

その日の夕食は、カダムさんがホテルの調理室を借りて、野菜のオムレツと、フライパンで焼いたトースト、パパイアジュースを手早く作ってくれた。わたしは腹ぺこで、調理室から食事が出てくるのをながめながら、カダムさんが料理好きなことにつくづく感謝した。

ひと皿分をしっかり平らげると、カダムさんにお代わりをたのみ、夜、お腹が減ったときのために部屋に持ち帰りたいと伝えた。カダムさんはなにも疑わず、喜んで準備してくれた。

ガダはカダムさんに預けたけれど、ヘビの腕輪はどんなに引っぱって抜こうとしても、腕から動かなかった。だれかに盗まれるといけないので、あずかったほうがいいのですが、とカダムさんは心配した。

「わたしもはずしたいんですけど、腕に巻きついたときのことを思い出すと怖くて。それならこのまま動かないでいてくれたほうがありがたいかも……」

言ってから、心のなかであわてて打ち消した。ファニンドラはドゥルガーからの授かりものだ。神の恵みを怖がってはいけない。

ファニンドラに小声ですばやくあやまった。

ただ、ヘビの腕輪をしたままだと、パジャマに着替えるのも大変だった。半袖のパジャマだったから、ファニンドラの頭部が袖で隠れてしまわないよう、腕と腕輪の間に袖をたくしこむ。

鏡に映ったファニンドラを見ながら、歯を磨いた。

歯ブラシをくわえたまま、ヘビの頭をそっとなでて話しかける。

「あなた、水が好きだといいんだけど。明日の朝、シャワーを浴びるつもりだから、このままわたしの腕にいるなら、一緒に浴びてもらうことになるわよ」

ヘビは硬いまま姿を変えることはなかったけど、ほの暗い部屋の鏡に映った目がわたしを見返し、鋭く光った。

歯磨きを済ませると、天井の扇風機を回し、レンの夕食を化粧台の上に準備して、ベッドにもぐりこんだ。

ヘビが腕にいると思うと、どうにも居心地が悪い。硬いアクセサリーを巻きつけたままでは眠れないだろうと思ったけど、疲れていたのか、知らないうちにまどろんでいた。

その夜遅く、レンが静かにドアをたたく音で目を覚ました。

レンは人間の姿で急いで食事をすませると、待ちきれなかったように、わたしを両腕で抱いてひざに乗せた。

キスされるかと思ったけど、さすがに王子は礼儀正しい。そういえば、初めてキスされそうになったときも、許しを請うくらい紳士だった。

レンは今日もらったガダの威力にかなり興奮しているようだった。わたしのおでこに自分の頬を押しつけ、今日の話を始める。レンの腕のなかで安心しながら、静かで心地いい声に耳を傾けた。

起きていたいのに、眠気が襲ってくる。

それに気づいたのか、レンがわたしを抱きあげて、ベッドに運ぼうとした。わたしは半分眠りながら「自分で歩けるよ……」とつぶやいたけど、レンはかまわずにわたしをベッドに寝かせ、やさしく手足を伸ばしてくれた。額に軽くレンの唇が触れ、体にキルトがかかるのを感じたあと、意識がとだえた。

どれくらいたったころか、ふっと目が覚めた。

腕を触る。金のヘビがいない！

あわてて明かりをつけると、ファニンドラはベッドのサイドテーブルの上にいた。相変わらず固まっているものの、腕にいたときと体勢がちがう。でも今は、まったく動かない。

寝ているあいだに猛毒のヘビが体の上をスルスル移動したのかと思うと、ぞっとした。

レンが虎の頭をもたげて心配そうにわたしを見る。

「だいじょうぶ、夜中にファニンドラが移動していただけ」

一瞬レンに、ヘビとわたしのあいだで寝てもらえないか頼もうと考えた。でも、ファニンドラに対して勇気と信頼を持たなくては。これはもう、少しずつ慣れていくしかない。

横を向いてキルトにすっぽりくるまり、ファニンドラに言ってみた。

「ねえ、これからは知らないうちに体の上を移動しないでもらえると助かるな。できれば、そういうことはいっさい起こらないでほしいっていうのが本音だけど」

ファニンドラはもちろん動かない。緑色の目をぱちくりさせることもなかった。

そういえば、ヘビってまばたきする生物だったっけ？　そんなことをあれこれ考えていたら、知らぬ間に眠りに落ちた。


翌朝、レンの姿はなく、ファニンドラはサイドテーブルから動いていなかったので、急いでシャワーを浴びた。部屋に戻り、タオルで髪を乾かしながら、ふと見ると、ファニンドラがまた形を変えていた。昨日のように体をらせん状に巻き、いつでもわたしの腕に身を落ちつけられるようになっている。

そっと手に取り、腕に通してぴったり合う場所まですべらせていく。

ためしにはずせるか引いてみると、今度は簡単に動いたので、もう一度、押しあげた。

「ありがとう。こんなふうにできるなら、きっとうまくやれそう」

一瞬、ファニンドラのエメラルド色の瞳がぼんやり光った気がした。

髪を編みこむ。そうだ、ファニンドラの瞳に合わせて緑のリボンにしよう。

そのときドアをノックする音が聞こえた。ドアをあけると、シャワーを浴びたばかりなのか、あごひげをきれいに切りそろえたカダムさんが立っていた。

「出発の準備はよろしいですか?」

チェックアウトを済ませてホテルを出る。レンをひろうために車で森に向かった。でも、なかなか出てこない。何分か待っていると、ようやくレンが木立から跳び出してきた。

「今日は寝坊したの?」

カダムさんにばれないように、それだけ訊いた。

たぶん、ホテルからの道をずっと走って戻ったんだろう。疲れてなければいいけど。

ハンピへ向かう途中、フルーツ売りの屋台で車を停め、ラッシーというヨーグルト飲料と朝食用の全粒粉バーを二人分買った。ラッシーを半分飲んだところで、残りをレンに差し出すと、レンは運転席と助手席の背もたれのあいだから首を突き出し、ラッシーの残りを飲んだ。長い舌で猫のように音を立てながらすっかり飲み干す。そしていかにも〝たまたま〟というふうをよそおいながら、わたしの手をなめてくる。

「わかった! わかった! くすぐったい。お礼を言いたいの? でも、もう充分」

カダムさんは本当におかしそうに笑う。

「もう絶対、分けてあげないからね」

後部席から鼻を鳴らす音が聞こえた。すぐに振り向いてレンを見ると、おとなしい猫のような顔をしている。

ほんと、虎のときは子どもみたい。

カダムさんが、そろそろハンピですと告げ、遠くに見える大きな建造物を指さした。

「前方に見える円錐《えんすい》形の高い建物は、ヴィルパクシャ寺院といって、ハンピ一有名な建造物です。ちなみにハンピに最初に集落ができたのは二千年も前のことです。もうすぐスグリーヴァの洞窟のそばを通りますが、そこはシーターの宝石が隠されていると言われています」

シーターって……サルの神ハヌマーンが仕えていたラーマ王子の妃のことだ。

「その宝石はまだそこにあるんですか?」

「発見されてはおりません。そのせいもあって、この街はたびたびトレジャーハンターたちの略奪にあってきました」

カダムさんは道路わきに車を停め、レンを外に出した。

「寺院周辺は日中観光客でごったがえすでしょう。レンをここで待たせて、わたしたちで境内を歩いて手がかりを探し、夕方戻ってきたほうがよさそうですな」

門の前に駐車すると、ハンピで最高かつ最大の建造物だという、ヴィルパクシャ寺院に向かった。

ほんとに大きい。十階建てのビルくらいはあるだろうか。巨大なアイスクリームのコーンを逆さまにしたような形だ。

カダムさんが前方を指さしながら、なかの構造について説明してくれた。

「境内には中庭と聖堂、それにわきに立つすべての建物につながる通路があります。内部には列柱の広間と回廊を伴った奥の院があり、アーチがいくつも並んだ長い回廊は中央に位置する中庭に向かって開かれています。さあ、ご案内しましょう」

寺院のなかを見てまわりながら、カダムさんから、サルが支配するキシュキンダー王国への入口を探すよう念を押された。

「どんな外観なのかはわかりませんが、また手形模様があるかもしれません。あと、ドゥルガーの預言にはヘビのくだりがありますし」

またヘビ？

それにサルが支配する王国の入口を探すって……神話の世界への入口ってことだろうか。この冒険に深くはまればはまるほど、どんどん妙な展開になっていく。

見学しているうちに、みごとな遺跡に目を奪われ、いつの間にかここに来た目的をすっかり忘れてしまった。

見るものすべてが驚きに満ちている。

ストーンチャリオットと呼ばれる建物でも立ちどまった。小型の石寺のようなものが、石の車輪に乗っている。車輪はハスの花のような形をしていて、普通のタイヤみたいにちゃんと回るようだ。

ヴィッタラ寺院と呼ばれる建物には、踊る女性の美しい彫像があった。ちょうどツアーガイドが五十六の石柱について説明していたので、それに聞き耳を立てた。

「衝撃を受けると柱が振動し、まさに楽器のようにそれぞれがちがう音を出します。一流の音楽家でしたら、この柱で曲を演奏することもできるでしょう」

わたしたちも少しのあいだその場に立ち、ツアーガイドが石柱を軽く叩いて出した振動音に耳をすませる。神秘的な音色がゆったりと空中にのぼり、しだいに消えていった。

〈王妃の浴場〉と呼ばれる建物で立ちどまると、カダムさんが解説してくれた。

「〈王妃の浴場〉は王と妃のくつろぎの場所でした。かつては中央を囲むように部屋があり、長方形の建物からバルコニーが張り出していて、そこに女性たちが座って浴槽を見おろしながら、くつろいでいたものです。水路から汲《く》みあげた水をレンガの浴槽に入れ、わきのこのあたりにはちょっとした花壇があって、女性たちがのんびり過ごしたり食事をしたりしていました。

浴槽は長さが約十五メートル、深さが二メートルあります。当時は水に香水を注いで芳しい香りをただよわせ、水面にたくさんの花びらを散らしておりましたし、ハスの形の噴水も浴槽を囲むようにいくつかあって、今でも二つ三つ見ることができます。それと、浴場全体を運河で囲み、王だけがここで女性たちと過ごせるよう厳重な警備がされておりました。女性に言い寄る可能性のある男たちはすべて出入り禁止でした」

「なぜカダムさんが女性の浴場にそんなにくわしいんですか？　王だけがここに入れる唯一の男性だったんでしょう？」

顔をしかめてカダムさんを見た。

カダムさんはあごひげをさすってニヤニヤしている。

え？　ひょっとしてカダムさんが？

「まさか、ハーレムに入りこんだんじゃないですよね？」

カダムさんは肩をちょっとすくめた。

嘘……！

「いや、〈王妃の浴場〉に侵入するのは若い男にとって通過儀礼みたいなもので、入りこもうとして命を落とした者さえいましたな。わたくしはたまたまそうした経験を切りぬけた数少ない勇者の一人というわけです」

「ほんとに？　カダムさんがハーレムに押し入るなんて！　意外なところもあるんですね……」

それから少し歩きはじめたところで、パッと振りかえった。

「ちょっと待って。通過儀礼っておっしゃいましたよね？　ってことはレンとキーシャンも――？」

カダムさんは立ちどまって、笑いながら両手をあげた。

「それは直接お訊きになったほうがいいでしょう。まちがったことは申しあげたくないので」

「そっか。じゃあ、レンに問いたださないといけないですね」

そのあと、〈勝利の館〉、〈ハスの宮殿《ロータス・マハル》〉、〈マハナヴァミ・ディッバ〈王が格闘技や舞踏を観覧した場所〉〉をめぐったけれど、特に興味を引かれるものや目立ったものはなかった。〈王侯の宮殿〉は外交会議がおこなわれ、高級官僚が接待を受けた場所らしい。〈王の天秤《てんびん》〉は王が取り引きする金や貨幣や穀物の重さを量ったり、貧しい民に物を配ったりするのに使われた場所だという。

わたしが気に入ったのは、象舎だった。

がらんとした大きな建物で、最盛期には十一頭のゾウがそこで飼われていたらしい。ここにいたゾウは戦争用ではなく、儀式に使われていたとカダムさんは説明した。どれも王が個人的に飼っていたゾウで、高度な訓練を受けてさまざまな儀式に使われ、よく金色の布や宝石を身にまとって、皮膚を彩色していたそうだ。

象舎には十個の部屋それぞれに、大小さまざまな形のドームがついていた。カダムさんによると、雑用や建設作業用にもゾウが飼われていたけど、ここにいた王の個人所有のゾウたちは特別だという。

最後に見たのは〈ウグラ・ナラシンハ〉の大きな彫像だった。どんな像なのかカダムさんにくわしく訊こうとしたけど、なぜか返事がない。

彫像のまわりを歩きながら、ためつすがめつしては考えこんだり、そっとひとりごとを言ったりしている。

強い日射しに手をかざして目をかばいながら、彫像のてっぺんをじっくり観察した。それから、わざとしつこくたずねてみた。

「……この像の顔って、ちょっと不細工に見えるけど、どういう人物なんですか？」

やっとカダムさんから返事があった。

「ウグラ・ナラシンハは半人半獅子の神です。もっとも、ほかの姿にもなれますがね。かなり強面の容姿だったと言われており、なにより力のある魔王を殺したことで有名です。その魔王はそれまで、だれにも倒せませんでした。なぜなら、地上でも空中でも、昼のあいだも夜のあいだも、建物のなかでも外でも、人間にも動物にも、死んでいるものでも生きているものでも殺すことはできないという存在だったからです。ところが、ナラシンハはその魔王を倒したのです」

「インドには殺せない悪魔がたくさんいるんですね。じゃあ、ナラシンハはその魔王をどうやって殺したんですか？」

「ウグラ・ナラシンハはひじょうに頭がきれました。その魔王を捕まえて自分のひざに乗せ、黄昏時《たそがれどき》に、建物の出入り口で、鉤爪で殺したのです」

「……？　まるで推理ゲームみたい」

「確かに」

「待ってください。えっと、黄昏時なら昼でも夜でもない。出入り口なら内でも外でもない。ナラシンハは半人半獅子だということですよね？　じゃあ、人間でもなく動物でもないんだ。そして、地上でも空中でもないひざの上で……。すごい。それで、もう一つはなんでしたっけ？」

「死んでいるものでも生きているものでも殺すことはできない、です。つまり、無生物なものを使って殺すことも、生き物を使って殺すこともできない。そこで、鉤爪を使ったというわけです」

「ほんと、かなり賢いですね」

「ケルシーさんこそ、感心いたしましたよ。今、ほとんどご自分で謎解きをなさった」

ほめられると照れくさい。

「それから、よく見てください。ナラシンハがとぐろを巻いたヘビの上に座っているのがおわかりになると思います。このヘビは七つの頭を持っています。ナラシンハの頭の上に並んでいるでしょう。首をふくらませてひさしの役目をしているのですよ」

「あ、ほんと、確かにヘビがいる」

少し落ちつかない気分で腕をひねり、金のヘビをちらっとのぞいた。ファニンドラは動かない。硬いアクセサリーのままだ。

　カダムさんはまたぶつぶつとひとりごとを言いながら、時間をかけてウグラ・ナラシンハ像を調べている。

「カダムさん、何を探してらっしゃるんですか？」

「預言のなかにヘビのくだりがありました。てっきり、あなたがもらった金のヘビのことだと思ったのですが、ひょっとすると、ほかにも重要なヘビがいるのかもしれません」

　ほかの観光客と同じように、できるだけさりげなく彫像を観察した。秘密の出入り口や以前見つけた手形の模様がないか探す。あいにく、そういうものはどこにも見当たらない。

　カダムさんはついにあきらめて言った。

「やはり、あなたとディレンが今晩ここに戻ってお調べになったほうがいいかもしれません。今は見つかりませんが、キシュキンダーへの入口は、この彫像のそばにあるのではないかとわたくしはにらんでおります」

　夕飯を買って、レンのところに戻った。タンドリーチキンを裂いてやり、レンがわたしの手から慎重にかじり取るのをながめながら、寺院で見学したいろいろな建物のことを語った。

　カダムさんによると、特別な行事がない限り、遺跡群には日の入りを境に見学者は入れなくなるらしい。

「夜は守衛がトレジャーハンターたちがいないか見張っています。さきほど遺跡でご覧になった破壊の跡の大半は、連中のしわざなのです。いまだに金や財宝を探しに来るのですが、その手のものはとっくにハンピから持ち出されています。現在では、連中が破壊しようとする建物こそハンピの宝なのです」

カダムさんは丘の反対側でわたしたちをおろすのが得策だと考えた。そこからはハンピへの道がないので、警備もされていないだろうという。

「でも、道がなければ、どうやってそこに行くんですか?」

カダムさんの返事に不安を抱きつつ、たずねた。

「ジープを購入したのは、オフロードを走るのが理由のひとつですよ!」カダムさんはにっこり笑って元気よく両手をこすりあわせる。

「じつにわくわくしますな!」

オフロード……。道のないところを行くんだ。

「うれしくてもう吐き気がしてきました」

「バックパックにガダを入れてお持ちにならないと。一人でだいじょうぶですか?」

「もちろん。そんなに重くないですから」

準備している手を止め、カダムさんがとまどい気味にこっちを見る。

「重くないとはどういうことですか? こんなに重いものを」

カダムさんは包んだ毛布からガダを取り出し、両手で持ちあげた。筋肉がぶるぶる震えている。

「え? そんなに? 大きさの割には軽かった覚えがあるけど」

近よってガダを受け取る。

片手で軽々と持ちあげられる。カダムさんがもう一度手に取り、片手で持ちあげようとすると、あまりの重さにふらついた。

どういうこと?

「わたくしには二十キロ以上あるように感じられます」

「わたしには二、三キロにしか感じないのに」

「うーん」カダムさんが驚いている。

これもドゥルガーのご加護だろうか。

カダムさんはもう一度ガダを受け取ると、重そうにわたしのバックパックのなかに入れた。

ジープに乗りこみ、わき道を走っていく。そのうち未舗装の道に砂利が多くなり、土埃のたつ二本の線になって、やがてそれも完全に消えた。

カダムさんはわたしたちをおろすと、ミニキャンプの準備を始めた。ここに戻ってくる道はディレンがわかるはずだから心配いらないと言い、小型の懐中電灯と預言を写した紙をわたしに渡してくれた。

「この懐中電灯は本当に必要になるまで使わないほうがいいでしょう。夜は見張りが遺跡群のなかを巡回していますからね。充分用心することです。見張りが近づいてきても、ディレンが匂いに気づくので、だいじょうぶです。それと、ディレンはできるだけ虎の姿のままでいたほうがいいでしょう。のちのちあなたが人間のディレンを必要とするときのために」

カダムさんはわたしの肩をぎゅっとつかむと、ほほえんだ。

レンもおとなしく聞いている。

「ケルシーさん、幸運をお祈りしています。手がかりが見つからない可能性もありますから、どうかあせらずに。明日の晩、もう一度やり直す必要があるかもしれませんが、時間はたっぷりあります。急ぐ必要はありませんよ」

「わかりました。だめもとでやってみます！」

わたしはレンのあとについて歩きだした。

月のない夜の、なめらかな黒い空に星がひときわ明るく輝いている。星空はきれいだけど、できれば月が出てほしい。ただ、レンの白い体はあとを追いやすかった。足元にはくぼみや穴がけっこうある。用心しなくては。つまずいて足首の骨でも折ったら大変だ。穴を作ったのがどんな生物なのか考えたくもない。

おぼつかない足取りで少し進んだとき、緑色の明かりが行く先をぼんやり照らし始めた。

緑色の明かりなんて、どこから?

あたりを見まわし、ようやくファニンドラのエメラルドの瞳だとわかった。ファニンドラがわたしのために暗い夜道を照らし、特製の暗視メガネの役を果たしている。行く手にあるものが次々にくっきり浮かびあがって助かるけど、なんだか気味が悪い。奇妙な緑色の惑星におりたち、異質な空間を歩いている気分だ。

一時間近く歩くと、遺跡群のはずれにたどりついた。レンが速度を落とし、空気の匂いをかいでいる。涼しい風が丘を吹きすぎ、汗ばむ晩をさわやかなものにする。今ならだいじょうぶだと判断したらしく、レンがまた足早に進みだした。

遺跡群のあいだをすばやくぬけ、ウグラ・ナラシンハ像に向かう道に出た。

昼間は壮麗に映った遺跡が、頭上から黒い影を投げている。美しさに目をみはったアーチの通路や支柱も、奈落のようにぽっかり口をあけ、今にもわたしをのみこもうとしていた。さっきまで楽しんでいたはずのそよ風は、かすれたような悲しげな音を立てて遺跡を吹きすぎていく。

まるで大昔の幽霊が、侵入者の存在を仲間に知らせているかのようだ。

恐怖に耐えながら、ようやくナラシンハ像のところまできた。

レンが鼻をクンクンさせ、隠れた割れ目がないかあちこち調べはじめた。

一時間ほど探したけど、何も見つからない。疲れてきたし、いったんカダムさんのところに戻ってひと眠りしたほうがいいかもしれない。

「ひょっとしてドゥルガーのときのように、お供え物や鐘を持ってきたほうがよかったのかな。そしたらこの像に命が吹きこまれたかもしれない」

レンが隣に来て座った。少しのあいだレンの頭をなでる。

こうやっているとほっとするけど、今は手がかりを探さなくては。

彫像のほうを見あげたとき、あることを思いついた。

「鐘っていえば、確か――」

パッと立ちあがると、昼間見た〈音楽の柱〉に向かって走った。鳴らしかたを思い出しながら、見張りに聞こえませんようにと祈りつつ、柱の一つを軽く三回たたく。彫像のところに駆け戻ると、七つの頭を持つヘビの目が赤く輝き、ナラシンハ像のわきに小さなドゥルガーの像があらわれた。

「やった。ドゥルガーのしるしよ！」

これで一つはうまくいったけど、次は何をすればいいのだろう。

「やっぱり捧げものも必要なのかな」わたしはじれったくなってうめいた。「でも、何も持ってこなかった……」

そのとき、半人半獅子の像の口があき、灰色の霧が流れ出た。

冷たくくすんだ蒸気がナラシンハ像の体をすべり落ち、地面に広がりはじめる。すぐに、へビの赤い目以外は何も見えなくなった。頼れるものが欲しくてレンの頭をそっと触る。

これでは何もわからない。思い切って像によじのぼり、頭のあたりに何かしるしらしきものがないか探すことにした。

のぼりはじめると、レンがうなり声をあげて反対した。かまわずにのぼっていった。でも、新しい手がかりは何も見つからない。

あきらめて像から飛びおりたとき、地面までの距離を読みあやまったのか、転んでしまった。幸いケガはなかったけど、手をついたときに爪が少し割れた。

渦巻く霧に包まれているとだんだん寒くなってくる。

ふと、割れた爪を見て、カダムさんに聞いた話を思い出した。

――ナラシンハは、鉤爪で魔王を倒した。

この像のまわりに入口があるというカダムさんの考えが正しければ、ナラシンハにまつわる話がヒントになるんじゃない？

「ねえ、レン。ナラシンハが魔王を倒した話を再現してみない？　そうすれば、この彫像が次の段階に導いてくれるかもしれない」

霧のなか、レンの頭がぐっとわたしを押した。

なんでもいいから、思ったことをやってみるしかない。

「カダムさんから聞いた伝説によれば、やることは五つよ。まず動物であり人間であること。これは、あなたが条件を満たしてる。だから、あなたがナラシンハ、わたしは魔王の役をするわね。次は、建物の内でも外でもないところに立つこと。出入り口を探そう」

手さぐりで彫像の周囲を調べた。

「ここに小さな出入り口があるみたい」

手を伸ばして石の枠に触れる。二人でそこに立った。

「三つめは昼間でもなく夜でもないこと。どうしよう、黄昏時はもうとっくに過ぎちゃった。懐中電灯を使って試せないかな?」

そうだ、小型の懐中電灯を点滅させることにしよう。

これで、昼間でも夜でもないってことにしてくださいと祈る。

「それから鉤爪。これは言うまでもなくあなたが持ってる。物語では殺すことになってるけど、わたしを引っかく程度でも再現したことになるだろうし……」

引っかくだけでだいじょうぶかな。

レンがのどの奥で抗議の音を出すのが聞こえた。

「……血を出すぐらいは必要かも」

「だいじょうぶ。ちょっとだけ。たいしたことじゃないわ」

レンはまた低くうなり、前脚をあげると、そっとわたしの腕に置いた。

狩りをしているレンを遠くから見ていたし、キーシャンと喧嘩しているときのレンの鉤爪も見ている。だから、懐中電灯に照らされた鉤爪に、どうしても恐怖を感じて目を閉じた。

レンがわたしの腕に傷をつけるのを待つ。低くうなりながら身動きするのが聞こえただけで、何も感じない。懐中電灯を自分の足の上から下まで照らしてみたけど、どこにも血は出ていなかった。

それでも、鉤爪が皮膚を引き裂くような音は確かに聞こえた。レンが何かしたのはまちがいない。懐中電灯をレンの白い体に向けた。目を凝らしてレンがどの部分を傷つけたのか探す。

「見せて。何をしたの？」

レンが左脚をあげると、そこにはひどい裂傷があった。鉤爪で毛の下の皮膚まで引き裂いたらしく、血が地面にポタポタたれている。

どうしてこんなことを……。

「あなたの傷の治りが早いことはよくわかってる。でも、自分をこんなに傷つける必要がどこにあるの？　わたしが血を出さないと効き目がないかもしれないでしょ？　犠牲になってくれるのはありがたいけど、やっぱりわたしを引っかいてくれないと——魔王の代わりなんだから。あまり深く傷つけないようにしてくれればだいじょうぶだから、ね？」

レンはどうしてもやりたくないのか、動かない。

しかたがないので身をかがめ、自分でレンの重い脚を持ちあげた。ようやく鉤爪を腕の上に持ってきたのに、レンが爪をすっと引っこめる。

「お願いだから協力して。こうしてるのだってひと苦労なんだから」

もうやってみるしかないのだ。

レンはようやく鉤爪を半分ほどのぞかせると、わたしの腕をちょっとだけ引っかいた。軽すぎて、引っかいた跡すらほとんど残っていない。

「ちゃんとやって。今度はきっとうまくいくから」

レンは気が進まない様子で低くうなってから、強めに引っかく。わたしの前腕に真っ赤な長いみみず腫れが二本つき、そこからわずかに血がにじんだ。

「うん、これでいい」

少し痛かったけど、たいしたことはない。懐中電灯を持ちかえ、さっきのレンの傷をもう一度見た。もうほとんど癒えている。

ほっとした。最後の項目に移ろう。

「えっと……最後の条件。魔王は宙でも地上でも倒せない。そのどちらでもないように、ナムシンハは自分のひざに魔王を乗せたんだから……わたしがあなたの背中に乗ればいいのかな……」

どうしよう。いくらレンが大きな虎の姿で、小型のポニーに乗るようなものだとしても、中身は男の人だ。しかも王子なのに、それにまたがるの？

バックパックを地面に置きながら、どうすれば気まずさを少しでもおさえられるか考えた。そうだ、足をそろえて座ればいい。そうやって背中に乗ろうと心を決めたとき、両足が浮いた。

レンが人間に姿を変え、わたしをふわりと抱きあげたのだ。

うわっ。

体をくねらせてちょっと抵抗したけど、レンは問題ある？　って顔でわたしをじっと見る。おとなしく口をつぐんだ。レンは身をかがめてバックパックをひろうと、手にぶらさげてから言った。

「次は？」

「これで物語のとおりだと思うけど……」

レンはわたしを抱えたまま、もう一度出入り口に立ってナムシンハ像を見あげた。

「何も変わらないな」

彫像を見つめるレンの横顔をながめるうちに、正直、今やっていることがどうでもよくなってしまった。

たくましい胸にぴったり身をあずけて、その心地よさにひたる。ちょっと前までずきずきしていた腕の引っかき傷も、まったく気にならない。

こんなにかっこいい男性に抱っこされるのがいやな女の子なんている?

ほんとにきれいな顔。もし、わたしが石の神像を彫るとしたら、レンをモデルに選ぶ。ナムシンハという半人半獅子の神さまはどうしたってレンにはかなわない。

ようやくレンがわたしの視線に気づいた。

「ケルシー? 呪いを解きに来ていること、忘れてないか?」

ぼうっとした顔でただほほえみかえすと、レンは片方の眉をつりあげてわたしを見た。

「何考えてたんだ?」

「べつに……たいしたことじゃないよ」

レンがニヤッと笑った。

「言っておくけど、きみは今、いつでもくすぐられる状態にいて、逃げられない。白状したほうがいいぞ」

石像から出た霧に囲まれているというのに、レンの笑顔はきらきらしている。まったく、かなわない。

「もし、くすぐったら思いっきりあばれてやるわ。そしたら、わたしを落として、今やっていることが台無しになるわよ」

レンはわたしの耳に顔を寄せると、ささやいた。

「ラジクマリ、あばれるなんてなかなか挑戦的だね。また今度ためしてみよう。言っておくけど、この腕からきみを落とすことは絶対にないよ、ケルシー」

名前をささやかれたとたん、腕に鳥肌が立った。

あのキスから、二人のあいだが微妙に変化してきている。

ふと懐中電灯をつけてないことに気づいた。つけて照らしてみたけど、影像に変化はない。

わたしはあきらめて言った。

「何も起こりそうにないわね。夜明けまで待つしかないかな」

レンはうわずった声で笑いながら、わたしの耳に顔をすりつけ、やさしく言った。

「いや、何かは起こりはじめているよ。入口を見つけることとは関係ないことがね」

そして、顔をすべらせるようにして、わたしの耳から首にそってやさしくゆっくりとキスをした。

溜め息が漏れてしまう。

ただ、人間でいる時間はあまり残されていない。レンはすぐにキスを止めた。

キスが途中になったことにちょっとがっかりしながら、たずねた。

「ラジクマリってときどき言うでしょ。どういう意味?」

レンは静かに笑うと、わたしをそっと下におろして答えた。

「お姫様って意味さ。ぼくはカダムのところにちょっと戻って、夜明けを待って再度ためしてみることを伝えてくる」

お姫様……本物の王子にそんなふうに呼ばれるなんて照れくさい。

レンはわたしの手を取り、外からは見えない草深い場所で待っているように言うと、虎の姿で走っていった。

キルトを丸めて頭の下に敷き、眠ろうとがんばったけど、一人ではなかなか寝つけない。レンが戻ってきて、ようやくほっとして虎の背中にすり寄ると、ストンと眠りに落ちた。


目を覚ますと、人間の姿のレンがわたしを抱きあげて運んでいた。

あたりはまだ暗い。東の地平線がちょうど白みはじめるところだ。

夜でも昼でもない時間……。

「だいじょうぶ、歩けるわ」

「いや、疲れているだろう？　起こす気になれなかったんだ。それに、もう着いたよ」

ナムシンハ像はゆうべから変わっていなかった。

ヘビの目は赤く輝き、石像の口から白い霧が流れ出ている。

二人でもう一度、出入り口に立つ。その瞬間、わたしの腕で何かがうごめいた。

ファニンドラだ。ファニンドラがとつぜん息を吹きかえし、ふくらんでもとの大きさになると、わたしの腕から体をほどいた。

レンがわたしを抱いたまま地面の近くまで腕をおろすと、ファニンドラはするりと地面におりた。

そして石像をのぼり、七つのヘビの頭の下を縫うように這っていった。ファニンドラがそばを通ると、七つのヘビの頭に命が吹きこまれ、くねくねともがきだした。ナムシンハが座っているとぐろの部分も、うろこにおおわれた生身の体に変わる。

ファニンドラはふたたび像をおりて、レンとわたしのほうに戻ってきた。体を輪の形に巻き、硬直したかと思うと、みるみる縮んで金の腕輪の姿に戻る。レンはわたしを下におろし、腕輪になったファニンドラをひろってくると、慎重にわたしの腕に通してほほえんだ。

やったことは正しかった。何かが起こりはじめている。

レンはわたしの腕に残った引っかき傷をそっとなぞり、傷口に軽くキスして虎の姿になった。

ナムシンハ像に近づくと、のたくっていたヘビの体が姿勢を変えはじめていた。とぐろがほどけながら石像を持ちあげ、しだいに高くかかげていく。

石像の下で黒い空間が口をあけていた。レンとわたしが入っていけるだけのすき間がある。穴をのぞくと、長い石段が見えた。下のほうは暗闇に溶けこんでいる。ナムシンハ像の口から流れ出ていた霧の動きがとつぜん止まり、反対に石像の口へと吸いこまれはじめた。あたりをただよっていた霧はどんどん石像の口に吸いこまれ、下の穴へと流れ落ちていく。

思わず息をのみ、懐中電灯を石段のほうに向けた。それから、ヘビの太いとぐろのあいだに足を踏み入れ、霧に包まれた暗闇のなかへと下っていった。

キシュキンダーの入口に間違いなさそうだ。

20

懐中電灯の弱い明かりを頼りに、慎重に石段をおりていく。下までおりきると、ファニンドラの目が輝き出し、地下道に不気味な青緑色の明かりをともした。
前に進もうとするレンを止め、ドゥルガーの預言を声に出してもう一度読むことにした。ちゃんと確認しなくては。

身を守るため、ドゥルガーの寺院へ行き
女神のご加護を受けよ
西に向かい、キシュキンダーを探せ
サルがその地を支配している
ガダでハヌマーンの王国に入り
そこにくくりつけられた枝を探せ
上では危険な棘が手を伸ばし
下では目くらましの危険が待っている
妨害、誘惑、愛する者たち——
さらに、不快な底流にひそむ罠

不気味な妖怪が行く手に立ちはだかり
監視者たちが歩みをはばむ
ひとたび追われだしたら用心せよ
でないとやつらの腐敗を取りこむことになる
だが、ヘビが禁断の果実を見つけ
インドの空腹が満たされれば
すべて偽りだと証明できる
女神に従う者たちが皆、命を落とさないように

今は〈キシュキンダー〉の入り口にさしかかったところにちがいない。この先に棘とか誘惑とか妖怪とかが待ち受けているってこと……？　なんだか怖い。
紙の下のほうに、カダムさんのいつもながらの整った筆記体で書かれたメモがあった。

ケルシーさん、
キシュキンダーに入ったら、いくつかの試練に立ち向かわねばなりません。くれぐれも用心してください。ここに、あなたが話してくださったドゥルガーからの警告も、忘れないように記しておきます。
まず、レンのそばにいるよう心がけること。もし、何かの理由で離れてしまったら、大変な危険が待ち受けているでしょう。それと、自分の目に映るものを信じてはならないと女神はおっしゃっていたのですよね。心と魂を研ぎ澄ませば、幻覚と現実の区別がつく

でしょう。

女神の最後の言葉は、その果実を手に入れたら、しっかり隠せとの助言です。

バグヤシャリン！　あなたの幸運をお祈りしています。

アニク・カダム

「待ち受ける危険って、いったいどんなものなんだろう。棘は植物の類だと助かるけど」

レンと歩きながら、わたしは一人でまくしたてていた。恐怖をまぎらわせたかったのかもしれない。

「ねえ、棘のある動物って何かな……。ステゴザウルスでしょ。ああ、ちがった、ステゴサウルスか。ま、とにかく恐竜の類がいくつかいる。それから、ドラゴンにヤマアラシ、あとツノガエルも忘れちゃだめ。もし、棘のある動物を選ばなきゃならないとしたら、ツノガエルがいいな。あっ！　でももし、見あげるぐらいの巨体で、大きな口をあけてたらどうしよう？　わたしたちなんて軽くひと飲みされちゃうよ。そうだ、バックパックからガダを出しておいたほうがいいかも……」

ああ、何をべらべらしゃべってるんだろう。とにかく、落ちつかなくては。

立ちどまって、ガダを取り出した。ガダを引きずらずに長い距離を歩いていくのは骨が折れそうだったけど、手に持っていると安心できる。

地下道はほどなく石の通路になり、進むにつれてあたりが明るくなっていった。ファニンドラの目の輝きが弱まり、明かりが消えた。両目はきらきらしたエメラルドに戻っている。

不思議なことが起こっていた。

地下なのに、通路の先が光っている。

光の出所はわからないけど、前方から射しこんでいる。わたしたちはその光を追いかけた。

なんだか悪夢のなかにいる気分だ。明るくもなく暗くもない。目に見えない悪がわたしの潜在意識に染みわたり、強い力がわたしを追いかけて行く手をはばみ、わたしの大切な人たちを傷つけようとしている――そんな気味の悪さを感じる。

ここ数週間で奇妙なことにかなり慣れたけど、そんなわたしでもここは異様に感じた。

霧がうねりながらあとをついてきて、歩くわたしたちを追い越し、前方の視界をさえぎった。立ちどまると、霧はまとまり、小さな星雲みたいにわたしたちのまわりを回った。冷たい灰色の霧が急所をさがすように、氷の指先でわたしたちの皮膚を探《さぐ》っている。

ふいに足元の感触が変わった。石の上を歩いているようだったのに、湿った地面に変わったのか、足がわずかに沈む。靴が短い草を踏みつぶす音が聞こえる。まわりの壁もコケに覆われていたけれど、進むうちに草が茂り、さらに小さいシダのような植物に覆われた。こんなにじめじめしたうす暗い環境でどうして命を保てるのか不思議だ。

壁はどんどん遠のいていき、しまいに見分けられなくなった。天井は灰色の空に向かって開かれている。奥行きがあるわけじゃないのに、てっぺんが見えない。巨大な温室みたいだけど、ここは人工の空間じゃない。なんだかべつの惑星に足を踏み入れてしまったようだ。

道が下り坂になった。転ばないようにしなくては。

やがて、不思議な植物や木々が生い茂る森に入った。あたりの木や草がみんな、風にあおられているかのように揺れているけど、実際には風などまったく感じない。まさか木が自分で揺れているのだろうか？

木々は密生し、やぶも濃く生い茂ってきた。道はだんだんわかりづらくなり、やがて完全になくなった。

レンはそのなかを進んでいく。体で草を押し分けて道を作ってくれた。

木々の枝は長く、しだれ柳みたいに垂れている。巻きひげ状の枝先は羽毛のようなものにおおわれ、そばを通るとチクチクする。

なにげなく手で首をかくと、濡れていた。

汗をかいてるなんて変だ。ここはそんなに暑くないし、汗をかくほど走ってもいない。ひょっとしたら枝から水がたれたのかも。

手についたものは、緑色の光に照らされて茶色く見える。

これは何？　樹液？

ちがう――血だ！

羽毛のようなものにおおわれた葉を一枚ちぎって調べてみると、細かい棘が裏側にびっしり並んでいた。棘の一つに触れようとすると、棘が大きくなって指のほうに伸びてくる。指をあちこちに動かすと、棘は磁石みたいに指と同じ方向に動いた。

「レン、この木、おかしい！　わたしたちを攻撃してる。葉の裏の棘が動くの。〈危険な棘が手を伸ばし〉ってこれのことだわ！」

レンが立ちどまる。そのとたん、棘を持つ枝が上からするりとおりてきて、レンの首や尻尾に巻きついた。レンは跳びのき、木から枝を激しく引きちぎった。

「逃げなきゃ！　木に捕まっちゃう……」

レンが全力で下生えのなかを突き進む。わたしも必死に追った。

森はどこまでも続いていて、いっこうに木々がまばらになる気配はない。しばらく走ったけど、へとへとだった。

もう無理。

わたしは息を切らしながら言った。

「このままじゃ、あなたの足手まといになる。あなただけでも先に行って、とにかくこの森を抜けて」

レンは立ちどまってこっちを向くと、急いでそばに駆け戻ってきた。すかさず枝がくねくねとおりてきて、レンの体に巻きつきはじめる。

レンはうなり声をあげて転げまわると、鉤爪で枝をばさっとたたいた。

枝の動きが一瞬ひるんだものの、腕にしつこくからんでくる。

もうだめだ。目に涙があふれる。ひざまずいてレンの頬をなでようと手を伸ばした。

「行って。わたしはもう無理。わたしを置いて行って」

レンが姿を変える。

わたしの手に手を重ねてきた。

「ぼくらは離れてはだめだ。ドゥルガーに言われたことをおぼえているだろう？　ケルシー、きみを置いてなど行かない。決して離れない」

レンは悲しそうにほほえんだ。

それから、わたしの腕にからみつく枝を痛くないようにそっとはずし、わたしの首に伸びてくるべつの枝を打ち払った。

「行こう。それを使うんだ」

レンはわたしの手からガダをつかみ取ると、枝を次々になぎはらった。枝は、ひるむ様子もなく、鋭い緑の触手をガダに巻きつけようとしてくる。レンは木に近づくと、幹を容赦なく打った。

たちまち木が身をすくめた。枝をひゅるひゅると引き戻し、幹を守るように巻きつけていく。レンは、弱った木のそばで待つように言い置くと、数歩先に進んでガダを振りまわした。次々に木の幹をねらって激しく打ちつけ、幹の内部にまで大きな裂け目を残しながら歩いていく。わたしはガダを振って進んでいくレンの少しあとをついていった。

木はレンのねらいに気づいたらしく、勢いよく枝を伸ばしてレンに襲いかかる。けれど、レンには底知れぬ力がわいてくるのか、少しも勢いがとまらない。わたしを守ろうとしてくれているのを感じた。

わたしは身をすくませながら、レンの皮膚に切り傷やかすり傷が無数にできるのを見つめることしかできなかった。背中もすぐにズタズタにされ、シャツが破れて血に染まっている。

ようやく、棘の森の出口が見えてきた。森のはしの空き地のなかほどで立ちどまる。

レンは枝が届かないところまでわたしを引っぱってくると、地面にくずおれ、体をかがめた。激しく体を動かしたせいで汗をかき、かなり息を切らしている。バックパックから水を出して差し出すと、レンは一気に飲み干した。

血だらけの腕の具合を調べる。

血と汗ですべって手当てしづらい。水とTシャツを取り出し、切り傷やすり傷についたよごれをぬぐってから、冷たく濡らした布をレンの顔と背中に押しつけた。

手当てを続けるうちに、レンの緊張がほぐれ、呼吸も落ちついてきた。傷は早くも癒えはじめている。ケガをさほど心配しなくてもよくなったころ、あることに気づいた。

「人間になってからとっくに二十四分過ぎてる……よね？　だいじょうぶなの？」

レンは手で胸をこすった。

「気分は……いいよ。なぜだかわからないが、虎の姿になる必要を感じない」

「ひょっとして成功したってことじゃない？　呪いを解いたのかも！」

レンはちょっと考えこんだ。

「いや、それはちがうな。まだ先に進む必要があると思う」

「ためしてみたら？　虎の姿になれるかどうか」

レンが虎の姿になり、また戻った。

血だらけの破れた服が、きれいな白いシャツに変わっていた。

「人間でいられるのは、単にこの場所にかけられている魔法のせいかもしれない」

そう……なのね。

わたしがひどくしょげかえった顔をしたらしく、レンは笑って手にキスした。

「心配いらないよ。ぼくはそのうち完全な人間に戻る。きみがこんなに助けてくれているんだから。今は、この贈りものをもらえるあいだだけ、ありがたくもらっておくよ」

レンはウィンクしてにっこり笑うと、わたしを引き寄せ、ケガの具合を見てくれた。腕と足と首を念入りに調べ、濡れた布でわたしの腕をぬぐい、切り傷を癒やすように丁寧にきれいにしてくれる。レンのケガのほうがはるかにひどいので、遠慮しようとしたけど、レンはゆずらなかった。

「大丈夫そうだね。首に一カ所ひどい引っかき傷があるが、じきに治るだろう」

レンはきっぱり言うと、わたしの首の後ろをタオルでふいてから、少しのあいだそこにタオルを押しつけた。それから、わたしのTシャツの襟を指で引っぱった。

「ほかにどこか、調べてほしいところは？」

レンの手を払った。

「いいえ、結構よ。ほかの場所は自分で調べられるから」

レンはくったくのない笑い声をあげると先に立ちあがり、わたしを引っぱって立たせた。バックパックを背負い、肩にガダをかついで手を差し出す。それから二人でまた歩き出した。

その後も、棘の木はあったけど、木々の間隔が前より離れているうえに、普通の〝襲ってこない〟種類の木に混じっていたので、攻撃を避けることができた。

レンがわたしの指に指をからませてくる。

「きみとただこうして普通に歩けるなんてうれしいよ。あとどれだけ時間が残っているか心配せずに歩いていられるんだから」

「そっか、そうね」

この状況でもレンは幸せそうだった。

レンの過酷な身の上を思った。一日のうち人間でいられるのはごくわずかだ。そのわずかな時間を一瞬一瞬大切にしようとしている。そして、この気味の悪い場所ですらも、贈りもののように感じている。レンが発する陽気な空気に、わたしも気分が明るくなった。

この先にもっと過酷な試練が待っているのはわかっている。でも、レンと並んで歩いている今はちっとも気にならなかった。このひとときを楽しもう。

ふたたび道に出た。丘陵地帯へとつながり、通り抜けられそうな大きなトンネルがある。

あそこに行くしかなさそうだ。

あたりに注意を払いながらそろそろとトンネルに入った。火のついたたいまつが石壁に並び、中央から枝分かれしたべつのトンネルがいくつもある。隣のトンネルを何かがすっと通ったのに気づき、ぎょっとして飛びあがった。

「今、そこに何かいた！」

「ぼくにも見えた」

いったいここはどういう場所なんだろう。

巨大なハチの巣状のトンネルのなかにいるようだった。何かの影がつねに視界のすみにあらわれる。気味が悪い。

わたしはレンにぴったりくっついた。レンが肩に腕を回してくる。

声が聞こえた。

女の人の声だ。弱々しく叫んでいる。

「レン？　レン……レン……」

声はトンネルからトンネルへと響きわたった。

「ここだよ、ケルシー！　ケルシー……ケルシー……」

聞こえていたのは、わたしたちの声だった。レンがわたしの肩をぎゅっと抱いた。そして体を離すと、ガダをにぎって身構えた。

そのまま前を用心して歩きながら、枝分かれしているトンネルを注意深く見つめている。

悲鳴が聞こえる。走る足音や、虎のうなり声や、かん高い叫び声もする。わたしは立ちどまり、あるトンネルの前に立った。

「ケルシー！　助けてくれ！」

レンがわきのトンネルに姿をあらわした。サルの群れと戦っている。サルがレンを引っかこうとしたり、噛みつこうとする。

レンは虎に姿を変え、サルの体に深く牙を食いこませると、バラバラに引きちぎった。ぞっとする光景だ！

不安を感じて一歩あとずさり、そこでハッと立ちどまった。

――レンと離れてはいけないとドゥルガーから警告されていた。

振り向くと、さっきはなかったトンネルが二つあらわれていた。

そして、どちらにもレンがいた。ガダを手に歩いている。

本物のレンはどっち？

どっちについていけばいい？

背後で走る足音が聞こえ、とっさに右のトンネルに入って、レンに追いつこうと急いだ。ところが、近づいていくほど、レンが遠ざかるように見える。道をまちがえたことに気づいて、呼びかけた。

「レン！」

レンは振り向かない。わたしはそこで立ちどまり、ほかのトンネルにレンの気配がないか探した。あるトンネルでは、レンとキーシャンが虎の姿で喧嘩をしている。べつのトンネルでは、カダムさんが悪夢に出てきた男らしき人物と剣で戦っている。

あわてて次々にトンネルを変えた。

インドに来てからの光景だけではない。祖母が、花を植えるのを手伝って、と手招きしている。高校の先生が質問を投げてくる。事故で死んだ両親が呼びかけてくる。息が苦しくなり、目に涙があふれる。

「ちがう、ちがう、ちがう！　こんなことあり得ない！　レンはどこ？」

必死に叫んだ。

「ケルシー？　ケルシー！　どこにいる？」

「ここよ！」

わたしの声が聞こえたけど、わたしが発した声じゃない。

べつのトンネルをのぞくと、レンが駆けよる先に……わたしがいた。けれど、あれはわたしじゃない。

レンはわたしの生き写しに近づき、その顔をなでている。

「ケルシー、だいじょうぶかい？」

そのケルシーが返事をする。

「ええ、平気よ」

顔がこっちを向き、頬にレンのキスを受けながら、わたしをまっすぐに見る。すると変化がおきた。ガラスが割れるような鋭い音がして、顔から生気が失せ、死体に変わる。死体がわたしにほくそ笑み、そこにウジがわく。

そのトンネルの入口に近づき、レンを止めようと大声で呼んでも、レンには聞こえない。透明のバリアのようなものがわたしをはばみ、なかに入れなかった。死体はクスッと笑うと、手を振った。その姿がぼやけていき、しまいには見極めることができなくなった。

カッとなって力まかせにバリアをたたいたけど、びくともしない。その数秒後にバリアは消えた。

見つめる先には、これまで通ったほかのトンネルと変わらない、たいまつで灯された暗く長いトンネルがある。

あきらめてそのまま進んだ。レンが地面にうずくまっている。みじめな様子で自分を責め、むせび泣きながら喪失を嘆いている。これまで犯した過ちを並べたて、自分がいかにまちがっていたかをあげつらっている。許しを請うけど、一向に得られない。レンが自らやったと述べたことは、口にするのもはばかられるような、ひどくて恐ろしいことだった。そんなことをするわけがないとわかっていたし、そんなことをするなんて想像もできない。そこにいるレンの体はやせこけ、弱りはて、たまらなく痛々しかった。

怒りがわいた。もう我慢できない！

自分の大切な人がこわされて消えるところを見せられるなんて、耐えられない！

だれなのか、なんなのか知らないけど、とにかくわたしたちをもてあそんで喜んでいる。それがくやしかった。

それに、このトンネルのどこかで、同じことがレンにも起こっているはずだ。そこでわたしはいったいどんなふるまいをさせられているのか……。

べつのトンネルに向かうと、今度は得意げに胸を張るレンが背を向けて立っていた。

慎重に声をかけた。

「レン？　本当にあなたなの？」

レンがくるりとこっちを向き、思わずこちらがうっとりするような笑みを浮かべる。

両手を広げてわたしを手招きした。

「ようやく会えた！　どうしてこんなに時間がかかったんだい？　どこに行っていたんだ？」

本物のようだ。安心してレンに抱きよせられ、その背に両腕を回した。レンがわたしを抱きしめてくる。

ん……？

「待って。バックパックとガダはどこ？」

レンから離れ、整った顔をじっと見た。

「そんなものはもう必要ない。少し黙って。しばらくここに一緒にいよう」

あわててあとずさり、何歩か距離を置く。

「あなた、レンじゃない」

相手は笑い声をあげた。

「何言ってるんだ、ぼくだよ。どうやって証明すればいい？」

「ちがう、何かがおかしい。あなたはレンじゃない！」

そのトンネルから飛び出し、夢中で走り続けた。

けれど、どこにもたどりつけない。ただ、いたずらにトンネルを通りすぎているだけだ。速度を落として立ちどまり、激しく息を切らしながら、どうしたらいいかを必死に考えた。

レンはガダとバックパックを持っている。それを置き去りになんて決してしないはず。だから、まだその二つを持ってどこかにいる。

わたしは何も持っていないけど……いや、そんなことない。持っているものがあった！

ジーンズのポケットから紙きれを取り出し、カダムさんの注意書きをもう一度最後まで読んだ。

もし、何かの理由で離れてしまったら……自分の目に映るものを信じてはならない……

心と魂を研ぎ澄ませば、幻覚と現実の区別がつくでしょう。


自分の目に映るものを信じてはいけない？

そうだ、まさに今、そのとおりのことが起こっている。心を研ぎ澄ませば区別がつく――わかった、自分の心に従おう。

どうすればいい？

歩き続けながら考えた。そうだ、まず先入観を捨てよう。どのトンネルでも必ず入口で立ちどまり、少しだけながめてから目を閉じて、そこが正しい道かどうかを感じ取るのよ。

たいてい、トンネルのなかにいる人や動物は、近づくと、躍起になって誘ってくる。トンネルで会う相手は、話しかけてきたり、甘い言葉で誘ったりしてわたしを引き入れようとする。それでも、目を閉じて同じやりかたを続け、トンネルをいくつか素通りした。立ちどまったトンネルはどれも正しいとは思えなかったからだ。

またべつのトンネルに行きあたり、立ちどまって光景を確かめた。死んだわたしが地面に横たわり、そのかたわらにレンがひざまずいていた。動かないわたしの体にかがみこむようにして観察している。レンのやさしくささやく声が聞こえた。

「ケルシー？　きみなのかい？　頼む、話してくれ。本当にきみなのかどうしても知りたいんだ」

レンは生気のないわたしを抱きあげ、腕のなかにいとおしげに包みこんだ。わたしはまず、レンがガダとバックパックをきちんと持っているか確かめた。目の前にいるレンは確かにその二つを持っていた。でも、それでだまされたこともあったから、油断はできない。レンが言った。

「ぼくをおいて行かないでくれ」

目を閉じ、レンが「死ぬな」と必死で請う声に耳をすました。心臓が激しく鼓動しはじめる。これまでとはちがう反応だ。一歩近寄り、もう一度バリアをたたく。

やさしく話しかけた。

「レン？　わたしはここよ。死んでないわ」

レンが顔をあげる。わたしの声が聞こえたらしい。

「ケルシー？　確かにきみの声だ。だけど、姿が見えない。どこにいる？」

レンはわたしを——わたしに似た死体を——地面におろした。そのとたん、死体が消えた。

「目を閉じて、心でわたしの居場所を探して」

レンはゆっくり立ちあがり、目を閉じた。

わたしも目を閉じた。レンの声ではなく、レンの心に向かって気持ちを集中する。自分の手がレンの胸に触れ、手のひらにレンの力強い心臓の鼓動を感じるところを思い描いた。体が自然に動き出し、何歩か進んだ。全神経をレンに集中する。レンの笑い声、ほほえみ、レンがそばにいる心地よさ。やがて、とつぜん、手がレンの胸に触れ、心臓の鼓動を感じた。会えた。わたしはゆっくり目をあけ、レンを見た。

レンが片手をのばしてわたしの髪に触れようとしたところで、手を引っこめた。

「今度こそ本当にきみなのかい？」

「うん、ウジがわく死体じゃないわ。あなたがそういう意味できいたのなら」

「よかった。ウジがわく死体はそんな嫌味は言わない」

レンはにっこりした。

「じゃあ、あなたが本物か、どうやったらわかる?」

その質問にレンはちょっと考えてから、頭をかがめてキスしてきた。

わたしを自分の胸に勢いよく引き寄せ、思いもよらないほどぴったり近づくと、唇が重なった。キスは、最初はやさしく温かかったけど、すぐに貪欲で激しいものに変わった。両手がわたしの腕をすべるようにのぼり、肩に触れ、それから首を包む。

レンの腰に両腕を回し、キスに我を忘れた。ようやくレンが顔を引くと、それに反応して心臓がドキドキした。

確かにレンだ。このキスは本物だ。

口がきけるようになると、わたしは冗談を言った。

「たとえ本当のあなたじゃなくても、このレンを選ぶ」

レンは声をあげて笑い、やっと安堵《あんど》の空気が二人を包んだ。

「ここからはずっと、ぼくの手をにぎっていたほうがいい」

「そうする」

自分のレンを取り戻したことで落ちついたのか、わきのトンネルから聞こえてくる呼びかけや、せがむような問いかけも無視できるようになった。

やがてつきあたりに一条の光があらわれ、二人でそこをめざした。

レンはわたしの手をしっかりにぎってトンネルを出る。やっと抜けられた。

トンネルから離れ、木立の裏を流れていた小川のそばで立ちどまる。

どこにいるかはわからなかったけど、ちょうどお昼ごろの感じだったので、ひと休みすることにした。

エネルギーバーを食べながらレンが言った。

「森を避けて、なるべく川の近くを行くほうがいいだろう。このまま川をたどって行けば、きっとキシュキンダーにたどりつける」

曲がりくねって流れる川を見てうなずいた。

あのカーブを越えたら、今度は何が待ち受けているんだろう？

少し休んで元気を取り戻したので、わたしたちは小川をたどっていった。

川はわたしたちを追い越すように流れていく。下流に向かっているようだ。ほとりは小石が多く、流れに洗われて丸くてなめらかなものばかりだった。

灰色の石を一つひろい、放りあげながら考えごとをして歩いていると、石の重さと感触が変わった。手を開いて見ると、いつの間にかすべすべのきらめくエメラルドになっている。

立ちどまって、足元の石を見た。どれもくすんだ灰色の石のままだったけど、水中に沈んだ石を目で追うと、きらきらした宝石が見えた。

「レン！　見て。川の底」

わたしはきらめく宝石を指さした。川の先のほうを見ると、遠くにある宝石ほど大きい。

「あそこ、見て。ダチョウの卵くらいのルビーがある！」

体をかがめて、近くの大きなダイヤモンドに手を伸ばしかけたとき、レンが後ろから腕を回して引きとめ、数メートルうしろに下がった。

川を指さしながら、耳元でレンがささやいた。

「あっちを見てごらん。横目で見るんだ。何が見える？」

「何も見えない」

「直接見てはだめだ。目の端で見るんだ」

水中のダイヤモンドのすぐ隣で、何かがぼんやり光っている。

生物だ。白いサルみたいだけど、毛がない。長い腕を突きあげ、手を伸ばしてくる。

「きみを捕まえようとしていた」

あわてて手に持っていたエメラルドを川に投げ捨てた。水面が渦を巻き、エメラルドが落ちた場所で何かが威嚇するような音がする。

音がやむと、ふたたびおだやかな水面に戻った。川のなかの宝石だけを直接見るとわからないけど、横目で見ると猿みたいな生物があちこちにいるのが見えた。水面のすぐ下に浮いている。ちょうどタツノオトシゴみたいに、木の根っこや水草に尾をからませて体を固定していた。

「カッパかな？」レンがつぶやいた。

「カッパって？」

「日本の妖怪さ。母が昔、話して聞かせてくれた。水中にひそんで子どもたちを捕まえ、血を吸うらしい」

「吸血タツノオトシゴザルってこと？　まじめな話？」

レンは肩をすくめた。

「どうやら本当にいたらしい。小さいころ母に聞いたんだ。日本の子どもたちは、目上の人にはお辞儀をして敬意を表すべしと教わるらしい。お辞儀をしないとカッパに食われるぞって言われるそうだ。カッパの頭のてっぺんにはくぼみがあって、そこに水をためている。なにしろ、頭に水がないと生きていけないんだ。だから、カッパに追いかけられたら、唯一助かる方法はお辞儀をすること」

「どうしてお辞儀をすれば助かるの？」

「カッパにお辞儀をすれば、カッパもお辞儀を返してくる。そうなれば、頭のてっぺんから水がこぼれて、カッパは力を失う」

「すごい撃退法ね、でもよくわかる」

「それに、カッパはいつも子どもばかり襲う。母の話だと、昔、祖母がよく果物やキュウリに子どもの名前を彫って、それを水浴びする前に水中に投げこんだらしい。カッパは果物を食べるとそれで満足して、水浴びする子どもを襲わないからって」

「お母さまもその慣習に従ってたの？」

「いや。そもそも、ぼくら王族には専用の浴場があったし、母はその話を信じていなかった。母はただ、ぼくらにその話の教訓を理解させたかったんだ。つまり、どんな人やものにもちゃんと敬意を払う必要があるってことさ」

「そのうち、またあなたのお母さまの話を聞かせて。とてもおもしろい人みたいね」

「確かにおもしろいひとだったよ。母にもきみのことを知ってもらいたかった」

レンは川面をじっくり観察すると、水中に潜む妖怪を指さした。

「子どもしか襲わないって聞いたけど、あいつはきみを捕まえようとした。ひょっとしたら、ここの宝石を守る役目なのかもしれない。もし、水の中の宝石を一つでも取ったら、きみを水中に引きこんだだろう」

「どうして水中に引きこむの？　水から飛び出して襲ってこないのはなぜ？」

「カッパは獲物をおぼれさせてから、血を吸うんだ。なるべく水中にいることで身を守っているんだろう」

うっかり宝石に手を伸ばすところだった。怖くなってレンの背中に回る。「だいじょうぶかな。このまま川沿いを行く？」

レンは片手で髪をかきあげ、ふたたびガダを肩にかつぐと、襲撃に備えて身構えた。

「森と川の中間あたりを行こうか。カッパは今のところ、水中でおとなしくしているようだけど、油断できないし、棘の森もできれば避けたい」

それから、さらに歩き続け、カッパも棘の森も避けて通ることができた。

といっても、棘の森はたびたび枝を伸ばしてわたしたちを捕まえようとしたし、小川が大きくカーブしているところでは、棘の森に近づきすぎる危険もあった。そんなときはレンがガダを構え、近くにある幹に数回打撃を加えて、たちの悪い枝をおとなしくさせた。

しばらく行くと、今度は一本の大木が行く手にたちはだかっていた。

長く、くねくねした枝が信じられないほど伸びてきて、棘を前に突き出して迫ってくる。レンは体勢を低くして、驚くほどの瞬発力で駆け出し、幹に向かって跳びこんだ。すぐに葉の茂る枝がレンを包む。

激しく打ちつける音が聞こえ、大木が震えてレンを放した。

自由になったレンは体じゅうにすり傷を作りながらも、退治したぞといわんばかりの顔で戻ってくる。

でも、その笑顔がたちまち不安な表情に変わった。

わたしがレンの頭上を見あげて口をぽかんとあけていたせいだ。

大木が自分を守ろうと枝を幹に巻きつけたとき、それまでさえぎられていた視界に、灰色の都市のシルエットが幻のように浮かびあがったのだ。

これが、キシュキンダー王国……。

21

弱った大木の横を抜け、前方にあらわれた都を見つめた。都というよりはむしろ、中世の城郭程度の大きさだろうか。カッパの守る川は城壁へと流れ、そこで分かれて濠《ほり》となり、ぐるりと城壁を囲んでいる。

城壁は薄い灰色の石でできていて、青い雲母のかけらが入り混じり、くすんだ青紫色にきらめいていた。

「そろそろ暗くなってきたな。大変な一日だったから、ここで野宿をして少し眠ってから、明日都に入ろう」

「うん、賛成。もうへとへと」

レンは薪をひろいに行くと、ぶつぶつ言いながら戻ってきた。

「古い枯れ枝でも引っかかれる可能性があるんだな」

石を円状に並べ、たき火の土台を作る。そこにレンが枝を何本か投げこみ、火をおこした。

レンにペットボトルの水を放ると、小鍋を出してお湯をわかした。

レンがさらに薪を集めに行っているあいだに、わたしはあわただしく野宿の準備をした。今回はテントを持ってこなかったので、たいして手間もかからない。あたりに落ちている石や枝を取り除き、寝る場所を確保するだけだ。

インドに来てから、何日もジャングルで過ごしたりしているから、すっかりキャンプに慣れてきたみたい。

お湯がわくと、二人分の容器に注ぎ、フリーズドライ食品ができあがるのを待った。ほどなくレンが、薪に文句を言いながら戻ってきて、隣に腰かけた。夕食を渡すと、黙ってかきまぜている。

熱々のパスタ料理を食べながら、たずねた。

「さっきのカッパが、夜のあいだにわたしたちを追いかけてきたりしない？」

「その心配はないと思う。これまでずっと川から出てこないし、聞いた話が正しければ、火を怖がるはずだ。だから、一晩じゅう火を絶やさないように気をつければだいじょうぶだろう」

「でも、念のため二人で見張りをしたほうがいいわね」

レンが料理をほおばったまま、ほほえもうとした。

「いいよ、どっちが先に見張る？」

「わたしがやるわ」

「勇敢な志願兵ってわけか」

レンはゆかいそうに目を輝かした。

わたしはレンをにらみつけてから、またパスタをほおばった。

「からかってるの？」

レンはふざけて片手を胸に置いた。

「とんでもございません、お嬢様。あなたが勇敢な娘であらせられることはよくわかっております。何も証明していただく必要はございません」

もう、こっちはまじめに言っているのに……。

食事を済ませると、レンは薪の山のそばにしゃがみ、枝をさらに火にくべた。明るさが増した。薪をなめるように燃えはじめた炎は緑色を帯び、それから花火みたいにパチパチ音を立てると、へりに緑色を残したまま、鮮やかな赤みがかっただいだい色に変わる。

食べ終わった夕食の容器を置くと、不思議な炎に見入った。レンがまた隣に腰かけ、わたしの手を取る。

「ケルシー、見張りを申し出てくれたことには感謝している。だけど、きみには休んでほしい。この旅はぼくよりきみのほうが過酷だ」

「体じゅうに引っかき傷を負っているのはあなたのほうでしょ。わたしはただあとをついてくだけだもの」

「ぼくは治りが早い。それに、特に心配することはないと思う。だから、こうしよう。ぼくがまず見張りをする。それで何も起こらなかったら、二人とも眠る。いいね?」

ほんとにだいじょうぶだろうか。でも、レンに従うしかなさそうだ。

レンは握ったわたしの手をもてあそびはじめた。裏がえして手相をなぞろうとしている。どうしよう、ドキドキしてきた。

火の明かりがレンの整った顔立ちをちらちら照らした。視線がさまよい、レンの唇に行きつく。

「ケルシー?」

あわてて視線をそらした。

キャンプのあいだ、こんなふうに人間のレンとずっといることに、わたしは慣れていなかった。いつもは自分であれこれ動きまわり、レンはただ虎の姿でわたしのあとをついてまわっていたから。

いや、わたしのほうがたいていレンのあとをついてまわっているような気もするけど、でも、少なくともレンが虎でいるうちは、言いかえしてくることはないし、レンの腕に抱かれてキスしているところを想像して心がかき乱されることもない……。

レンは驚くほどまぶしい笑顔で、わたしの腕をなでている。

「きみの肌は、とてもやわらかい」

レンが顔を寄せ、わたしの耳に鼻をこすりつけると、血管が激しく脈打ちだし、頭がぼうっとなった。

魔法をかけられたみたいに、気持ちがかき乱される。

「見張りについてはぼくの案でいいね。賛成すると言ってくれ」

どうにか魔法の靄《もや》をふるい落とすと、歯を食いしばった。

「わかった、賛成する」それからぶつぶつ続けた。「あなたに無理強いされてるけど」

レンは大声で笑うと、顔を起こしてわたしを見た。

「なんでぼくが無理強いしたりするんだ？」

「だって、そんなふうに触れられたら、筋の通った考えかたなんてできないもの。あなたはいつだってわたしを思いどおりにする方法を知ってる」

「ほんとうかい？」

「そうよ。ウィンクだけで魔法をかけられる魔法使いと同じ。あなたの場合は、ただほほえんで、礼儀正しくものを頼み、ついでに心まどわせるような触れかたをするだけで、あっという間に欲しいものをなんでも手に入れる」

「そうかな？」レンは静かな口調でからかった。「ぼくがきみにそんなに影響力を持っているとは思わなかったよ」

レンは手を伸ばしてわたしの顔を自分のほうに向けた。指がわたしのあごから、脈打つのどのほうにおりていき、襟の線をたどった。血管が破裂しそうなほど激しく脈打っている。レンはわたしの首にかかっている鎖に触れ、それを伝ってアミュレットまでおろすと、また首のほうに向かって軽くかすめるように指を動かしていった。そのあいだも、わたしの顔をじっと見ている。

ずるい……。

レンは顔を寄せてくると、冗談めかした調子でおどした。

「じゃあ、これからはその力を有効に活用しないとな」

息を吸いこんだ。肌がぞくっとして体が震える。それを見て、レンはなおのこといい気になったらしかった。

最後にもう一度、レンが周辺の見回りに出かけると、わたしはひざを抱えてあごをのせ、ぼんやり物思いにふけった。

レンとの関係を、これからどうすればいいんだろう……？

触れられた首筋がぞわぞわしている。首のつけ根のくぼみに手を触れてから、アミュレットをいじった。

一瞬、キーシャンのことが頭をよぎる。キーシャンは怖そうに見えるけど、内面は子猫のように無邪気だ。

危険なのはむしろレンのほう。あの青い瞳の虎は無邪気そうに見えて、じつは強力なハンターだ。なにしろまったく抵抗できなくなってしまう——とても魅力的で、ひどく心が引きつけられ、そして、命取りになる。レンのやることはすべてが誘惑的で、危険をはらんでいる。

レンもキーシャンも華やかで魅力的だし、どんな女の子もうっとりさせてしまう古風な騎士道精神を身につけている。そして率直な物言いでありのままを話す。愛情表現もまっすぐで積極的だ。しかもそれは二人にとってはごく普通のことで、お遊びでやっているのでも、女の子を引っかけようとしているのでもない。二人ともいたって真面目だ。王子だからなのかもしれない。

ただし、レンにはいつも気おくれを感じるけど、ちょっと軽薄でずうずうしいことばかり言うキーシャンにはそれほど感じない。

キーシャンは多くの面でレンに引けを取らない。その点ではイェスバイの選択は理解できるけれど……。

わかっている。レンが危険なのは、わたしがレンに特別な感情を抱いているからだ——しかも強く。レンが人間だと知る由もなかったころから、すでにわたしは虎のレンに愛情を抱いていた。その確かな絆が、人間のレンへの愛情にあっという間に火をつけた。

どうしてこんなにレンにのぼせあがってしまったんだろう。虎だと思っていたときから、自分と同じ孤独なレンに親近感を抱いていたから？　レンの弱いところも、悲しみも共有したから？　確かにそうだ。この気持ちは疑いようもない。それに、わたしたちには共通点も多いし、レンと一緒にいると楽しい。レンに話しかけるのが好きだし、レンの声に耳を傾けているのも好き。それに、レンにならなんでも話せる気がする。

だけど……慎重になるべき理由も少なからずある。

わたしたちの関係はかなりこみいっている。いろんなことがあまりに早く起こっているし、わたしはハンサムな王子のレンに気おくれを感じている。おたがいに異なる文化、異なる国、異なる時代に生まれているわけだし、おまけに、これまで異なる生物ですらあった。

レンを好きになるのは、崖から飛び降りるようなものだ。

これまで経験したことがないような心躍る出来事になるか、それとも、これまで犯したことのないような愚かな過ちになるか……。

これからの人生がすごく価値のあるものになるかもしれないけど、ひょっとしたら逆に、荒海の岩に激突してめちゃめちゃに壊れてしまうかもしれない。

両親のことが頭をよぎる。

こういうとき、いつもわたしは臆病になってしまう。これまで好きな人ができなかったのも、そのせいなのかも。

少し速度を落としたほうが賢明かもしれない。友だちでいるほうがずっと楽だ。

レンは戻ってくると、食べ終わった空の容器をひろってバックパックにしまい、わたしの向かいに座った。

「なにを考えてる?」

たき火をぼんやり見つめたまま答えた。

「……べつに」

レンは首をかしげて少しのあいだわたしを見つめていたけど、わたしの気分を尊重したのか、それ以上たずねてはこなかった。

レンにこんな一面があったなんて。気持ちが揺さぶられる。二人の関係を深めるほうに賛成の一票を投じてもいいかも。

レンは両方の手の平を押しあうように無意識にゆっくりこすった。埃を払い落としているらしい。そんなしぐささえ、魅力的に見える。

「だいじょうぶか？」

心のなかで気力をふるいたたせた。ああ、もう！　冷たいシャワーを浴びたい！　レンは麻薬のようだ。麻薬にはどうやって対処する？　できるだけ遠くに押しやるしかない。

「うん、だいじょうぶ」

ぶっきらぼうな声を出し、立ちあがってバックパックの中身を確認した。

「じゃあ、虎の感覚がムズムズしたら知らせて」

「なんだって？」

わたしは挑むように腰に手を当てた。

「もしかして高層ビルもひとっ跳びで越えられるとか？」

「この姿でも虎の体力はあるよ。きみがそういう意味で訊いたのなら」

皮肉を言っているのに、レンには通じていない。わたしはぶつぶつ言った。

「へえ、ステキ。スーパーヒーロー並みってわけね」

レンは顔をしかめた。

「ぼくはべつにスーパーヒーローじゃない。今、一番考えないといけないのは、きみが休息を取ることだ。数時間はぼくが見張りをする。それで何も起こらなければ」そこでにっこりした。「ぼくも一緒に寝るよ」

そのとたん、体が強張り、落ちつきを失った。

一緒に寝る……って、まさかそのとおりの意味で言ったわけじゃないわよね？　レンの顔をうかがったけど、べつに隠れた狙いがあるようにも、何かをたくらんでいるようにも見えない。

キルトを取り出し、あえてたき火の反対側に移動すると、草の上でくつろげる体勢を作った。身をよじらせ、虫が入ってこないようミイラみたいに全身をキルトで巻く。それから腕に頭をのせ、頭上の星のない黒い空間をじっと見あげた。

レンはわたしがそばを離れたことを気にするふうもなく、たき火の向こう側でくつろぐ体勢になると、暗闇に溶けこんでほとんど見えなくなった。

少し落ちついてきた。わたしは低い声で訊いた。

「わたしたち今、どこにいるんだろう。上にあるのは空じゃないよね？」

レンのやさしい声がした。

「ああ、きっとどこか地下深くだ」

「なんだか異世界に入りこんじゃった気分」

ほんとに、身も心も異世界に入りこんでしまったようだ。

寝る位置をあちこち変えて、やわらかい地面を探した。三十分ほどもぞもぞ身をよじらせてから、わたしは不満の溜め息をついた。

「どうした？」

気づいたときには、文句が口をついて出ていた。

「いつも、あったかい虎の毛の枕で寝てるから、居心地が悪くって」

「そうか、じゃあ手伝おう」

わたしはあわてふためき、うわずった声をあげた。

「ううん、いい。だいじょうぶ。気にしないで」

言うんじゃなかった。どうしよう。

レンはわたしが断るのを無視して、ミイラ状態のわたしを抱きあげ、自分のいた場所に運んで、ふたたび横たえた。わたしの体をたき火のほうに向けて自分も後ろに寝転がり、腕をわたしの首の下に入れて、頭を守ってくれる。

「これで少しは居心地がよくなった？」

友だちでいるって決心したのに。これではまた気持ちがくじけてしまう。

なんとかはぐらかさないと。

「うーん、頭はだんぜん楽になったけど、それ以外はまるっきりくつろげる気分じゃなくなった」

「どういうこと？　どうしてくつろげないんだ？」

「だって、あなたが近すぎるんだもの」

レンはとまどっている。

「ぼくが虎のときは、どんなにくっついていたって気にしないだろう」

確かにそうだ。だから、自分でも困る。どう言えばいいのだろう？

「虎のあなたと人間のあなたは、まったく別ものだから」

レンがいきなりわたしの腰に腕を回し、レンとぴったり重なるように引き寄せた。

「ぼくにとっては別ものじゃない。どちらもぼくだ」声に怒りと失望の色がにじんでいる。

「目をつぶって、ぼくが虎だと想像すればいい」

「そんなことしたってあまり効き目はないわ」

レンがわたしのうなじに顔をすりつけてくる。もうだめ。わたしは極度に緊張してレンの腕のなかで身を固くした。

レンのやさしい声がする。

「きみの髪の香りが好きだ」

レンがのどを鳴らす。その振動が、レンの胸からわたしの背中に伝わり、体をもみほぐすようにに全身に広がっていく。

「今はのどを鳴らさないで」

レンが顔をあげた。

「こうすると喜ぶだろ? これでよく眠れるよ」

「でも、それは虎のときだからよ。それより、人間でいるのにどうしてのどを鳴らせるの?」

レンはちょっと考えた。

「さあ、どうしてだろうな。とにかくできるんだ」

そう言うと、ふたたびわたしの髪に顔をうずめ、わたしの腕をなでた。

早くレンから離れないと。でも……本当は、このままでいたい。

「ねえ……こんなことしていて、どうやって見張りをするつもりなの?」

「ぼくにはカッパに気づくくらいの聴覚と嗅覚があるからね」

レンの唇がわたしの首に軽く触れる。

震えが走った。緊張のせいなのか、それとも何かを期待しているのか、理由は自分でもわからない。

レンはわたしが身を固くしていることに気づくと、たき火の明かりにゆらめくわたしの顔をのぞいた。

声が真剣でおだやかなものになった。

「ケルシー、ぼくは決してきみを傷つけたりしない。わかってくれ。ぼくを怖がらないで」

寝がえりを打ってレンのほうを向くと、手を出してレンの頬に触れた。

青い瞳を見つめる。レンのやさしい瞳は、わたしを安心させてくれる。

「怖がってるわけじゃない。心からあなたを信頼してる。ただ、だれかとこんなふうにくっついているのは初めてのことだから」

レンはわたしにやさしくキスするとほほえんだ。

「ぼくもだ」

レンはふたたび横になった。

「さあ、向こうを向いて眠って。言っておくけど、ぼくは一晩じゅうきみを抱きしめて眠るつもりだ。今度いつこんなことができるか、いや、できるかどうかもわからないからね。だから、力を抜いて、頼むから体をもぞもぞさせないでくれ！」

レンに引き寄せられ、ふたたび温かい胸に抱かれると、目を閉じた。

緊張は消えていった。結局、わたしはぐっすり眠った。

目を覚ますと、レンの胸に体をあずけていた。両腕に包まれ、足がからまっている。レンのたくましい体に鼻を押しつけながら、一晩じゅう息をしていられたなんて。

あたりはすっかり冷えていたけど、二人ともキルトにくるまっていたし、レンの体温が普通の人より高いおかげで、朝までずっと暖かくて心地よかった。

レンはまだ眠っている。

人間の姿で寝ているところなんて、初めて見た。たくましい体が脱力し、やわらいだ表情をしている。ふっくらした唇はなめらかで、すぐにでもキスしたくなる。黒いまつ毛がこんなに長いなんて知らなかった。つやのある髪が額にふわりとたれて、ちょっと乱れているのがよけい魅力的。どうしようもなく心が惹かれる。

これが現実のレン。でも、現実のものとはとても思えない。地上に舞いおりた大天使みたい。それに、ここ一カ月、四六時中一緒にいても、人間でいる時間が毎日ほんのわずかだったから、夢に出てくる男の人のように思えてしまう。おとぎ話の王子様が現実の世界にあらわれたかのように。

でも、この人は現実の人間なんだ。

レンの黒いアーチ形の眉をなぞり、顔にかかったなめらかな黒髪をそっと払った。溜め息をつき、レンを起こさないようゆっくり寝がえりを打って離れようとしたとき、レンの腕がわたしをおさえこんだ。

「動こうとしても無駄だよ」

レンは眠そうにつぶやくと、もう一度わたしを抱き寄せた。あきらめて、レンの胸に頬をつけたまま、心臓の鼓動を感じ、そのリズムに耳を傾ける。

少しして、レンは伸びをすると、わたしを抱いたまま横向きになった。わたしの額にキスし、パッと目をあけてほほえむ。

太陽が顔を出したみたい。ハンサムな寝顔もいいけど、まばゆいほど輝く笑顔を向けられ、コバルトブルーの瞳がパッと開いたとたん、頭がぼうっとなった。

警報ベルが頭のなかで鳴りはじめる。唇を嚙んだ。

だめ。距離を置くって決めたんだから。

レンが目をあけ、ほつれた髪をわたしの耳にかけた。

「おはよう、ラジクマリ。よく眠れた？」

「え……うん……よく……眠れた」

目を閉じ、くるりと体を返して立ちあがった。

そのまま背を向けていると、後ろから抱きしめられた。レンの唇がわたしの耳の後ろの弱い部分に触れると、レンがほほえんでいるのを感じた。

「ゆうべは三百五十年の人生で一番ぐっすり眠れたよ」

レンが首に顔をすりつけてきたとき、ある光景がパッと頭をよぎった。

――崖を飛びおりろと手招きするレン。そのすぐあと、わたしの体が波に濡れた崖下の岩にたたきつけられるのを見て笑っている。

そう、レンを好きになるのは崖から飛びおりるようなもの……。

「よかったわ」そうつぶやきながら、わたしはレンから離れ、そそくさとその日の準備を始めた。

レンがとまどった顔をしている。でも、無視した。いいんだ、これで。

二人でキャンプを引き払い、キシュキンダーの都に向かった。

二人とも無言だった。レンは何かをじっと考えているようだったし、わたしはといえば、レンのほうを見るたびに心が落ちつきを失い、かき乱されるのをおさえるのに必死だった。

気持ちが揺れる。でも、わたしたちにはやるべき仕事がある。〈黄金の果実〉を見つけなきゃならないのに……うろたえすぎ！

自分に腹が立ち、何度も自分に言い聞かせた。

この人はレンよ。虎のレンであって、女の子の〝あこがれの王子様〟でもなんでもない。きっと、こんなに長いあいだ男の人のそばにいるのは初めてだから混乱してるのよ。わたしがまずすべきなのは、自分の感情をコントロールすることよ、と。

歩きながら、二人の関係についてよくよく考えた。唇を噛みながら、ああでもないこうでもないと思いをめぐらす。

レンはたぶん、自分を助けてくれる運命の女の子になら、だれであれ恋してしまうんだろう。今わたしに好意を寄せているのは、きっと呪いのせいだ。だいたい、レンのような男の人がわたしみたいな女の子に魅力を感じるなんてありえない。レンはスーパーヒーローみたいだけど、わたしは映画のヒロインとは似ても似つかない。それは残念ながら認めるしかない。

それに、レンにとっては三百年ぶりに身近にあらわれた女の子だから、こんなに積極的なのかもしれない。二人のあいだにはほんとうは三百年のへだたりがある。レンといつまでも一緒にいることを夢見てしまったら、この冒険がすべて終わったとき、絶対がっかりする。

呪いが解ければ、レンはきっとどこかの王女かスーパーモデルとデートしたいと思うだろう。

正直、どうしたらいいのかまったくわからない。なにしろ、これまで恋をした経験もなければ、ボーイフレンドすらいたことがないのだ。

高揚感と恐怖をいっぺんに味わっているというのがまさに今の心境だった。

生まれて初めて自分の感情に振りまわされ、途方に暮れている。

問題は、レンと過ごす時間が長くなればなるほど、もっと一緒にいたいと思ってしまうことだ。

現実主義者のわたしは、レンと一緒にいられるこのわずかなひとときが、たとえ心躍るものだったとしても、それでハッピーエンドになるとは限らないと思ってしまう。

幸せな結末など現実にはない。わたしはつらい経験からよく知っている。呪いの解けるときがそう遠くない先にぼんやり見えてきた今、どうしたって現実と向き合わなきゃならない。

現実その一、自由の身になったレンはきっと、新たな世界にはばたいていこうとするだろう。わたしがいたら、きっと邪魔だ。

その二、恋は危うい。もし、レンに愛されなくなったら、わたしはきっと立ち直れない。だったらオレゴンに戻って、これまでどおり孤独だけど普通の生活を送り、レンのことは全部忘れてしまったほうが安全だ。

その三、どっちにしろ、わたしはまだ心の準備ができていない。

……いくつかの思いが頭のなかをぐるぐる回っていたけど、どれも巡り巡ってたどりつくのは一つの結論――レンを好きになってはいけない、という思いだった。

こみあげてくる悲しみをのみこみ、こぶしに力を入れて決心した。

うん。自分の心を守ろう。レンとの仲がまだつぼみの今のうちに、摘み取ってしまったほうがいい。ゆくゆく別れがやってきたときに苦痛と決まり悪さを味わうくらいなら、その前に自分を守ろう。

すべてが終わったら、レンはレンの人生を歩み、わたしはわたしの人生を歩めばいい。わたしはただ、友だちとして手助けし、レンが思いどおりの人生を歩んで幸せになってくれればそれでいい。

キスされて舞いあがってしまったけど、友だちに戻ろう。もともとは虎のレンに感じていた友情なんだから。

今はとにかく、この先に待ちかまえる難題――キシュキンダーにたどりつくことに集中していればいい。

無言のまま不思議な神話の世界をさらに歩いていくあいだ、わたしは心を整理した。そして、たがいの恋愛感情にブレーキをかけるべく信号を送りはじめた。

レンが手をつなごうとするたびに、理由を見つけてはそれとなく手を引っこめる。レンが腕や肩に触れると、一歩身を引いた。レンが体に腕を回そうとしたときには、軽くかわしたり、すっと前に出たりした。

自分の思いをどう切り出していいかわからなかったので、何も言わず、なんの説明もしなかった。

レンは、どうしたんだって訊いてきたけれど、わたしが「なんでもない」と答えると、それっきり訊いてこなくなった。

最初はとまどい、暗い顔になり、ムスッとしたまま黙りこみ、そのうち怒り出した。レンを傷つけたことはまちがいない。ほどなくレンもこちらに触れてこなくなった。二人のあいだに万里の長城並みの大きな壁ができたのを感じた。

つらいけど、こうやって離れていくしかない。

ようやく城の濠にたどりついた。

跳ね橋があったけれど、あいにく引きあげられていた。壊れているのか、片側がわずかに下がっている。

レンは濠のふちを歩きながら、水中にじっと目を凝らした。

「カッパがうようよしている。泳いで渡るのはお勧めできないな」

「木を引っぱってきて向こう側に渡したらどう？」

「それは名案だ」

レンはぼそっと言うと、こっちに近づき、わたしを後ろ向きにした。

「何するの？」

緊張していたせいで、つい、いらだった声が出た。

「ガダを取ろうとしただけだ」レンは皮肉っぽく続けた。「心配いらない。ほかには何もしないよ」

レンはガダを取り出し、バックパックのジッパーをすばやく閉じると、かたくなな足取りで森のほうに行った。

どうしよう、完全に怒ってる。

レンがキーシャン以外に怒りを見せたのは初めてだ。レンを怒らせるのはいやだけど、これは〝恋の芽を摘み取り、崖下のとがった岩から逃れる計画〟を実行した当然の報いだ。しかたない。

ファニンドラのほうをちらっと見て、わたしの決心に賛成してくれているか確かめようとしたけど、輝く瞳からは何も伝わってこない。

それから少しして、ビュッと風を切る音が聞こえた。

棘の木の一本があわてて幹に枝を巻きつけている。生木の裂ける音がひびき、木が空を切り裂いて、鋭い音とともに地面に倒れた。レンが幹から枝を払いはじめたので、手伝おうと近づいていった。

「わたしも手伝う」

レンは背を向けたまま言った。

「いや、いい。ガダは一本しかない」

聞かなくても答えはわかっているのに、ついたずねてしまった。

「どうして怒ってるの？　何か気にさわることでも――」

わたしの態度のせいだとわかりきっているのに。

レンが手を止め、振り向く。

鮮やかな青い瞳がわたしの顔を探るように見つめた。

あわてて視線をそらすと、まだ地面で震えている枝に目をやった。レンに視線を戻したときには、レンは無表情になっていた。

「べつに気にさわることなどないよ、ケルシー。だいじょうぶだ」

レンの静かな怒りが伝わってくる。でも今のわたしにはこうするしかない。友だちに戻るために。

レンはまた向こうを向き、枝を払う作業を続けた。それが済むと、わたしにガダを渡し、ひとりで幹の一端を持ちあげ、濠に向かって引きずっていく。

急いで駆けより、手伝おうとしたけど、レンはわたしのほうを見もせずに言い放った。

「手を出すな」

濠に運ぶと、レンは木から手を離し、橋をかけるのに適した場所を探しはじめた。近づくと、木の幹からも太くて先のとがった棘がまっすぐに突き出ていて、手を出してくるものを狙いすましている。

さっきまでレンが抱えていた部分を見ると、血があちこちにたれて、黒光りする棘を覆っていた。

だからわたしに手を出すなって言ったの？

「レン、手と胸を見せて」

「だいじょうぶだ、ケルシー。すぐに治る」

「でも、レン――」

「いいから、下がってるんだ」

レンは幹を根元から持ちあげ、自分の胸に抱きかかえた。すごい力だ。人間のときにも虎の体力が備わっているというのは本当だったんだ。

でも、胸や腕の皮膚には無数の棘が食いこんでいるはずだ。なのにレンはかまわずその木を濠まで運んでいく。

まるでヘラクレスが怪力を披露するのをながめている気分だった。つい見とれてしまう。自分の決意を強めるために「レンとは釣り合わない、レンとは釣り合わない」と何度もくりかえさなければならなかった。

幹の先が城壁にぶつかると、レンは濠のふちを何歩か移動して、目当ての場所を見つけ、抱えていた木をドサッとおろした。

レンの胸全体に棘がいくつも深い傷を負わせ、白いシャツの前は無残なほど切れている。もう触れないと決意したことを翻し、レンに近寄って、手を伸ばして傷を確かめようとした。

レンはすっと背を向け「ここで待ってるんだ」とだけ言うと、虎に姿を変えた。虎の姿で橋渡しした木に跳び乗り、一気に濠の向こうへ渡る。そして跳ね橋のやや下がっている部分に跳びつき、鉤爪で登ると城壁のなかに消えた。

少しして、金属音が聞こえたと思ったら、重々しい石の跳ね橋がどすんとおりてきた。跳ね橋は大きな水しぶきをあげて水面にぶつかると、小石だらけの水底に向かって深く橋げたを安定させた。わたしは水中に見えるカッパが怖くて、急いで橋を渡った。

レンは虎の姿のままだ。

どうやらそのままでいることにしたらしい。

キシュキンダーの石の都に足を踏み入れた。建物はだいたい二階か三階建ての高さで、城壁と同じくすんだ青紫色の石でできていた。硬い石は御影石のようにピカピカに磨かれ、きらきらした雲母のかけらが光を反射している。とてもきれいだ。

都の中央には巨大なハヌマーン像が立ち、ありとあらゆるところに等身大の石のサルが置かれている。

どの建物にも、どの屋根にも、どのバルコニーにもサルの像がある。建物の壁にも一面に精巧なサルの彫刻がほどこされている。サルの彫像にはさまざまな種類があり、だいたい二、三体まとめて置いてあった。ここにない種類といったら、『オズの魔法使い』に登場する架空の空飛ぶサルと、キングコングくらいじゃないかって気になる。

中央にある噴水のそばを通ったとき、腕に圧迫を感じた。

ファニンドラが動いている。

その場にしゃがむと、わたしの腕から地面に這いおり、頭をあげて何度か舌を出して空気を味わってから、古い都のなかをスルスルと移動しはじめた。縫うようにゆっくり進んでいくファニンドラのあとを、レンと一緒についていった。

「わたしのために虎でいる必要なんてないのに」

レンは視線を前に向けたまま、ファニンドラについていく。

「ずっと人間でいられるなんて奇跡なんでしょ。だから、そんなことしないで、ね？　怒っているだけ――」

レンが人間の姿に戻り、くるりとこっちを向いた。

「ああ、怒ってるさ！　虎でいて何が悪い？　きみはやつと一緒のほうがぼくといるよりずっと居心地がいいんだろうからな！」

レンの青い瞳には不安と怒りが浮かんでいる。

「……居心地がいいのは確かだけど、それは虎のほうが好きだからってことじゃないの。そんな単純な話じゃないから、今ここであなたとその話はできないわ」

レンに背を向け、紅潮した顔を隠した。

どうしたらいい？

レンはいらだたしげに髪をかきあげ、不安そうにたずねた。

「ケルシー、どうしてぼくを避けるんだ？　ぼくが性急すぎたからなのか？　きみはまだぼくのことをそういうふうに考える心の準備ができていない。そういうことか？」

「ちがう、そんなんじゃない。ただ――」

わたしは両手をねじった。うまく言える自信がない。

「……過ちを犯したくないっていうか、のめりこみすぎてどっちかが、ううん、両方がいずれ傷つくことになりたくないっていうか……とにかく今ここで話すようなことじゃないの」

レンの足元を見つめながら、なんとかそこまで一気に言った。

レンはしばらく何も言わなかった。上目づかいにレンの顔を見ると、わたしを探るように見つめている。わたしが視線に耐えかねてもじもじするあいだも、辛抱強くわたしを観察し続けている。わたしはレンと目を合わせないように、地面の石畳や、ファニンドラや、自分の両手や、とにかくレン以外のものに目をやった。

「もういい」

「え？」

「もういい。さあ、バックパックを寄こして。しばらくぼくが持つ」

もういい、って、どういうこと？

自分の言ったことをレンがどうとったのか、不安になった。でも今は話をする時間はない。

レンは黙ったままわたしの背中からバックパックをおろすと、自分の広い肩幅に合うように肩紐を調節した。

ファニンドラがふたたび動きはじめ、サルの都のなかをくねくね進んでいく。

気まずい空気のなか、旅を再開した。

今は預言どおりにやり遂げることだけを考えなくては。

建物のあいだの暗い影がさす部分に入っていくと、ファニンドラの金色の体が暗闇に輝いた。ただファニンドラにとっては簡単に通ることのできる何かの下やすき間には、レンとわたしは入っていけない。重い扉の下のすき間にスルスルと入っていってしまったときには、レンが体当たりで扉をあけなければならなかった。ヘビの視点の障害物ルートを歩いているようなものだ。

ファニンドラが床の割れ目の下に姿を消すと、レンがファニンドラの匂いをたどって見つけ出さなければならなかった。わたしたちはたびたび来た道を引きかえし、壁や部屋の反対側でファニンドラに合流するはめになった。

そのたびにファニンドラはとぐろを巻いて、辛抱強くわたしたちが追いつくのを待っていた。

そうやってたどりついた場所は、長方形のため池だった。

二人でため池につながる石段をのぼり、池のなかをのぞきこんだ。運よく、よどんだ底にカッパは潜んでいなかった。

池には一面に淡い緑の藻《も》がはびこり、水面は鏡のようだ。深さは腰くらいはあるだろうか、四隅に背の高い石の台座が置いてあった。どの台座の上にもサルの彫像があり、それぞれが東西南北を向いている。

彫像はどれも、しゃがんで両手を地面につけた姿勢で、歯をむいている。飛びかかろうと身構えてるみたいで、威嚇する声が聞こえてきそうだ。尻尾はピンと立ち、先がくるっと巻かれている。

台座の下には意地悪そうな外見の石のサルがいくつかまとまって置かれていた。のぞきこむと、しかめ面とうつろな黒い目が物影から目を凝らしている。そばを通る人を長い腕で捕まえ、爪で引っかこうといわんばかりだ。

池を囲む石のへりに碑文がある。

「なんて書いてあるの?」

「ニユジ・カピ、つまり〈サルを選べ〉と書いてある」

「この四つから選ぶのかしら……」

池の四隅を歩いてまわりながら、彫像を順番に調べた。

彫像の一つはサルの耳がピンと前を向いていて、べつの彫像は耳がぺたんと寝ている。どれもちがう種類のサルだった。

「レン、ハヌマーンは半人半猿だったよね? じゃあ半分の猿のほうはどんな種類だか知ってる?」

「さあ、わからない。カダムなら知っているだろうけど。ぼくにわかるのは、こっちの二つのサルはインド原産ではないってことだ。これはクモザルで、南アメリカに生息している。こっちはチンパンジーで、厳密にいうとサルではなくて類人猿だ。ただ、類人猿といっても体がそれほど大きくないから、たいがいサルに分類される」

わたしは驚いてレンを見た。

「なんでそんなにくわしいの?」

レンはまだむっとした顔で腕組みした。

「なるほど、サルの話をする分には会話をしてもかまわないのか。ひょっとして、ぼくが虎じゃなくてサルだったら、ぼくを避けている理由を教えてくれるかもしれないんだな」

やっぱりまだ怒ってる……。

「あの、べつにあなたを避けてるわけじゃないの。ただ、ちょっと距離を置きたいだけ。あなたがどんな生物だろうと関係ない。そういうことじゃないもの」

「じゃあ、どういうことだ？」

「なんでもない」

「なんでもないことないだろう」

「たいしたことじゃないわ」

「何がたいしたことじゃないんだ？」

「ねえ、サルのことに話を戻せない？」

意地になり、つい声を張りあげた。

「ああ、わかったよ！」

レンも怒鳴りかえしてくる。

わたしたちは少しのあいだ、その場でにらみあった。

二人とも疲れていたのかもしれない。神経がピリピリしていた。

とにかくわたしは普通の状態じゃなかった。いきなりインドに連れてこられて、呪いを解くためとはいえ、ずっとジャングルや恐ろしい罠をかいくぐってばかりなのだ。おまけに気持ちをかき乱されることが次々と起こる。

確かにレンが怒るのも無理はない。だけど、わたしだって、どうにも気持ちを落ちつけられなくて不安なのに。

レンはまたさっきのように、さまざまなサルを見てまわりながら、特徴を並べあげていった。

思わず、嫌味が口をついて出た。

「まさかサル博士と一緒にいるなんて思ってもみなかったわ。ねえ、やっぱりあなた、サルを何度か食べたことあるんじゃない？」

レンがわたしをにらみつけた。

「ぼくは何世紀も動物園とサーカスにいたと言ったはずだ。サルなど食べたことはない！」

いけない、言いすぎた。レンは捕らわれたまま何百年もサーカスにいたのに……。

あやまりたかった。でも引っこみがつかず、にらみかえすような顔になる。

黙っていると、レンはむっとした様子で移動し、べつの彫像の前でしゃがんだ。

レンはいらだたしげに吐き捨てた。

「これはマカクといって、インド原産のサルだ。こっちの毛がもじゃもじゃしているのはヒヒで、これもインドにいる」

心のなかでごめんなさいとつぶやいた。けれど、表面はそっけない態度をくずせない。

「どれを選べばいいのかしら？　さっきの二種類のサルはインド周辺に生息していないのなら、こっちの二つのどちらかよね」

レンはまだ怒っているらしく、わたしを無視して、台座の下にまとめて置いてあるサルの彫像をながめている。

ハッと思いついた。

「ヒヒよ、きっと」

レンが立ちあがった。

「理由は？」

「この顔、ハヌマーン像に似てる」

「そうか、じゃあ、やってみてくれ」

「やってみるって何を？」

「いつも手形に触れたりしているじゃないか」

「でも、どこにもないじゃない」

「なら、こいつの頭をなでてみたらどうだ。何か変化があるかもしれない。とにかく次に進む方法を見つけ出す必要があるんだから」

むっとした顔でレンを見ると、完全にわたしにいらついているのがわかった。

ごめんなさい、とまた心のなかであやまった。でも今は話をするときじゃない。

ヒヒ像に近づくと、おそるおそる頭にさわった。

何も起こらない。

さらに頬をなで、お腹をこすり、腕や尻尾を引っぱってみたけど……まるで変化はない。

ヒヒの肩に手を置き、ぎゅっと力を入れたとき、像がわずかに動くのを感じた。片方の肩を押すと、像と一緒に台座の上部が横にずれ、レバーのついた石の箱があらわれた。手を入れてレバーを引きにかかった。最初はびくともしなかったけど、そのうち、手が熱を持ってきた。

手に描かれた模様がくっきりと浮かびあがる。

レバーがようやく動いた。まず上に引きあげ、ひねるとすっぽ抜けた。

そのとたん、轟音が地面を震わし、ため池の水が引きはじめた。

レンはわたしの腕をつかみ、すばやく抱き寄せると、さっとため池からあとずさった。

腕を支えられながら、二人で動きはじめた石を見つめた。

長方形のため池に亀裂が入り、真っぷたつに割れたかと思うと、左右に離れはじめた。そこから水がこぼれ出し、岩や石に飛び散りながら、ため池があった場所にできた大きな穴のなかに落ちていく。

何かが姿を見せはじめた。

最初は、濡れた石に光が反射してきらきらしているだけかと思った。けれど、その光がしだいにまぶしさを増し、一本の枝が穴から突き出てきた。きらめく黄金の葉に覆われている。

さらにべつの枝が次々にあらわれ、やがて幹が穴からのぼってくると、木全体がわたしたちの前にそびえ立った。葉がちらちらとやわらかな黄色い光を反射している。金色のクリスマスの電飾が枝にくくりつけられているみたいだ。しかも、風に吹かれているように黄金色の葉がゆれている。

その木は三、四メートルあった。小さな白い花が咲きほこり、甘い香りを放っている。細長い葉をつけた梢《こずえ》はきゃしゃな印象だけど、付け根のほうに行くにつれて太くたくましくなり、がっちりした幹につながっている。幹を囲む大きな石の箱を支えているのは硬い石の土台だった。

これまで見たこともないほど美しい木だ。

レンがわたしの手を取り、用心しながら木に近づく。

手を伸ばして黄金色の葉に触れた。

「きれい！」

わたしは思わず叫んでいた。

レンが花を一つ摘んで、匂いをかいでいる。

「マンゴーの木だ」

二人で木に見とれた。なんて神々《こうごう》しいんだろう。

レンの表情がやわらいだ。手を伸ばしてわたしの髪に花をさそうとする。

とっさに背を向け、気づかないふりをして、黄金色の葉をさわった。

すぐにレンのほうをちらっと見ると、石のように冷たい表情をしていた。白い花は地面で踏みつぶされている。美しい花はぺしゃんこにされ、土にまみれていた。

自分のせいなのに、心臓が痛いほど激しく鼓動した。

二人で根元のまわりを歩きながら、いろいろな角度から木を観察した。レンが声をあげる。

「ほら！　木のてっぺんが見えるかい？〈黄金の果実〉がある！」

「どこ？」

レンが木のてっぺんのほうを指さした。確かに、黄金色の丸いものが枝から下がり、おだやかにゆれている。

「マンゴーの実だ」レンがつぶやいた。「なるほど、そういうことか」

「そういうことって？」

「マンゴーはインドの主要な輸出品の一つだ。わが国の特産物さ。最も重要な天然資源といってもいいかもしれない。だから、インドの〈黄金の果実〉といえばマンゴーなんだ。もっと早く気づくべきだった」

てっぺんの枝を見あげた。けっこう高い。

「どうやってあそこまで行く？」

「あそこまで行くってどういう意味だい？　ぼくの肩に乗ればいい。二人で協力する必要がある」

肩に乗る？　わたしは笑い声をあげた。

「べつの手を考えたほうがいいんじゃない？　たとえば、あなたがバッグンの虎の跳躍力で木に跳びついて、口でもぎ取ってくるとか」

レンが意地悪そうな笑みを浮かべてこっちを見た。

「だめだ。きみが――」そう言って、わたしの鼻に指を触れる。「ぼくの肩に乗るんだ」

「そんな、無理だって」

「こっちに来て。ひととおり説明する。簡単だよ」

レンはわたしを抱きあげ、割れたため池のふちにおろすと、身を翻してわたしに背を向けた。

「さあ、乗って。小さいときに肩車してもらったことはあるだろう？」

レンが手を後ろに差し出してくる。わたしはためらいつつ、その手をつかむと、ぶつぶつ文句を言いながら、片足をレンの肩にかけた。そこでいったん足を引っこめようとしたとき、わたしがおじけづくことを見越していたレンが、もう一方の足をつかんで、逃れる間もなくわたしを肩に乗せてしまった。

いくら騒いでももうどうにもならなかった。レンはわたしを肩に乗せ、楽々とバランスを取りながら木のそばに戻った。わたしはレンの頭にしがみついた。

レンはじっくりと果実に届きやすい場所を選んでいる。

「きみの頭のすぐ上にある太い枝が見える？」

「ええ」

「手をぼくから離して、その枝をつかむんだ」

「落とさないでよ！」

枝に手を伸ばしながら、怖くてとがった声が出る。

「ケルシー、ぼくは絶対にきみを落としたりしない」

枝をつかんでしがみつく。

「よし。じゃあ、もう一方の手でも同じ枝をつかんで。足を支えているから、心配いらない」

両手でしっかり枝をつかんだ。手のひらに汗をかいていたので、レンの支えがなければ、たぶん落下していた。

「なかなか名案だけど、果実に届くには四、五十センチ足りないわ。どうすればいい？」

すぐに笑い声が返ってきた。

「ちょっと待って」

「ちょっと待ってってってどういうこと？」

レンはわたしの足からスニーカーをぬがせた。

「枝につかまったまま、立ちあがるんだ」

嘘でしょ！　そんなサーカスみたいなこと。

恐怖にわめき声を出しながら、死にものぐるいで枝をにぎりしめた。レンが枝より高い位置にわたしを押しあげようとする。ちらっと見おろすと、レンがわたしの足の裏を手で包むように持ち、わたしの全体重を腕だけで支えていた。

わたしは声を殺して叫んだ。

「ちょっと正気なの？　重くてだめよ」

レンはおどけた調子で一蹴《いっしゅう》した。

「重いわけないだろ。ケルシー、いいかい、よく聞いて。枝をしっかりつかんだまま、両足をぼくの手から肩に乗せるんだ。片足ずつ順番に」

レンはまず、わたしの右足を持ちあげた。かかとがレンの二の腕にぶつかるのを感じて、慎重に足を移動させせながら、がっちりした肩に足を乗せる。それから、左足を同じようにして反対側の肩に置いた。すごい高さだ。

ねらった果実はちょうど目の前にある。

「じゃあ、実をもぎ取るから、支えてて」

レンが両手をわたしのふくらはぎに移し、しっかりつかんだ。

つかまっていた枝を押しやるようにして離し、上下にゆれているマンゴーの実に手を伸ばす。

指が実をかすめると、一瞬遠ざかってから、揺れ戻ってきた。そこをねらってしっかりつかみ、そっと引っぱる。

うまくもぎとれない。

〈黄金の果実〉を傷つけないようにしなくては。気をつけて引っぱった。まばゆいほど金色に輝いている実は、感触はなめし革のようで、本物のマンゴーをさわっている感じがする。

もう一度、さっきの枝に体をあずけると、力を入れてぐっと引っぱった。

ついに梢から実が離れた。

その瞬間、全身が凍りつき、動けなくなった。

目の前が真っ暗になり、胸が焼けるように熱い。

――何が起きたの？

わたしは漆黒の闇のなかに立っていた。ぼんやりした人影がゆっくり近づいてくる。渦巻く霧に包まれているけど、やがてはっきりした形を帯びた。

カダムさんだ！　自分の胸元をつかんでいる。その手を離すと、アミュレットが赤々と輝いていた。わたしも自分の胸元を見ると、同じようにアミュレットが赤く輝いている。カダムさんのほうに手を伸ばし、声をかけたけれど、どうやら聞こえないらしい。わたしにもカダムさんの声は聞こえない。

そのとき、べつの人影が闇の向こうにあらわれた。やはり最初はぼんやりしていたけれど、しだいにはっきり見えてきた。男が大きなアミュレットをつかんでいた。ハッと警戒する様子を見せ、視線をカダムさんに向けると、すぐにその首にかかっているアミュレットに目を凝らした。

その男は高価な今風の服に身を包んでいた。鋭い目には、知性と自信と意志の強さが感じられる。それと、何か陰湿で……悪質なものも。一歩動こうとしたけど、バリアのようなものがわたしたちの動きをはばんでいる。

男の顔がぞっとするほどの怒りにゆがんだ。あわてて押し隠そうとしても、獲物を追いつめる野獣のような獰猛さは、目の奥に渦巻いたままだ。男がわたしに気づいたとき、みぞおちに黒々とした恐怖のしこりのようなものができるのを感じた。相手が何かを欲しがっているのは疑いようもない。

相手の視線がわたしをさぐるように上から下へゆっくり動いたかと思うと、やがて胸元に輝くアミュレットの上で留まった。その顔には、悪意が見え隠れし、忌《い》まわしい喜びのようなものがあふれている。助けを求めようとカダムさんを見ると、カダムさんもその男をじっくり観察していた。

これは何？　ここはいったいどこ？　わたしは何を見ているの？

不安でどうしようもなかった。必死にレンを呼んだけど、自分の声すら聞こえない。

男がポケットから何かを取り出し、ぶつぶつひとりごとを言いはじめた。口の動きを読もうとしたけれど、どうやらわたしの知らない言語を話している。カダムさんの姿がしだいに透きとおり、またぼんやりしはじめた。

自分の腕を見て息をのんだ。カダムさんと同じことがわたしにも起こりはじめている。頭がぼうっとしてくる。気を失いそう。もう立っていられない。

体が傾き、わたしは下へ、下へと落ちていった。

22

目を覚ましたとき、心配そうなレンの顔が目の前にあった。

「ケルシー！　だいじょうぶか？　急に倒れて気を失ったんだ。何があった？」

「気を失ったんじゃないわ！」

そう勢いこんでから、つぶやいた。

「……気を失ったおぼえはないの」

レンの腕にしっかりと抱かれていて、うれしかった。そう思ってはいけないけど、やっぱりうれしかった。

「わたし、枝から落ちたのね……。抱きとめてくれたの？」

レンはさとすように言った。

「きみを落とすことは絶対にないって言っただろ？」

「さすがね、スーパーヒーロー。もうおろして。立てるから」

つい皮肉な口調になってしまう。

レンが慎重におろしてくれたけど、きまり悪いことに、足がまだふらついている。レンが手を出して支えようとした。

「立てるって言ったでしょ！　いいってば」

感情をコントロールできない。どうしてもレンにきつく当たってしまう。

レンはただ助けてくれようとしているだけなのに。

わたしは怖かったのだ。妙なことが自分の身に起ころうとしているのを感じる。あの闇の中の幻影……。

でも、自分ではどうすることもできない。

それに、レンに触れられることに極度に敏感にもなっていた。レンに触れられると、まともに頭が働かなくなってしまう。湯気のたちこめる浴室の鏡みたいに、ぼうっとしてしまうのだ。だから、できるだけ早くレンから離れたかった。

ため池の石のふちに腰をおろし、早く頭が冴えてくれないかと願いながら、スニーカーをはいた。

レンは腕組みをして、訝しげな目でこっちを見ている。

「何があった？　話してくれ」

「よくわからない。幻を……見たんだと思う」

「幻？」

「三人いたの。カダムさんと、怖そうな男の人と、わたし。三人ともアミュレットを身につけていて、どれも赤く輝いてた」

レンが組んでいた腕をおろした。深刻な顔をしている。

それから落ちついた声でたずねた。

「怖そうな男とは、どんなやつだったか覚えているか？」

「うーん……なんていうか、マフィアのボスみたいな感じ。自分の意のままにことを動かしたり、容赦なく殺したりしそうな。髪は黒っぽくて、目も黒くてぎらついてた」

「インド人だった？」

「わからないけど、そうかもしれない」

ファニンドラが足元で体を丸め、ブレスレットの状態に戻っている。ひろいあげて腕にはめてから、思い出した。

「そうだ、〈黄金の果実〉は？」

もぎとった瞬間に、意識が闇に落ちた。どこにいったのだろう。必死にまわりを見まわす。

「ここだ」

レンが木の根元に落ちていたマンゴーの実をひろった。

「隠さなきゃ」

バックパックをひろいあげてキルトを取り出した。

手を伸ばして、レンの手に触れないよう用心しながらマンゴーの実を受け取り、キルトに包んでバックパックにしまう。

接触を避けたがっているのが、思いのほかあからさまに出てしまったらしい。レンがにらんでいる。

「ぼくに触れるのもいやなのか？　そこまで嫌われているとは知らなかったよ！　キーシャンを説得できなくて残念だったな。あいつが一緒に来ていれば、ぼくをずっと避けることができたのに！」

ちがう。そういうことじゃないの――そう言いたかった。

でも、レンを無視して、スニーカーの紐をぐいっと引っぱり、二重に結んだ。

レンは都のほうにあごをしゃくって、怒った薄笑いを浮かべた。

「調子が戻ったようならいつでもご出発できますよ、ラジクマリ」

レンは喧嘩をする気だ。

レンをにらみつけ、胸を突いた。

「キーシャンなら、きっとそんな嫌味は言わないわ。その嫌味な性格、あらためたら？」

レンが険しい目でわたしを見た。

「おたがいさまだ。そんなに元気なら、とっとと行こう」

「そうね」

レンに背を向け、肩に背負ったバックパックの紐を調整すると、一人ですたすた歩き出した。

レンはおおげさに両手を広げた。

「上等だ！」

わたしもわめきかえした。こうなったら、もうやけくそだ。

「こっちだって上等よ！」

それからかたくなな態度で帰り道を歩いた。レンはいらだった様子で黙ってあとをついてくる。

最初の建物の前を通りすぎたとき、地面が震えはじめた。立ちどまって振りかえり、黄金の木を見ると、ふたたび地中に戻っていこうとしている。真っぷたつに割れていた池も元に戻ろうとしていた。四隅のサルの彫像の内側から不思議な光が放たれている。

レンがまじめな顔でつぶやく。

「ケルシー、どうやら一刻も早くこの都から出たほうがよさそうだ」

喧嘩している場合じゃないらしい。

わたしたちは駆け出した。

シーッという威嚇の声と金切り声が一つずつ聞こえ、さらに何度か続いた。サルの彫像が光を帯び、生きたサルに変わろうとしている。そのとき、頭上で何かが動いた。

黒と茶色の生物が建物のあちこちから跳び出してきて、わたしたちを追ってくる。金切り声が重なり、耳をおおいたくなるような不快な音がひびいた。

走りながら大声でレンに言った。

「今度はサルの群れに追いかけられるなんて、ほんと最高。あなたなら攻撃してくるサルの種類を言い当てられるんじゃない?」

レンは隣を走りながら、言いかえす。

「威勢がいいのはけっこうだけど、サルに攻撃されれば、きみもぼくに嫌味など言ってられなくなるぞ」

わたしたちがばかな言い合いをしているあいだにも、サルがじわじわ近づいてくる。一匹がすぐ目の前に跳び出してきて、あやうくつまずきそうになった。レンのほうは虎並みの力を発揮し、ひらりと噴水を跳び越えた。

そうやってさらにわたしとの距離をあけ、そこで虎に姿を変えると、こっちに向かって猛烈な勢いで突進してきた。走るわたしの真上を跳び越え、サルの群れに向かっていく。

敵の勢いをそぐつもりらしい。くやしいので走りながらレンに向かって叫んだ。

「ちょっと、跳ぶなら場所を選んで! 首をへし折られるとこだったわ!」

強がりを言って、走る元気を出した。

精いっぱい足を動かし、前に進み続ける。背後ですさまじい騒音が聞こえた。サルの大半がすでに激しい戦闘態勢に入っていた。肩ごしに後ろを見ると、レンは噛みついたり、鉤爪で引っかいたり、咆哮をあげて威嚇したりしている。茶色や灰色や黒いサルがレンに群がり、毛にしがみついていた。

それでもまだ十数匹のサルがわたしを追いかけてくる。そのなかに、ため池にいた獰猛そうなヒヒもいた。

角を曲がり、ようやく跳ね橋が目に入ったと思ったとき、一匹のサルが跳びついてきた。足にしがみつかれ、速度が落ちる。

走りながら、そのサルをたたき落とそうとした。でも、なかなか追い払えず、思わず怒鳴った。

「このばかザル……どい……てってば！」

仕返しにひざを噛まれた。

「痛いっ！」

走りながら足をさらに激しくゆすり、地面に思いきり足を振りおろしてやろうとしたとき、ファニンドラの上半身が生きかえった。シューッと威嚇音を立て、すばやい動きでサルに噛みつこうとする。

たちまちサルが金切り声をあげ、足から離れた。

「ありがとう、ファニンドラ」

ふたたび腕に落ちついたファニンドラの頭をなでた。

城門にたどりつき、跳ね橋を渡ったところで立ちどまった。

レンが背中にしがみつくサルたちを振り払うのに苦労しながら、こっちに向かって跳ねるように走ってくる。それと一緒に何匹かのサルがわたしのほうに突進してきた。

そうだ。

急いでバックパックをおろし、ガダを取り出した。

サルの群れに向かってガダを野球のバットみたいに振りまわしはじめると、ぞっとするような感触とともに一匹に命中した。ガダで打たれたサルはあわれな声を出しながら、一目散に都に逃げ戻っていく。問題は、そうやって命中させられるのが三回かそこらに一度しかないことだ。そのうち、一匹がわたしの背中に跳びついて、髪を引っぱりはじめ、またべつのサルが足にしがみついてくる。わたしはガダをめちゃくちゃに振りまわし、ようやく大半のサルを追い払った。

跳ね橋を駆けてくるレンの体には十五匹ほどのサルがしがみついている。レンはそのまま橋を越え、森に跳びこむと、木の幹に体当たりした。横向きに体を打ちつけ、次に反対側を打ちつける。それから高く跳びあがって枝に背中をこすりつけると、まだ残っているサルを落とした。

棘の木々が生物を察知したのか、動きはじめた。

枝がするすると伸びてきて、性悪のサルたちの脚や尻尾に巻きつき、金切り声もろとも密生した枝葉のなかに引っぱりこんでいく。サルたちは体重が軽すぎて抵抗できず、すぐに梢のなかに消えた。

わたしは灰色のヒヒに向かってガダを振りまわしていたけど、すばやくかわされていた。動きについていけないわたしに、ヒヒはキィキィと騒ぎたて、すきを見つけては長い腕で思いきりたたいてくる。結構力が強く、たたかれるとかなり痛い。ヒヒに強打されるたびに、疲れきった体は悲鳴をあげた。なんだかまな板の上でたたいて柔らかくされる肉の気分だ。肩に乗ってきた小ザルに、編んだ髪を強く引っぱられ、涙で視界がにじむ。

サルから逃れたレンが、人間の姿で急いで戻ってきて、小ザルの手をわたしの髪からはずし、城門の向こうに思いきり投げた。小ザルは一度跳ねてから地面に転がり、体を起こすと、わたしたちを威嚇してから姿を消した。レンはわたしの手からガダを取り、それを振りかざしてヒヒを威嚇する。レンのほうがわたしより腕が立つと判断したらしく、ヒヒは大きな金切り声をあげると、都に戻っていった。

息を切らし、地面に座りこんだ。都は気味が悪いほどしんとしている。サルの声がまったく聞こえない。

レンがくるりとこっちを向いた。

「だいじょうぶか?」

追い払うように手を振った。レンはそばにしゃがんでわたしの頬に手を触れ、わたしを上から下まで見てからニヤッと笑った。

「ちなみに、今のはピグミー・マーモセットだ。きみが知りたがっているといけないから」

喧嘩はまだ続いているらしい。わたしはあえぎながら返した。

「それはどうも。サル学の生き字引さん」

レンは引きつったように笑うと、水のペットボトルを二本取り出し、わたしにエネルギーバーを手渡した。

「あなたは食べないの？」

レンは片手を胸に当て、ばかにするように言った。

「ぼくが？　ここにはうまいサルが山ほどいるのにエネルギーバーなんか食べると思うかい？いや、いい。腹は減ってない」

わたしは黙ってエネルギーバーをかじりながら、〈黄金の果実〉が無事かどうか確かめた。だいじょうぶだ。傷もなく、ちゃんとキルトに包まれている。

エネルギーバーを食べる合い間にわたしは言った。

「たいへんだったけど、そこそこ無事にキシュキンダーを切り抜けられてよかったわね」

レンが唖然《あぜん》とした顔をした。

「無事だって？　ケルシー、ぼくは背中じゅうにサルの噛み痕が残っているし、ほかの場所なんてもっとひどいんだぞ」

「だから、そこそこって言ったでしょ」

レンはまだ不満そうな声を出している。

軽い食事と休憩を取ると、ふたたび森と小川のあいだの小石の多い道を戻った。歩きながら、レンが棘の木々を力いっぱいたたいていく。

わたしはレンに冷たい態度を取り続けていることに気が咎《とが》めはじめていた。怒った様子で前を行くレンの強張った肩を見つめる。

つらい。レンと仲良くできないのは寂しすぎる。もちろん、それだけじゃないけど。

やっぱりレンにあやまろう。そう決めたとき、川面からカッパが頭を出して、こっちを見つめているのに気づいた。

「ねえ、レン？　連れができたみたいよ」

カッパに目を向けると、それが相手を勢いづかせたらしく、動きが活発になった。カッパたちは頭をさらに高く突きあげ、真っ黒い目でわたしたちの動きを追っている。わたしは目をそらすことができなかった。

カッパたちは腐った沼地のような悪臭を放ち、まばたきするとワニみたいにまぶたが横に開く。ぞっとした。

体は青白く、なかが透けて見えるほどだ。脈打つ黒い血管が、いかにも冷たそうな湿った皮膚の下に見える。自然と早足になった。レンが小川とわたしのあいだに移動し、警告にガダを構える。

「お辞儀をしてみる？」

わたしは提案した。

ふたりで歩きながら頭を下げてみたけど、カッパたちは無視して、川からさらに体を出した。水中で立ちあがり、たった今、深い眠りから覚めたみたいに、のんびりした機械的な動きで歩きはじめる。胸のあたりまで出ても、かまわずじわじわ近づいてくる。カッパに向かって礼儀正しくひざを曲げてお辞儀をしてみたけれど、効果はなかった。

「止まるな、ケルシー。もっと速く歩くんだ！」

二人で駆け出した。レンにバックパックを肩代わりしてもらっても、走り続けるスタミナはもうたいして残っていそうもない。

さらに多くのカッパが川から姿をあらわし、何匹かは川岸近くにいた。カッパたちの腕は長く、手には水かきがついている。なかの一匹がわたしに笑いかけたとき、鋭くとがった歯が見えた。背筋に悪寒が走る。わたしは走る速度をあげた。

ついに、カッパの脚が見えた。人間のような脚だ。背中は魚の背のように中央が隆起し、力強い筋肉質の脚には水と藻がべっとりとからみついている。長い尻尾はサルみたいに丸まっているけど、先っぽに尾ひれがついていた。威嚇するように体を左右にゆらしては、ビチャビチャと大きな音を立て、泥から足を抜きながら、川岸に向かってくる。

頭を傾けないように用心しているためか、体の動きがぎくしゃくしていた。頭は同じ位置を動かないのに、胴体がゾンビみたいにあちこちにゆれ動く。レンやわたしより三、四十センチほど背が低く、動きがすばやい。水かきのついた足をぎこちなく動かしながらも、徐々にスピードを増してくる。頭がほとんど動かないのに、体だけ加速する姿はなんとも気味が悪い。

「ケルシー、もっと速く。速く走れ!」

「これ以上は無理」

カッパの集団があっという間にわたしたちとの差をつめ、いっせいに襲いかかってきた。

「走り続けるんだ。ぼくがやつらの勢いをはばむ!」

だいぶ遠くまで走ってきたところで振りかえり、そのまま後ろ向きに走りながらレンがどうしているか確かめた。

レンは立ちどまってもう一度カッパにお辞儀をしている。カッパたちも動きを止めてレンの行動を探るように見ているけど、レンのお母さんの話とはちがい、お辞儀を返してはこなかった。伝説の生き物とはちがうのだろうか。

カッパたちは口をあけて歯をむくと、ねばねばした黒いしずくをよだれのようにたらしながら、声を出した。ゴボゴボというにごった声がしだいに鋭い金切り声になったかと思うと、獲物を追いつめるように、いっせいにレンに迫っていく。

レンが一番近くに来た一匹にガダを思いきり振りおろすと、胸に深く命中した。カッパは口から汚れた黒い水のようなものを吐き出し、川岸に倒れた。それでも、ほかのカッパは倒れた仲間のことなど気にも留めず、レンにじわじわ近づいていく。

さらに何度か同じようにカッパを倒したところで、レンはくるりと向きを変えると、こっちに向かって駆け出した。

「ケルシー、止まるな！」

カッパたちより先に進んではいたけど、すぐに息があがる。立ちどまり、呼吸を整えた。レンも止まる。

あえぎながら言った。

「走り続けるのなんて無理よ。もうへとへとで足が動かないの」

レンも激しく息をしている。

「それでもやり続けるしかない」

バックパックから取り出したペットボトルの水をごくごく飲み、残りをわたしに渡すと、レンはわたしの手をつかんで森のほうに歩きだした。

「行こう。ぼくに考えがある」

「棘の森は危険すぎるわ。あそこに戻ったら、一つだけじゃなく二つの敵におそわれるはめになるもの」

「ぼくを信じて。ついてきて」

棘の森に入ると、すぐに枝がわたしたちのほうに伸びてきた。レンに引っぱられながら走りぬける。

走り続けるなんてとても無理だと思いながらも、なんとか足を動かしていた。棘のある葉が背中をたたき、わたしのシャツを裂こうとしている。

何分か走ってレンが立ちどまった。わたしにじっと立っているように言うと、周囲の木をはじからガダでたたいていく。

レンは息を切らし、身をかがめた。

「ここに座ってしばらく休んでいて。ぼくはカッパを棘の森に誘いこんでみる。サルのときと同じようにうまくいってくれればしめたものだ」

レンは虎に姿を変えると、ガダとバックパックを残し、ゆれ動く枝のあいだに跳びこんでいった。

耳をすまし、木々がゆれながらレンの行く手をはばもうとする音を聞いた。やがて、あたりは不気味なほど静まりかえった。聞こえるのは自分の乱れた息づかいだけだ。

木々からできるだけ離れ、苔むした地面に座ってレンを待った。

必死に耳をそばだてたけど、何も聞こえない。

鳥の鳴き声すらしなかった。

地面に寝転がり、バックパックに頭を乗せて体を休めた。傷んだ体や筋肉がうずき、背中の引っかかれた場所がひりひりする。

いつの間にかまどろんでしまったらしい。音にびっくりしてパッと目が覚めた。

耳の近くで足を引きずるような妙な音が聞こえたかと思うと、黄ばんだ灰白色の生き物が木々のあいだからこっちに向かってきた。

起きあがる間もなく腕をつかまれ、ぐいっと引っぱり起こされる。座る姿勢になったところで上からのしかかられた。黒いよだれがわたしの顔にたれ落ちてくる。

怖い。

やみくもに腕を振りまわし、相手の胸をなぐった。けれど、力ではかなわない。その生物は胴体が切り傷だらけで、傷口からにごった液体がにじみ出ていた。棘の木に肉をズタズタに切られたらしい。何度かまばたきをくりかえしながら、わたしを引っぱると、歯を剝いて首に思いきり嚙みついてきた。

相手がうなりながら首を吸う。

激しく足を蹴って相手の手から逃れようとした。悲鳴をあげて手足をバタバタさせたけど、あっという間に力が萎《な》えていく。

すぐに、何も感じなくなった。べつのだれかの身に起こっていることのように思える。その怪物が発する音はまだ聞こえていたけど、妙な倦怠感《けんたいかん》が体を取り巻いていた。視界がぼやけ、頭がぼんやりする。そのうち、うっとりとおだやかな心地にひたった。

すさまじい音が聞こえ、怒りくるう咆哮が続いた。見ると、戦う天使が頭上に立っていた。目を見張るほどうるわしい天使が！

そのとき、首が引っぱられる感じがして、体に感じていた重みが取れた。水がたたきつけられるような音がする。かたわらに美しい青年がひざまずいた。必死に話しかけてくるけれど、言葉が理解できない。返事をしようとしたけど、舌がまったく動かなかった。

その人はわたしの顔にかかった髪をやさしく払うと、冷たい指でわたしの首に触れた。魅力的な目に涙があふれ、きらきら光るダイヤモンドのようなしずくがわたしの唇にぽとりと落ちた。塩からい涙を味わい、目を閉じる。

ふたたび目をあけると、その人がほほえんだ。温かい笑顔がわたしを包み、やわらかな心地よい毛布のようにわたしをくるむ。天使の腕にそっと抱きあげられ、わたしは眠りに落ちた。


目を覚ますと、あたりは暗く、緑とだいだい色のたき火のそばに横たわっていた。レンが近くに座り、たき火を見つめている。その表情は疲れきり、打ちひしがれてわびしそうだ。わたしが身じろぎしたのに気づいたらしく、すぐに駆けより、頭を持ちあげて水を飲ませてくれた。急に焼けるようなのどの痛みを感じる。まるでたき火をのみこんだかのようだ。その火が燃えながら体内に入りこみ、芯の部分で破裂した。体の内側から全身を焼き尽くされようとしている。

強烈な痛みに涙が出た。

レンがわたしの頭をそっと下におろし、手を取ってなでた。

「すまない。きみを一人にするべきじゃなかった。きみでなく、ぼくが襲われていればよかったのに。きみがこんな目にあう理由は一つもない」

レンがわたしの頬をなでる。

「どうやって手当てをすればいいかわからないんだ。どうしたらいい？　きみがどれだけ血を失ったのかも、噛まれた傷が命にかかわるのかどうかさえわからない」

レンはわたしの指にキスをすると、ささやいた。

「ケルシー、きみを失うなんて絶対にいやだ」

全身の血が焼けつくような感覚におそわれ、しまいには痛みで視界がくもる。わたしは身もだえしはじめた。これまでに経験したことのない激痛だ。レンが水で冷やしたタオルで顔をふいてくれるけど、血管をめぐる熱い炎から気をまぎらすことができない。痛くて痛くて耐えられない！

少しして、もだえ苦しんでいるのは自分だけじゃないことに気づいた。

ファニンドラがわたしの腕から身をほどき、レンのひざの横で丸まった。わたしから離れたくなるのも無理はない。そう思っていると、鎌首をもたげてフードのように広げてから、口を大きくあけて、わたしの首に咬《か》みつき、麻痺した細胞に毒牙を深く食いこませた。

ファニンドラは自分の毒をわたしの体に流しこむと、一度上体を後ろへそらし、それから何度も何度もわたしの首を咬んだ。わたしはうめき声をあげ、首に手を触れた。

手を見ると、膿《うみ》がついていた。金色の分泌液も手に点々とついている。ファニンドラの牙が食いこんだ場所からたれ落ちたものだ。そのまま見つめていると、指についた金色のしずくが手のひらの膿に触れ、ジュッという音を立てて湯気を出した。

ファニンドラの毒が体じゅうをめぐっていく。今度は氷のような感覚が手足を駆けぬけ、心臓に入った。

もうすぐ死ぬんだ。そう感じた。

ファニンドラを責める気にはならなかった。ファニンドラは毒ヘビだ。きっと毒のことはわかっている。たぶん、わたしをこれ以上苦しませたくなかったのだろう。

レンがまた、ペットボトルの水を口に近づけてくれる。感謝してゴクリと飲んだ。すでにファニンドラは生気のないブレスレットになり、レンのそばで体を丸めたまま動かなくなっている。レンはわたしの傷ついた首をやさしく洗い、傷口から流れ出た、泡立つような音のする黒い血をきれいに落としてくれた。

少なくとも痛みはもうない。ファニンドラが何をしてくれたのかわからないけど、おかげで感覚が麻痺《まひ》していた。

眠気がおそってくる。さあ、さよならを言わなくては。

レンに本当の気持ちを伝えたかった。あなたはわたしの生涯で一番の友だちだったと言いたい。ずっとそっけない態度を取っていたことも、ちゃんとあやまって、そして……愛している、と伝えたい。

でも、何も言えなかった。

ヘビの毒のせいで腫れているのか、のどがつまって声が出ない。わたしはただ、かたわらにひざまずいてわたしの上に身をかがめるレンを見つめることしかできなかった。

それでかまわない。レンの美しい顔を最後にもう一度見られただけで充分。もう思い残すことはない。

まぶたが重くて目をあけていられない。目を閉じ、死が訪れるのを待った。

レンは場所を空けてすぐ横に腰をおろすと、わたしの頭を腕で支えながら、自分のひざにわたしを乗せ、両腕で包んだ。わたしはほほえんだ。

目をあけてレンを見ることはできなくても、その腕に包まれているのを感じる。わたしは戦う天使の腕に抱かれたまま、天国に運ばれるんだ。

レンがわたしをぎゅっと抱きしめ、耳元で何かささやいた。何を言ったのかはわからなかった。そのうち暗闇がわたしをおおった。

まぶたに光を感じて、やっとのことで目をあけた。のどはまだ焼けるように熱く、舌は重くて動きが鈍い。

「天国にいるにしては痛みがひどいわ。きっとここは地獄ね」

やかましいほど大きいうれしそうな声が聞こえた。

「いいや。きみは地獄になんかいないよ、ケルシー」

動こうとすると、痛んだ筋肉が痙攣を起こした。

「ボクシングの試合に負けるとこんな感じなのかな」

「きみはそれどころじゃない経験をしたんだよ。さあ」

レンがかたわらにかがんで、慎重に助け起こしてくれた。わたしの顔と首と腕のぐあいを確かめてから、すぐ後ろに座り、自分の体でわたしの背中を支えると、水をわたしの口に近づけた。

「飲んで」

強い口調でそう言って、ペットボトルを持ったまま、ゆっくり傾ける。わたしはうまく飲みこめず、ゆるんだ口から水がこぼれてあごにしたたり、胸元に流れ落ちた。

「ありがとう。Tシャツが濡れちゃった」

首の後ろでレンがほほえむのを感じる。

「ぼくが、わざとやったのかもしれない」

鼻でフンと笑ってから、片手で自分の頬と腕をつついた。皮膚がひりひりするけど、まだ少し麻痺しているようにも感じる。

「全身に麻酔の注射を打たれて、それが少しずつ切れてきたみたいな感じなの。水をもらえる？　もう自分で飲めそうだから」

レンはペットボトルの水を渡すと、両腕をわたしの腰に回して自分の胸にぴったり引き寄せ、頬をわたしの頬に軽くつけた。

「気分はどう？」

「生きてるって感じかな。鎮痛剤をもらえるとうれしいけど」

さすがに今は、抵抗する元気も気持ちもわかない。ほんとうに死にかけたんだ。

レンはやさしく笑うと、バックパックから鎮痛剤を二錠取り出した。

「今、トンネルの入口まで来ているんだよ。まだトンネルと森をぬける必要があるが、それを越えればハンピに戻れる」

よかった。

「わたし、どれくらい動けなかったの？」

まだぼんやりした頭でたずねた。

「二日間だ」

「……二日間！　え？　嘘でしょ。最後におぼえてるのは、ファニンドラに咬まれて……」

「その前にカッパに噛まれたんだ。ぼくが駆けつけたときには、きみはやつの攻撃にあっていた。たぶんきみのあとを追っていったんだ。気味の悪いやつらだ。大半は棘の木々が始末してくれたから助かったが」

「わたしを襲ってきたカッパは体に引っかき傷があって血だらけだったのに、気にしてない様子だったわ」

「ああ、ぼくを追ってきたやつらも、ほとんどが棘の木にズタズタにされているのに、一瞬たりとも追うのをやめなかった」

「ここまで追ってきたカッパもいたの？」

「ぼくがトンネルの近くに来たとたんに、追ってくるのをやめたんだ。トンネルを怖がっているらしい」

「ここの生物にとってもあのトンネルは怖い場所なのね……。それで、ずっとここまで……わたしを運んでくれたの？　わたしを抱えてどうやって棘の木をはばんだの？」

「まずきみを肩に乗せて、木々を打って通り道を作った。そして、ガダをしまってバックパックを背負い、ここまで歩いてきたんだ。きみを腕に抱いて」

大変だっただろう。ケガもしたはずだ。

わたしがまた水をごくごく飲むと、レンからほっとしたような深い溜め息が漏れた。

レンは静かに話し出した。

「ぼくはこれまでいろんな経験をしてきた。血なまぐさい戦いもあったし、友人が目の前で殺されたこともあった。人間や動物がひどい目に遭うのも見てきたが、それでも恐怖を感じたことはなかった。

苦境に陥ることはよくあったし、不安や緊張にさらされることもあった。身の危険を感じることだってあったが、冷や汗が出るような恐怖というか、生きたまま食われていくような恐怖を感じたことはなかった。ひざまずいて、ただひたすら請い願うしかない気持ちになったのは初めてだ。実際、ぼくはそういうものを超越した人間だとずっと自負してきたんだ。苦しみに耐えぬき、人一倍多くのことを見てきたから、もう怖いものなど何もないと思っていた。そこまで追いつめられるようなことはありえないと」

レンはわたしの首に軽くキスした。わたしはされるがままにしていた。

「それはまちがいだった。きみを見つけたとき、あの……あの化け物がきみを殺そうとしているのを見て、ぼくは怒りに我を忘れた。やつを殺すことになんのためらいもなかった」

「あのカッパは怖かったから……」

「カッパなんか怖くはなかった。ぼくが怖かったのは……きみを失うことだ。決して消えない恐怖を味わった。身を切り刻まれ、蝕《むしば》まれていくような恐怖だ。とても耐えられなかった。何より苦しかったのは、もし、きみが死んでしまって、ぼくも生きていたくないと思っても、呪われたこの身を自分ではどうすることもできないことだ。きみがいないのに、このみじめな生活に永遠にはまりこんだまま生きていくのは耐えられない」

レンの言葉が一つ一つ伝わってきて、わたしの全身を貫いた。

逆の立場だったら、わたしも同じように感じていたはずだ。レンの心からの告白に気持ちが強く揺さぶられる。

レンがそう思ったのは、二人が追いつめられた状況にいたからだ。そうにちがいない。そう無理やり自分に言い聞かせた。

その一方で、心の奥に芽生えた愛という植物が、どんなささいな思いもつかみ取ろうと手を伸ばし、レンの言葉を甘い朝露のしずくのように吸いあげようとしているのを感じた。

せめぎあう感情にくずれそうになる。わたしはそんな自分をいましめ、歯をくいしばってレンのやさしく愛に満ちた言葉を押しやると、それに動じまいと決心した。

レンとの幸せを願ってはだめ。

「だいじょうぶ、わたしはちゃんと生きてる。心配しないで。ちゃんとそばにいて、ちゃんとあなたの呪いを解くのを手伝うから」

冷静な声をくずすまいと必死だった。本心を悟られてはいけない。

レンはわたしの腰をぎゅっと抱くと、やさしくささやいた。

「呪いを解くことなんて、もうどうでもよくなった。きみが死んでしまうんじゃないかと思ったときから」

ぐっとつばをのみこみ、努めて軽薄そうにふるまった。

「でも、死ななかったでしょ？　これで、またあなたと口喧嘩することだってできる。これなら、死んでたほうがよかったなんて思うんじゃない？」

レンの腕が強張り、語気が険しくなった。

「二度とそんなこと言うな」

わたしはちょっとためらってから言った――レンに言いたかったことのひとつを。

「ありがとう。助けてくれて、本当にありがとう」

レンに抱き寄せられ、わたしは少しだけ、ほんの少しのあいだだけ、レンに身をあずけ、その心地よさにひたったった。

そうよ、死にかけたんだから、生き延びたごほうびをちょっぴりもらったってバチは当たらないわよね？

自分で決めたごほうびの時間が終わり、もぞもぞと体を前に動かしてレンの腕から離れた。

レンがしぶしぶ手を離すと、わたしはくるりと振り向き、ぎこちなくほほえんだ。立ってみると、歩けるぐらいの元気はありそうだ。

レンと距離を置くという強い決意は復活したものの、レンの腕にずっと抱かれていたいという衝動がとてつもなく強くなっていた。それは危険すぎる。

レンに背を向け、胸を張ると、バックパックをひろいあげた。

もうすぐ死ぬんだと思ったときは、愛していることをレンに伝えたかったけど、生き延びたとわかったいまは、決して伝えようとは思わなかった。伝えてはいけない。

「さあ、そろそろ行きましょ。もう、すっかり元気だから」

嘘をついた。

「ケルシー、無理するな。もう少し休んだほうがいい」

「いいの。二日も眠ったんだから、長い道のりを歩く準備はできてるわ」

「せめて何か食べてからのほうがいい」

「エネルギーバーをちょうだい。歩きながら食べるから」

「ケルシー――」

一瞬、レンのコバルトブルーの瞳を見据えてから、静かに言った。

「ここからどうしても出たいの」

わたしは身を翻し、持ち物を集めはじめた。レンはその場に座ったまま、わたしをじっと見ている。焼けつくようなレンのまなざしを背中に感じる。

なんとしてもここから出なくては。ここにいる限り、人間のレンに心がかき乱され続ける。人間のレンと一緒にいればいるほど、決心がどんどんぐらついていく。

このままだと、永遠にわたしと一緒にここにいて、なんてレンに言ってしまいかねない（棘の森とカッパにはさまれて暮らすことになるけど）。レンがすぐにでも虎に戻らなければ、わたしはずっとこのまま人間のレンにおぼれてしまう。

ようやく、レンがゆっくりと、悲しげともいえる口調で言った。

「わかった、ケルシー。きみがそう言うなら」

それから立ちあがり、伸びをすると、たき火を消した。

わたしはファニンドラのところへ行き、ブレスレットの形に丸まっている姿に見入った。

「きみの命を救ってくれたんだ。ファニンドラが首を咬んで、きみの傷を治したんだよ」

手を伸ばし、カッパに嚙まれた首に触れた。皮膚はすべすべしていて、傷痕らしきものもない。わたしはファニンドラのそばにしゃがんだ。

「また、あなたに命を救われたのね。ありがとう」

ファニンドラをひろいあげ、二の腕のいつもの場所にはめると、バックパックをつかんで歩きだした。

数歩進んでパッと身を翻す。

「来てる、スーパーヒーロー？」

「すぐ後ろにいるよ」

真っ暗なトンネルのなかに入った。レンが片手を差しのべる。無視してそのまま歩いていこうとすると、レンはわたしを引きとめ、もう一度片手を差し出し、その手をじっとにらんだ。溜め息をついて、レンの指二本を自分の指二本でつかみ、きまり悪そうにほほえんだ。接触を避けようとする態度がまた露骨に出ていた。

レンはうんざりしたようにうめき、わたしのひじを取って自分の横に引き寄せると、肩に腕を回した。

トンネルのなかを急ぎ足で歩いていった。偽者のレンとわたしがうめき声を出し、前回よりさらに熱心に誘ってくる。見てはいけない。わたしは目を閉じ、レンに導かれるまま進んだ。幻が近づいてきて、ぼんやりした手がわたしたちを捕まえようとしたときには、思わず息をのんだ。

レンがささやく。

「ぼくらが注意を向けない限り、やつらは実体を持てない」

できるだけ足早に歩き続けた。邪悪な幻や、なじみのある人たちがはじから大声で叫んで、わたしたちの注意を引こうとする。カダムさん、キーシャン、わたしの両親、セアラとマイクと子どもたち、それにマウリッツォさんまでもが、わめいたり、請うたり、命令したり、脅迫してきたりした。

それでも、行きよりもはるかに早くトンネルを通りぬけた。

トンネルから出てもまだ、レンが温かい手でわたしの手をしっかりにぎっていたので、さりげなくそっとはずそうとした。

レンはわたしを見て、指をからませた二人の手に視線を移すと、わざとニヤッと笑った。強めに手を引っぱると、レンは握る手にさらに力をこめる。しまいには、手を思いきりねじってなんとかレンの手から引き離した。

曖昧な態度はもう終わりにしなければ。

レンは余裕の表情で笑みすら浮かべている。

それから間もなく、また棘の森にさしかかった。レンが果敢に木立の境界線に近づく。ガダで打撃を加えながら、ゆっくり進んでわたしが無事に通れる道を作ってくれた。枝がレンを激しく鞭《むち》打ち、シャツをズタズタに引き裂く。

レンはシャツを脱ぎすてた。たくましい腕と、背中の筋肉が躍動する。切り傷が目の前で癒えていくのに思わず目をうばわれていた。いけない、何をうっとり見てるんだろう。好きになってはいけないのに。

足元に視線を落したまま、黙ってあとをついていく。

レンは次々に木に向かい、ガダを打ちつけながら、棘の森を無事に通りぬけた。

あっという間に、地下道につながる岩場をのぼっていた。通路の先にはハンピのウグラ・ナラシンハ像がある。出口だ。生きて戻ることができた。

地下道にたどりつくころ、何度かレンが口を開きかけ、そのたびに思いとどまっていた。なにか言いたいことがあるのだろうか？

でも、あえて訊かなかった。

懐中電灯を取り出し、歩く位置を少しずらして、レンと距離を置くようにした。しまいには、通路のはしをひたすらたどって歩いていた。レンは一度わたしのほうに目をやったけど、近づいてはこなかった。そのうち通路が狭まってきて、また肩を並べて歩くことになった。レンのことをちらっと見るたびに、レンはわたしを見つめていた。

ようやく地下道の出口にたどりつき、地上に出る石段が見えてきたとき、レンが立ちどまった。

「ケルシー、地上に出る前に、最後の頼みがある」

「なあに？　虎の鋭い嗅覚と地獄耳の話？　それとも妙な場所をサルに嚙まれた話だったりして」

ふざけて言った。

「ちがう。キスしてほしいんだ」

そんな……。わたしはあわてた。

今だってやっとのことで気持ちのバランスを取っているのに。

「キスって……。どうして？　もう旅のあいだに充分したじゃない」

「頼みを聞いてくれ。ここがぼくの終点だ。ずっと人間でいられる場所から出てしまえば、また虎の生活が待っている。だから、もう一度キスしてほしい」

そんなこと言われても……。

「呪いが解ければ、いつでも気に入った女の子にキスして回れるのよ。なのに、なんで今、わざわざわたしとするの？」

レンはいらだたしげに髪をかきあげた。

「ほかの女の子にキスして回りたいなんて思っていない！　ぼくはきみとキスしたいんだ」

これ以上、苦しめないで。心のなかでそう叫んでいた。

「わかった。あなたの気が済むなら」

顔を近づけ、レンの頬に軽くキスした。

「これでいい？」

「だめだ。まだ足りない。唇にしてくれ、ぼくのプレマ」

もう、どこまで強引なの。人の気持ちも知らないで。そう言いたくなった。

顔を近づけ、少しだけ唇をそっと合わせる。

「さあ、いいでしょ。行くわよ」

勇んで石段を二つのぼったところで、ひじの下に手がすっと差しこまれた。体がくるりと回り、そのまま倒れこむようにレンの腕に抱き寄せられる。レンはわたしの腰にしっかり手をまわすと、笑顔をすっと消し、真剣な表情になった。

「キスを。本物の……決して忘れないキスを」

とっておきの皮肉を言おうとした。許しをもらえる？　ってまだ言ってないわよとか、その手のことを。

口を開きかけたとき、いきなりレンの唇でふさがれた。かたくなに口を結んで、心を動かされまいとしたけど、レンは驚くほど辛抱強かった。わたしの強張った唇をやさしく押すようにゆっくりキスする。それにこたえないでいるのはとても無理だった。

必死に耐えたけど、ときとして体が心を裏切る。レンはゆっくりと丁寧にわたしの抵抗をくずしていった。そして、勝ち目があると悟ると積極的になり、さらに上手に誘惑しはじめた。わたしを自分の体に押しつけるようにしっかり抱いたまま、片手を首に伸ばし、指先でじらすように、わたしの体をやさしくなでる。

わたしのなかに芽生えていた愛という小さな植物が、茎を伸ばし、ぐんぐん成長して葉を広げるのを感じた。まるで、レンに媚薬《びやく》を流しこまれたかのようだ。

ついにわたしは降参した。

レンがどういうつもりなのかは、わからない。目の前にいるのがわたしだけだから、しかも呪いを解くために手伝っているから、それを愛情と勘違いしているのかもしれない。

でも、そんなこと今はどうでもいい。

失恋は怖いけれど、たとえわたしのなかで愛という植物が成長してしまっても、引き抜いてしまえば済むことだ。

それに、すべてが終わってレンに捨てられたとしても、少なくともわたしは存分にキスされたんだと自分をなぐさめられる。

ほかに何もなくても、これで、猫に囲まれた独りぼっちの生活になっても、思い出としてなつかしむことができる――それか、犬に囲まれた独りぼっちの生活か。たぶん、猫には飽き飽きするだろうから。

心を開き、レンに熱いキスを返した。今まで押さえこんでいた感情や、本当の気持ちを全部両腕に抱えてレンの首に回し、両手をレンの髪にすべりこませる。レンの体を自分のほうに引き寄せ、決して言葉にしなかった熱い思いや深い愛情でレンを包みこんだ。

レンが一瞬びっくりしたように動きを止めた。それからすぐにわたしにこたえて、激しく情熱をぶつけてきた。わたしはレンと対等に情熱をぶつけ合う自分にショックを受けた。

わたし――こんなに大胆になれるんだ。

レンのたくましい腕に両手を這わせ、肩に行きつくと、今度は胸にすべりおろす。五感が乱れ、興奮した。強い欲望を感じる。レンのシャツを強くつかんだ。もっともっとレンに近づきたい。レンはほんとにいい匂いがした。

普通、妙な生き物に何日も追いかけられたり、謎めいた王国のなかを歩きまわったりすれば、いやな匂いがするはずなのに。正直言うと、わたしはレンがいやな匂いをさせていたらいいのにと思った。だって、わたしはきっといやな匂いをさせているから。ジャングルのなかを歩きまわってサルに追いかけられたりしている女の子が、ずっと花のようないい香りのままでいられるなんてあり得ない。

わたしは、レンにどこか欠点があってほしいと本気で思っていた。弱点というか、どこか……完全でない部分があればと。でも、レンはびっくりするぐらいいい匂いだった。滝と、気持ちのいい夏の日と、白檀の香りが、熱く興奮した男性を包んでいる。

これほど申し分のない男性に、これほど申し分のないキスをされて、拒める女の子なんてどこにもいない。わたしはすべてをあきらめ、このインドの王子に身も心もあずけた。血が熱くたぎり、心臓が激しく脈打ち、レンを求める気持ちがはやる。わたしはレンの腕のなかで時間がたつのを忘れた。レンのことしか頭になかった。

レンの唇、レンの体、レンの心。レンのすべてが欲しい。

ようやく、レンがわたしの肩に両手を置き、そっと体を離した。レンの意志の力にわたしは驚いた。なにしろ、そのときのわたしはとてもキスをやめられなかったから。ぼうっとした頭でまばたきした。二人とも息があがっている。

「すごく……」

レンがあえぐように息を漏らして言った。

「ためになった。ありがとう、ケルシー」

え？　ためになった？　ありがとう？

頭を鈍らせていた情熱がたちどころに消え、新たな感情――いらだち――にはっきりと心が向いた。

「ありがとう？　ありがとうって、何よその――」

さーっと熱が冷めていく。さっきまで体に満ちていた欲望がすっかり消えた。

キスって、お礼を言われるようなことなの？

怒りにまかせて石段を踏みつけながらのぼると、くるりとふりかえってレンを見おろした。

「もういいでしょ。望みがかなったんだから、これ以上わたしに構わないで！」

そう言うと、石段を急いで駆けあがった。

ためになった？　わたしでキスの練習でもしているつもり？情熱的にキスを返していた自分が急に恥ずかしくなって、頭がかっとなる。そのいっぽうで、頭にきている自分にほっとしていた。ほかの感情をそっくり心の奥に押し戻し、ただ、怒りに――憤りに気持ちを向けていられるのがありがたかった。

レンが石段を一段跳びにのぼってくる。

「ケルシー、ぼくの望みはそれだけじゃない。それは確かだ」

「もう、あなたの望みなんて知らない！」

これ以上、わたしを振りまわさないで。

レンは知ったような顔でちらっとわたしを見ると、眉をつりあげた。それから、穴の外に足を踏み出した。

そして地面に一歩ついた瞬間、虎の姿に戻った。

そう、これでいい。これで、もうしばらくは話さなくて済む。

レンのことはほっといて、ほの暗い道を手さぐりでそろそろ進んだ。

ようやく目的地の見当をつけると、わたしは地面を踏みつけるように歩きだした。

「行こう、ファニンドラ。カダムさんを見つけなきゃ」

23

夜が明けようとしていた。

太陽が地平線からほんの少し顔を出しはじめている。

わたしはハンピの遺跡群のあいだを猛烈な勢いで歩きながら、怒りにまかせてカダムさんのキャンプサイトまで半分戻ってきた。

レンがどこか後ろを静かについてくる。足音は聞こえないけど、そばにいるのはわかった。わたしはレンの存在にかなり敏感だ。目に見えないつながりがレンとのあいだにある気がする。それはまるで、レンがすぐ隣を歩いているような感覚だった。いや、レンに触れられている感覚といってもいい。

途中でまちがった道に行きかけたらしく、レンがさっとわたしの前に出る。そして、あからさまにちがう方向に向かい出した。

「なによ。まちがってたって行きたいほうに行くんだから」

そう突っぱって見せたけど、結局レンのあとをついていく。

しばらくして、ようやく丘の上にジープが見えた。カダムさんがわたしたちに手を振っている。

やっと戻って来られた。

キャンプ場所にたどりつくと、カダムさんがぎゅっと抱きしめて言った。「おかえりなさい。どうでしたか?」

溜め息をついてバックパックをおろし、ジープの後ろのバンパーにもたれた。

「もう……いろいろあって……この数日間はほんとに人生最悪でした。サルに会い、腐った匂いのする吸いつき魔におそわれ、ヘビに嚙まれ、棘の森があって、それから——」

カダムさんが片手で制した。

「数日間とはどういう意味です? 出かけていったのはゆうべですよ」

そんなはずはない。

「いいえ。えっと」指を折って数えた。「少なくとも四、五日たってますけど」

「お言葉ですが、ケルシーさん。あなたとディレンはゆうべここを出発されたんですよ。正直言うと、あまり早く戻られたので、ひと休みしてまた明日の夜にでも再挑戦されたら、と申しあげるつもりだったんです。では、一週間近く旅をされていたと?」

地下では不思議な時間が流れていたらしい。

「たぶん……。でも、わたしはそのうち二日眠ってたんです。ていうか、そこの虎青年がそう言ってたので」

レンはさも無害そうな虎の表情でわたしを見かえしながら、二人の会話に耳を傾けている。礼儀正しく、子猫みたいに無邪気そうな顔。いったいどういうつもりだろう。

わたしはまだ怒っていた。子猫のようなレンにヤマアラシさながらに剛毛を逆立てて。体じゅうの針を突き立て、自分をねらう天敵にむさぼり食われないよう弱いお腹を守っていたのだ。

そう、レンは天敵だ。気をゆるめてはいけない。すぐに心をわしづかみにされる。あれほどのキスをして、「ためになった」なんて言うレンを許してはいけない。

「二日も眠っていた？　それはそれは。では、ホテルに戻ってひと休みしましょう。また明日の夜にでも挑戦しなおせばよろしいですよ」

「いえ、カダムさん――」

そう言って、バックパックをあけた。

「もう、ここに来る必要はないと思います。ドゥルガーへの最初の贈り物の〈黄金の果実〉を手に入れました。これが……きっとそうです」

キルトを広げ、金のマンゴーを出した。

カダムさんが息をのみ、金の果実をそっと手に取る。

「これは……すばらしい！」

「マンゴーですよね」

レンの受け売りだけど、ニヤッと笑って付け加える。

「ちゃんと預言の言葉に合っているんです。マンゴーといえば、インドの文化や貿易にとって、とても重要な特産物なんですよね？」

レンがむっとしたように鼻を鳴らし、草の上にゴロリと寝転がった。

「確かに、合っております。きっとこれですよ、ケルシーさん」

カダムさんはしばらく〈黄金の果実〉をほれぼれと見つめてから、慎重にわたしのキルトに包みなおした。それから両手をパチンと合わせた。

「じつにすばらしい！　よく手に入れましたね。さあ、キャンプをたたんで家に帰りましょう。もしくは、とりあえずホテルに戻ってゆっくり休んだほうがいいかもしれませんね」

「いいえ、だいじょうぶです。車の移動は全然かまいません。ちなみに、家に戻るのに何日ぐらいかかるんですか?」

「途中でもう二晩、泊まる必要があるでしょうね」

すぐに頭のなかで警報機が鳴る。夜またレンがやってくるかもしれない。それは避けたい。

「あの……考えていたんですけど、カダムさんが差し支えなければ、今度はもうちょっと大きいホテルに泊まれたら……。もっと人がたくさんいる場所で、エレベーターつきで、部屋に鍵がかけられるところがいいです。都会のステキな高層ホテルとかだともっとうれしいな。それもジャングルからずっと、ずっと、ずーっと離れた場所だと」

カダムさんはクスクス笑った。ジャングルのキャンプ生活がよほどつらかったと思っているのだろう。

「なんとか見つけてみましょう」

わたしはいかにも幸せそうな笑顔を添えた。

「よかった！　さあ、行きましょう。早くシャワーを浴びたいし——」

助手席のドアをあけ、そこでくるりと向きを変えてレンに向かってささやいた。

「——ホテルの上階の、虎が出入りできないステキな客室で」

レンはただ、さっきと同じ無邪気そうな青い瞳でこっちを見ていた。わたしはわざと意地悪くほほえむと、ジープに勢いよく乗りこみ、後ろ手でドアをバタンとしめた。

少しはこらしめてやりたい。人をこんなに振りまわして。

レンは平然とジープの後ろに回り、カダムさんが補給品の残りを積みこんでいる場所に跳び乗った。さらにひとっ跳びして後部席に落ちついたかと思うと、前の席に身を乗り出し、わたしが押しのける間もなく、顔に虎流のキスをしてくる。

「レン！　やめて！」

あわてて鼻と頬についた虎の唾液をTシャツでぬぐい、さらに文句を言おうと振りむくと、レンはすでに後部席で寝転がっていた。

笑っているみたいに口をあけている。本気でレンに食ってかかろうとしたとき、見たことがないほどうれしそうなカダムさんが車に乗りこんできた。舗装道路に向かってデコボコ道を走りはじめる。

カダムさんはいろいろ聞きたがった。知りたくてうずうずしているらしい。

〈預言〉の謎の一つが解かれたかもしれないのだから、当たり前だろう。でも、まだレンに腹を立てていたわたしは、少し眠りたいので話をするのを待ってほしいと嘘をつき、それらしく見せるために大きなあくびをした。

カダムさんはうなずき、わたしをそっとしておいてくれた。

ちょっぴり気が咎めた。カダムさんのことは大好きだし、そもそも人に嘘をつくのは好きじゃない。

いつもの自分らしくない態度を心のなかでレンのせいにした。そうやって自分を納得させるほうが楽だった。

横を向き、目を閉じた。

しばらく眠ってから目を覚ますと、カダムさんがソーダとサンドイッチとバナナをくれた。バナナを見て、思わずサルのことを思い出したけど、カダムさんの手前おとなしくしていた。

サンドイッチにかぶりつき、ソーダをぐっと一気に飲み干す。

カダムさんは楽しそうに笑い、ソーダのお代わりをくれた。

「そろそろ何があったか話してくださいますか？」

「はい……」

それから二時間のうちの大半は、長い地下道や、棘の森、トンネル、カッパ、キシュキンダーの話に費やした。黄金の木と、サルの像が生身のサルになったあたりは特に時間をかけて語り、カッパに襲われ、ファニンドラに咬まれた話で締めくくった。

レンがずっと人間の姿でいられたことには触れなかった。

それどころか、キシュキンダーへの旅でレンが活躍したことはほとんど伏せた。カダムさんから、いったいどうやって切り抜けたんですか？　とか、どうやって成し遂げたのですか？とたずねられると曖昧に答えたり、ファニンドラがいて運がよかったとか、ガダがあってついていたという言いかたをしたりした。それで質問の答えにはなっていたから。

カッパに襲われたときのことをくわしく訊かれたときは、ただ肩をすくめ、呪文のごとく「ファニンドラがいてほんとに運がよかったです」とくりかえした。レンにかんしては、ちょっとでも変わった質問には答えたくなかった。

たぶん、レンがまた人間の姿に戻ったときに、レンの立場からカダムさんに話をするだろう。それで構わない。わたしはあくまでも自分なりに事実に基づいた、感情抜きの、そして何よりレン抜きの話をするまでだ。

カダムさんが、そろそろホテルに着きますが、その前にディレンをおろす適当な場所を見つけますと言った。

ちょっとためらってから「もちろんです」と答えると、後部席にいる礼儀正しい虎にわざとらしい笑顔を向けた。

カダムさんが心配そうな声を出した。

「ホテルからあまり遠くないところがあるといいのですが」

わたしはカダムさんの腕を軽くたたいてなだめた。

「レンならたぶん心配いりません。望みのものを手に入れるのがすっごく得意ですから。あ、必要なものは自分で調達できるってことです。きっと、一人で過ごすジャングルの長い夜は、レンのためになると思います」

カダムさんが困惑した顔でわたしをちらっと見たけど、結局うなずき、森林地帯のそばで車を停めた。

ジープからおりたレンは助手席側に回り、冷え冷えした青い瞳でわたしを見据えた。

わたしはレンを見なくてすむように背を向けた。カダムさんがふたたび車に乗りこんだとき、レンはもうジャングルに消えていた。当然の報いよ、と自分に言い聞かせ、腕組みする。

よほど張りつめた表情になっていたのだろう、カダムさんがやさしく声をかけてきた。

「ケルシーさん、だいじょうぶですか？　とても……気が張っておられるようなので。戻ってきてからずっと……」

「張ってるなんてもんじゃない……です」

聞こえないくらいの小さい声がぼそっと口から出てしまった。

「だいじょうぶですか？」

溜め息をつき、弱々しくほほえんだ。

「はい、もうだいじょうぶなんです。ただなんだか疲れてしまって……」

「ホテルはもうすぐですよ。お疲れのところをすみませんが、ひとつだけ訊いてよろしいですか？　キシュキンダーにいるあいだに妙な夢を見ませんでしたか？」

……夢？

黙っていると、カダムさんが心配そうな顔で言った。

「アミュレットが出てくる夢を見ていないかと……」

「あっ！　お話しするのをすっかり忘れてました。〈黄金の果実〉を枝からもぎ取ったとき、気を失って、幻を見たんです。夢というより幻でした……。カダムさんとわたしと、意地悪そうな感じの男の人の幻です」

カダムさんの顔に今度ははっきりと苦悩の表情が浮かんだ。気持ちを引きしめるように咳払いする。

「その幻は本物です――おそらく三人とも同じものを見たはずです。じつはそのことを恐れておりました。あなたが見た男はローケーシュといって、ディレンとキーシャンに呪いをかけた邪悪な魔術師なのです」

カダムさんもわたしと同じ夢を見ていたんだ。ううん、夢や幻じゃない。あのとき三人とも同じ体験をしたってこと？

そしてあれは邪悪な魔術師……ローケーシュ。

「まだ、生きていたんですか？」

「そのようです。しかもケルシーさんも見たとおり、アミュレットの断片を少なくとも一つは持っている。いや、ここにある二つの断片以外はすべてあの男が持っていると思われます」

「このかけらって、全部でいくつあるんですか?」

胸元のアミュレットに触れながら訊いた。

「全部で五つあるという話ですが、本当のところはだれも知りません。もともとディレンの父親が一つ持っており、母親がべつの断片を持って嫁いでまいりました。ディレンの母親は、やはりアミュレットの断片を持っていた有力な武将の子孫でしてね。その後、ディレンとキーシャンの両方に引き継がれたというわけです」

「でも、どうしてそれがわたしと関係あるんですか?」

「……ケルシーさん。あなたは今、呪いを解く手助けをしてくださっています。そしてキーシャンのアミュレットを身につけている。そこが鍵なのです。アミュレットがおそらくあの男とわたしたちを結びつけている。それゆえ、ローケーシュがわたくしたちの存在に気づいたのではないかと心配なのです。特に、あなたの存在に。

わたくしはずっと、あの男の身に何かが起こってくれていればと願っておりました。すでにこの世からいなくなっていればありがたいと。もう何世紀もあの男の行方を捜していたのですが……。残念ながら生きていたようです。あの男にわたしたちのことが知れてしまった今、あなたとアミュレットが狙われるのではないかと心配なのです」

「そんなに恐ろしい相手なんですか?」

「ええ、わたくしはあの男をよく知っています」

カダムさんはちょっと黙ってから、おだやかな口調で持ちかけた。

「そろそろ家に帰られるときかもしれません」

「え?」

頭が真っ白になった。

家に帰る？　どの家に？　だれの家に？

わたしには自分の家はない、しっかりした家での暮らしなんてない。呪いを解いたあと、どうなるかなんて考えてもいなかった。

なんとなく、やることがすごくいっぱいあるから、ひょっとしたら二年くらいはここにいることになるかな、なんて思ってさえいた。

わたしは動揺していた。

「わたし、帰ったほうがいいんですか……」

「とんでもない！　帰ってほしいという意味で申しあげたのではありませんよ。ローケーシュのことが心配だという意味です。なんとか方法を見つけましょう。あれこれ考えてみているのですが、あなたをすぐに家にお送りする計画があるわけではないんです。もちろん、もし、あなたが帰られたとしても、いつでもこちらに戻っていらしてください。わたくしたちの家はあなたのものです。ただ、ローケーシュがふたたびあらわれた今、細心の注意を払っておかなければ……」

気持ちは落ちついたけど、動揺が完全におさまったわけじゃなかった。

ひょっとしたら、カダムさんの言うとおりかもしれない。

オレゴンへ帰るべきなのかも。

地球の反対側にいれば、レンのことをもっとずっと簡単に忘れられるかもしれない。

とにかくここから脱け出して、ほかの男性に会ったほうが健全だ。そうすれば、今わたしが感じているレンとのあいだのつながりだって、それほど強いわけじゃないと気づくかもしれない。

きっと頭が錯覚を起こしているんだろう。ずっと不思議な世界に放りこまれていたから、そのせいだ。まわりにターザンとサルしかいなかったら、ターザンがものすごくカッコよく見えるもの。

そうだ、忘れよう。

オレゴンに帰って、わたしを決して見捨てそうもない、ごく普通の感じのいいパソコンオタクとデートして、そしてレンを忘れよう。

わたしはぐだぐだ考え続けた。レンの元を去る理由を、避けるための方法を。

でも、どうしようもない弱い心が、レンの腕に抱かれているときの安心感にふらふらと舞い戻っていきそうになる。

「きみが死んでしまったら、生きていたくない」というレンの言葉、それにキスされたあとの、いつまでも唇に残るぞくぞくするような温かい感触がよみがえる。

たとえ、あの整った顔を無視できても――それだってやっとなのに――ほかにも目のくらむような魅力がたくさんあって、いつまでも頭から離れない。

ホテルに着くまで、そんな思いが頭をぐるぐるしていた。

車は、信じられないほどりっぱな、五つ星ホテルの玄関前の道に入った。

一週間も着の身着のままで、あちこち裂けて血もついた自分の服装が恥ずかしかったけど、カダムさんは気にするふうもなく、にっこり笑ってホテルの駐車係に車のキーを手渡し、わたしを伴ってホテルに入った。

バックパックは肌身離さず持っていたけど、ほかの二つのバッグはホテルの人が客室まで運んでくれた。

カダムさんはチェックインを済ませ、フロント係の女性とヒンディー語で静かに話をしてから、わたしに行きましょうと合図した。

フロントを離れる前に、わたしはカウンター越しに係の女性に顔を近づけ、たずねた。

「ちなみにうかがいたいんですけど、ペットは入れませんよね?」

女性はとまどった様子でカダムさんを見てから、だめですというふうに首を振った。

「よかった。確かめたかっただけです」

そういって女性にほほえみかえした。

カダムさんが困った顔で首をかしげたけど、何も言わなかった。

きっと、わたしの頭がおかしくなったと思っただろう。

今のはもちろん、レンへのあてつけだ。レンがそばにいるわけでもないのに……。

自分の気持ちがちっとも落ちついていない証拠だ。

とにかく今はレンと離れていたい。アメリカに帰ったほうがいいかもしれないことも、レンへの気持ちも、あの魅力的な顔を前にしたら、冷静に考えられそうもないから。

カダムさんについてエレベーターに向かう。ベルボーイがエレベーターの階数表示ボタンの上にある挿入口に鍵を差しこんで回すと、自動的に扉がしまり、行き先の階が指定された。

エレベーターを出ると、そこは最上階のスイートルームだった。

ベルボーイが部屋を出ていき、エレベーターの扉がしまった。カダムさんは、自分が左側の寝室を使うので、右側の部屋を使ってくださいとわたしに断ってから、ゆっくり休み、なんでも好きなものを食べるよう熱心に勧めてくれた。食事はルームサービスがすぐに運んできてくれるという。

右側の部屋に入ると、キングサイズのベッドがしつらえられた豪華なベッドルームだった。

思わずはしゃいだ声が出てしまう。すごい部屋だ。

特大のバスタブが、専用のバスルームの真ん中にでんと置かれている。すぐに汚れたスニーカーを脱ぎすて、先にシャワーを浴びてから、ジャクジーにつかることにした。

久しぶりの熱いシャワーだ。シャンプーで髪を何度も洗ってから、コンディショナーをつけてなじませ、体をごしごし洗った。手の爪にもよごれが入りこんでいる。

それに、かわいそうなわたしの足。あちこちにタコや水ぶくれができていて、お湯が染みる。爪もぼろぼろだ。あとでカダムさんにペディキュアの代金を払ってもらおうかな。

全身をくまなく洗い、どこもかしこもさっぱりすると、髪をタオルに包んで、バスローブに袖を通した。浴槽にお湯をため、用意されていたバスジェルを入れてジャクジーを動かす。みずみずしいナシと、摘み取ったばかりのベリーの香りがバスルームに広がった。ふと、オレゴンの森を思い出した。

浴槽に身を沈めるのは最高の気分だった。

最高、と思ったそのとき、キスの記憶がパッとよみがえってきて、思わずいらだった。あわてて消そうとしたけど、お風呂につかって気持ちがやわらげばやわらぐほど、その光景は居座り続けた。

頭のなかに流れ続ける歌みたいに、すぐによみがえる。キスの光景がくりかえし頭のなかで再生され、気づくとその記憶に顔がほころんでいた。

もう！　わたしの頭はいったいどうしちゃったの？　ためになったなんて言われて、怒っていたのに……。

頭を激しく振って記憶を振り払い、浴槽から出る。体をふいて、ショートパンツときれいなTシャツを身につけ、キングサイズのベッドに深く腰かけると、髪をとかした。時間をかけてもつれた髪をほどいていく。髪をとかすのは気分が落ちつく。ママを思い出すから。

しばらくしてから、思いきってリビングに出て行くと、カダムさんが新聞を読んでいた。

「さっぱりされましたか?」

「はい、とてもいい気分です。言葉で言い表せないくらい」

「よかった。そこのふたをしたトレーに夕食があります。勝手ながらケルシーさん用に注文いたしました」

ふたをあけると、七面鳥に、つめ物が入ったトウモロコシパン、クランベリーソース、エンドウ豆とマッシュポテトが盛られていた。

「わあ! こんなの、ひさしぶり……」

カダムさんは肩をすくめた。

「たまにはアメリカ風のものがよろしいかと思いましてね。とことんアメリカ料理にこだわりました。デザートにアップルパイもございますよ」

それに、わたしが好きなのを見越してカダムさんが用意してくれた、冷たいレモン水もある。カダムさんの心遣いに感謝した。

「カダムさんは?」

「わたくしのことはご心配なく。一時間ほど前に済ませました。どうぞ食事を楽しんでください」

料理にかぶりつき、心ゆくまで食事を楽しむと、アップルパイもぺろりと平らげた。そして、ちぎったロールパンでぐるりと肉汁をふきながら言った。

「あの、じつはお話ししたいことがあるんです。黙っていようかと思ったんですけど、やっぱり知っておいてほしくて」

うまく伝えられるだろうか。わたしは大きく深呼吸して続けた。

「レンはキシュキンダーにいるとき、ずっと人間の姿だったんです」

カダムさんは新聞を下に置いた。

「ほう、それは本当ですか？　しかし、どうしてすぐに話してくださらなかったんです？」

肩をすくめて、言葉をにごした。

「うーん、なんていうか、ここ数日、ちょっとレンとの仲がぎくしゃくしてて」

カダムさんは目をきらきらさせてうなずき、合点がいったというように笑った。

「なるほど、それでわかりました。なぜディレンに対するケルシーさんの態度が変わったのか不思議だったんです。ディレンはときどき……気難しくなることがありますからな」

「頑固ってことですよね。それに、ああしろこうしろってうるさいし……」

窓の外に目を向け、夜の街の明かりを見ながらつぶやいた。

「ほかにもいろいろと……」

カダムさんがこっちに身をかがめ、わたしの手を取った。

「そうでしたか、心配いりませんよ。わたくしは、あなたがこの短期間に次々にすごいことを成し遂げられているのに驚いているのです。危険な旅にのぞまれるだけでも大変なのに、ましてや知り合ったばかりの、信用できるかどうかもわからない相手と一緒にいるのは、とても骨が折れるでしょう。どんなに仲がいい者同士でも、お二人が経験されたような非常に追いつめられた状況に陥れば、仲たがいすることだってありますよ。まあ、友情の一時的なスランプといったところでしょう」

友情の問題っていうのとはちょっとちがうけど……。

そう思いつつも、わたしはカダムさんの言葉になぐさめられた。

ひょっとして、あの大変な状況から脱け出せた今なら、二人でじっくり話し合い、冷静になって二人のあいだの問題を解決できるかもしれない。わたしももっと心の広い人間になれそうな気がする。

それに、レンは人との意思の疎通をやっと再開したばかりなのだ。世の中のしくみをちゃんと説明すれば、きっとわかってくれる。そうすれば、また以前のような友だちの関係に落ちつけるだろう。

カダムさんは続けた。

「それにしても、レンがずっと人間の姿でいられたというのは驚きです。ひょっとしたら、時間が止まっていたことと何か関係があるかもしれませんな」

そうだった。何日もいたはずだったのに、カダムさんはすぐに戻ってきたと驚いていた。

「キシュキンダーでは、ほんとうに時間が止まっていたと思いますか？」

「あるいは、時間の進みかたがちがうのかもしれません。ただ、一つ確かなのは、あなたがたが出かけられていたのは、地上ではほんのわずかなあいだだったということです」

わたしはカダムさんの意見に賛成してうなずいた。いろいろ話せて気分も晴れたし、カダムさんに本当のことを打ち明けられてほっとしていた。

それに、預言どおりにできたかどうかは自信ないけど、今のわたしにできることは、なんとか成し遂げられた気がする。なにより〈黄金の果実〉を手に入れられたのだから。

しばらく冒険はできそうもない。

少し本を読んでからふかふかの枕でぐっすり寝ることにします、と伝えると、カダムさんはうなずき、服を全部ランドリーバッグに入れて出しておけば、明日の朝にはきれいになって戻っていますよ、と勧めてくれた。

部屋に戻り、自分の荷物をひととおり集めた。まず服とスニーカーをランドリーバッグに放りこみ、それから慎重に〈黄金の果実〉を小さいタオルに移してから、よごれてくたっとしたキルトもランドリーバッグのなかに入れた。

ドアの外にランドリーバッグを置いてからベッドに飛びこむ。やわらかなビロードのシーツの感触が気持ちいい。

羽毛枕に頭をうずめると、すぐにゆったりした深い眠りに落ちた。

翌朝目覚めて、手足を思いっきり広げて伸びをした。ベッドのはしには到底とどかない。思わず笑顔になった。

起きて髪をとかし、ゆるめのポニーテールにする。

リビングに行くと、カダムさんがちょうどテーブルについて、朝食を食べるところだった。わたしも加わり、オレンジジュースをひと口飲むと、家に戻るのが待ち遠しいと話した。

ゆうべ出しておいた洗たく物がアイロンを当てられ、きれいにたたまれて、新品のような状態で戻されていた。積み重なった服から着る分を取り出し、ほかの服は持ってきたバッグにしまう。

キルトも洗われてきれいになっていた。鼻を近づけるとレモンの香りの洗剤の匂いがする。ほつれややぶれがないか入念に確かめた。相変わらず色褪せて古びてはいるけど、まだまだ使えそうだ。

こんなステキなキルトは世界にひとつだけ。心のなかで祖母に感謝した。

たたんだキルトをバックパックの底に入れ、そのわきにガダをまっすぐに立てて入れる。ゆうべ取り出してきれいにしようとしたら、一度も使われたことがないかのようにピカピカに輝いていて、びっくりした。

とにかく、レンの屋敷に戻るまでは、わたしがしっかり保管しておかなくては。

次にファニンドラをキルトの上にそっと乗せ、とぐろの真ん中に〈黄金の果実〉を置くと、ファニンドラが呼吸できるすき間だけあけて、ジッパーをしめた。ファニンドラが本当に呼吸するかどうかはわからないけど、少なくともわたしの気が済む。

ほどなく出発の時間になり、すっきりと晴れやかな、最高に満ち足りた気分でホテルを出た。とはいえ、それもわずかなあいだだった。

車が道路のわきに着くと、レンがいた。

虎ではなく、人間の姿でわたしたちを待っていた。いつもの白い服を着て、白い歯を見せてにっこり笑っている。

カダムさんが車からおりて近づき、レンをぎゅっと抱きしめた。二人の声は聞こえたけど、何を話しているかはわからない。カダムさんが声をあげて笑いながら、レンの背中をしきりに叩いている。何かに大喜びしているのは明らかだ。

心のなかで祈った。お願い、今は人間のレンと話したくない。

願いが通じたのか、レンは虎に姿を変え、車に跳び乗ってきた。後部席で体を丸めてさっそくうたた寝を始める。わたしはわざとらしくレンを無視すると、長距離ドライブ用の本を一冊選んだ。

カダムさんによれば、途中でもうひと晩べつのホテルに泊まる必要があるらしい。昼間のあいだはずっと車に乗りっぱなしになる。それでもちっとも構わなかった。ホテルの本屋でカダムさんに小説を二冊とインドの旅行記を一冊買ってもらったので、読む本は充分ある。

日中、うたた寝をはさみながら読書をし、昼さがりに一冊目の小説を読み終え、二冊目の終わりに近づいたころ、市街地に入った。車内はいつになく静かだった。カダムさんはなぜか上機嫌で、レンはずっと後部席で眠っている。

日が沈み、そろそろ目的地に着きますとカダムさんが声をかけてきた。

レンはあとでどこかのジャングルに置いてくることにしたのか、わたしを先にホテルにおろし、チェックインを済ませると、カダムさんは今夜はホテルのレストランでお祝いの食事をするよう手配しますと言って、また車に戻っていった。

ホテルの部屋に入ってふと気づいた。

カダムさんはホテルのレストランで食事をすると言ってたけど、着ていく服が一着もない。なにしろジーンズとTシャツしかないんだから。持っている三着を三度もとっかえひっかえしていると、ドアをノックする音がした。部屋着とスリッパ姿でよろよろとドアをあけると、メイドがジッパーで閉じられた衣装バッグと箱を差し出した。話を聞こうとしたけど、英語はわからないらしく、ただ「カダム」とだけくりかえす。

届け物を受け取り、礼を言うと、衣装バッグをあけた。なかに豪華なカクテルドレスが入っていた。

体にピッタリした黒いベルベットの身ごろは、ハート型の襟ぐりとキャップスリーブがかわいらしく、スカートは真珠のような光沢のある濃い紫の玉繭《デュピオーニ》シルクでできている。着てみると、体のラインが実際よりきれいに見えた。腰にかけてしだいに細くなり、そこから濃い紫のひざ丈のスカートがふわりとたれる。スカートと同じシルクのベルトが横で結ばれていて、留めてあるきらきらしたブローチが腰のくびれを強調していた。

仕立てもすばらしく、全体に裏地がついている。たぶん高価なものなんだろう。明かりの下で動くと、スカートがかすかに光り、微妙に色合いのちがう紫がちらちら映し出される。

こんなステキな服を着るのは初めて——レンの家にある美しいブルーのシャララはべつだけど。

箱をあけると、ダイヤモンドのついた黒いストラップパンプスと、ユリの花の黒い髪留めが入っていた。こんな豪華なドレスを着るなら、メイクもちゃんとしなければ。さっそくバスルームにこもって準備をすませた。最後にユリの髪留めを左耳のすぐ上で留め、波打つ髪を指でとかすと、靴をはいてカダムさんを待った。

ほどなく、カダムさんが迎えに来て、父親のようなまなざしでほめてくれた。

「ケルシーさん、なんとお美しい！」

「このドレス、ほんとうにステキです。わたしがきれいに見えるとしたら、全部カダムさんのおかげです。こんなうっとりするような服、ありがとうございます」

カダムさんはうなずいている。なんだか考えこむような目をしているけど、笑顔でわたしに腕を差し出した。

カダムさんにエスコートされ、二人で下りのエレベーターに乗りながら、レンがキシュキンダーで虎の体にサルを二十匹もぶらさげて走りまわっていたという話で笑い合った。

久しぶりになごやかな空気にほっとする。ともあれ冒険がひとつ終わってうれしい。

レストランは、キャンドルが灯り、各テーブルは白いリネンで美しくセッティングされていた。女性の接客係に案内されたのは、ガラス張りの壁一面の窓から街の夜景が一望できる席だった。ひとつのテーブルでは、男の人が一人座っている。こっちに背を向け、夜の明かりをながめていた。

カダムさんが、すっと腕から手を離した。

「それではケルシーさん、あとはあなたのお相手にまかせます。お食事を楽しんでください」

「え、待って。どういうことですか?」

わたしの言葉には答えずに、カダムさんはレストランを出ていった。

お相手? なんの話?

そのとき、背後であまりにも聞き慣れた太く低い声がした。

「やあ、ケルシー」

体が強張り、心臓がとたんにドキドキしはじめ、胸がざわめき出す。

そのまま数秒過ぎた。いや、数分だったかもしれない。

不満そうな溜め息が聞こえる。

「相変わらずぼくと話をしないつもりか? たのむからこっちを向いてくれ」

温かい手がひじの下に入り、ゆっくりわたしを振り向かせる。

もちろんそこには息をのむほど魅力的な男性がいた。あまりの魅力に泣きたくなってしまう。

「……レン」

レンがほほえんだ。

「ああ、そうだよ」

いつもの白い服じゃない。上品な黒いスーツを着こなしている。それに髪も整えたようだ。つやのある黒い髪はくしゃっとさせて後ろに流し、うなじのあたりはわずかにカールしている。白いシャツの胸元からのぞく明るい褐色の肌がセクシーだ。まぶしい笑顔には、どんな女性もまいってしまうだろう。

まるで……ジェームズ・ボンドみたい。

だめ。心を落ちつかせよう。

一番安全なのはレンの靴を見ていることだと思いついた。靴ならだいじょうぶ、くらくらすることはない。もちろん、レンの靴はステキだけど――予想どおり、ピカピカに磨かれて、黒光りしている。苦笑いが出たとき、靴をはいているレンを見るのは初めてだと気づいた。

レンがわたしのあごを手で包み、顔を自分のほうに向ける。相変わらず強引だ。今度はレンがわたしをしげしげとながめた。頭のてっぺんからつま先まで。決して急がず、時間をかけて食い入るように見つめる。

そんなふうにゆっくり見つめられたら、女の子はだれだって顔がほてってくる。わたしは赤くなる自分に腹を立て、レンをにらんだ。

こらえきれず、いらいらした声が出た。

「もういい？」

「もう少し」

レンがわたしのハイヒールをながめる。

「もういいでしょ！」

レンの目がじっくりとさまよいながらわたしの顔に戻り、満足そうにほほえんだ。

「ケルシー、男が美しい女性と一緒に過ごすときは、自分のペースを守る必要がある」

わたしは眉をつりあげ、声をあげて笑った。

「じゃあ、わたしはマラソンコースってことね」

レンはわたしの手にキスした。

「そのとおりだ。賢い男は決して全力疾走しない……マラソンコースでは」

「皮肉を言ったのよ、レン」

レンは聞こえないふりをして、わたしの手を自分の腕の下に入れると、キャンドルの灯るテーブルに連れていった。イスを引いて、どうぞとうながす。

その場に立ったまま、一番近い出口に向かって駆け出そうかと考えた。でもハイヒールでは、うまく走れない。

レンがわたしの耳元でささやいた。

「きみの考えていることくらいお見通しだ。もう逃がすつもりはないよ。ここに座って、普通のデートのようにぼくと食事をするか――」

にっこりしながら言葉を選んでいる。

「それとも……」

ちょっと黙って考えこんでから、脅すように言った。

「ぼくのひざの上で、ぼくに無理やり食べさせられるかだ」

挑発してるの？　だったら、わたしにだって言いたいことはある。

「そんなことあなたにできっこないでしょ。許しをもらわないと何ひとつ強制できない紳士だもの」

「紳士にだって我慢の限界はある。とにかく、ここは礼儀正しくいこうじゃないか。まあ、ぼくのひざの上で食べさせたい気持ちも少なからずあるけど」

レンは姿勢を正して待っている。

しかたなく乱暴に腰をおろし、わざとうるさい音を立ててイスを寄せた。レンはやわらかい声で笑い、向かいに腰をおろす。

こんなステキなドレスを着ているのに、行儀の悪いふるまいはしたくない。そっとスカートのよれを直した。

レンをにらみつけていると、ウェイトレスがやってきた。わたしの前にさっとメニューを置き、それからたっぷり時間をかけてレンの前にメニューを広げている。とびきりハンサムな客がやってきたのだから無理もないけど、なんとなく、鼻につく。

ウェイトレスはレンの肩のほうに身をかがめながら、いくつかお勧めのメニューを説明し、やっと去っていった。

レンは時間をかけてじっくりメニューを楽しんでいたけど、わたしは手に取りもしなかった。レンがこっちを見ても、目を合わせないようにしていた。

ウェイトレスが戻ってきて、レンに短く声をかけ、わたしのほうを身ぶりで示す。

わたしは笑みを浮かべ、わざと甘ったるい声を出した。

「なんでもいいので、できるだけ早くここから出られるものをください。サラダとか、そういうもので結構ですから」

それでも、レンは余裕たっぷりにほほえむと、よどみなく次々と豪華そうな料理を注文していく。ウェイトレスはうれしそうに、時間をかけて注文を書き取っていった。そしてさりげなくレンに触れては、一緒に声をあげて笑う。それが、すごく、ものすごく気にさわった。

ウェイトレスがいなくなると、レンはイスに背中をあずけて水をひと口飲んだ。

先に口を開いたのはわたしだった。がまんできなくなったのだ。

「何をたくらんでるのか知らないけど、あと二分もすれば時間切れよ。レアのステーキをたのんだほうがいいんじゃない。それなら虎も好きでしょ」

「さあ、どうかな」

レンはいたずらっぽく笑った。

「いいわよ。どうなっても知らない。べつにわたしには関係ないもの。ホワイトタイガーがこの格式あるホテルのなかを走りまわって、パニックを起こすなんて最高だわ。ひょっとしたら、ホテルは星を一つ失うかもね。あなたの新しいガールフレンドのウェイトレスも、きっと悲鳴をあげて逃げ出すわね」

「まさか、ケルシー、妬《や》いてるのか？」

レンはおおげさなそぶりで言った。

「そんなはずないでしょ」

レンがニヤッとした。なんだかまんまと乗せられている気がする。わたしはそわそわとナプキンをいじった。

「もう信じられない。カダムさんを説き伏せてこんなことするなんて、ひどすぎる」

レンは優雅にナプキンを広げると、パンの入ったカゴを運んできたウェイトレスにウィンクした。

ウェイトレスがいなくなってから、レンに食ってかかった。

「いまウィンクした？　信じられない！」

レンは静かに笑うと、熱々のロールパンを一つ取り、バターを塗ってわたしの皿に置いた。

「いいから食べよう」強い口調で言ってから、身を乗りだす。「ぼくのひざの上で夜景を見る気になったのなら話はべつだけど」

むっとしながらもロールパンを数回ちぎって口に運んでみると、その味に驚いた。生地にオレンジの皮を細かくしたものが混ぜてあるようで、軽くてサクサクした食感がとてもおいしい。お代わりしたいところだけど、レンを喜ばせるのは癪《しゃく》だ。

さっきのウェイトレスが料理を手にした二人のアシスタントを伴って戻ってきた。案の定、レンは思いつくままかたっぱしから注文していた。テーブルがどんどん料理で埋め尽くされる。レンはわたしの取り皿を持ち、いい匂いのする料理を山のように乗せていった。その皿をわたしの前に置いてから、自分の皿もいっぱいにしていく。盛りつけが済むと皿を置き、さあどうする？　といわんばかりに眉をつりあげた。

わたしは身を乗りだすと、とがった声でささやいた。

「あなたのひざになんか乗らないわ。おあいにくさま」

フォークを手に取り、二、三口食べる。魚にナッツをまぶした料理にフォークを突き刺してから言った。

「もう時間切れよ。でしょ？　そろそろ冷や汗をかいてるんじゃない？」

わたしがいじわるを言っても、レンは平気な顔だ。カレー味のラム肉をひと口食べてから、サフランライスを口に運び、落ちつき払った顔で口を動かしている。

たっぷり二分間待ったけど、虎に戻る気配はない。

どういうこと？

「わかった、降参。どうしてそんなに自信たっぷりにふるまってるの？」

レンは慎重に口をぬぐうと、水を少し飲んだ。

「じつは、呪いが解けたんだ」

びっくりして、フォークを落としそうになる。

呪いが……解けた？

「嘘でしょ。呪いが解けたんなら、どうしてここ二日間虎の姿でいたの？」

喜んであげるべきなのに、口から出たのはどうでもいいような質問だった。

「ああ、厳密に言うと、完全に消えたわけじゃないんだ。どうやら、呪いの一部が解かれたらしい」

「一部？」

「一部っていうのは一日のうちの何時間かってことさ。正確には六時間だ、今は六時間人間でいられる」

その数字を聞いて、カンヘーリーの石窟で見つけた石柱に四つの面があったことを思い出した。

そうか、四かける六は……。そして一日も……。

「二十四、なのね」

レンがちょっとおいてから訊いた。

「二十四がどうした?」

「うん、一日は二十四時間でしょ。手に入れなきゃならないドゥルガーへの贈りものが四つで、石柱も四面だった。わたしたちが手に入れたのは、そのうちの一つだけ。二十四割る四は、六……。だから六時間だけ呪いが解けたのよ」

わたしはレンを遠ざけているのも忘れて夢中で説明していた。

レンがうれしそうにほほえむ。

「そうか、じゃあ、少なくとも残りの三つをすべて手に入れるまでは、きみをそばに置いておけるんだね」

そう言われてドキリとした。でも、もうわたしは必要ない。

「期待しないで。ほかの三つはわたしがいなくたって手に入れられるかもしれないわよ。これで毎日六時間は人間でいられるわけだから、あなたとキーシャンとで解決できるわ」

レンは首をかしげ、険しい目でわたしを見ている。

「ケルシー、きみは自分のことをわかっていない。自分がどれだけ……重要かを。それに、たとえ、呪いを解くのに必要としなくても、ぼくがきみを簡単に手放すと思うか? 一度も振りかえらずに、ぼくのもとから去るようなことをさせると思うか?」

わたしはフォークで料理をつつき、黙っていようと決めた。

図星だ。レンが今言ったことを、まさにしようと考えていたのだから。

何かがすっかり変わっていた。

傷つき、とまどっていたレンはもうどこにもいない。今のレンは自信に満ちあふれ、傲慢と言ってもいいほどうぬぼれている。

食べるあいだも、わたしの顔から目を離さない。レンは自分に取り分けた分を平らげると、テーブルに並んだ料理をどんどん自分の皿に入れていった。

レンにずっと見つめられ、わたしはもじもじしながら料理をつついた。レンのまなざしはまるで、カナリアを手に入れた猫か、抜き打ちテストの前に答えを一人だけ手に入れた生徒のまなざしみたいで、嫌気がさすほど得意げだ。

こんなに自信たっぷりだなんて、人間に戻れる時間を取り戻したこと以上に何かある。レンはわたしの秘めた思いや必死に押しかくしている感情を知っているの――?

自信たっぷりのレンにわたしはいらいらした。窮地に追いこまれたネズミの気分だ。

黙っているとレンが口を開いた。

「とにかく、きみはぼくといるべきだ。というわけできみと話し合いたいことがある」

「待って、どこにいるべきかは自分で決めるわ。それに、話を聞いたからって、わたしが同意するとはかぎらないわよ」

なんとか、レンに追いつめられないようにしなくては。

「それで構わない」レンは空いた皿をわきにどけた。「とにかく、ぼくらにはまだやり残したことがある」

「残りの三つの贈りものを手に入れるって話なら、言われなくたってわかってるわ」

「その話じゃない。ぼくたちのことだ」

やめて、今は話したくない。

自分の気持ちをうまく伝えられる自信がない。

両手をテーブルの下におろし、湿った手のひらをナプキンでぬぐった。それから、平気な顔で言いかえした。

「ぼくたちが何？　どうしたの？」

「おたがい、まだ口にしてないことがある。それを言うべきときだと思う」

「あなたに隠してることなんて何もないわ。そういう意味であなたが言ったのなら」

「いや、ある」

「ない」

「きみは、二人のあいだに起こったことに目をそむけるつもりか？」

「わたしは何からも目をそむけてなんかいない。決めつけるような言いかたしないで」

「決めつけてなどいない。ぼくはただ、かたくなな女性にぼくのことを好きだと認めさせようとしているだけだ」

お願い、やめて……心のなかでつぶやく。

「もし、本当にわたしがあなたに気があるなら、あなたに一番に知らせるわよ」

「その気がまったくないと言いたいのか？」

「そんなこと言ってない」

「だったら、なんだ？」

「なんだって……何もないわよ！」

早口でまくしたてた。

レンは笑みを見せると、目を細めてわたしを見た。

こんな調子で矢継ぎ早に質問を浴び続けたら、きっと嘘を見破られる。わたしは嘘をつくのが下手だ。

レンはイスに深く腰かけた。

「わかった。今日のところはこれでやめておくけど、このことについては必ずまた話そう。虎は一度こうと心を決めたら、絶対あきらめない。きみもはぐらかしたままではいられないよ」

なんとか言いかえす。

「そう、でもスーパーヒーローにだって弱点はあるのよ。わたしを怖がらせたってだめ」

ひざに置いたナプキンをねじった。その動作を、レンは探るようにじっと目で追っている。丸裸にされた気分だった。まるで、レンに一番大切な部分を見抜かれたみたいに。

ウェイトレスがまたあらわれ、ほほえむレンに小さいメニューを差し出した。たぶん、デザートのメニューだ。ウェイトレスがレンのほうに体を傾けると、わたしは我慢できずにヒールをカツンと床に打ちつけた。こんなときまで嫉妬してしまう自分が情けない。

レンは熱心にウェイトレスに耳を傾けている。それから二人でまた笑い合う。何を話しているのかわからないから、余計いらいらしてしまう。

レンがわたしのほうを示しながら静かに話をすると、ウェイトレスがこっちを向いてクスクス笑い、テーブルに並んだ皿を片付けていく。レンは財布を取り出し、クレジットカードを渡した。ウェイトレスが片手をレンの腕に置いて何か質問したとき、つい、こらえきれずにテーブルの下でレンの足を蹴った。

レンはまばたきすらせず、わたしを見ることもしない。ただ、テーブルの向こうから手を伸ばしてきて、わたしの手を取り、そのままウェイトレスの質問に答えている。蹴ったことを愛情表現だと思っているらしい。

ウェイトレスがいなくなると、わたしは怪訝《けげん》な顔をしてたずねた。

「あのカード、いつの間に手に入れたの？　それに、わたしのことをなんて言ってたのよ」

「カードはカダムにもらった。それから彼女には、デザートは……あとでとるからと」

ひきつった笑いが出てしまう。

「デザート？　そう、じゃああなた一人でデザートを食べるってことね。わたしは食事はもう済んだもの」

レンがキャンドルの灯るテーブルに身を乗り出した。

「ケルシー、だれが食べるなんて言った？」

嘘、どういう意味？　まさか……。

でも……レンは大まじめな顔をしている。どうしよう。また胸さわぎがしてきた。

「そういう目でわたしを見ないで」

「そういう目って？」

「獲物を狙う目よ。わたしはレイヨウじゃない」

レンは大声で笑った。

「だが、獲物を追いかける喜びはなんともいえない。きみはかなり気持ちをそそられる獲物になる」

「やめて」

「怖がらせた？」

「まあね」

レンがレシートにサインをしているあいだに、さっと席を立ってドアに向かった。だけどすぐにレンが追いついてきた。

「逃がさないって言ったろ？　さあ、デートの相手にふさわしい態度で部屋まで送らせてくれ。口をきかなくても、せめてそれくらいはできるだろう」

レンにひじを取られ、一緒にレストランを出た。

レンをひどく意識していた。部屋まで送り届けてもらうということは、きっとまたキスされる——そう思っただけで震えが走った。

今、自分を守るためには、どうしても逃れなくては。レンと一緒にいると、もっともっとレンが欲しくなってしまう。ただレンをいらだたせるだけでは効き目がないのであれば、もっと思い切った手に出なくてはいけないのかも。

どうやらとことん嫌われる必要がありそうだ。レンを突き放すつもりなら、とにかく思いきり遠くに押しやって、戻ってくる可能性をゼロにするしかない。わたしは小さいころからよく、融通がきかない子だと言われてきた。それくらい、きっとできる。

ひじをねじってレンの手から離れようとしたけど、さらに強くにぎられただけだった。わたしは文句を言った。

「虎の力をわたしに使わないで」

「痛い思いをさせた？」

「ううん、でもわたしは引きずりまわされるあやつり人形じゃないわ」

レンはわたしの腕に手を這わせながら下におろしていき、手を取った。

「じゃあ、おたがい正々堂々といこう」

「いいわよ」

レンがニヤッと笑った。

「上等だ」

「こっちだって上等よ！」

声を殺して言いかえした。

エレベーターまで行くと、レンがわたしの階のボタンを押した。

「ぼくの部屋も同じ階だ」

思わず顔をしかめてから、わたしは口元をゆがめ、ちょっぴり意地悪い笑みを浮かべた。

「それにしても、明日の朝はほんとにだいじょうぶなの？　カダムさんを面倒なことに巻きこまないでね。図体のデカい……ペットを同伴するはめになったら大変だから」

レンは部屋の前までわたしを送りながら、わたしの皮肉を切りかえした。

「心配してくれるとはありがたいな。でも、だいじょうぶだ。心配いらない」

「わたしの部屋をなぜ知ってるのなんて聞くだけ無駄みたいね」

レンはわたしの心をへなへなにするような目で見つめてくる。くるりと背を向けても、手足の先までレンがいることを意識してしまう。すぐうしろに立って、わたしをじっと見つめ、待っているのを感じた。

鍵穴に鍵を差しこんだけど、手が震えてうまく回せない。レンがそんなわたしの手を取り、ゆっくり自分のほうに向かせた。わたしの頭をはさむようにドアに両手を置き、わたしを押しつけるようにして顔を近づけてきた。

わたしはオオカミに捕まったウサギみたいに震えた。オオカミが近づいてくる。首を傾け、頬に顔をすりつけはじめる。問題は、わたしがオオカミに食べられたいと思っていることだ。レンの手が触れるたびに、たちまち官能的な濃い霧に取り巻かれ、自分がどこにいるのかわからなくなってしまう。

まったく『許しをもらえるか?』が聞いてあきれる。ケルシー、しっかりして。決心をつらぬくって言っておいて、この程度なの?——心のなかで自分に文句を言いながらも、防御の壁がことごとくくずれていくのを感じた。

レンが熱を帯びた声でささやいた。

「ケルシー、ぼくはきみがどこにいるか、いつでもわかる。きみはスイレンのような香りがする」

体が震え、両手をレンの胸において押しのけようとしたけど、結局シャツをつかんで、すがりついていた。レンはわたしの耳から頬に向かってゆっくりキスをおろしてくると、首筋にそっと唇を押しつけた。

わたしはレンを引き寄せ、顔を向けて唇にキスを受けようとしたけど、レンはほほえんだだけでわたしの誘いを無視し、反対側の耳に移動した。耳たぶを軽く嚙んでから、わたしの鎖骨に顔をおろし、肩に向かってキスをずらしていく。それから、顔をあげ、わたしの唇から数センチ離れたところにキスをした。

頭のなかは、もっと、という思いしかない。

このままでは、レンの思うつぼだ……。

そのとき、うっとりするほどの笑みをたたえたまま、レンが体を引いた。

わたしの髪に軽く指を通してささやく。

「そういえば、一つ言い忘れていた。今夜のきみはとてもきれいだよ」

そういうと身を翻し、廊下をゆっくり去っていった。

地震のあとの余震のように、手足に細かい震えが走った。鍵を回す手がおぼつかない。乱暴にドアを押しあけ、暗い部屋に入ると、震える手でドアをしめた。

そしてそのままドアに背中をあずけ、暗闇にたたずんだ。

24

翌朝、急いで荷造りし、カダムさんを待った。アームチェアに座り、落ちつかない気分で足を左右に打ちつける。

ゆうべの出来事で、わたしはレンとのことをなんとかしなければと自分に言い聞かせた。レンは六時間を手に入れた。そしてわたしの気持ちに気づいている……。

これ以上一緒にいたら、レンに口説かれて本気になってしまう。それだけは絶対にだめ。結局は打ちのめされるのは目に見えている。もちろん、しばらくのあいだはいい。すごく、すごく幸せだろう。でも、永遠には続かない。幸せが長く続かないことは、よくわかっている。

それに、レンは美青年のアドニスだけど、わたしは絶世の美女へレネじゃない。どう考えたってうまくいきっこない。現実を見据え、ふたたび自分の人生を自分で動かしていかなくては。レンの家に戻ったら、虎と女の子の立場で腹を割った話をしよう。

それでもレンがあきらめなかったら、カダムさんの言うようにオレゴンに帰ろう。距離を置けば、きっとわかってもらえる。レンにはわたしと離れる時間が必要だ。離れてみれば、ふたりの関係はまちがいだったと気づくはず。

心を決めた。これでレンと顔を合わせてもだいじょうぶ。

カダムさんはなかなかやってこない。そろそろわたしのほうから声をかけようかと思ったとき、ようやくドアをノックする音がした。あけると、カダムさんが一人で立っている。

「ケルシーさん、準備はよろしいですか？　だいぶ遅い出発になってしまい、申し訳ありません」

「だいじょうぶです。どうせ、王子様がのんびり時間をかけていたんでしょう？」

「いえ、今朝はわたくしが手間取りまして。その……事務作業に追われておりましてね」

「気にしないでください。でも、事務作業って――お忙しいんですね」

カダムさんはほほえんだ。

「たいしたことではありません」

ドアを押さえて待っていてくれたカダムさんと一緒に、だれもいない廊下に出た。よかった、レンはいないみたい。エレベーターの前で気をゆるめかけたとき、バタンとドアがしまる音がして、レンが廊下をやってきた。新しい服を着ている。落ちついたジーンズにボタンダウンのシャツ。言うまでもないことだけど、ものすごくカッコいい。

エレベーターから一歩下がると、目を合わせないようにした。

ジーンズはくずした感じの都会的なもの。シャツはパリッとした平織りの見るからに上質なもので、白いピンストライプの入ったブルーがレンの瞳と合っていた。袖を折り、裾を出して胸元をあけた着こなし。動きやすいカットの作りが、レンのたくましい体をぴったり包んでいる。

まるでモデルみたい。世のなかって、どうしてこうも不公平なんだろう。しかもこの人は王子なのだ。

こんな男の人をいったいどうやって拒めっていうの？　ハリウッドスターに言い寄られて、断るようなものだ。そんなことできる女の子がいれば、今世紀最大の愚か者として賞をもらえる。

あわてて、レンと付き合えない理由を再度頭のなかで並べ立て、「とても釣り合わないわ」「身分違いよ」とくりかえした。

でも改めて決心が固まった。普段着の、信じられないくらいにステキなレンを見て、結ばれるべき相手じゃないことは、これでなおさらはっきりした。

レンがエレベーターの前で合流すると、わたしは驚きに首を振りながら小声でつぶやいた。

「まったく、三百五十年も虎でいたっていうのに、呪いが解けて人間の姿であらわれたと思ったら、とび抜けたファッションセンスの持ち主だなんて。信じられない……」

「ケルシーさん、どうかしましたか？」

カダムさんが訊いた。

「あ、なんでもないです」

レンは眉をつりあげ、ニヤニヤしている。

たぶん、聞こえてる。虎の地獄耳。

エレベーターのドアがあくと、すみのほうに乗った。カダムさんがあいだに入ってくれないかと期待したけど、わたしが必死に念を送っても届かなかったらしく、エレベーターボタンのそばから離れない。レンがすぐそばに立った。わたしを上から下までゆっくりながめてから、含んだような目つきでほほえんでいる。わたしたちは無言でおりていった。

エレベーターのドアがあくと、レンはわたしを引きとめ、わたしのバッグを自分の肩にかけて、先を行くカダムさんと並んで歩いていった。

手ぶらで二人の少しうしろをゆっくり歩きながら、距離を保ったまま、レンの長身の後ろ姿を用心深く見つめた。

レンの自信に満ちた態度が怖い。

車内では、カダムさんが一人で三人分しゃべっていた。レンがふたたび人間として生きられる日のことを思い、うれしくて興奮している。カダムさんにとっては、ほんとに胸をなでおろす出来事なんだろう。

ある意味、カダムさんもレンとキーシャンと同じくらい呪われているといっていい。持てる時間と魂のすべてを注いで、王子たちに仕えることが唯一の生きがいなのだから。レンとキーシャンが呪いの奴隷になっているように、カダムさんは虎の兄弟の奴隷になっている。

そのときふと、わたしも虎の奴隷になる恐れがある、と気づいた。

今のわたしなら、喜んで奴隷になってしまいそう。

そう考えたところで、わたしは自分の弱さにあきれた。レンにただ、手招きされるだけで、ほいほい行ってしまいそうな自分に嫌気がさす。

奴隷？　友人として孤独な虎を助けるつもりだったんじゃないの？　奴隷になってしまっては、檻に捕らえられたのと同じよ――

そう、だれだって、だれかの（何かの）奴隷になってはいけない。そして、檻に閉じこめられてもいけない。今の状態は普通じゃない……。なんとかレンにあきらめてもらわないと。

レンの家に着いたら、話をしよう。ほんとの気持ちは言えないかもしれないけど、なんとかわかってもらえれば……。

そして、それでもまだ友だちでいられたらうれしいけど。

家に着くまで、頭のなかでひたすら堂々巡りを続けた。うっとり夢想していたかと思うと、ハッと我に返り、自分をいましめ、かたくなに呪文を唱える。本を読もうとしても、同じ段落ばかり何度も何度も目で追ってしまう。しまいにはあきらめ、少し眠った。

夜も更けたころ、ようやく家に到着した。美しく飾られた夢のようなレンの家を見て、深い溜め息が出る。ここはわが家のようだ。〝そのとき〟が来て、この家を去るのはものすごくつらいだろう。しかも、〝そのとき〟はあっけなくやってきそうな悪い予感がしていた。

車のなかで多少眠ったけど、ゆっくり休もうと考えた。

一度決めたんだから、もうあれこれ悩んではだめだと、無理やり自分に言い聞かせ、歯を磨いてパジャマに着がえる。それから、ファニンドラを慎重にバックパックから出し、ベッドわきのテーブルに敷いた小さいクッションにのせた。とぐろを巻いた硬い体ができるだけくつろげるように調整する。

プールを眺められるほうにファニンドラの顔を向けた。もし、わたしが硬直したヘビだったら、プールを眺めていたいと思うから。

次に、ガダと〈黄金の果実〉を取り出した。〈黄金の果実〉をやわらかいタオルに包み、ガダと一緒にドレッサーの引き出しに入れる。

マンゴーを見たせいか、お腹がすいていることに気づいた。夜食が欲しかったけど、面倒でわざわざ階下に取りに行く気にもならない。今夜は〈黄金の果実〉を引き出しのなかに隠したけれど、明日からはカダムさんに頼んで、ガダと一緒にレンの家族の印形を保管してある場所にしまってもらおう。安全な場所に。

ベッドにもぐりこんだとき、サイドテーブルのファニンドラの隣に、チーズののったクラッカーと、薄く切ったリンゴが盛られた小皿を見つけた。今の今まで気づかなかった。きっと、バスルームにいるあいだにカダムさんが差し入れてくれたんだ。

カダムさんの気づかいに感謝しながら、夜食を食べて明かりを消した。でも、眠気はちっともやってこない。頭が冴えてなかなかリラックスできなかった。

明日レンと顔を合わすのが不安だったし、言わなくてはならないことを言えないんじゃないかという不安にもとらわれていた。結局、午前四時ごろにようやくうとうとし、正午まで眠ってしまった。

ベッドからのろのろ起き出すと、すでに昼下がりになっていた。自分がレンのことも、レンと話し合うことも避けようとしているのはよくわかっていた。時間をかけてシャワーを浴び、着がえをする。勇気をふるい起こして階下におりるころには、空腹でお腹がグウグウ鳴っていた。

階段をそっとおりていくと、キッチンで音が聞こえた。

カダムさんだと思い、ほっとしてキッチンに入っていくと、気まずいことに、いたのはレンだった。

一人でサンドイッチを作ろうと奮闘している。具材をそこらじゅうに広げていて、カウンターには冷蔵庫にあった野菜がそっくり出ているし、調味料もあらかた出してある。レンはカウンターの前に立って、七面鳥とナスのサンドイッチにケチャップを使うべきか、チリソースを使うべきかじっと考えていた。カダムさんのエプロンを身につけているのはいいけど、マスタードがべっとりついている。静かにしているつもりだったのに、ついプッとふき出した。

「きみが起き出す音が聞こえたんだ。おりてくるまでにずいぶん時間がかかったね。お腹をすかせているかと思って、サンドイッチを作ることにしたんだ」

わたしは皮肉っぽい笑い声をあげた。

「わたし、その手のサンドイッチより、ピーナッツバターがいいな」

「わかった。ええと、どのビンがピーナッツバターかな？」

レンは山のように並んだ調味料の前に立ち、ビンをはじから分けていった。英語で書かれたラベルだけを片側にやり、ほかのものはそのまま残している。

驚いてレンに近づいた。

「ひょっとして、英語が読めないのね？」

レンはしかめっ面をした。

「ああ。ほかの言語なら十五カ国語が読めるし、三十カ国語を話せるけど、こっちのビンはなんて書いてあるのかわからない」

ニヤッと笑ってレンを見た。

「だったら、匂いをかいでみれば？　嗅覚は虎なんでしょ」

レンは顔をあげ、にっこりすると、両手に持っていたビンをおろしてわたしに近づき、いきなり唇にキスをした。

「やっぱり、きみにはそばにいてもらわないと。ぼくには賢い恋人が必要だ」

レンはサンドイッチ作りに戻り、はじからビンのふたをあけて匂いをかぎはじめた。

「わたしはあなたの恋人じゃないわ！」

あわてて言った。

レンは返事の代わりにこっちを向いてにっこり笑うと、ピーナッツバターを探し当て、大量に塗ったピーナッツバターサンドを作ってくれた。

ひと口食べただけで、口のなかがピーナッツバターでくっついてしまう。

「ミユグ、んんんんー」

レンが笑っている。

「なんだって？」

「ミユグ、ミユグ！」わたしは飲むまねをした。

「ああ、ミルクか！　ちょっと待って」

キッチンの食器棚をはじからあけてカップを探しまわり、レンが気泡の入ったグラスにミルクを入れて差し出した。わたしはすかさず半分飲み干し、口のなかにべっとりついたピーナッツバターを胃に流しこんだ。それから、重なった食パンを剝がして、ピーナッツバターの量が少ないほうの一枚を選んで半分に折り、それを食べた。

レンは向かいに座ると、自分で作った世界一大きく、世界一奇妙なサンドイッチにかぶりついた。

うんうんうなずきながら食べている。

話を切り出さなくちゃ。

「あの……レン、大事な話があるの。日が暮れる時間にベランダで会える？」

レンはさらにサンドイッチを口に運びかけたところで動きを止めた。

「ベランダで？　日暮れどきに？　密会の約束ってことかな」

わたしを見て眉をつりあげる。

「ケルシー、ひょっとしてぼくを誘惑するつもり？」

「まさか」

必死でそっけなくつぶやいた。

レンはにこにこしている。

「いいよ、ぼくはきみのものだ。だけどお手やわらかにたのむよ、可憐《かれん》な乙女。ぼくは何時間も人間でいることにまだ慣れてないから」

「わたしはあなたの〝可憐な乙女〟じゃない」

レンは無視して、わたしが残したピーナッツバターサンドにも手を出し、食べながら感想を言った。

「初めて食べたけど、これはいけるな」

今、言い合うのはやめよう。食べ終わったわたしはキッチンに移動し、レンが散らかしたものを片付けはじめた。レンも食べ終わると片付けに加わり、二人で協力して作業を進めた。まるでたがいのしようとすることが言わなくてもわかっているように、わたしたちはうまく噛み合い、キッチンはあっという間にきれいになった。手を動かしていると、二人でいてもなにも考えずに済むから楽だ。

レンはエプロンを洗濯カゴに放りこむと、グラスをしまっているわたしの後ろから腰に両腕をまわし、自分のほうに引き寄せた。

わたしの髪の匂いをかぎ、首にキスして耳元でささやく。

「うーん、まさにスイレンの匂いだ。ただ、かすかに香辛料の匂いも混じっているな。さてと、ぼくはしばらく虎になって、昼寝をするよ。そうすれば、残りの時間を全部、今晩きみと過ごすためにとっておける」

レンはたぶん、甘いひとときを期待している。恋人と一緒に過ごせると思っているのだろう。でも、わたしは別れを告げようとしている。いかにわたしたちが一緒になれない運命かを説明しようと。

これまでも正式に付き合っていたわけじゃないけど、恋人と別れるってこういう気分なのだろうか。

なぜ、こんなにもつらい思いをしなきゃならないんだろう?

レンはわたしを揺らしながらささやいた。

「夜に聞こえる恋人の声の、なんと清らかで甘い響きよ。一心に傾ける耳には、心地よい調べのようだ」

ショックを受け、レンの腕のなかで身を翻した。

「それ、『ロミオとジュリエット』の一節よね……。どうして? いつの間に?」

「きみが読んでくれているとき、注意して聞いていたんだよ。好きなセリフだ」

レンはわたしの頬にキスした。

「じゃあ、また夜に」

そう言うと、わたしをその場に残して立ち去った。

どうしてこんなときに、わたしの好きな『ロミオとジュリエット』を出してくるの……。

それから夕方まで、まるで集中できなかった。

何をしていても数分しかもたない。鏡の前でレンに言うべき言葉を予行演習したけど、どういう言いかたをしてみても、まるで説得力が感じられなかった。「あなたのせいじゃなくて、わたしの問題」「世間にはまだ女性がいくらでもいる」「自分を見つめ直したほうがいい」「わたしたちはちがいすぎる」「わたしは運命の相手じゃない」「ほかにふさわしい人がきっといる」しまいには「猫アレルギーなの」なんてことまで口から出る。ああ、もう、最悪。

どんな言い訳を思いついたところで、レンに通用するとは思えない。一番いいのは、レンに対して正直に、まっすぐに話すことだ。結局、わたしはそういう性格なのだ。うまくごまかすことができなくて、困難なほうに突き進んでしまう……。

カダムさんは一日見かけなかった。ジープがないので外出しているんだろう。カダムさんがそばにいてくれたら、気がまぎれるし、アドバイスをもらえるかもしれないと思ったのに、まったく行方知れずだった。

あっという間に日没の時刻になり、緊張しながら二階にあがった。バスルームで編んだ髪をほどき、ブラシでとかしてゆるいウェーブのまま背中に垂らす。リップグロスを塗り、アイライナーを引いてから、Tシャツより見栄えのいい服がないかとクローゼットじゅうをさがした。だれかがわたしのチェストに服を増やしてくれたらしい。そのなかから、黒いシルクの縁どりのついた紫の細かいチェックのブラウスと、細身の黒い九分丈パンツを取り出した。

本当はできるだけやぼったく見せたほうが気持ちの整理もつけやすいだろうと思ったけど、キャンプをしているみたいな冴えない服装でレンの別れの記憶に残りたくはない。

わたしってば、この期に及んでも、女としての見栄を張ろうとしてる。まだどこかでレンの気を引きたがっている。ほんのちょっとだけでも。

自分の見た目に満足すると、ファニンドラの頭をなで、うまくいくよう祈っててと頼んだ。ベランダに出る。空気は暖かく、ジャスミンと森林のいい香りがした。地平線の彼方にかくれた太陽が、空に薄紅色とだいだい色の余韻を残している。

プールと噴水の照明がつくのを見ながら、スウィングベンチに深く腰をおろした。のんびり揺らしながら、肌を通りすぎる甘くかぐわしい香りのそよ風を楽しむ。

溜め息をつき、ひとりごとを漏らした。

「あとはここに、パインとサクランボと、ついでに傘のついたトロピカルな飲み物があれば最高なんだけど」

そのとき、わきに置かれたテーブルで、何かがシュワシュワ音を立てているのが聞こえた。見ると、キンキンに冷えた脚つきグラスに入った、冷たいオレンジ色のフルーツドリンクがある。しかも傘の飾りとサクランボまでついてる！

グラスを手に取り、本物かどうか確かめた。本物だ。おそるおそる口をつけると、炭酸の甘い果汁が最高においしかった。

妙なことが起こっている。ほかにだれもいないのに、いったいどこからあらわれたんだろう？

そのとき、レンが姿を見せ、不思議な飲み物のことは頭から消しとんだ。レンは裸足で、淡い緑のシルクシャツと黒いズボン、それに細身のベルトを身につけ、濡れた髪を後ろに流している。わたしの座っているスウィングベンチに一緒に腰かけると、腕をわたしの肩に回した。

レンはとてもいい匂いがした。いつもの心地いい夏の白檀の香りに、ジャスミンの香りが混じっている。

まさに天国の匂い。

レンは片足をわきのテーブルに乗せ、スウィングベンチを前後に揺らした。ゆったりと腰を落ちつけ、そよ風と夕日を楽しんでいる満足そうな顔を見て、しばらくそのまま、一緒に座って心地よさに浸った。

幸せな気分だ。ひょっとしたら、これからもこんなふうに打ち解けあえる友だちでいられるかもしれない。そうなれたらどんなにいいだろう。レンといると楽しいし、心が落ちつく。

でもすぐにレンの手が伸びてきて、わたしの手に指をからめた。しばらくわたしの指をもてあそんでから、自分の唇に近づけ、一本ずつ順番に時間をかけてキスしていく。

「ケルシー、今夜はなんの話？」

「ん……」

えっと、どうやって切り出すんだったっけ？　すぐに思い出せない。レンがこういうことをするから……。

あわててそれまでの態度を振り払うと、気を引き締めた。

「できたら、向かいに座ってもらえる？　あなたの顔が見えるように。それなら少しは気を取られずにいられそうだから」

レンが笑い声をあげた。

「わかった。きみがそう言うなら」

レンはわたしの向かいにイスを持ってきて、腰をおろしたかと思うと、体をかがめ、わたしの足を取って自分のひざに乗せた。

思わず足がびくっと引きつる。

「な、何するの？」

「いいから体の力を抜いて。緊張しすぎだ」

そう言うと、レンはわたしの足をマッサージしはじめた。拒もうとしたけど、レンにちらりと視線を投げられ、おとなしく従った。

レンはわたしの足を左右に傾けながら調べている。

「マメだらけだ。これからもひんぱんにジャングルを歩くことになるようなら、きみのためにもっといい靴を買わないと」

「靴は問題じゃないわ。この数週間で、これまでの人生で歩いた距離より長く歩いた気がするもの。それだけのことよ」

レンは顔をしかめ、わたしの土踏まずを指でやさしくなぞった。ずきんとする痛みが足を駆けのぼる。レンは足を両手で包むと、痛みを感じる場所を注意深く避けながらマッサージを始めた。もう一度断ろうとしたけど、心地よさに負けた。それに、気づまりな会話のあいだ、注意をそらせそうだったので、そのままマッサージしてもらうことにした。レンの顔をちらっと見ると、わたしのほうを興味深げに見つめている。

わたしったら、何考えてるの？　レンに向かいに座ってもらえば、話しやすくなると思ったのに。ちょっとのあいだ目を閉じた。さあ、気持ちを集中して。集中するの。きっと言える。

「話があるの。真剣に聞いてくれる？」

「わかった。話して」

大きく息を吐いた。

「その……わたしはあなたの気持ちに……こたえられない。つまり、あなたの、好意に」

レンは笑いだした。

「なんの話だ？」

「つまり、わたしが言いたいのは、えっと――」

レンはこっちに身を乗り出すと、低い声でいかにも意味ありげに言った。「ケルシー、ぼくはきみがぼくの気持ちにこたえていることをちゃんと知っている。もう、その気がないようなふるまいはやめてくれ」

……。

冷たいそぶりをしたり、つんけんしたりしてごまかせたらと思ってたけど、しっかり見抜かれていた。当たり前だ、あんなに情熱的にキスにこたえたんだから。

「わかった！　認める！　わたしはあなたに惹かれてる」

惹かれない人なんている？　正直に言うしかない。

「でも、きっとうまくいかないわ」

一気に結論を言った。ついに言った。

レンがとまどっている。

「なぜ？」

「わたしがあなたに惹かれすぎているから」

「きみの言ってることはちっともわからない。惹かれすぎていて、何が悪いんだ？　うれしい し、すばらしいことだ」

「普通なら……すばらしいことよ」わたしははっきり言った。

「ぼくが普通じゃないってことか？」

「ちがう。こう言えば、わかってもらえる？　たとえば……空腹で死にそうな人の前にパセリがあったら、喜んで食べるでしょ？　実際、その人にとってそれしかなければ、ごちそうになる。でも、もし、その人の前にほかのおいしそうな料理が並んだビュッフェがあれば、そこからパセリを絶対選ばない」

レンはちょっと黙った。

「わからない。何が言いたい？」

「つまり……わたしはパセリだってこと」

「じゃあ、ぼくはなんだ？　ビュッフェか？」

わたしはさらに説明した。

「ちがう……あなたは食べる人よ。だから……わたしは皿に添えられたようなパセリにはなりたくないの。だれだってなりたくないわ。でも、わたしは自分のことがよくわかってる。つまり、正直に言うと、あなたならなんでも選べる、そう、チョコレートエクレアだって食べられるってこと」

「だけど、パセリは食べない、と」

「そう」

「もし……」レンがちょっと考えこんだ。「ぼくがパセリを好きだと言ったら？」

「まさか。それしか知らないからそんなこと言うのよ。それに、ずっとひどい態度を取っていて本当にごめんなさい。わたし、今ちょっと普通じゃないの。こんな嫌味な自分がいったいどこから来ているのかさっぱりわからない。確かに皮肉っぽい、いじわるな面はあるけど、ふだんは隠れてるの。でも極度に緊張したり、追いつめられたりすると表に出てくるの」

レンはわたしの足を下におろすと、もう一方の足をひざに乗せ、親指でマッサージしはじめた。黙っているので、わたしは続けた。

「いじわるでそっけない態度を取ることが、あなたを避ける唯一の方法だったの。一種の防衛手段よ」

「じゃあ、ぼくを避けようとしていたことは認めるんだね」

「……うん」

「で、理由はきみがパセリだから」

いらいらしてくる。

「そうよ！　こうしてまた人間に戻れたんだから、あなたにはそのうちもっとふさわしい人が見つかる。あなたと釣り合う相手が。あなたが悪いわけじゃないの。ずっと長いこと虎でいたから、世のなかのことがわからないだけ」

「そうか、ケルシー。じゃあ、世のなかはどういうものなんだ？」

レンの声がいらだっているのがわかったけど、わたしは突き進んだ。

「あなたならスーパーモデルあがりの女優か何かと付き合えるってことよ。わたしの話聞いてなかった？」

レンは怒りをあらわにした。

「ああ、ちゃんと聞いてたさ！　きみが言いたいのは、ぼくはお高くとまった、金持ちの軽薄なわがまま男で、富と権力と自分の地位を上げることしか考えてないってことだろ。だから、ぼくのことよりも、ぼくの人脈に興味を持つような、浅はかで気まぐれでうぬぼれの強い頭が空っぽの女性とデートをするはずだと。それに、賢くもないし、今どきのことに長けてもいないから、自分が人生でだれを望み、何を望んでいるかわからないんだと。要するにそういうことだろう？」

「そうよ」

少し声が上ずった。

「きみは本当にそう思っているのか？」

ひるんだけど、答えた。押し切るしかない。

「そうよ」

レンは身を乗り出した。

「ケルシー、きみは誤解している。きみ自身のことも、ぼくのことも！」

レンは怒りに顔が青ざめている。わたしはいたたまれずにもぞもぞ腰を動かした。レンは続けた。

「ぼくは自分が何を望んでいるかわかっている。何も思いちがいなどしていない。これまで何世紀も檻のなかから人々を観察してきた。おかげで自分には何が大切か見極める時間が十二分にあった。きみをひと目見たときから、声を初めて聞いたときから、きみはちがうとわかった。特別な人だと。きみがぼくのいる檻に手を伸ばし、初めてぼくに触れたとき、それまでに感じたことがないほど、生きている実感を味わった」

わたしも同じよ、そう叫びたい。でもだめ。

泣きそうになるのをこらえて言う。

「呪いがかかっているせいかもしれないわ。そう考えたことはない？　今感じているのは本当の気持ちじゃないかもしれないって。ひょっとしたら、わたしはあなたを助ける役目っていうだけで、それをあなたがべつの感情と誤解してしまったのかもしれないって?」

「こんな気持ちになったことは一度もない。呪いをかけられる前でも」

まさかこんな展開になるとは思わなかった。

レンがこんなに強く思っていたなんて。

わたしはせっぱつまった。なんとしても逃れなければ、せっかく決めたことが台無しになってしまう。レンは暗黒面であり、禁断の果実であり、わたしにとってのデリラ——つまり、究極に心を惹きつけ、力を奪う魔の手だ。初めて好きになるような人じゃない。

問題は……わたしがそれを拒めるかどうか。

親しみをこめてレンのひざをなでると、切り札を出した……。

「帰るわ」

「なんだって?」

「オレゴンに帰るわ。カダムさんもそのほうが安全だろうって。ローケーシュがあらわれて、わたしたちを殺そうと画策してくるだろうから。それに、あなたも……いろいろ見極める時間が必要だろうし」

「きみが帰るつもりなら、ぼくも一緒に行こう!」

苦笑いしてレンを見た。

「それじゃあ、わたしが帰る意味がないでしょ」

レンは髪を後ろになでつけて深く息を吐くと手を取り、一心にわたしの目を見つめた。

「いつになったら、ぼくらは結ばれているっていう事実を受け入れる気になるんだ?」

自分に吐き気がした。ただただ愛してほしいと願う忠実な子犬を蹴り飛ばそうとしている気分だ。わたしはプールのほうに視線をそらした。

少しして、レンはしかめっ面でイスに背中をあずけると、脅すように言った。

「絶対に行かせない」

心のなかでは、すぐにでもレンの手を取り、わたしを許して、そして、愛してほしいと訴えたくてたまらなかったけど、必死に歯を食いしばり、両手を自分のひざに落として懇願した。

「お願い、行かせて。どうしても……怖いの。……ここにはいられない。あなたのそばには。あなたが心変わりすることを思うと」

今はそう言うしかない。とにかく突っ跳ねたい。

「心変わりなんてしない」

「そんなことわからないでしょ。可能性は充分ある」

レンは怒鳴った。

「絶対に、ない！」

「わたしはその危険を引き受ける勇気が持てないし、あなたを気まずい立場に追いこむのもいやなの。ごめん、本当にごめんなさい。あなたの友だちになりたいと心から思うけど、あなたがいやだというなら、それもしかたないと思う。もちろん、あなたがわたしを必要とするときには――必要としてくれれば、ほかの三つの贈り物を見つける手伝いをするわ。それについてはあなたとキーシャンを見捨てるようなことはしない。

わたしが帰りたいのは、呪いを解くために、あなたがわたしとしかたなく付き合ってほしくないからなの。でも、決してあなたたちの呪いを解く目的を投げ出したりはしないわ。どんなことがあっても、わたしはいつでもあなたたちの力になるから」

レンは吐き出すように言った。

「しかたなく付き合う？　何を言ってるんだ」

「本気よ。大まじめで言ってるの。もう決めたのよ。カダムさんにたのんで、二、三日のうちに帰国の手はずを整えてもらうつもりよ」

レンは何も言わず、ただイスに深く座り直した。かなりカッカしているのがわかったけど、また世間とつながりを持つようになれば、わたしの取った態度もそのうち理解してくれる……きっと。

「わたし、もう寝るわ」

そう言って立ちあがった。ベランダから部屋に入る前にレンに声をかけた。

「最後に一つお願いがあるの」

レンは座ったまま口をきっと結び、怒りに張りつめた顔で腕組みをしている。

溜め息が漏れる。怒りくるっていても、魅力的だ。

レンが黙ったままなので、わたしは続けた。

「あなたと顔を合わせなくてすむなら、そうしたい。つまり、人間のあなたとっていう意味よ。だから、家のなかをなるべく歩かないようにする。ここはあなたの家だから、わたしは自分の部屋にいる。もし、カダムさんに会ったら、わたしから話したいことがあると伝えて」

レンは返事をしない。

「じゃあ、さようなら。体に気をつけて」

レンから目をそらし、扉をしめてカーテンを引いた。

体に気をつけて、なんて、どこまで冴えない別れかたなのよ。

目に涙があふれ、視界がくもる。とにかく、感情をあらわにせずになんとか切り抜けられた。でも、部屋に入ると大型ローラーにぺしゃんこにされたみたいにわたしは打ちのめされた。

息ができなかった。バスルームに入り、シャワーのお湯を出してほかの音をかき消すと、ドアをしめて蒸気をなかに閉じこめ、泣きじゃくった。胃がよじれるような痙攣に体がピクピク震える。涙と鼻水が同時に出るのもかまわず、魂を抜かれたような喪失感にひたった。

床にひざをつき、そのままくずれるように冷たい大理石に頬をつける。ほとばしる感情に身をあずけ、とことんまで出し尽くした。手足は死んだようにだるく、髪は乱れて頬を流れる涙で顔に張りついている。

ようやくのろのろと体を起こし、シャワーを止めて顔を洗うと、ベッドにもぐりこんだ。涙がまた静かにあふれ、とめどなく流れ出す。ファニンドラを枕元に置いて、寄りそって眠ろうかと本気で考えた。それくらいなぐさめが欲しかった。

明日になれば少しは気分がよくなるかもしれない。そう期待し、泣き疲れて眠った。

起きたときには空腹と虚脱感にとらわれていた。食べものを取りに階下に行く勇気はない。レンにばったり出くわしたくはなかった。ベッドに腰をおろすと、両ひざを抱えて何をしようか考えた。

日記を書くことにした。心のなかの思いや感情をあらいざらい日記に吐き出すと、多少気分がよくなった。

もう昼近くだった。胃がグウグウ鳴っている。こんなときでもお腹はすくんだ。カダムさんが作るベリーのクレープが食べたいな。

そのとき、視界のはしで何かが動いた。顔をあげると、小さいテーブルの上に朝食が置いてある。

近寄って確かめると、三種のベリーのクレープだった。

どういうこと？　だれかがすばやく持ってきたっていうの？

ううん、あり得ない。

ふいに、ゆうべ飲んだトロピカルドリンクのことがよみがえった。あのときも何か飲みたいと思ったら、そばにあった。

この不思議な現象を試すことにした。声に出してみる。

「チョコレートミルクも欲しい」

すると、チョコレートミルクの入った背の高いグラスがどこからともなくあらわれた。今度は、頭のなかで言ってみる。

新しいの靴が一足欲しいな。

何も起こらない。声に出してみた。

「新しいの靴が一足欲しい」

それでも何も起こらない。

食べものにだけ効き目があるのかもしれない。じゃあ、イチゴのミルクシェイクが飲みたい。

背の高いグラスがすぐにあらわれた。濃厚なイチゴのミルクシェイクがグラスいっぱいに入っていて、ホイップクリームと薄く切った生のイチゴが乗っている。

魔法をあやつっているのは何？　ガダ？　ファニンドラ？　ドゥルガー？　それとも果実？

そうか、果実――インドの黄金の果実。そういえば、カダムさんが言っていた。〈黄金の果実〉がある限り、インドの民が飢えることはないって。

〈黄金の果実〉が食べものを出してくれているんだ！

引き出しから果実を出すと、片手に持ったまま、ほかの願い事をした。

「えっと……パセリをください」

〈黄金の果実〉がゆらめき、金色のダイヤモンドのように輝くと、反対側の手にパセリがあらわれた。ひととおり観察してから、食べずに捨てた。

皮肉たっぷりにつぶやく。

「わたしだってパセリなんていらない」

急にこの一大ニュースをレンに知らせたくなって、ドアに向かって駆け出した。

ドアノブをひねってから、ハッとためらう。

ゆうべ言ったことを取り消すわけにいかない。レンとの別れを乗り越えるには時間が必要だ。友だちのままでいたいのは本心だけど、皮肉なことに、今はとても友だちになれる立場じゃない。

カダムさんの帰りを待つことにした。それからレンに〈黄金の果実〉のことを話そう。

クレープをほおばり、心ゆくまで味わった。魔法の食べ物だからなおのこと、格別な味がする。それから、服を着がえ、部屋で本を読むことにした。しばらくすると、ドアをノックする音が聞こえた。

「ケルシーさん、入ってもよろしいですか？」

カダムさんだ。

「ええ。ドアはあいています」

カダムさんは部屋に入って、後ろ手でドアをしめると、アームチェアに腰をおろした。

「カダムさん、ちょっとそこにいてください。見せたいものがあるんです！」わたしははしゃいだ声で立ちあがると、ドレッサーに駆けよった。〈黄金の果実〉を取り出し、包みを取ってテーブルの上に慎重に置く。

「お腹すいてませんか？」

カダムさんは笑った。

「いいえ。今食べたばかりです」

「じゃあ、とりあえず何か食べたいものの願い事をしてみてください」

「どうして？」

「とにかく」

「わかりました」カダムさんは目を輝かせた。「では、母の作ったシチューが食べたいですな」

〈黄金の果実〉がきらめき、わたしたちの目の前に白い深皿があらわれた。鼻につんとくるハーブ入りのラムシチューの匂いが部屋にたちこめる。

「いったい、これは……」

「続けて、カダムさん。べつの願い事をしてみてください。あ、食べもので」

「では、マンゴーヨーグルトを」

〈黄金の果実〉がまたきらめき、マンゴーヨーグルトが盛られた小さなお皿があらわれた。

「願い事をかなえているのはこの〈黄金の果実〉なんです！〝インドの空腹を満たす〟ってことです」

カダムさんが慎重に〈黄金の果実〉を手に取った。

「すごい発見です！　ディレンにはもう知らせましたか？」

うしろめたさで、顔が熱くなる。

「いえ、まだ。カダムさんから伝えてください」

カダムさんはひどく驚いた顔でうなずいてから、両手でかかえた果実を傾け、ためつすがめつしている。

「あの……カダムさん？　もう一つお話ししようと思っていたことがあるんです」

カダムさんは果実をそっと下に置くと、わたしのほうをしっかり向いた。「もちろんですよ、ケルシーさん。なんでしょう？」

深く息を吐いて、言葉をしぼりだす。

「そろそろ……アメリカに帰ろうと思います」

カダムさんはイスに深く腰かけ直すと、両手の指を尖塔のように合わせ、少しのあいだ考えこむようにわたしを見た。

「なぜそう思われるのです？」

「カダムさんがおっしゃったように、ローケーシュのこともありますし、ほかにも理由はいくつか……あります」

「ほかにも？」

「はい」

「たとえば？」

「たとえば……いつまでもこの家にごやっかいになってるわけにいきません」

カダムさんは鼻で笑った。

「何をおっしゃっているんですか！　あなたはわたくしたち家族の一員です。あなたにはとてもお返しできないほど恩義を感じているんです。ここはわたくしたちと同様あなたの家ですよ」

……家族の一員。そう言われてほんとうにうれしい。カダムさんのためだけでも、この呪いを解く旅をやってよかった。

「ありがとうございます。ただ……それだけじゃないんです。その……レンのことがあって」

「ディレン？　どうしたのです？」

寝イスのはしに腰かけ、そのことはあまり話したくなくて、と言うつもりで口を開いたとたん、とめどなく言葉が飛び出してきて、何もかも打ち明けていた。

いつの間にか、わたしは泣いていて、カダムさんが隣でわたしの手をなでながら、祖父みたいになぐさめてくれていた。

カダムさんはひとことも口をはさまず、わたしのとまどいや心の痛み、それに新たに生まれた微妙な感情が次々にあふれ出るのを、ただそっと見守ってくれた。そして、頬を涙で濡らしながらしゃくりあげるわたしの背中をさすり、高価な布のハンカチを差し出してほほえむと、〈黄金の果実〉にカモミールティーを頼んで、わたしにくれた。

カダムさんがカモミールティーを渡してくれるときのうれしそうな表情を見て、わたしは泣きながら笑った。鼻をかむと、気持ちが少し落ちついた。

でも、そのとたん、カダムさんにあらいざらい打ち明けてしまったことに恐怖をおぼえた。わたしのことをどう思っただろう？　ふっとべつの思いもよぎり、愕然《がくぜん》となった。

レンに話すだろうか?

わたしの心を読んだかのように、カダムさんは言った。

「ケルシーさん、わたくしに話したことを悔やむ必要はありません」

「お願い、お願いです。レンには言わないで」

「だいじょうぶ、あなたの秘密を漏らすようなことはいたしませんよ」

カダムさんはおかしそうに笑った。

「わたくしは口が堅いのですよ。それに、人生というものは往々にして希望を見出せず、ものごとがこみいりすぎて、なかなか喜ばしい結果を出せないように思えるものです。わたくしはただ、あなたがわたくしにもたらしてくださった安らぎと調和を、少しでもお返しできればと願っているのです」

カダムさんはイスに深く座り直すと、考えこみながら短いあごひげをなでた。

「確かにオレゴンに帰られる時期かもしれません。あなたのおっしゃるとおり、ディレンにはもう一度人間の生活を身につける時間が必要です。だからといって、必ずしもあなたが思われるようなことがあるとはかぎりませんが。それに、ドゥルガーの二番めの贈りものを探す旅に出る前に、まだまだわたくしのほうで調べなければならないことがたくさんありますしね」

カダムさんは少しのあいだ黙った。

「わかりました。では帰国の手配をいたしましょう。ですが、これだけは覚えておいてください。ここもあなたの家であり、いつでも必要なときにわたくしに連絡をいただければ、お迎えにあがります。失礼でなければ、わたくしはあなたを娘のように思っておりますので」そこで笑い声をあげた。「あ、いや、孫娘というほうが当たっていそうですな」

わたしはカダムさんの首に飛びつくと、その肩でまた泣きじゃくった。

「ありがとう。本当にありがとうございます。わたしもカダムさんを家族のように思っています。会えなくなるのはつらいです」

カダムさんがぎゅっと抱きかえした。

「さあ、涙はこれくらいにして、新鮮な空気を吸うといいですよ。外に出て泳がれてはいかがですか？　わたくしはご帰国の手配をしてまいりますので」

わたしは目にたまった涙を乱暴に払った。

「はい」

カダムさんはわたしの手をぎゅっと握ると、部屋をそっと出ていった。

カダムさんの助言をありがたく受け、水着に着替えると、プールに向かった。ひたすら泳いで、感情以外のものに精力を傾けた。お腹が減ったので、クラブサンドイッチをくださいと願ってみると、プールサイドに一人前のサンドイッチがあらわれた。

果実と同じ部屋にいる必要もないんだ！　これってすごく便利！　いったいどれくらいの範囲なら願い事が届くんだろう？

サンドイッチを食べ、ビーチタオルの上に寝そべっていると、肌が焼けそうなほど熱くなったので、プールにまた飛びこんで、しばらくのんびりと水に浮きながら肌を冷やした。

長身の男の人が近づいてきて、プールサイドで立ちどまった。逆光で目の上に手をかざしても、顔が見えない。それでも、だれかはわかる。

「レン……ごめんなさい、今はあなたと話したくないの」

相手が太陽の方角からずれたので、目を細くして見あげた。

「なんだ、会いたくないのか？　わざわざここまでやってきたっていうのに？」

舌を鳴らす音がする。

「少し行儀作法を勉強したほうがいいぞ、お嬢さん」

ん？　この言いかたは……。

「キーシャン？」

キーシャンがにっこり笑った。

「ほかにだれがいる、ビラウタ？」

歓声をあげてプールの踏み段を急いでのぼり、キーシャンに駆け寄った。キーシャンは腕を広げ、わたしがびしょ濡れのまま抱きつくのを笑いながら受けとめた。

「まさか、あなたがここにいるなんて！　とてもうれしい」

キーシャンは金色の瞳でわたしを上から下まで見た。レンの瞳の色とはだいぶちがう。

キーシャンといるとなごむ。人間のレンとはドキドキして気持ちがざわつくのに。

「なんだ、こんな歓迎を受けるってわかってたら、もっと早く来ていたのにな」

「もう、からかわないで。どうやって来たの？　あなたも六時間人間に戻れるようになった？」

キーシャンは牽制するように片手をあげて、クスクス笑った。

「質問はあとあと！　まず言っておくが、だれもからかってなんかいない。それと、着替えてきたらどうだ？　それから座ってゆっくり話をしよう」

「うん、了解」

キーシャンにほほえんでから、ちょっとためらった。

「でも、会うのはこのプールサイドでもいい？」

キーシャンはとまどった顔で首をかしげたけど、笑顔で言った。

「ああ、きみがそうしたいなら。おれはここで待ってるよ」

「わかった。動かないでよ。すぐに戻るから！」

裏階段を駆けあがって自分の部屋に行き、急いでシャワーを浴びて着替えて髪をとかした。

〈黄金の果実〉にルートビアフロートを二つ出してもらい、それを持って戻った。

プールに行くと、デッキチェアが日陰に二脚移動してあった。キーシャンがゆったりと体をあずけ、両手を頭の下に組んで目を閉じ、くつろいでいる。黒いTシャツにジーンズ姿で裸足だ。わたしはあいているほうのデッキチェアに腰をおろすと、キーシャンに飲みものを渡した。

「これはなんだ？」

「いいから飲んでみて」

キーシャンはひと口飲んで、むせた。わたしは笑い声をあげた。

「炭酸が鼻に入った？」

「そうらしい。だが、うまいよ。甘くて、きみを連想する。きみの国の飲み物？」

「そうよ」

「へえ。さてと、日が暮れないうちに質問に答えないとな。すぐに始めよう」

キーシャンはもうひと口飲んでから続けた。

「まず、六時間人間に戻れるようになったかっていうと、なった。それが不思議なんだ。何世紀も虎でいることに満足していたのに、きみと兄上が会いに来てから、黒い体でいると居心地が悪くなった。じつに久しぶりに、動物でなく、おれ自身に戻りたくなった」

「その気持ち、わかるわ。それより、どうして六時間人間に戻れることに気づいたの？　それと、どうやってここに？」

「これまでもずっと、毎日わずかな時間だけは人間の姿に戻れていたんだ。だから、いつも近くの村に忍びこんでは人々を観察し、今の世のなかの様子を見ていた」悲しそうに溜め息をつく。「おれが人間として暮らしていたころとはだいぶ変わってしまったけどな」

わたしがうなずくと、キーシャンは続けた。

「一週間ほど前だったか、いつものように人間の姿になって、村の広場で子どもたちが遊ぶのをながめていたんだ。そろそろ時間切れだと思い、ジャングルに戻って虎に変わるときに起こる震えに身構えたんだが、それが起こらなかった。

一時間待ち、二時間待っても、まだ姿が変わらない。そこで、何かが起こったんだとわかった。ジャングルのなかを歩いてねぐらに戻り、虎に変化するときの引っぱられる感覚がおそってくるまで待った。翌日も、翌々日もためしてみると、どの日も人間でいられる時間は同じだった。そう六時間だ。

そのとき、きみと兄上が目的の一部を成し遂げたんだとわかった。その後、人間の姿で村に行き、村人にたのんでカダムに連絡を取るのを手伝ってもらった。ようやく村人が連絡先を突きとめてくれて、カダムが車で迎えに来てくれた」

「それで、カダムさんはここ数日出かけてたのね」

キーシャンはデッキチェアに背中をあずけ、ルートビアをおいしそうに飲むと、わたしのほうにグラスをかかげた。

「こんなうまいものがあるなんてちっとも知らなかったな」

キーシャンはほほえむと、長い足をまっすぐに伸ばして、足首を重ねた。

「あなたが来てくれてうれしいわ。ここはあなたの家だもの、ここにいるべきよ」

キーシャンは真顔で遠くを見つめた。

「そうだな。ずいぶん長いこと、おれは自分のなかに人間らしさをまるで感じなかった。暗い魂だった。だが、きみが」

そこで手を伸ばし、わたしの手を取ってキスした。

「ふたたび光のなかにおれを戻してくれた」

キーシャンの腕に軽く手を置いた。

「あなたはイェスバイが恋しかっただけよ。あなたの魂はちっとも暗くないし、人間らしさを失っていたわけでもないと思うわ。あんなふうに心が打ちのめされたら、癒えるのに時間がかかるのは当然よ」

キーシャンは目を輝かせた。

「きみの言うとおりかもしれないな。さあ、それよりきみの冒険談を聞かせてくれ！　カダムからおおまかには聞いたが、どうやって預言をたどったんだ。くわしいところを知りたい」

ドゥルガーにもらった武器、ガダのことを話すと、キーシャンは強い興味を示した。レンがサルの集団におそわれた話には声をあげて笑い、わたしがカッパにあやうく食べられそうになった話をすると、一緒に恐ろしがった。キーシャンは話しやすい相手だった。熱心に耳を傾けてくれるし、レンと話すときのようにドキドキすることもない。

話をしめくくりながらプールを見つめるわたしの顔を、キーシャンは注意深く観察した。

「ケルシー、一つ訊きたいことがある」

わたしは笑顔でキーシャンを見た。

「なに？」

「きみと兄上はどうなってる？」

胸を万力で締めつけられるような感覚が走る。

なんとか冷静なふりをした。

「……どうなってるって？」

「つまり、ただの旅仲間以上の関係かってことだ。恋人同士なのか？」

すかさず返事をした。

「ちがうわ。断じてちがう」

「よかった！」

わたしの手をつかんでキスする。

「じゃあ、おれの恋人になってもかまわないってことだな。まあ、まともな女なら、だれも兄上と一緒にいたいとは思わないだろう。あいつはひどく……堅苦しいやつだからな。男女間のことにかんしても冷めてるし」

ショックを受け、少しのあいだあいた口がふさがらなかった。そのうち、怒りがショックをわきに押しのけ、一気にあふれ出た。

「断っておくけど、わたしはあなたたちのどちらともそういうつもりはないわ。それと、レンを好きにならない女の子がいたら、そのほうがどうかしてる。あなたはレンをかんちがいしてるわ。レンは堅苦しくもないし、冷めてもいない。それどころか、思いやりがあって、温かくて、ハッとするほどカッコよくて、頼りがいがあって、誠実で、やさしくて、とっても魅力的

――」

キーシャンが驚いて、しばらくわたしを探るようにじっと見ている。

キーシャンの視線にいたたまれず、もぞもぞと体を動かした。早口でよけいなことまで言ってしまった。

キーシャンが慎重に口を開いた。

「なるほど。きみの言うとおりかもしれない。おれの知る兄上はどうやら数百年のうちにちがう人間になったらしい。だが、それでも――きみがおれたちのどちらの恋人になるつもりもないと言いはっても、今日だけは誘わせてくれ。今晩一緒に出かけないか？　べつにその……なんて言ったっけ？」

「デート？」

「そう、それだ。デートでなくてもいいから……友人として」

わたしは渋い顔をしてみせた。

キーシャンはあきらめずに続けた。

「まさか、実社会に復帰しためでたい夜を自分で祝えって、おれをほったらかしにはしないよな？」

さらに、笑顔でたたみかけてきた。キーシャンの友だちになりたいのはやまやまだけど、誘いにはどうこたえたらいいかわからない。レンがどう思うか気になるし、誘いを受けたらあとあとどうなるか心配だ。

キーシャンに訊いた。

「どこでお祝いをしたいの？」

「近くの町に食事とダンスができるナイトクラブという場所があるとカダムに聞いたから、そこがいいと思う。食事もできるし、きみにダンスを教えてもらえる」

うわずった笑い声が出た。

「わたしだってインドに来たのは初めてなのよ、踊りも音楽も何もわからないわ」

それを聞いて、キーシャンはよけい喜んだ。

「そりゃいい！　じゃあ、一緒におぼえられるな。いやだとは言わせない」

そういうと、勢いよく立ちあがって駆け出した。

「キーシャン、待って！　何を着てけばいいかもわからないし……」

キーシャンは肩ごしに大声で返した。

「カダムに訊くといい。なんでも知っているから！」

キーシャンが家のなかに姿を消すと、どっぷりと落ちこんだ。心が苦しくて空っぽなときに、楽しそうなふりなんてとてもしたくない。

キーシャンがはつらつとして戻ってきたのはうれしいけど……。

悩んだあげく、本当は祝う気分じゃないけれど、キーシャンにせっかく芽生えた生きることへの熱意をくじきたくはないと結論を出した。飲みかけのまま置いておいたルートビアのグラスを取ろうと体を向けると、なんと消えていた。

〈黄金の果実〉って、食べ物を出すだけじゃなく、片付けまでやってくれるのね！

デッキチェアから立ちあがり、家のなかに戻ろうとしたとき、なにかを感じた。

腕に鳥肌が立つ。あたりを見まわしても、何も見えないし、音も聞こえない。そのとき、電光が体を貫いた。何かに引っぱられる感じがして、視線が二階のバルコニーに向く。

レンが立っていた。柱に寄りかかり、腕組みをしてわたしをじっと見ている。

少しのあいだ、見つめ合った。言葉をかわさなくても、ふたりのあいだの空気が変化するのを感じる。濃密で息苦しいほど熱を帯びた空気が肌に触れる――ちょうど、嵐の直前に感じる空気の変化のようだ。強力な空気がわたしを包みこみ、全身の皮膚をなでながら通っていく。目に見えなくても、嵐が来ると感じた。

熱のこもった空気が激流のように襲いかかり、レンが巻き起こした力の渦のなかにわたしを吸いこもうとしている。実際に自分の体を引き離さなければならなかった。目を閉じ、嵐を振りきって前に進む。

ようやく空気の渦から解き放たれたとき、わたしのなかに引き裂かれるようなぞっとする感覚が走り、むなしさのなかに一人たたずんだ。重い体を引きずるようにして部屋に行き、後ろ手でドアをしめる。肩胛骨《けんこうこつ》のあいだに火で焼け穴ができたように、レンのまなざしがまだわたしに注がれているのを感じた。わたしは背中から断ち切られた糸をたなびかせながら、強張った体で暗い部屋のなかに入っていった。


それから夕方まで自分の部屋で過ごした。カダムさんがやってきて、わたしが夜、キーシャンと出かけることを喜んだうえで、それならきちんとしたお祝いをするために、みんなで出かけましょうと提案した。

「じゃあ、カダムさんとレンも一緒に？」

「もちろんです。わたくしからディレンに訊いてみましょう」

それはまずい。一緒になんて無理。

「それならいっそ、男の人たちで出かけたらどうですか？　わたしはお邪魔かもしれないし」

「何をおっしゃるんですか。わたしたち全員のお祝いなんですから。ディレンには紳士的にふるまうよう念を押しておきます」

　立ち去ろうとするカダムさんに声をかけた。

「待って！　わたしは何を着ていったらいいですか？」

「なんでもお好きな服をお召しになってください。今どきの服でも、伝統的なドレスでも。そうだ、シャララにされてはいかがです？」

「場ちがいじゃないですか？」

「とんでもない。お祝いの席にシャララを着る女性は多いですよ。まったく問題ありません」

　わたしが浮かない顔をすると、カダムさんは付け加えた。

「もし、気が進まないようであれば、普段着で構いませんよ。どちらでもだいじょうぶです」

　どうしよう。一人でキーシャンのお祝いをするのも気が進まないけど、少なくともキーシャンといて心が動揺するようなことはない。でも、レンが一緒となれば、悲惨なことになるかもしれない。

　出かけることに苦痛を感じた。ふだんの服装をしたかったけど、レンとキーシャンはまたおしゃれな格好をするだろうから、隣でジーンズやスニーカー姿でいるのも気が引ける。結局シャララを選んだ。

　重いドレスをクローゼットから引っぱり出し、涙形の飾りに手を這わせた。ほんとうにきれいなドレス。それから、時間をかけて髪をとかし、メイクをした。目を強調するために、いつもより多めにマスカラをつけ、濃くアイラインを引き、まぶたにくすんだ紫のアイシャドウを塗って、ヘアアイロンで髪を伸ばした。髪を手入れしていると気が休まる。おかげで緊張がやわらいだ。

ひととおり済むころには、わたしの明るい茶色の髪はつややかに輝き、カーテンのように背中にたれていた。慎重に青い身ごろに首を通し、スカートをはいてから、体の前に中心が来るように回して、きらきら光るひだがまっすぐになるよう調整した。重量感が心地いい。涙形の真珠が作る複雑な模様を指でなぞりながら、思わず顔がほころんだ。

〈黄金の果実〉に靴は頼めないなあ、と嘆こうとしたとき、ドアをノックする音がした。カダムさんが外で待っていた。

「ケルシーさん、出かける準備はよろしいですか?」

「それが、はいていく靴がないんです」

「ああ、それならニリマのクローゼットに何か入っているでしょうから、借りたらいいでしょう」

カダムさんについてニリマの部屋に行くと、カダムさんがクローゼットからゴールドのサンダルを出した。わたしにはちょっと大きかったけど、紐でしっかり結ぶと足にうまくなじんだ。カダムさんが腕を差し出す。

「ちょっとだけ待ってください。忘れものをしちゃったので」

部屋に駆け戻り、ドゥパッタスカーフをつかんで肩を包んだ。

レンが巻きかたを教えてくれた夜がふっとよみがえる。

カダムさんが笑顔でもう一度差し出した腕に腕をからめ、外に出た。てっきりジープが停まっているものと思ったら、なんとプラチナ色のピカピカのロールスロイスファントムが停まっている。カダムさんにドアをあけてもらうと、豪華な濃いグレーの革の座席に身を沈めた。

「だれの車なんですか？」

ピカピカに磨かれたダッシュボードをなでながらたずねた。

「ああ、これですか？　これはわたくしの車です」

カダムさんは誇らしげにほほえんだ。見るからに愛着があるのがわかる。

「インドの車は大半が小型で安価なものです。しかも、車を所有しているのは、インド国民の約一パーセントにすぎません。インドの自動車はアメリカのものと比べますと……」

カダムさんはなかなか車のキーを回さず、さらに自動車についてペラペラと説明していた。飛行機といい、自動車といい、乗り物が好きなんだ。わたしは座席にゆったり腰かけながら、にっこり笑ってカダムさんの話に耳を傾けた。

カダムさんはようやくエンジンを始動させた。

「キーシャンはもうすぐおりてきます。ディレンは……行かないそうです」

「そうですか……」

ほっとするかと思ったのに、意外にもわたしはがっかりしていた。破局というか、なんというかわからないけど、気持ちが落ちつくまでは、一緒にいないほうがいいとわかっていたし、レンがたぶん、会いたくないというわたしの希望を尊重してくれたのだとわかってはいたけれど、それでも、せめてもう一度一緒にいられたらという気持ちがどこかにあった。

感情をのみこみ、カダムさんにほほえんだ。

「わかりました。レンがいなくても楽しみましょう」

キーシャンがドアから飛び出してきた。ワインレッドのVネックセーターにカーキ色のパンツを身につけている。短くした髪は、斜めにざっくり段を入れたレイヤーカットで、前髪が顔にかかった印象的なスタイルだ。薄手のセーターがたくましい体格を引きたてている。とてもカッコいい。

キーシャンは後部席のドアをあけると、勢いよく乗りこんできた。

「待たせたな」

それから、運転席と助手席のあいだに身を乗り出した。

「おい、ケルシー、さみしく――」そこで驚いた顔で口笛を吹いた。「見ちがえたよ！　こいつは、ほかの男どもを棒で追い払わなきゃならないことになるな！」

からかわれて、顔が熱い。

「やめてよ。あなたこそ、女性がまわりに群がって、わたしに近づけないいんじゃない？」

キーシャンはニヤッと笑うと、後部席にゆったりもたれた。

「兄上が来なくてよかった。きみを独占できる」

「もう」

わたしは前を向いてシートベルトを締めた。

到着したのは、建物の両側までぐるりとポーチに囲まれたステキなレストランだった。キーシャンが急いで車から降り、わたしのためにドアをあけてくれた。腕を差し出しながら、愛想よくほほえむ。

キーシャンの腕を取り、せっかくの夜を楽しもうと決めた。

店の奥のテーブルに腰をおろす。ウェイトレスがやってきたので、キーシャンに相談せずに二人分のチェリーコークを注文した。キーシャンは喜んでわたしにお勧めの料理を提案させてくれた。

キーシャンと二人で楽しみながらメニューに目を通した。わたしの好きな料理や、ためしてみたほうがいい料理を聞かれるまま答えたり、キーシャンがメニューの内容を英語で言い換えてくれるのを聞いて、意見を出したりした。カダムさんはハーブティーを注文すると、それを飲みながら、黙ってわたしたちの会話に耳を傾けている。料理の注文を済ませると、ゆったりとイスに座り直し、ダンスフロアでカップルが踊るのをながめた。

流れているのはスローテンポのおだやかな曲で、昔からある有名な曲だったけど、ちがう言語で歌われていた。

どうしてだろう、その曲を聴いていたら急にもの悲しさに襲われた。

ここがオレゴンから遠いインドだから？

それともいろんなことがありすぎたから？

料理が運ばれてくると、キーシャンはおいしそうにかぶりつき、わたしが途中で食べられなくなると、わたしの分も喜んで平らげた。キーシャンはあらゆることに興味をそそられるらしかった。人、言葉、音楽、そして、とりわけ料理に。カダムさんに次から次へと質問をぶつけている。「支払いはどうするんだ？」「金はどこから？」「給仕係にはいくら払えばいい？」

わたしはそれを聞きながらほほえんでいたけど、心はまるで上の空だった。お皿が片付けられると、飲みもののお代わりに口をつけながら、周囲の人たちをぼんやりとながめた。

カダムさんが咳払いした。

「ケルシーさん、一曲踊っていただけますかな？」

立ちあがって腕を差し出し、目を輝かせて笑みを向けてくる。

笑顔で答えようとしたけど、涙ぐんでしまう。この先きっと、この思いやりのある紳士が恋しくなるだろう。

「もちろん」

カダムさんは腕に置いたわたしの手を軽く叩くと、一緒にダンスフロアに向かった。カダムさんはダンスの名手だった。わたしは高校のダンスパーティで男子と踊ったことがあるぐらいで、どの子も曲が終わるまでただ円を描くように回っていただけだったから、楽しくもなんともなかった。でも、カダムさんと踊るのはそれとは比べものにならないくらい気分が浮き立った。カダムさんのリードでフロアじゅうを移動しながらくるくる回ると、スカートが扇形に広がる。わたしは笑い声をあげてカダムさんとの時間を楽しんだ。くるりと回転しながらカダムさんから離れたかと思うと、上手にあやつられてまたすっとカダムさんの腕のなかに戻る。熟練したカダムさんと踊っていると、自分もうまくなった気分になった。

曲が終わると、一緒にテーブルに戻った。カダムさんは歳には勝てないといわんばかりに息切れしたように見せていたけど、実際にゼイゼイいっているのはわたしのほうだった。キーシャンはしびれを切らしていたのか、すかさず立ちあがってわたしの手をつかみ、またダンスフロアに連れていった。

今度の曲はさっきより速いテンポだった。キーシャンはのみこみが早く、フロアで踊っているほかの人たちの動きを注意深く見つめては、まねをしている。リズム感はいいけど、熱が入りすぎてちょっと不自然に見える。それでも、わたしたちは楽しみ、曲が終わるまで笑っていた。

次にかかったのはスローテンポのラブソングだった。テーブルに戻ろうと歩きだしたわたしの手をキーシャンがつかんで言った。

「ケルシー、待った。これも挑戦してみたい」

キーシャンは近くにいるカップルを何秒か見つめてから、わたしの腕を自分の首に回し、キーシャンの腕をわたしの腰に回した。そのままさらにそのカップルを何秒か観察し、それから気取った笑みを浮かべてわたしを見た。

「この手のダンスは男にとって絶対に役得だな」

そう言うとわたしをちょっと引き寄せ、ぶつぶつ言った。

「うん、こいつはいい」

わたしは溜め息をつき、少しのあいだ思いがそれた。

とつぜん、ある音に全身が震えた。

低くとどろくような音。ちがう。静かなうなり声だ。

音楽が流れているなかでもかろうじて聞こえる。キーシャンにも聞こえているだろうかと思いながら、顔をあげると、キーシャンはわたしの頭の向こうを見据えていた。

静かだけど、一歩も引かない声が背後でした。

「代わってくれ」

レンだ。レンがいるのを感じる。レンのぬくもりが背中に染みこんできて、暖かいそよ風に震える春の葉のように全身が震えた。

キーシャンは顔をしかめた。

「こちらの女性に、選ぶ権利があるだろ」

キーシャンがわたしを見る。騒ぎを起こしたくはなかったので、わたしはただうなずくと、キーシャンの首から腕をおろした。キーシャンは引き継ぐ相手をにらみつけると、腹を立ててダンスフロアから立ち去った。

レンが目の前に進み出た。そっとわたしの両手を取り、自分の首に回しながら、わたしを自分の顔のすぐ近くに引き寄せる。それから、わたしのむき出しの腕にわざとゆっくり手をすべらせ、わきに向かっておろしていくと、腰を包んだ。背中の肌が出ている部分に指で小さく円を描いてから、腰をぎゅっと抱き、わたしの体を自分のほうにぴったり引き寄せる。

スローダンスのあいだじゅう、レンは上手にわたしをリードした。

何も言わなかったけど――少なくとも言葉は口にしなかったけど――次々に合図を送ってきた。額をわたしの額に押しあててから、体をかがめ、耳に鼻をすりつけてくる。わたしの髪に顔をうずめ、長い髪の毛先のほうまで手でなでおろしていく。かと思えば、わたしの腕と腰を指でもてあそんだ。

曲が終わっても、二人ともぼうっとして、自分たちがどこにいるのかすぐには思い出せないくらいだった。

レンはわたしの下唇の曲線を指でなぞると、自分の首に置かれたわたしの手を取り、店の外のポーチへ連れていった。

ポーチに出たところで止まるだろうと思っていたら、レンはそのまま階段をおりて、石のベンチのある木立のほうまで進んでいった。月の明かりでレンの肌が輝いている。レンは白いシャツに黒っぽいパンツ。白い服は虎のレンを思い出させた。

レンは木陰にわたしを引き入れた。

わたしは黙ってじっと立っていた。もし、口を開いて、後悔するようなことを言ってしまったらと思うと怖かった。

レンはわたしのあごに手を添えると、顔を自分のほうに向け、目を見つめてきた。

「ケルシー、きみにどうしても話さなければならないことがある。黙って聞いてほしい」

ためらいがちにうなずいた。

「最初に言っておくけど、ぼくはゆうべ、きみに言われたことを真剣に考えた。それをまずわかってほしい」

レンは視線を移すと、わたしの髪を軽くつかんで耳の後ろにかけてから、その手を頬から唇へと這わせた。レンがやさしくほほえむと、わたしのなかの愛という小さな植物が、日光に向くようにレンのほうを向くのを感じた。

「ケルシー」

レンは片手で自分の髪をかきあげると、笑顔のまま照れたように口元をゆがめた。

「……ぼくはきみに恋をしている。かなり前から。ほんとうだ」

わたしは深く息を吸いこんだ。

レンはわたしの手を取り、指をもてあそんだ。

「行かないでくれ」

そう言って指にキスしながら、こちらをまっすぐに見つめてくる。

催眠術をかけられたようにぼうっとした。レンがポケットから何かを取り出す。

「プレゼントがあるんだ」

差し出されたのは小さな鈴がついたゴールドのチェーンだった。

「アンクレットだ。インドではとても人気がある。ぼくらがもう鐘を探さなくてもいいように、これを買った」

レンはしゃがんで、わたしのふくらはぎに片手を置くと、そのまま手のひらをすべらせて足首までおろし、留め金をつけた。体がぐらつき、倒れそうになるのをかろうじて食い止める。レンは温かい手で鈴を軽くなでてから立ちあがった。手をわたしの両肩に置いてぎゅっとつかみ、わたしを引き寄せる。

「……お願いだ」

こめかみに、額に、頰にキスされる。

「たのむ。どうか、ぼくと一緒にいると言ってくれ」

レンの唇がわたしの唇に軽く触れる。

「きみが必要なんだ」

そう言うと、レンは激しく唇を重ねてきた。

決心が崩れていくのを感じた。

レンが欲しい。どうしても欲しい。わたしもレンが必要だった。もう降参しよう。レンに伝えよう。あなたと一緒にいること以上にこの世に望むものはない。あなたと離れることなんてできない。あなたはわたしにとって何よりも大切な人だから、すべてをあきらめてあなたと一緒にいると。

でも、そのとき、レンがわたしを抱き寄せ、耳元でそっと言った。

「行かないでくれ、きみなしでは生きていけない」

その言葉でわたしは思いとどまった。

目に涙があふれ、光る粒が頰にこぼれ落ちる。レンの顔に手を触れた。

そして、ゆっくりと心の底に秘めていた思いを伝える。

「レン、わからない？　だからこそ、わたしはあなたと離れなきゃならないの。あなたはわたしがいなくても生きていけるってことを知らなくちゃ。わたしだけが人生じゃないってことを。あなたに向かって開かれたこの世界を見て、自分で選び取れることを知ってほしいの。わたしはあなたの檻にはなりたくない。

このままだと、あなたを捕らえて、自分の欲望のままにいつまでも身勝手に自分のものにしてしまうかもしれない。あなたがそれでよくても悪くても、それはまちがってる。わたしはあなたが自由になるために手伝ったのよ。檻から出て、自由になって、これまでずっとかなわなかったことを見たり、したりするために……」

わたしの手がレンの頬から首へとすべり落ちる。

そう、サーカスで虎のレンに出会ったときからずっと、レンが自由になれたらいいのに、と願ってきたのだ。

きっと心変わりをするだろうとか、釣り合わないとか、そういう気持ちもあるのは確かだ。けれど、心の底にあるのは、レンに自由になってほしいという気持ちだけだった——自分の思いを閉じこめてさえも。

「あなたにまた首輪をつける？　恩を感じているあなたに鎖をつけて、一生わたしから離れないようにするべき？」

自分がレンの檻になるのはいやだ。

わたしは人目もはばからずに泣いていた。

レンは黙っている。

「ごめんなさい、レン。でも、そんなことはしない。わたしにはできない。だって……わたしもあなたを愛しているから」

最後にもう一度、レンにすばやくキスすると、わたしはスカートの裾を持ちあげ、レストランの店内に駆け戻った。

レンは追ってこない。そう、これでいい。

カダムさんとキーシャンがわたしに気づき、顔を見たとたんに立ちあがり、帰りじたくを始めた。

ありがたいことに、車で家に向かうあいだも、二人はなにも聞かず、わたしが次々にあふれ出る涙を手の甲でぬぐうのを見守ってくれた。

家に着くと、キーシャンが真顔でわたしの肩をぎゅっと抱いてから、車からおりて家のなかに入った。

わたしは深い溜め息をつき、明日の朝帰国したいとカダムさんに伝えた。

カダムさんは静かにうなずいた。

部屋に駆けあがり、ドアをしめてベッドに倒れこむ。絶望の涙で顔やベッドをぐちゃぐちゃにして泣き続けた。

やがて、ようやく眠りが訪れた。


翌朝、早起きして顔を洗い、髪を編みこんで赤いリボンで結んだ。それから、ジーンズとTシャツとスニーカーを身に付け、自分の持ち物を大きなバッグに入れていく。

手を伸ばしてシャララに触れた。このドレスには思い出がありすぎて、とても持っていけない。

カダムさん宛てのメモに、ガダと〈黄金の果実〉をしまってある場所を書き、その二つを銀行の金庫で保管してほしいと書き添えたとき、シャララをニリマにあげてほしいとつけ加えた。

ファニンドラは連れていくことにした。今ではすっかり大切な友だちだ。

ファニンドラをキルトの上にそっと乗せてから、レンにもらった上品なゴールドのアンクレットを手に取る。

指で軽く触れると、小さな鈴が軽やかな音を立てた。

ドレッサーのなかにしまっておくつもりだったけど、アンクレットから手を離すぎりぎりのところで、気が変わった。身勝手な気はしたけど、レンからもらったものを記念に持っていたい。

わたしはアンクレットをバッグに入れると、ジッパーを締めた。

家のなかはしんとしていた。

そっと階段をおり、クジャクの書斎の前を通りかかると、カダムさんが座ってわたしを待っていてくれた。一緒に車に向かう。

座席にすべりこんで、シートベルトを締めた。

車が動き出し、噴水を取り囲むように伸びる玄関前の石畳の道をゆっくり進んでいく。

わたしは振りかえり、今では自分の家のように感じられる美しい建物を最後にもう一度見つめた。木立に囲まれた道路に出ても、木々に視界をさえぎられるまで家を見ていた。

そのとき、耳をつんざくほどの悲痛なうなり声が木々を揺らした。

帰るんだ。前を向こう。

わたしは行く手に伸びるわびしい道をまっすぐに見据えた。

エピローグ

染みひとつない清潔な服を着た男が、ビルの最上階にあるオフィスの窓辺に立っていた。はるか下に見える街の明かりに目を凝らしながら、こぶしを握りしめる。

男は人口二千九百万という、世界で最も過密な都市に住んでいた。

だが、何世代もの人々が浜辺に寄せては返す無数の波のように盛衰をくりかえすあいだも、一人泰然と不動の見張りのように立ち、人の波がそばを通りすぎようが、ほとんど気に留めなかった。

一人のちっぽけな人間を、何百万人のなかから見つけ出すのも至難の業なのに、ましてや何十億といる世界のなかでいったいどうやって探し出す?

数世紀ぶりに、デイモン・アミュレットの断片がふたたび姿をあらわした。しかも、それと一緒に一人の娘も。

男はじつに久しぶりに力がこみあげてくるのを感じた。

チャイムが静かに鳴った。

補佐役が戻ってきたことを知らせる合図だ。補佐役は部屋に入ると一礼し、その場で短い言葉を口にした。

それは男が幻を見たときからずっと耳にしたがっていた言葉だった。幻のなかで宿敵と、謎の娘を見たときから。

「彼女を見つけました」

〔次巻へ続く〕

訳者あとがき

夏休みのバイトとして始めたサーカスの仕事。主人公のケルシーは、そこで一頭のホワイトタイガーと出会う。堂々とした風格ながらも、どこか悲しげで孤独な白い虎。吸いこまれるような青い瞳。ケルシーはこの虎に不思議な魅力と親しみを感じ、強く惹かれていく。

それが、時と場所を超えたエキゾチックな物語の始まりだった……。

本書はアメリカで話題のラブ・ファンタジー「タイガーズ・カース・シリーズ」の第一巻だ。このシリーズは本国アメリカで、最初は電子書籍での自費出版だったそう。ところが、口コミやネットでの人気に後押しされ、二〇一一年に大手出版社からの刊行を果たし、そこからは、またたくまにベストセラーとなった。

物言わぬ白い虎の世話をするうちに、しだいに心を通わせていくケルシー。本来は獰猛なはずの虎も、ケルシーには素直で、まるで猫が甘えるようになついていく。ある日、ケルシーは檻越しに虎の前脚に触れ、「あなたが自由になれたらいいのに」と願った。その数日後、インド人の裕福な老紳士があらわれ、虎を買い取って母国の保護区に返すという。虎と離れがたい思いのケルシーは、老紳士カダムに請われるまま、移送につきそってインドへ行くことになった。ところがそこで待っていたのは……。

鬱蒼としたジャングル、ヒンドゥー教の寺院、神話のなかの王国など、神秘的で不思議な場所に入りこみ、主人公は予想もつかないできごとや、思いもよらない生物に遭遇する。カンヘーリー石窟寺院や、ヴィルパクシャ寺院といった実在する場所が冒険の入り口となり、インディ・ジョーンズ顔負けの冒険がケルシーを待ち受ける。

こうして〈虎の呪い《タイガーズ・カース》〉を解くための旅がはじまるのだが、もっとも読者をひきつけるのは、三百年前に呪いをかけられたハンサムな王子レンと、ケルシーのロマンスだろう。レンが人間の姿に戻れるのは一日にわずかな時間だけ、さらにふたりとも気持ちを伝えるのが苦手で不器用……。そんなふたりの恋愛模様はもどかしく、終始目が離せない。

脇を固める登場人物たちも魅力的だ。ケルシーとレンをやさしく見守り、支え続ける父親のような存在のカダム、長いあいだジャングルで生きぬいてきた野性味あふれるレンの弟キーシャン、そして、一巻目ではわずかしか登場しないが、物語全体に濃い影を落としている強敵ローケーシュ。それぞれが個性豊かで強烈な存在感を放ち、ストーリーを盛りたてている。

さて、この第一巻で呪いが解かれるのはまだ一部。主人公ふたりの試練と、もどかしい恋はまだ続いていく。アメリカに戻ったケルシーをレンは追いかけるのか？　ケルシーに心を寄せはじめる弟キーシャンとの三角関係は？　二巻の〝*Tiger's Quest*〟では、預言をたどる旅のほうも舞台をチベットへと移し、スケールアップしていきそうだ。今後の展開もどうぞお楽しみに。

作者のコリーン・ハウックは本書がデビュー作。手話通訳の資格を持ち、十七年その分野の仕事をしてきた。ステファニー・メイヤーやJ・K・ローリングに刺激を受け、『美女と野獣』やインド神話にインスピレーションを得て本作を書きあげたという。

また、シリーズは映画化も決定している。パラマウント・ピクチャーズから二〇一五年に全米公開予定とのこと。まだキャストは未定だが、レンとケルシーがどんなふうに描かれるのか、スクリーンで観るのが待ち遠しい。

最後にこの場を借りて、ヴィレッジブックスの三上冴子さん、編集のリテラルリンクのみなさん、原文とのつきあわせをしてくださった石田文子さんに心から感謝をささげます。

二〇一三年　六月

著者

コリーン・ハウック

COLLEEN HOUCK

本書〈タイガーズ・カース・シリーズ〉でデビュー。
当初、kindleのみでの配信だったが
多くのファンに支持され、出版されることになる。
シリーズはニューヨークタイムズの
ベストセラーにランクイン。映画化も決定した。
現在はオレゴン州セーラムに暮らし、続編を執筆中。

訳者

松山美保

MIHO MATSUYAMA

翻訳家。主な訳書に
ジョナサン・ストラウド〈バーティミアス〉シリーズ、
クリフ・マクニッシュ『暗黒天使メストラール』
『ゴーストハウス』（以上、理論社）などがある。

白い虎の月

タイガーズ・カース・シリーズ #1

2013年6月20日初版第1刷発行

著者
コリーン・ハウック

訳者
松山《まつやま》美保《みほ》

発行人
鈴木徹也

発行所
ヴィレッジブックス
〒108-0072 東京都港区白金 2-7-16
電話 048-430-1110（受注センター）
03-6408-2322（販売及び乱丁・落丁に関するお問い合わせ）
03-6408-2323（編集内容に関するお問い合わせ）
http://www.villagebooks.co.jp

印刷所
中央精版印刷株式会社

カバー印刷
早良印刷株式会社

編集協力
リテラルリンク

 ISBN978-4-86491-068-2 Printed in Japan.